PHILIPP VANDENBERG
Das fünfte Evangelium

PHILIPP VANDENBERG

Das fünfte Evangelium

Roman

Weltbild

Besuchen Sie uns im Internet:
www.weltbild.de

Lizenzausgabe mit Genehmigung der
Verlagsgruppe Lübbe GmbH & CoKG, Bergisch Gladbach
für Verlagsgruppe Weltbild GmbH,
Steinerne Furt, 86167 Augsburg
Copyright © 1993 by Verlagsgruppe Lübbe GmbH & Co.KG,
Bergisch Gladbach
Umschlaggestaltung: Studio Höpfner-Thoma, München
Umschlagmotiv: Artothek, Peissenberg
Gesamtherstellung: Clausen & Bosse GmbH,
Birkstraße 10, 25917 Leck
Printed in Germany
ISBN 3-8289-6917-8

2004   2003   2002

Die letzte Jahreszahl gibt
die aktuelle Lizenzausgabe an.

Hütet euch vor dem Sauerteig, ich meine vor der Heuchelei der Pharisäer. Nichts ist verborgen, was nicht offenbar, und nichts geheim, was nicht bekannt werden wird. Darum wird alles, was ihr im Finstern gesprochen habt, am hellen Tag vernommen werden; und was ihr ins Ohr gesagt habt in Kammern, das wird verkündet werden auf den Dächern.

Lukas 12, 1–3

INHALT

Vorwort
9

Erstes Kapitel
ORPHEUS UND EURYDIKE, *todbringend*
13

Zweites Kapitel
DANTE UND LEONARDO, *verschlüsselte Geheimnisse*
56

Drittes Kapitel
ST. VINCENT DE PAUL, *Psychiatrie*
82

Viertes Kapitel
LEIBEHTRA, *dem Wahnsinn nahe*
109

Fünftes Kapitel
DAS PERGAMENT, *Spurensuche*
130

Sechstes Kapitel
DER PFERDEFUSS DES TEUFELS, *Indizien*
176

Siebentes Kapitel
UNVERHOFFTE BEGEGNUNG, *Einsamkeit*
203

Achtes Kapitel
DAS ATTENTAT, *dunkle Hintermänner*
269

Neuntes Kapitel
DIE VERLIESE DES INNOZENZ, *wiederentdeckt*
295

Zehntes Kapitel
VIA BAULLARI 33, *zwielichtig*
323

NACHSATZ I
347

NACHSATZ II
348

MARGINALIE
349

Vorwort

In keiner Stadt, die ich kenne, gibt es so interessante Friedhöfe wie in Paris. Sie sind so ganz anders, beinahe heiter, und haben nichts Morbides oder Unheimliches an sich, wie man das von deutschen Friedhöfen gewöhnt ist. Es scheint, als pflegten die Franzosen ihre Toten einfach besser, und jedes Schulkind weiß, daß zum Beispiel Edgar Degas auf dem Montmartre beerdigt ist, Maupassant und Baudelaire hingegen auf dem Montparnasse.

Vom Boulevard de Ménilmontant gelangt man zum Cimetière du Père-Lachaise – so heißt der größte und schönste Friedhof von Paris; ein ungewöhnlicher Name, der auf Père Lachaise, den Beichtvater Ludwigs XIV., zurückgeht. Neben Edith Piaf, Jim Morrison und Simone Signoret findet man hier die Gräber von Molière, Balzac, Chopin, Bizet und Oscar Wilde. Wo, sagt einem der Gardien, der für ein paar Francs auch einen Plan bereithält.

An schönen Tagen, vor allem im Frühjahr und Herbst, pilgern viele Menschen zu den Grabstätten ihrer Idole, und dabei begegnen sich jene, die von hier den flüchtigen Eindruck des Einmalgesehenhabens mitnehmen, und jene, die regelmäßig, manche sogar täglich, hierher kommen, meist um die gleiche Zeit und mit dem gleichen Ritus kurzen Gedenkens.

Das zu bemerken setzt voraus, daß man selbst mehrere Tage zur gleichen Zeit den Cimetière du Père-Lachaise besucht – was ich tat, zunächst ohne Hintergedanken, jedenfalls gewiß nicht in der Erwartung, auf eine der aufregendsten Geschichten zu stoßen, denen ich je begegnet bin.

Am zweiten Tag schon wurde ich auf einen gutaussehenden älteren Mann vor einem Grab mit der schlichten Aufschrift »Anne

1920–1971« aufmerksam; das heißt, rückblickend war es eigentlich jene exotische orange-blaue Blume in seiner Hand, die meine Neugierde erregte, und weil ich die Erfahrung gemacht habe, daß sich hinter einer außergewöhnlichen Blume oft eine außergewöhnliche Geschichte verbirgt, sah ich mich veranlaßt, den Fremden einfach anzusprechen.

Mit Erstaunen nahm ich zur Kenntnis, einem Deutschen zu begegnen, der in Paris lebte; im übrigen gab er sich aber recht zugeknöpft, beinahe abweisend, was die Bedeutung jener exotischen Blume betraf (es handelte sich um eine Paradiesvogelblume, auch Strelitzie genannt). Als sich unsere Begegnung am folgenden Tag wiederholte, verkehrte sich die Situation insofern ins Gegenteil, als nun der andere daranging, mich auszuforschen, und es dauerte lange, bis er mir glaubte, daß mich allein meine schriftstellerische Neugierde zu dieser Frage veranlaßt hatte und daß es keine dunklen Hintermänner gab, die mich auf ihn angesetzt hatten.

Allein das skeptische Verhalten des Mannes gegenüber meiner harmlosen Frage bestärkte mich in der Vermutung, hinter der kleinen, alltäglichen Zeremonie im Cimetière du Père-Lachaise könnte sich weit mehr verbergen als nur eine rührende Geste. Obwohl ich mich dem anderen längst vorgestellt hatte, kannte ich seinen Namen noch immer nicht, doch ich erkannte darin kein Hindernis, ihn in mein Hotel zum Essen einzuladen – falls es seine Zeit erlaubte. Mit dieser Bemerkung erntete ich ein Lächeln und den Hinweis, ein Mann in seinem Alter habe viel Zeit, er werde kommen.

Ich muß gestehen, damals glaubte ich nicht so recht daran, daß der Fremde seine Zusage einhalten würde; ich vermutete eher, er habe nur zugesagt, um sich meiner Hartnäckigkeit zu entledigen. Um so mehr erstaunte es mich, als der Mann, wie vereinbart, im Restaurant des Grand Hotels im 9. Arrondissement, wo ich wohnte, erschien und eine uralte Illustrierte auf den Tisch legte, die sofort meine Neugierde erregte.

Als hätte er es darauf abgesehen, mich auf diese Weise auf die Folter zu spannen, was bei einem neugierigen Menschen wie mir beinahe krankhafte Zustände hervorruft, plauderte er mit Wonne (aus meiner Sicht war das purer Sadismus) über die Schönheiten von Paris, und jedesmal, wenn ich den Versuch unternahm, das Gespräch auf das eigentliche Thema zu lenken, fiel ihm wieder eine Sehenswürdigkeit ein, deren Besichtigung sich lohne für einen Fremden. Später erst wurde mir bewußt, daß der Mann mit sich kämpfte, ob er mir seine Geschichte anvertrauen konnte oder nicht.

Schon hatte ich die Hoffnung aufgegeben, als er unvermittelt die Illustrierte zur Hand nahm, sie in der Mitte aufschlug und so über den Tisch schob mit den Worten: »Das bin ich. Oder besser: Ich war es. Oder noch besser: Ich hätte es sein sollen.« Er sah mich prüfend an.

Die Sekunden, in denen ich mich in den Illustriertenbericht vertiefte, bereiteten dem Unbekannten offensichtlich Vergnügen; ich spürte seinen Blick auf mich gerichtet und fühlte, wie er jede meiner Regungen verfolgte, als erwarte er einen Ausruf des Erstaunens. Aber nichts dergleichen geschah. Der Artikel berichtete von einem Reporter der Illustrierten, der im Algerienkrieg umgekommen war, und zeigte Fotos aus seinem Leben und das Bild eines scheußlich zugerichteten Leichnams. Ich war ziemlich ratlos.

»Sie werden das nicht begreifen«, meinte er schließlich, »es hat lange gedauert, bis ich es selbst kapiert habe. Und ganz gewiß ist das die wahnsinnigste Geschichte, die Sie je gehört haben.«

Ich erwiderte, ich sei schon mit unbegreiflichen Geschichten konfrontiert worden, das Gewöhnliche sei nur selten Sache eines Schriftstellers. Und ich verwies meinen Gast auf jenen gelähmten Mönch im Rollstuhl, der mir vor Jahren einmal seine Lebensgeschichte erzählte und mit eindringlichen Worten erklärte, warum er sich in selbstmörderischer Absicht aus einem Fenster des Vatikans gestürzt hatte. Dieses sein Leben hätte ich in meinem Buch »Sixtinische Verschwörung« beschrieben, aber noch vor dem Erscheinen des Buches sei der Gelähmte aus seinem Kloster verschwunden, und sein Abt habe standhaft behauptet, einen Mönch in einem Rollstuhl habe es in seinem Kloster nie gegeben; dabei, betonte ich, seien wir uns dort mehrere Tage gegenübergesessen.

Es wäre besser gewesen, ich hätte davon nicht berichtet; denn der Mann hatte es auf einmal eilig und meinte, er müsse, bevor er bereit sei auszupacken, sich alles noch einmal durch den Kopf gehen lassen, und wir sollten uns am folgenden Tage im Café »La Flore« am Boulevard Saint-Germain treffen, wo im übrigen viele Schriftsteller verkehrten.

Um es vorwegzunehmen: Meinen Kaffee im »La Flore« trank ich allein, und ich muß gestehen, es überraschte mich nicht einmal. Offenbar hatte den Unbekannten angesichts der Vorstellung, sein Schicksal könnte als Buchvorlage dienen, der Mut verlassen. Das aber bestärkte mich in meiner Auffassung, daß das, was der Mann mit sich herumtrug, über das persönliche Schicksal eines einzelnen Menschen weit hinausging.

Alle großen Geheimnisse der Menschheit haben einen unscheinbaren Ursprung. Ich witterte hinter dem Schicksal des fremden Mannes ein solches Geheimnis. Daß es von so fundamentaler Bedeutung sein würde, konnte ich zu diesem Zeitpunkt noch nicht ahnen, auch nicht die Tatsache, daß der Fremde mit der Papageiblume in diesem Drama nur eine Nebenrolle spielen würde. Die Hauptrolle, das sei vorweggenommen, spielte jene Frau auf dem Friedhof, von der ich nur den Vornamen kannte: Anne.

Doch ich hatte eine Spur, den Artikel in der Illustrierten. Eine Fährte führte nach München, eine zweite zurück nach Paris, dann überschlugen sich die Ereignisse in meinen Recherchen. Rom, Griechenland und San Diego waren weitere Stationen, und langsam, ganz allmählich, wurde mir klar, warum der Unbekannte Hemmungen hatte, mir seine Geschichte anzuvertrauen.

Den Friedhof habe ich noch einige Male besucht, aber dem fremden Mann bin ich nie mehr begegnet.

Erstes Kapitel

ORPHEUS UND EURYDIKE
todbringend

1

Um sie herum war alles weiß, und als schmerzten die weißen Wände, der weiße Boden, die spiegelblanken weißen Türen und die grellen Neonröhren an der Decke, vergrub Anne ihr Gesicht in den Händen. Sie begriff gar nichts. Sie hatte nur das Wort »Koma« gehört und daß es schlecht um ihn stehe. Eine geschlechtslose Gestalt im weißen Kittel hatte sie auf diesen Stuhl gedrückt und einfühlsam wie eine Flugbegleiterin, die mit den Vorschriften für den Notfall vertraut macht, erklärt, die Ärzte täten ihr Bestes, das könne dauern, sie möge das Formular ausfüllen und unterschreiben.

Das Blatt lag neben ihr auf dem Boden. Von Zeit zu Zeit öffnete sich eine der glänzenden Türen. Gummisohlen quietschten über den langen Gang und verschwanden in einer anderen Tür. Von irgendwoher drang der Rhythmus einer stampfenden Maschine, es roch nach Carbol, und die Wärme war beinahe unerträglich.

Anne blickte auf, sie holte tief Luft, öffnete ihren dünnen Mantel, lehnte sich mit geschlossenen Augen auf dem Stuhl zurück und verschränkte die Arme. Ihre Lippen zitterten, und sie fühlte einen Schmerz, den sie nicht lokalisieren konnte; sie ahnte, daß ihr Leben auseinanderbrach, und ein Gedanke aus ihrer Kindheit kam ihr in den Sinn, wenn sie sich manchmal gewünscht hatte, ein Zauberspruch könne ein Erlebnis vergessen machen und alles sei so wie vorher.

Sie hatte nie darüber nachgedacht, wie das sein würde, wenn einem von ihnen etwas zustieße. Sie liebte Guido, und Liebe fragt nicht nach dem Ende; aber jetzt erkannte sie das Törichte dieser Haltung. Auf einen Anruf wie diesen war sie einfach nicht vorbereitet: »Es tut uns leid, wir müssen Ihnen eine traurige Mitteilung machen. Ihr Mann hatte einen schweren Unfall. Machen Sie sich auf das Schlimmste gefaßt.«

Wie im Traum war Anne zum Klinikum gerast. Sie wußte nicht, auf welchem Weg sie hierhergelangt war, wo sie den Wagen geparkt hatte; unfähig, einen klaren Gedanken zu fassen, hatte sie zwei oder drei Weißkitteln »Intensivstation?« entgegengerufen und war schließlich hier auf diesem grell erleuchteten Korridor gelandet, wo die Zeit endlos schien.

Sie erschrak, als sie sich dabei ertappte, wie sie in Gedanken das Haus neu einrichtete und das Antiquitätengeschäft verkaufte, wie sie den Entschluß faßte, erst einmal eine Weltreise zu machen – um Abstand zu gewinnen. Guido war nie zu einer Weltreise zu bewegen gewesen. Er haßte die Fliegerei.

Mein Gott! Anne sprang auf, sie schämte sich wegen dieser Gedanken und ging unruhig, die Hände in den Taschen ihres Mantels vergraben, auf und ab. Die lässige Geschäftigkeit, mit der Kittelträger an ihr vorbeihuschten, ohne ihr einen Blick zuzuwerfen, wirkte provozierend, und es hätte nicht viel gefehlt, und Anne wäre auf eine der geschäftigen Schwestern losgegangen und hätte sie angeschrien, es gehe um das Leben ihres Mannes, ob sie das nicht begreife.

Dazu kam es aber deshalb nicht, weil im selben Augenblick ein hagerer Mann mit verschmutzter randloser Brille aus einer Tür trat. Er nestelte, während er auf Anne zukam, an einem grünen Mundschutz, der um seinen Hals hing, dann wischte er sich mit dem Oberarm über die Stirn.

»Frau von Seydlitz?« fragte er tonlos.

Anne fühlte, wie sich ihre Augen weiteten, wie das Blut in ihren Kopf schoß. In den Ohren pochte es. Das Gesicht des Arztes verriet keine Regung.

»Ja«, preßte Anne leise hervor. Ihre Kehle war trocken und spröde.

Der Arzt stellte sich vor; aber noch während er seinen Namen nannte, änderte sich der Tonfall seiner Stimme und verfiel in den Singsang eines Leichenbestatters. Das folgende hatte er schließlich schon viele Male von sich gegeben: »Es tut mir leid. Für Ihren Mann kam jede Hilfe zu spät. Es mag in dieser Situation ein schwacher Trost für Sie sein, wenn ich sage, es ist vielleicht besser so. Ihr Mann wäre vielleicht nie mehr zu sich gekommen. Die Schädelverletzungen waren zu schwer.«

Zwar nahm Anne noch wahr, daß der Arzt ihr die Hand reichte, aber in ihrer hilflosen Wut drehte sie sich um und ging. Tot. Zum ersten Mal begriff sie die Endgültigkeit dieses Wortes.

Im Lift roch es nach Küche wie in allen Klinikaufzügen. Angeekelt ergriff sie die Flucht, kaum daß die Aufzugtüren sich geöffnet hatten.

Nach Hause nahm sie ein Taxi. Sie war nicht in der Lage, sich selbst ans Steuer zu setzen. Dem Fahrer hielt sie wortlos einen Schein hin, dann verschwand sie im Haus. Fremd, kalt und abweisend erschien ihr auf einmal alles. Sie entledigte sich ihrer Schuhe, hastete die Treppe empor in ihr Schlafzimmer und ließ sich auf das Bett fallen. Dann endlich weinte sie.

Das geschah am 15. September 1961. Drei Tage später wurde Guido von Seydlitz auf dem Waldfriedhof beerdigt. Am Tage darauf begannen die – nennen wir es zunächst einmal – Merkwürdigkeiten.

2

Damit Anne von Seydlitz nicht von vornherein in falschem Licht erscheint, was dem wahren Gehalt der Geschichte nur abträglich wäre, muß man zunächst ein paar Worte über diese Frau verlieren. Anne Seydlitz gebrauchte nie das von ihrem Mann angeheiratete Adelsprädikat. Ihrem Mann als Kunsthändler mochte der Titel bisweilen von Nutzen sein, aber Anne machte sich eher lustig über den im 19. Jahrhundert verliehenen »Werksadel«. Damals wurden verdienstvolle Unternehmer von einem Tag auf den anderen in den Adelsstand erhoben, und dieser fragwürdige Vorgang brachte dann so kuriose Geschlechter wie das derer von Müller oder jenes derer von Meyer hervor.

Anne verfügte über genug Selbstbewußtsein, als Frau Seydlitz durchs Leben zu gehen, denn Bildung und eine herbe Schönheit hatten sich in ihr auf so faszinierende Weise verbunden, daß sie, wo immer sie auftauchte, stets gesellschaftlicher Mittelpunkt war. Wie alle, die nicht unter ihrer Klugheit leiden, sondern aus ihr Nutzen ziehen, besaß Anne Witz, und ihre Schelmereien wurden oft zum Tagesgespräch. Mit ihrem Alter von gerade vierzig Jahren kokettierte sie gerne, indem sie darauf hinwies, sie befinde sich nun im fünften Jahrzehnt.

Natürlich hatte sie der Tod ihres Mannes schwer getroffen, und sie begann gerade das Leid, das ihr unerwartet begegnet war, mit der Kraft ihres Verstandes zu verarbeiten, als die Klinik anrief, sie möge die letzten Habseligkeiten ihres Mannes abholen.

Obwohl es ihr nicht leichtfiel, kam Anne der Aufforderung noch am selben Tag nach. Eine Schwester übergab ihr gegen Quittung einen verschweißten Plastiksack, der neben Guidos Kleidungsstücken seine Uhr und Brieftasche enthielt. Dabei erfuhr sie eher beiläufig, daß Guido zur Zeit des Unfalles nicht allein im Auto gesessen habe. »Die Beifahrerin hat nur leichte Verletzungen davongetragen, man hat sie heute entlassen.«

»Beifahrerin?«

Anne von Seydlitz zog ihre Stirn in Falten, ein untrügliches Kennzeichen für ihre innere Erregtheit.

Die Schwester zeigte sich erstaunt, daß Frau von Seydlitz von der Beifahrerin nichts gewußt haben sollte, ja sie wurde sogar mißtrauisch und bat, bevor sie den Namen bekannt gab, den Oberarzt um Rat. Anne erkannte in ihm den Arzt, der ihr die Todesnachricht überbracht hatte, und sie hielt es für angebracht, sich für ihr Verhalten zu entschuldigen.

Der Doktor nannte ihr Verhalten in Anbetracht der Umstände nicht außergewöhnlich, er bezeichnete es sogar als ziemlich normal, dennoch gelang es Anne erst nach zähen Verhandlungen, Namen und Adresse der Beifahrerin ihres Mannes zu erfahren.

Sie kannte die Frau nicht. Es ging ihr zunächst auch nur darum, mehr über die Umstände des Unfalles zu erfahren.

Zu diesem Zweck setzte sie sich mit der Polizei in Verbindung.

Dort erfuhr sie, daß der Wagen mit zwei Personen, einem Mann und einer Frau, besetzt gewesen sei, bei Kilometer 7,5 der Autobahn München–Berlin von der Fahrbahn abgekommen, sich mehrmals überschlagend über eine Böschung gestürzt und mit den Rädern nach oben liegengeblieben sei. Die Frau habe das Unglück offenbar nur deshalb überlebt, weil sie aus dem Fahrzeug geschleudert wurde. Zur Klärung der Unfallursache werde das Autowrack untersucht, aber das könne dauern.

Ob sie den Wagen sehen könne.

Natürlich, wenn sie sich das antun wolle.

Die Halle im Norden der Stadt bot Raum für zwei Dutzend Autowracks, und mindestens ebenso viele standen im Freien herum, zerbeulte, zerfetzte, verbrannte Automobile, die mit dem Schicksal irgendwelcher Menschen verbunden waren.

Obwohl sie sich vorgenommen hatte, kühl und gefaßt zu bleiben, begann Anne beim Anblick des Wracks am ganzen Körper zu zittern, und es dauerte eine ganze Weile, bis sie näher zu treten wagte. Das Armaturenbrett war in der Mitte eingeknickt. Auf der linken Seite sah man Blutspuren. Front- und Heckscheibe lagen zersplittert auf den zerbeulten Polstern. Von der Kühlerhaube war nur noch die Hälfte der normalen Länge zu erkennen. Die Kofferraumklappe stand offen, sie ließ sich nicht mehr schließen. Es roch nach Benzin und Öl und verbranntem Kunststoff.

Beinahe andächtig umrundete Anne das demolierte Fahrzeug, da fiel ihr Blick auf eine Aktentasche im Kofferraum. Der Polizeibeamte, der sie begleitete, nickte und meinte, sie könne sie an sich nehmen, und er angelte die Ledertasche hervor.

»Aber das ist nicht die Tasche meines Mannes!« rief Anne und trat einen Schritt zurück. Sie machte eine Bewegung, als habe der Mann ihr ein ekelerregendes Tier vor die Nase gehalten.

»Dann wird sie der Beifahrerin gehören«, meinte der Polizeibeamte beschwichtigend. Er verstand die Aufregung der Frau nicht.

»Aber wo ist der Aktenkoffer meines Mannes? Er hatte einen braunen Aktenkoffer bei sich mit seinem Monogramm G. v. S. auf der Oberseite!«

Der Polizist hob die Schultern. »Sind Sie sicher?«

»Ganz sicher«, erwiderte Anne, und nach einem Augenblick des Nachdenkens sagte sie: »Geben Sie her!«

Sie legte die Tasche auf das Dach des Unfallwagens, hantierte ungeübt an den Schlössern und öffnete den Deckel. Der Inhalt – Unterwäsche (nebenbei gesagt, nicht sehr feine), Kosmetika und Zigaretten – gehörte zweifellos der Frau.

»Darf ich ihn mitnehmen?« fragte Anne.

»Selbstverständlich.«

Sie klappte die Tasche zu und ging.

3

Die unsagbare Trauer, der Schmerz und die Leere, die Guidos Tod in ihr hervorgerufen hatte, schienen auf einmal wie weggefegt, ja, sie erlebte einen Gefühlswandel ungewöhnlichster Art: Schmerz, der sich in der Regel erst nach Jahren verflüchtigt, schlug bei Anne von einer Stunde auf die andere um in Verbitterung, ja, auf einmal empfand sie Haß gegen den Mann, den sie am Tag zuvor zu Grabe getragen hatte. Zehn Jahre Ehe, vermeintliches Glück, stürzten plötzlich in sich zusammen wie ein abrißreifes Gebäude unter der Gewalt der Bulldozer. Ihr war, als hätte sie ihren Mann zweimal verloren, einmal vor wenigen Tagen – und dann jetzt.

Auf dem Heimweg, den Anne in einem Taxi zurücklegte, wurden Erinnerungen wach, Gedanken, Erlebnisse, die nun auf einmal einen Sinn ergaben. Ihre linke Hand krallte sich in den Handgriff der fremden Tasche, als sammelte sie Kraft für einen furchtbaren Angriff. Mit der anderen wühlte sie in ihrem Mantel nach dem Zettel, den ihr der Arzt in der Klinik gegeben hatte: Hanna Luise Donat, Hohenzollern-Ring 17.

Anne biß sich auf die Unterlippe. Das tat sie immer, wenn sie wütend war. Dann hielt sie dem Taxifahrer den Zettel vors Gesicht. »Fahren Sie mich zum Hohenzollern-Ring 17.«

Das Haus im Osten der Stadt war nicht die feinste Adresse, machte aber, soweit man in der Dämmerung erkennen konnte, einen gepflegten, gediegenen Eindruck. Ein graugestrichenes

Eisentor in der Gartenmauer trug ein ovales Messingschild ohne Namen. Anne zögerte keinen Augenblick. Sie drückte auf den Klingelknopf. Im Inneren des Hauses, das etwas zurücklag, brannte Licht, und kurz darauf erschien ein kleiner, dicklicher Mann in der Tür.

»Bin ich hier richtig bei Hanna Luise Donat?« rief Anne dem Mann entgegen. Der kam ihr, ohne zu antworten, mit einem Schlüssel entgegen, schloß das graue Gartentor auf, streckte die Hand aus, an deren Zeigefinger das oberste Glied fehlte, und sagte, während er sich mit ungeschickter Höflichkeit verneigte: »Donat. Sie wollen zu meiner Frau. Bitte!«

Die Bereitwilligkeit, mit der der Mann, ohne zu fragen, was sie denn überhaupt wolle, Anne einließ, versetzte sie in Verwunderung, aber in ihrer Wut ging sie darüber hinweg, im Augenblick kannte sie nur ein Ziel: Sie wollte diese Frau sehen.

Donat bat Anne in ein spärlich möbliertes Zimmer mit zwei alten Schränken und einem schwülstigen Bild aus der Jahrhundertwende: »Bitte gedulden Sie sich einen Augenblick!«

Er verschwand hinter einer der hohen, mit heller Ölfarbe gestrichenen Türen. Nach einer Weile kehrte er zurück, hielt die Tür auf und bat Anne herein.

Natürlich hatte Anne eine Vorstellung von der Frau, die sie in dem Zimmer erwarten würde. Sie erwartete eine Schlampe mit hochtoupierten Haaren und grell geschminkten Lippen, pummelig an den typischen Stellen, eben wie man sich eine vorstellt, die sich mit einem verheirateten Mann einläßt, und bei dieser Vorstellung wuchs ihre Wut.

Sie hatte sich die Begegnung minutiös ausgemalt; vor allem hatte sie sich geschworen, ruhig zu bleiben, kühl und zynisch, denn nur so konnte sie die fremde Frau verletzen. Ich bin Anne von Seydlitz, wollte sie sagen, die Ehefrau, und daß sie schon immer einmal das Frauenzimmer kennenlernen wollte, mit dem Guido seine angeblichen Dienstreisen verbracht hatte. Sie wollte sie einladen, die blutverschmierten Kleidungsstücke ihres Mannes abzuholen – zur Erinnerung sozusagen. Aber dann kam es doch ganz anders.

In der Mitte des Raumes, der mit Grünpflanzen verstellt war, saß eine Frau, wohl etwa im selben Alter wie sie. Sie saß starr wie eine Statue, die Beine in eine Decke gehüllt, sie saß in einem Rollstuhl. Alle Bewegungen, die ihr der Körper vom Hals abwärts offenbar verweigerte, spiegelten sich in ihrem schönen Gesicht wieder.

»Ich bin Hanna Luise Donat«, sagte die Frau im Rollstuhl freundlich, und mit einer leichten Neigung des Kopfes bedeutete sie der Besucherin, näher zu treten.

Anne stand wie angewurzelt. Ihr, die sonst eigentlich nie um eine Antwort verlegen war, fehlten in diesem unvorhersehbaren Augenblick die Worte. So kam es, daß die gelähmte Frau, offenbar an Situationen wie diese gewöhnt, mit betont ruhiger Stimme sagte: »Bitte, nehmen Sie doch Platz!« Und nach einem weiteren Augenblick, in dem nichts geschah, fügte sie, nun etwas drängender, hinzu: »Wollen Sie mir nicht sagen, was Sie zu mir führt, Frau...«

»Seydlitz«, ergänzte Anne. Sie vermochte ihre Aufregung nicht zu unterdrücken, wühlte in ihrer Manteltasche den Zettel hervor und las, was in dieser Situation in gewisser Weise komisch wirkte: »Hanna Luise Donat, Hohenzollern-Ring 17.«

»Richtig«, kommentierte die Frau im Rollstuhl, und der Mann trat hinter sie und schob die Gelähmte näher an die Besucherin heran.

Anne stammelte ein paar entschuldigende Worte: offensichtlich sei sie einem Irrtum aufgesessen, aber man habe ihr in der Klinik diesen Namen und diese Adresse gegeben, eine Frau gleichen Namens sei im Unfallwagen ihres Mannes gesessen und nach dreitägigem Klinikaufenthalt nach Hause entlassen worden.

»Dieses Mißverständnis«, gab der Mann zu bedenken, »kann doch Ihr Mann sehr leicht klären.«

»Er ist tot«, stellte Anne nüchtern fest.

»Verzeihen Sie, es tut mir leid, das konnte ich nicht wissen.«

Anne nickte. Wie immer sie die Situation überdachte, diese Frau konnte weder die Beifahrerin im Auto noch die Patientin in der Klinik gewesen sein. Aber während sie die Situation als mysteriös, um nicht zu sagen unheimlich empfand, zeigten sich die beiden an dem Geschehen der letzten Tage äußerst interessiert. Noch ehe Anne in ein längeres, erklärendes Gespräch verwickelt werden konnte, drückte sie dem Mann die Tasche in die Hand, und sie verabschiedete sich schneller, als der Takt es geboten hätte.

4

In dieser Nacht fand Anne keinen Schlaf. Sie wandelte durch das große Haus wie ein Gespenst auf erfolgloser Suche nach seiner Seele. In einen langen weißen Hausmantel gehüllt, setzte sie sich auf die Treppe, die zu ihrem Schlafzimmer führte, und versuchte auf all das einen Reim zu finden. Manchmal glaubte sie zu träumen; dann lauschte sie den fernen Geräuschen der Nacht. Sie war darauf gefaßt, daß sich jeden Augenblick ein Schlüssel im Schloß drehte und Guido ins Haus träte, so wie er es immer getan hatte, aber es geschah nichts, und alsbald erreichte ihr Delirium jenen gefährlichen Grad von Rausch, der zwischen Trug und Wahrheit nicht mehr zu unterscheiden weiß.

Anne erschrak, als sie sich dabei ertappte, wie sie vor der Tür von Guidos Schlafzimmer stand, mit der flachen Hand gegen den Rahmen schlug und ihren Mann einen Hurenbock schimpfte und mit weiteren ähnlichen Schimpfwörtern bedachte, als habe dieser sich in seinem Zimmer eingeschlossen.

Das Geschehen der letzten Tage war einfach zuviel für sie gewesen. Heulend wie ein Kind sank sie vor der Tür auf die Knie und gab sich ihrer Wut hin. Ja, Annes Tränen waren keine Tränen des Schmerzes, weil sie ihren Mann verloren hatte, Anne heulte vor Wut – über ihn und seine Dreistigkeit und über ihre eigene Naivität, ihr blindes Vertrauen, das sie Guido entgegengebracht und das dieser schändlich mißbraucht hatte.

Von Wesensart und Charakter war Anne durchaus belastbar, unerträglich erschien ihr jedoch die Vorstellung eigener Dummheit; denn Anne von Seydlitz war eine ungewöhnlich kluge Frau, eine Frau, die es immer verstanden hatte, diese Klugheit zielgerecht einzusetzen. Nichts haßte sie mehr als Dummheit, und nun, ein Opfer ihrer eigenen Dummheit, haßte sie sich selbst.

Wuttränen klebten wie Sirup im Gesicht. Eigentlich schämte sie sich vor sich selbst. Sie konnte sich nicht erinnern, sich jemals so gehengelassen zu haben, nicht einmal in der Zeit, die sie als Kind in einem Waisenhaus verbracht hatte.

Im Badezimmer lag der Plastiksack, den man ihr in der Klinik übergeben hatte. Sie erkannte Guidos Uhr, eine goldene Hamilton aus dem Jahre 1921, Guidos Geburtsjahr. Er hatte sie auf einer Auktion erstanden. An der Unterseite war eine Widmung eingraviert: *Syd to Sam 1921*. Anne riß den Beutel auf, zog den blutverschmierten Anzug hervor und breitete Hose und Sakko wie die Figur eines Hampelmannes aus. Und wie er so dalag, der Anzug, den er mit Vorliebe getragen hatte, begann Anne mit bloßen Füßen auf den Kleidungsstücken herumzutrampeln, als wollte sie Guido weh tun. Als wollte sie ein Geständnis aus ihm herauspressen, stampfte sie wild auf den Boden des Badezimmers, gab sie schnaubende Laute von sich und stieß immer wieder dasselbe Wort hervor: »Betrüger – Betrüger – Betrüger!«

Bei ihrem orgiastischen Tanz hatte sie in dem Sakko Widerstand gespürt. Unerwartet zog Anne Guidos Brieftasche hervor. Sie atmete heftig, als sie ein Bündel Geldscheine aus der Tasche nahm. Den weiteren Inhalt kannte sie: Kreditkarten und Fahrzeugpapiere. Aber während sie die Scheine mechanisch zu zählen begann, stieß sie auf eine gelbe Eintrittskarte. Deutsche Oper Berlin, Mittwoch, 20. September, 19 Uhr.

Anne hielt das Billett mit Daumen und Zeigefingern beider Hände. Guido war, bei Gott, kein Opernfreund gewesen. Die wenigen Male, die sie zusammen eine Oper besucht hatten, konnte sie an einer Hand abzählen. Für Anne erschien das nur ein Beweis mehr, wie Guido sie hintergangen hatte. Und sie gehörte zu den Frauen, die alles verzeihen könnten, nur nicht die Gewißheit, daß ihr Mann sie betrog.

Während sie den Inhalt der Brieftasche vor sich auf dem Boden des Badezimmers ausbreitete wie ein Puzzle oder eine Patience, begann sie ihre Gedanken zu ordnen. Längst hatte sie sich grübelnd so in das Doppelleben ihres Mannes verstrickt, daß es für sie kein Halten mehr gab: Sie würde nicht eher Ruhe geben, bis sie dies in allen Einzelheiten aufgeklärt hatte.

Der Tag, der gegen sieben allmählich zum Fenster hereinschimmerte und sich mit dem Gelb der Wandleuchten mischte, trug merklich dazu bei, Annes Sinne zu beruhigen. Diese Besänftigung verdrängte ihre Wut jedoch keineswegs, sie ließ nur ihr Ziel klarer erscheinen.

Anne war alles andere als der Typ eines Schnüfflers; aber es ist bekannt, daß Ehebruch nie gekannte Charaktereigenschaften freisetzt. In ihrem Fall konnte man sogar sagen: Es war ihre Wut, die sie vor dem totalen Zusammenbruch bewahrte.

Noch während sie mit der Klinik telefonierte, wo sie wie erwartet erfuhr, daß jene Frau aus dem Unfallwagen, die sich als Hanna Luise Donat ausgegeben hatte, ganz anders aussah als die Frau im Rollstuhl, fiel ihr Blick auf das Datum der Opernkarte: 20. September. – Heute!

Anne schnippte mit dem Finger, und zum ersten Mal seit Tagen huschte ein kleines Lächeln über ihre Mundwinkel, ein kleines, teuflisches Lächeln. Gewiß, die Hoffnung war gering, aber je länger sie das Billett in der Hand hielt, desto mehr kam in ihr das Gefühl auf, die Opernvorstellung könnte sie auf irgendeine Spur bringen. Sie konnte und mochte sich einfach nicht vorstellen, daß Guido über Nacht zum Opernfan geworden war und allein eine Opernvorstellung besuchte – noch dazu, ohne dies mit einem Wort zu erwähnen.

5

Im Flugzeug nach Berlin erinnerte sich Anne der Zeit vor sechs, sieben Jahren, als ihre Ehe zur Routine geworden war, nicht gerade unerträglich, aber doch so, daß es keine Aufregungen mehr zu geben schien in ihrer Beziehung, keinen Krach, aber auch keine Versöhnung; alles lief – wie man so zu sagen pflegt – wie am Schnürchen. Damals, eben vor sechs, sieben Jahren, hatte sie sich allen Ernstes überlegt, mit dem jungen Volontär in der Firma etwas anzufangen, der sie seine Blicke spüren ließ, sobald sie auftauchte. Diese Lust, die jede Frau überkommt, sobald sie ihre sogenannten besten Jahre erreicht hat, quälte sie monatelang; denn zum einen hätte es sie gereizt, die Wirkung ihrer 35 Jahre auf einen schüchternen, aber nicht unattraktiven Jüngling auszuprobieren, zum anderen wollte sie Guido merken lassen, daß sie auf andere, sogar jüngere Männer durchaus anziehend wirkte.

Auf diesem Umweg hoffte Anne ihrem Mann in Erinnerung zu bringen, daß eine Ehe aus mehr besteht als aus Arbeit, Erfolg und zweimal Urlaub im Jahr. Aber eine plötzliche Erkenntnis im Hinterzimmer des Geschäftes, in das sie an einem ruhigen Montagnachmittag Wiguläus – so hieß der studierte Knabe, und er sah auch so aus – mit der Absicht gerufen hatte, ihn zu verführen (sogar daß sie lila Unterwäsche und gleichfarbige Strümpfe trug, war ihr noch gegenwärtig), führte sie jäh in die Wirklichkeit und auf den Pfad der Tugend zurück. Jedenfalls hatte sie, als der Jüngling begann mit seinen schlanken weißen Händen unter ihrem Kaschmirpullover herumzuwühlen wie ein Bäcker im Teig, ausgeholt und ihm, dem Knaben, eine schallende Ohrfeige verabreicht und mit gespielter Bestimmtheit, wie es einer verheirateten Frau zukam, erklärt, er möge das nie wieder tun – im übrigen aber wolle man die Angelegenheit vergessen.

Erst viel später hatte sie begriffen, daß dieses Erlebnis der klassische Sieg des Verstandes über das Gefühl gewesen war, jene seltene Art von Sieg, die im Abstand der Jahre nicht immer und nicht unbedingt erstrebenswert erscheint. Im beschriebenen Fall hätte ein vollzogener Seitensprung – um das häßliche Wort Geschlechtsverkehr zu vermeiden – vielleicht wirklich mehr bewirkt, vorausgesetzt, ihr Mann hätte davon Wind bekommen und sie hätten sich in angemessener Weise versöhnt. Um so mehr mußte es sie kränken, daß ihre Treue von Guido auf so perfide Weise mißbraucht worden war; nun aber reute es sie erst recht, sich dem jungen Wiguläus nicht hingegeben und statt dessen geordnete Verhältnisse aufrechterhalten zu haben wie in einer ganz normalen Ehe.

Das Hotel, in dem Anne von Seydlitz abstieg (Hotel Kempinski), ist für den Fortgang der Geschichte ohne Bedeutung, anders die Operninszenierung (Orpheus und Eurydike von Christoph Willibald Gluck); beide seien indes der Vollständigkeit halber erwähnt. Jedenfalls nahm sie ihren Opernplatz, Parkett, siebente Reihe, erst im allerletzten Augenblick ein und war erstaunt, zu ihrer Rechten einen rotbackigen, glattrasierten Herrn mit randloser Brille zu finden, dem zum Domprediger nur der Talar fehlte, und zu ihrer Linken eine zauberhafte alte Dame, hätte sie nur nicht andauernd Eukalyptusbonbons gelutscht.

Fehlanzeige!, ging es ihr durch den Kopf, während sich auf der Bühne ein schmächtiger Kastrat mit Altstimme als trauernder Orpheus abmühte. Anne ließ sich von der Gluckschen Musik einlullen; ja, die Musik kam ihrer Stimmung sehr entgegen, und so bemerkte sie auch nicht, daß der Glattrasierte zu ihrer Rechten sie mit verstohlenen Blicken zu mustern begann.

Vielleicht hätte sie die Blicke sogar genossen; jedenfalls blieb sie in der Pause auf ihrem Platz sitzen, ratlos in Gedanken versunken, bis die Reihe sich füllte, und der Rotbackige zu ihrer Rechten Platz nahm. Und während dieser sich umständlich in seinen Sessel gleiten ließ, wandte er ihr seitlich den Kopf zu und sagte, kaum daß er die Lippen bewegte: »Auf diesem Platz hätte ich Guido von Seydlitz erwartet. Wer sind *Sie?*«

Anne schwieg. Aber dieses Schweigen fiel ihr nicht leicht. Sie mußte sich jetzt jedes einzelne Wort überlegen. Jetzt ja keinen Fehler machen! Für die Bemerkung des Unbekannten fand Anne absolut keine Erklärung. Er mußte Guido gekannt haben. Was wollte er von ihm, hier in der Oper? In welchem Zusammenhang stand er mit der rätselhaften Frau aus dem Unfallwagen?

Sie konnte Guido verleugnen, irgendeinen Namen nennen und behaupten, sie habe das Billett einem Unbekannten vor der Tür abgekauft; aber das hätte bedeutet, daß überhaupt keine Chance bestand, das Rätsel aufzuklären. Und nun, da die Situation noch viel verworrener erschien als zuvor, wollte sie nur das eine wissen: Was spielte sich da hinter ihrem Rücken ab?

Nachdem sich ihre Blicke viel zu lange herausfordernd gemessen hatten, beantwortete Anne die ihr gestellte Frage mit gezwungener Ruhe: »Ich bin Anne von Seydlitz, seine Frau.«

Der rotbäckige Glattrasierte schien diese Antwort erwartet zu haben, jedenfalls machte er keinen aufgeregten Eindruck; im Gegenteil, er wirkte eher verärgert, stieß Luft durch die Nase – eine Angewohnheit, die Anne nicht ausstehen konnte – und fragte herausfordernd wie ein unwilliger Schalterbeamter: »Und, was haben Sie für eine Nachricht?«

In diesem Augenblick war Anne klar, daß irgend etwas im Gange war, von dem sie keine Ahnung hatte. Gewiß, es gibt auf der ganzen Welt keinen Kunsthändler, der nicht schon Geschäfte am Rande der Legalität gemacht hätte, und sie wußte auch von dieser oder jener Mauschelei ihres Mannes, die nicht unerheblichen Gewinn gebracht hatte; aber sie *wußte* eben immer davon, und derlei Geschäfte pflegten bei einem noblen Dinner in einem noch nobleren Restaurant abgeschlossen zu werden, keineswegs jedoch in Reihe sieben einer Opernvorstellung.

Sie hätte jetzt natürlich die Wahrheit sagen können, daß sie von nichts eine Ahnung habe, weil ihr Mann bei einem Unfall ums Leben gekommen sei, aber sie hielt das für falsch, und deshalb nahm sie sich vor, die Wissende zu spielen, solange es ging. Zu Annes hervorragenden Eigenschaften gehörte es, in ungewöhnlichen Situationen, und anders war diese ja wohl nicht zu bezeichnen, einen kühlen Kopf zu bewahren. Wenn sie etwas verunsicherte, dann war es die Eiseskälte, die Unempfänglichkeit für ihren Charme. In diesem Falle aber verursachte sie keine Gefühlsregung, das spürte sie genau. War sie in den letzten Tagen so gealtert, oder stand ihr die Wut ins Gesicht geschrieben wie einer Erinnye? Der Unbekannte wartete noch immer auf Antwort.

»Eine Nachricht?« meinte Anne mit gespielter Verlegenheit.

Und während sie scheinbar nach Worten rang wie ein Kind, das bei einer Lüge ertappt wird, fiel ihr der Glattrasierte ins Wort: »Eine halbe Million war vereinbart. Sie sollten den Bogen nicht überspannen! Also, was wollen Sie?«

In diesem Augenblick verlosch das Licht, der Dirigent trat ans Pult, das Publikum klatschte höflich, der Vorhang hob sich, und

Orpheus (Alt) ging Eurydike (Sopran) gute zwanzig Minuten voran, ohne, wie es das Libretto vorschrieb, sich umzudrehen. Es kam dann noch zu irgendwelchen Selbstmordabsichten von seiten des Kastraten, welche dieser mit Hilfe der Arie »Ach, ich habe sie verloren« zu untermauern suchte, aber die Ausführung des Vorhabens ließ auf sich warten, und Anne interessierte sich ohnehin nicht sonderlich dafür. Ihre Gedanken kreisten um diesen seltsamen Mann an ihrer Seite, und sie spürte, wie sich in ihrem Nacken Schweißperlen bildeten.

Der dritte Akt dehnte sich endlos lang. Sie hatte Schwierigkeiten, ruhig zu sitzen, schlug einmal das rechte Bein über das linke, ein andermal das linke über das rechte, krallte sich an ihrer schwarzen Handtasche fest und stellte sich vor, wie ihr Gesicht wohl glänzen würde, wenn das Licht anging. Um Himmels willen, dachte sie, es muß doch etwas geschehen, und noch immer stand die Frage des Mannes im Raum. Derart in die Enge getrieben und weil sie einfach nicht weiterwußte, zischelte sie zur Seite: »Ich denke, wir sollten noch einmal verhandeln...«

»Wie bitte?«

»Ich denke, wir sollten...«

»Pssst!« tönte es aus der achten Reihe, und der Glattrasierte machte, soweit man das in der Dunkelheit erkennen konnte, eine beschwichtigende Handbewegung, die wohl andeuten sollte, er habe sie genau verstanden und nur zum Zeichen seiner Entrüstung ›wie bitte?‹ geflüstert.

Sie bemerkte noch, während Orpheus und Eurydike sich singend in die Arme fielen, was auch in dieser Oper als untrügliches Zeichen des nahenden Endes erkannt werden darf, daß der Unbekannte eine Karte aus seinem Sakko zog und mit einem Stift darauf herumkritzelte.

Mit dem Schlußakkord ging der Vorhang nieder, das Publikum applaudierte, und gerade in dem Augenblick, als die Schummrigkeit des Parketts von gleißend hellem Glanz vertrieben wurde, sprang der Mann neben ihr auf, drückte ihr die Visitenkarte in die Hand und drängte sich ziemlich rücksichtslos aus der Mitte der Zuschauerreihe, noch ehe Anne ihm folgen konnte.

Später, im Foyer, betrachtete Anne die Visitenkarte, auf der sich der Autovermieter AVIS, Budapester Straße 43, am Europa-Center, empfahl, was ihr der rotbäckige Glattrasierte gewiß nicht nahebringen wollte. Anne drehte die Karte um und erkannte eine ungelenke Notiz von altmodischer Handschrift, die sie endlich nach mehreren Ansätzen entzifferte als: »Morgen 13 Uhr – Museum – Nofretete – neues Angebot.«

Zum Teufel mit dem Kerl! Der Mann war ihr höchst zuwider. Man kennt das: Es gibt Leute, denen begegnet man zum ersten Mal, man wechselt nicht ein Wort mit ihnen, aber dennoch empfindet man unbeschreibliche Antipathie gegen sie. Anne haßte rotbackige Männer, und sie haßte Männer, die wie eine Speckschwarte glänzten.

Aber dennoch zweifelte sie keine Sekunde, daß sie morgen zu dem Treff gehen würde.

6

Jede andere hätte der Treffpunkt vermutlich in tiefe Ratlosigkeit gestürzt; schließlich war Nofretete eine ägyptische Königin. Anne von Seydlitz wußte natürlich, daß die weltberühmte Kalksteinbüste der Nofretete, um die Jahrhundertwende von Deutschen ausgegraben, seit Kriegsende im Dahlemer Museum ausgestellt wurde. Der Treffpunkt bestätigte ihren von Anfang an gehegten Verdacht, der Unbekannte könnte hinter einer kostbaren Antiquität her sein.

Leute dieser Art werden von Kunsthändlern geschätzt, weil sie bereit sind, für das Objekt ihrer Begierde jeden Preis zu zahlen. Unter dieser Klientel kannte Anne mehr als einen Sammler, der, obwohl durchaus wohlhabend, sich auf bedrohliche Weise verschuldet hatte, nur um in den Besitz irgendeiner aberwitzigen Kostbarkeit zu gelangen, die geeignet schien, seine Sammlung zu krönen.

Ähnliches vermutete sie hinter der Absicht des Unbekannten, und weil sie befürchtete, sich in irgendeine kriminelle Sache zu verstricken (ein Mann, der sie mit einer anderen betrog, war auch fähig, sie mit unlauteren Geschäften zu hintergehen), faßte sie den Entschluß, den Rotbackigen beim morgigen Treffen über den Tod ihres Mannes aufzuklären; dann müßte jener die Katze aus dem Sack lassen und erklären, was in aller Welt ihm soviel Geld wert sei und warum das alles auf derart merkwürdige Art und Weise vonstatten gehe. So dachte sie.

Gegen Mittag sind alle Museen der Welt halb leer, und das Museum in Dahlem machte da keine Ausnahme. Anne fand den Mann aus der Oper in den Anblick des Fußbodenmosaiks versunken. Sie erkannte ihn schon von weitem, obwohl er nun, bei Tageslicht, und mit einem hellen Trenchcoat bekleidet, einen viel jugendlicheren Eindruck machte. Mit auf dem Rücken verschränkten Händen stand er da und starrte auf das Mosaik.

Anne trat von der Seite an ihn heran. Der andere schien sie zwar zu bemerken, machte aber keinerlei Anstalten, den Blick zu heben und sie anzusehen. In Gedanken verloren begann er auf einmal zu reden: »Das ist Orpheus mit seiner Leier, einer, der die Geheimnisse der Gottheit kannte«, und er lächelte beinahe verlegen. Dann fuhr er fort: »Es gibt viele Versionen um seinen Tod. Eine besagt, er sei von Zeus durch einen Blitz getötet worden zur Strafe dafür, daß er den Menschen die göttliche Weisheit übermittelt habe. Glauben Sie mir, es ist die einzige richtige Version.«

Anne stand wie erstarrt; sie hatte sich diese Begegnung ganz anders vorgestellt, und nun begann der mit einer Vorlesung über Orpheus. Orpheus? Das alles konnte doch kein Zufall sein: Am Abend zuvor Glucks Orpheus, und jetzt stand er vor diesem Mosaik und faselte über den Tod des Sängers.

Nach einer Weile blickte der Mann auf, er sah Anne prüfend an wie ein Käfer die Ware, dann verschränkte er die Arme vor der Brust, und in dieser Haltung begann er, während er von einem Fuß auf den anderen trat, zu reden: »Also gut, wir sind bereit, unser Angebot auf eine Dreiviertelmillion zu erhöhen...«

Der Gebrauch des Personalpronomens *wir* machte Anne nachdenklich. Kein wirklicher Sammler gebrauchte das Fürwort ›wir‹, ein wirklicher Sammler, für den sie den Rotbackigen bisher gehalten hatte, kannte nur ›ich‹, und zum ersten Mal kam in ihr der Verdacht auf, sie könnte, ohne es zu wollen, in eine Geheimdienstsache verstrickt sein. Der Geheimdienst ist neben der Kirche die einzige Institution, die nur das Wort ›wir‹ kennt.

»Ich befürchte«, sagte Anne, »wir reden aneinander vorbei.«
»Ich verstehe nicht. Wollen Sie sich etwas klarer ausdrücken?«
»Das wollte ich *Sie* bitten!«
Rotbacke holte Luft: »Sie sind doch Frau von Seydlitz?«
»Ja. Und wer sind Sie?«
»Das tut im Zusammenhang mit unserem Geschäft nichts zur Sache; aber wenn es Ihnen hilft, nennen Sie mich Thales.«

Es half nicht, und Anne hätte es auch als albern empfunden, den Fremden mit ›Thales‹ anzureden, obwohl der Name irgendwie gut zu ihm paßte.

»Mich interessiert«, begann Thales aufs neue, »mich interessiert vor allem eines: Wo befindet sich das Pergament zur Zeit?«

Anne begegnete der Frage mit gespielter Ruhe, obwohl ihr tausend Dinge durch den Kopf rasten. Welches Pergament? Sie hatte keine Ahnung. Was hatte Guido ihr verschwiegen? Für gewöhnlich hatte Anne um alle Geschäfte gewußt, zumindest um die größeren. Warum hatte er ihr ausgerechnet dieses Geschäft verschwiegen? Ein Pergament für eine Dreiviertelmillion?

Mit einem Mal erkannte sie Zusammenhänge, und sie ahnte, warum Guidos Aktenkoffer bei dem Unfall verschwunden war. Welche Rolle aber die Frau dabei gespielt haben konnte, blieb ihr verborgen.

Ihr langes Schweigen machte Thales sichtlich nervös; jedenfalls blies er wieder auf abscheuliche Weise Luft durch die Nase. Es hörte sich an wie das Schließen einer U-Bahn-Tür. »Wo ist von Seydlitz?« schob er seiner ersten eine zweite Frage nach.

»Mein Mann ist tot«, erwiderte Anne mit fester Stimme, ohne daß dabei ein Anflug von Trauer mitschwang, und sie sah dem Rotbackigen in die Augen.

Der runzelte die Stirn, daß seine buschigen Augenbrauen hinter den Brillengläsern hervortraten. Man konnte nicht sagen, daß die Antwort ihn traf wie der Tod eines Menschen, den man kennt;

vielmehr wirkte er äußerst verunsichert und besorgt um den Fortgang seines Geschäftes. Insofern war es nicht Trauer, die auf einmal in seiner weinerlichen Stimme schwang, sondern eher Selbstmitleid: »Aber wir haben letzte Woche noch telefoniert. Das kann doch nicht sein!«

»Doch!« meinte Anne bestimmt.

»Herzinfarkt?«

»Verkehrsunfall.«

»Tut mir aufrichtig leid.«

»Schon gut.« Anne senkte den Blick. »Um Ihrer Frage zuvorzukommen: Ja, ich werde die Firma weiterführen, und insofern bin ich jetzt Ihr Ansprechpartner.«

»Ich verstehe.« Thales' Stimme klang resigniert. Offenbar war ihm Guido der angenehmere Geschäftspartner gewesen. Möglich, daß Rotbacke Frauen grundsätzlich nicht mochte. Von seinem Aussehen konnte man darauf schließen. Einerlei, das stärkte nur ihre Position.

Thales versuchte angestrengt, die Unterhaltung von neuem aufzunehmen: »Wir haben uns gut verstanden, Ihr Mann und ich, sehr sympathisch, wirklich, korrekter Geschäftsmann.« Mit der Linken machte er eine ausholende Handbewegung wie ein schlechter Schauspieler, um anzudeuten, daß es vielleicht besser wäre, sich etwas von der Stelle zu bewegen. Er schien bemüht, ihr Zusammentreffen so unauffällig wie möglich zu halten.

»Sie kannten meinen Mann?« fragte Anne im Gehen, während sie gelangweilt auf die ägyptischen Exponate zu beiden Seiten des Raumes blickte.

»Was heißt kennen«, antwortete Thales. »Wir standen in Verhandlungen.«

Warum hatte Guido den Namen Thales nie erwähnt? Irgend etwas stimmte an der Sache nicht. Eigentlich hatte sie vor, dem Rotbackigen die Wahrheit zu sagen, sie wisse überhaupt nicht, worum es gehe und wo sich das Pergament befinde, für das er ein Vermögen auszugeben bereit sei; aber dann kam alles ganz anders, weil der fremde Mann zu reden begann, und dabei gebrauchte er wieder das Personalpronomen ›wir‹.

»Sie fragen sich natürlich, warum wir bereit sind, für ein Stück Pergament mit ein paar alten Schriftzeichen soviel Geld auszugeben. Allein an der Summe mögen Sie erkennen, wie wertvoll das Stück für uns ist, das wollen wir nicht verhehlen. Und ich kann mir nicht vorstellen, daß Ihnen irgend jemand mehr bietet. Wichtig ist uns nur, daß niemand von dem Pergament erfährt und schon gar nicht von dem Kauf, und damit wir Sie gar nicht erst in Schwierigkeiten bringen können, wollen wir absolut anonym bleiben. Wir zahlen die geforderte Summe bar auf die Hand, das Geschäft braucht also in keiner Bilanz aufzutauchen. Wir verstehen uns?«

Anne verstand keineswegs. Sie begriff nur, daß der seltsame Mann neben ihr bereit war, ihr eine Dreiviertelmillion für ein Objekt zu zahlen, das sich angeblich in ihrem Besitz befand, von dem sie allerdings keine Ahnung hatte – und das möglicherweise sogar gestohlen war.

Ganz unvermittelt fragte Thales auf einmal: »Haben Sie das Pergament mitgebracht? Ich meine, befindet es sich hier in Berlin?«

»Nein«, erwiderte Anne, ohne zu überlegen und durchaus wahrheitsgemäß.

Die Antwort enttäuschte den Rotbackigen sehr. »Ich verstehe«, sagte er mit einem Ausdruck von Betroffenheit; und mit einer Schnelligkeit, die sie verwirrte, machte er eine höfliche Kopfbewegung, um sich zu verabschieden, und während er sich umdrehte, sagte er noch: »Wir melden uns wieder, auf Wiedersehen.«

Anders als an dem vorangegangenen Abend hätte Anne den Rotbackigen diesmal leicht verfolgen können, sie hätte ihn sogar aufhalten, ihm irgendwelche Fragen stellen können; aber der Augenblick solcher Gedanken fand ein schnelles Ende, weil sie nicht wußte, was sie überhaupt von ihm wollte.

7

Anne hielt sich keinen Tag länger in Berlin auf. Sie hatte das unerklärliche Gefühl, irgend etwas Außergewöhnliches könnte geschehen. Nebelverhangene Straßen, stinkender Dampf aus den Gullys und lauter Verkehr, all das wirkte mit einem Mal bedrohlich auf sie. Derlei Gefühle hatte sie nie gehabt, weil es keinen Anlaß dazu gegeben hatte, schließlich war sie eine Frau, die mit beiden Beinen im Leben stand, und schrecken konnten sie nur schlechte Bilanzen und das Finanzamt.

Nun aber ertappte sie sich dabei, daß sie zur Seite wich, wenn ein Auto neben ihr anhielt, und daß sie um einen Bettler am Straßenrand einen großen Bogen machte, nur weil er sie mit hoffnungsvollem Blick musterte. Es kam ihr vor, als drehte sich alles nur um sie, obwohl die Ereignisse doch nach wie vor mit ihrer eigenen Person wenig zu tun hatten.

Auf dem Flug nach München, der ihr in angenehmer Erinnerung blieb (es war für lange Zeit die letzte angenehme Erinnerung), weil über dem Nebel die Sonne strahlte und ihr eine ganze Sitzreihe allein zur Verfügung stand, versuchte Anne irgendeine Erklärung für all das zu finden, was sich in den letzten Tagen ereignet hatte. Sie fand sie nicht. Dabei stellte sich ihr die Frage, ob Guidos tödlicher Unfall ein Zufall war oder ob jemand dabei nachgeholfen hatte.

Zu Hause fand sie einen roten Zettel mit Polizeistempel an die Eingangstür geklebt und dem handschriftlichen Vermerk, sie möge sich umgehend auf ihrem Polizeirevier melden. Der Grund für diese Aufforderung wurde ihr sehr schnell klar, als sie die Haustür öffnete. Einbrecher hatten das ganze Haus durchwühlt, Schränke und Kommoden aufgebrochen, den Inhalt wahllos verstreut, Bücher aus den Regalen gerissen, Bilder abgehängt, sogar die Teppiche umgedreht.

Als sie sich dem Chaos gegenübersah, setzte sich Anne auf einen Stuhl und heulte. Zu ihrem Erstaunen hatten die Einbrecher weder das kostbare Silbergeschirr noch die Porzellanfigurensammlung mitgenommen; ja, nach einer ersten Bestandsaufnahme stellte sie fest: Es fehlte überhaupt nichts, nicht einmal das Bargeld, ein paar hundert Mark, das offen in einem Barocksekretär herumlag.

Damit schien klar, daß hier nicht gewöhnliche Einbrecher am Werk waren, sondern daß die Tat im Zusammenhang mit dem verfluchten Pergament stand. Kein Zweifel, die Leute hatten im Haus nach dem Pergament gesucht, nichts gefunden und waren unverrichteter Dinge wieder verschwunden. Leute, die bereit sind, für ein Pergament eine Dreiviertelmillion zu bezahlen, vergreifen sich nicht an Silber.

Doch da gab es einige Ungereimtheiten in ihren Überlegungen: Etwa warum die Leute mit ihr in Berlin verhandelten, während sie in München in ihr Haus einbrachen. Oder warum ihnen ihre, Annes, Abwesenheit bekannt war, nicht aber der Tod ihres Mannes.

Auf dem zuständigen Polizeirevier erfuhr sie, daß Nachbarn den Einbruch gemeldet hätten, nachdem ihnen zwei verdächtige Gestalten mit Taschenlampen im Garten aufgefallen waren. Man teilte ihr auch mit, die Untersuchungen an dem Unfallwagen hätten weder einen technischen Defekt noch einen Fremdeinfluß erkennen lassen; mit anderen Worten, Guido habe seinen Tod selbst verschuldet, menschliches Versagen – die teilnahmsloseste Bezeichnung, die es für den Tod eines Menschen gibt.

In einem Umschlag überreichte ihr der Beamte einige belanglose Dinge, die bei der Untersuchung des Wagens gefunden worden waren, darunter ein lange vermißter Briefkastenschlüssel, eine Kreditkarte mit ähnlicher Geschichte, ein zerbrochener Füllfederhalter, den sie bei Guido, soweit sie sich erinnern konnte, nie gesehen hatte, und – eine Filmpatrone. Die Kamera, die stets im Handschuhfach des Wagens gelegen hatte, fehlte, und ihre Rückfrage wurde dahingehend beantwortet, in dem Autowrack sei keine Kamera gefunden worden.

In einer so ausweglosen Situation wie dieser, die, wie es schien, nicht nur *eine* Ursache und nicht nur *ein* Motiv hatte – a) wollte Anne immer noch wissen, mit wem ihr Verblichener seine angeblichen Dienstreisen verbracht hatte, b) interessierte sie sich dringend für den Verbleib des Pergaments; eine Dreiviertelmillion war schließlich kein Pappenstiel, und c) ging es ihr darum, Licht in eine Angelegenheit zu bringen, in die sie, ohne es zu wissen, tiefer verwickelt war, als ihr lieb sein konnte –, in einer solchen beinahe metaphysischen Situation greift man nach jedem Strohhalm: Insgeheim hoffte Anne, als sie den Film zur Entwicklung gab, Schnappschüsse der Geliebten ihres Mannes zu entdecken; sie suchte ja nur nach einer Bestätigung für ihre Vermutung. Dann wäre ihre Welt zumindest in dieser Hinsicht wieder in Ordnung gewesen; sie hätte schlecht gedacht über Guido und die Männer im allgemeinen und vielleicht den Entschluß gefaßt, sich an der erwähnten Allgemeinheit auf diese oder jene Weise zu rächen.

Deshalb war Anne von Seydlitz zunächst enttäuscht, als sie den entwickelten Film ausgehändigt bekam und statt irgendwelcher pikanter Schnappschüsse einer Bildserie ansichtig wurde, die an Langeweile kaum zu überbieten war, sie aber schon im nächsten Augenblick elektrisierte wie ein Schlag aus der Steckdose. Man sah Aufnahmen von einem zerfledderten Schriftstück, sechsunddreißigmal ein und dasselbe Motiv.

Das Pergament! Anne preßte die Hände vor den Mund. Bei näherer Betrachtung der Negative war zu erkennen, daß die Aufnahmen offenbar in großer Eile im Freien gemacht worden waren, indem irgend jemand das kostbare Objekt in die Kamera gehalten hatte. Wiguläus, den Anne sofort in Verdacht hatte, stritt seine Mitwirkung an den Aufnahmen ab, bekräftigte jedoch, das Original zu kennen, es jedenfalls im Tresor des Ladengeschäfts gesehen zu haben, ein Umstand, der ihn verwundert habe, weil im Tresor nur Objekte von hohem Wert wie Schmuck oder Goldkunst aufbewahrt worden seien. Auf die Frage, ob Guido je über das Pergament geredet habe, erwiderte der Junge, nein, er habe von der Existenz überhaupt nur durch das Wareneingangsbuch erfahren, wo er den Einkauf weisungsgerecht mit eintausend Mark verbucht habe.

In der Tat war das Objekt als »koptisches Pergament« ordnungsgemäß verbucht. Unter der Rubrik »Herkunft« fand Anne die Eintragung: privat. Wann er das Pergament zuletzt im Tresor gesehen hatte, vermochte Wiguläus nicht mit Sicherheit zu sagen, vermutlich am Tage vor Guido von Seydlitz' Tod, und entschuldigend fügte er hinzu, er habe das Pergament einfach nicht für so bedeutend gehalten, um sich dafür zu interessieren. Aber jetzt sei es verschwunden.

Ob er wisse, welchen Inhalt der Text des Pergaments wiedergebe?

O nein, lachte Wiguläus, der Wert des Schriftstückes beruhe mit Sicherheit nicht auf seinem Inhalt, sondern auf seinem Alter. Im übrigen seien die Schriftzeilen an vielen Stellen unleserlich. Allein die Tatsache, daß es auf dem Kunstmarkt angeboten wurde, erlaube die Schlußfolgerung, daß es kaum von historischer Bedeutung sei.

So endete dieses Gespräch wie alle Gespräche, die Anne seit Guidos Tod geführt hatte, mit tiefem Mißtrauen und dem festen Vorsatz, das Geheimnis um das Pergament auf eigene Faust zu ergründen. Immerhin hatte sie nun mehrere Kopien unterschiedlicher Bildqualität vorliegen, alle etwa in der Originalgröße eines halben Briefbogens, die für einen Fachmann durchaus aussagefähig sein mußten. Insgeheim knüpfte Anne an den Inhalt jetzt die Vermutung, die sie in keiner Weise zu begründen wußte, daß Guidos Tod mit dem Papier in irgendeiner Weise in Zusammenhang stand.

8

Es war dies jene selbsternannte Form von Logik, die bei Außenstehenden nur Kopfschütteln hervorruft, dem Betroffenen aber so einleuchtend erscheint, daß er jedem Zweifler mit Mißtrauen begegnet. Getragen von diesem Mißtrauen, ging Anne daran, nach einem Experten zu suchen, der ihr den Inhalt des Pergaments erklären konnte. Aber weil sie fürchten mußte, man könnte ihr unangenehme Fragen wegen Herkunft und Verbleib des Dokumentes stellen, wandte sie sich nicht an einen anerkannten Experten für koptische Kunst und Geschichte, sondern sie nahm die Dienste eines stadtbekannten Expertisenvermittlers in Anspruch, der gegen Bares Spezialisten für jedes nur erdenkliche Fachgebiet vermittelte, meist uralte, halb blinde emeritierte Professoren oder versoffene Privatgelehrte mit durchaus respektablem Wissen, welche Gutachten nach den Wünschen des Auftraggebers zu schreiben bereit waren.

Dr. Werner Rauschenbach gehörte zu letzteren. Er bewohnte eine Mansardenwohnung in der Kanalstraße, deren Häuser besondere Verkommenheit, aber niedrige Mieten aufwiesen. »Vorsicht im Treppenhaus!« hatte er Anne am Telefon gemahnt. »Die Stiegen haben Löcher, und das Treppengeländer hält auch nicht mehr viel aus!« Er hatte nicht übertrieben.

Rauschenbachs Wohnung erwies sich in mehrfacher Hinsicht als bemerkenswert, sie zeichnete sich vor allem durch zwei Dinge aus, von denen Anne noch nie so viele auf einem Fleck gesehen hatte: Bücher und Flaschen, eine gar nicht seltene Kombination, aber unerwartet in dieser Anhäufung. Bücher waren an den Wänden gestapelt, die meisten ohne die stützende Hilfe eines Regals, kniehohe Stöße von Gedrucktem standen scheinbar ungeordnet auf dem Boden herum, dazwischen Flaschen, kantige Rotweinflaschen. Die einzige freie Wandfläche des düsteren Arbeitsraumes nahm ein vergilbtes Illustriertenfoto von Rita Hayworth aus den vierziger Jahren ein.

Dort schien die Zeit Rauschenbachs stehengeblieben zu sein; hier hatte er seine Traumwelt aus Suff und Wissenschaft gezimmert, die er unaufgefordert vor jedem rechtfertigte, der ihn besuchte. Und so mußte auch Anne eine ganze Biographie über sich ergehen lassen, nicht ohne Mitgefühl übrigens, weil die Geschichte zeigte, daß ein Mensch, einmal aus der Bahn geworfen, kaum eine Chance hat, sich wieder mit dem normalen Leben zu arrangieren. Meist beginnt dies mit einer gescheiterten Ehe, und bei Rauschenbach war das nicht anders. Ob Alkohol die Ursache für das Scheitern oder das Scheitern Ursache für den Alkohol war, ging aus seiner Schilderung nicht eindeutig hervor.

Der Vater, so mußte Anne sich anhören, habe sein Geld, das er als Tuchhändler verdiente, zielstrebig verspielt. Er selbst habe Kindheit und Jugend in einem frommen Heim verbracht, was die

Ursache dafür sei, daß er noch heute einen Bogen um jede Kirche und jeden Pfaffen schlage. Früh, allzufrüh, verbesserte er sich, habe er eine ältere Frau geheiratet, mit weißem Kleid und grünen Myrten, aber das sei auch das einzige gewesen, was an eine Ehe erinnert habe. Die Frau habe mehr ausgegeben, als er verdiente – Kunsthistoriker werden nicht unbedingt gut bezahlt –, Schulden, Verlust der Arbeit, Scheidung, Gott sei Dank keine Kinder.

Während dieser Lebensbeichte dudelte irgendwo ein Plattenspieler den Gefangenenchor »Teure Heimat«, was zu ertragen gewesen wäre, hätte das Gerät nicht ständig dieselbe Platte wiederholt. Rauschenbach, von Natur mager und hochgeschossen mit aus dem Kopf quellenden Augen, saß, während er redete, auf einem uralten, knarrenden Holzstuhl und sagte, als er endlich sein Schicksal mit Worten bewältigt hatte: »Was ist Ihnen die Expertise wert, Frau Seiler?«

»Seydlitz«, korrigierte Anne ihn höflich und fügte hinzu: »Das ist ein Mißverständnis.« Und dabei zog sie eine große Fotografie aus einem Umschlag. »Ich will von Ihnen keine Expertise. Sehen Sie, ich habe hier die Kopie eines Pergaments. Von Ihnen möchte ich nun wissen, worum handelt es sich bei diesem Objekt, was ist der Inhalt des Textes, und welchen Wert würden Sie für das Original ansetzen?«

Rauschenbach nahm die Kopie in die Hand und musterte sie mit weit ausgestreckten Armen. Dabei machte er ein Gesicht, als hätte er gerade Essig getrunken.

»Tausend«, sagte er, ohne den Blick von der Fotografie zu wenden, »fünfhundert sofort, Rest bei Lieferung des Gewünschten, keine Rechnung.«

»Einverstanden«, entgegnete Anne, die schnell begriffen hatte, daß ein armer Hund wie Rauschenbach nicht aus Liebe zur Kunst arbeitete, sondern um zu überleben. Sie zog fünf Scheine aus ihrer Handtasche und legte sie auf den schwarzgestrichenen Küchentisch, der als Schreibtisch diente. »Wie lange werden Sie dafür brauchen?«

»Kommt drauf an«, meinte der Dürre und ging zu dem einzigen Mansardenfenster, das den Raum dürftig erhellte. »Kommt ganz darauf an, womit wir es hier zu tun haben. Das Original steht Ihnen nicht zur Verfügung, Frau Seiler?«

»Seydlitz.« Anne zeigte sich bemüht, möglichst wenig Information über das rätselhafte Pergament herauszugeben. »Nein«, sagte sie knapp.

»Verstehe«, knurrte Rauschenbach unwillig. »Hehlergut?«

Da brauste Anne auf: »Ich muß doch sehr bitten, Herr Doktor Rauschenbach! Mir ist das Pergament zum Kauf angeboten worden, und ich möchte von Ihnen wissen, ob es sein Geld wert ist – vor allem, was es ist. Aber wenn Sie Bedenken haben...« Anne machte das einzig Richtige, was sie in dieser Situation tun konnte: Sie gab vor, das Geld wieder einstecken zu wollen, und damit zerstreute sie mit einem Mal alle Bedenken des Mannes.

»Nein, nein«, rief dieser, »verstehen Sie mich nicht falsch, aber ich bin ein vorsichtiger Mann, ich darf mir in dieser Hinsicht einfach nichts zuschulden kommen lassen. Sie dürfen nicht glauben, ich wüßte nicht, daß alle Leute, die zu mir kommen, einen Grund dafür haben. Schließlich gilt Professor Guthmann als der Experte schlechthin. Natürlich haben auch Sie einen triftigen Grund, gerade zu mir zu kommen, aber das soll mich nicht stören, solange das alles unter uns bleibt – wenn Sie verstehen, was ich meine, Frau – Seydlitz.«

Immerhin hatte er schon ihren Namen behalten, dachte Anne, und zur selben Zeit wurde ihr bewußt, daß dieser Kerl, der in der Hauptsache von Menschen aufgesucht wurde, die etwas zu verbergen hatten, immer für eine Erpressung gut war. Der Gedanke bereitete ihr Unbehagen, aber noch ehe sie die mißliche Idee weiterverfolgen konnte, begann Rauschenbach, in die Fotografie vertieft wie ein Kriminalist, langsam zu sprechen:

»Soweit ich das erkennen kann, handelt es sich hier um ein koptisches Blatt, die Schrift ist jedenfalls griechisch, mit demotischen Schriftzeichen durchsetzt, typisch für das Koptische der ersten nachchristlichen Jahrhunderte. Das würde bedeuten – vorausgesetzt das Pergament ist echt und keine Fälschung, was ich aber nur anhand des Originals feststellen könnte –, das Objekt ist mindestens einhalbtausend Jahre alt.«

Rauschenbach fühlte, daß Anne ihn aufgeregt anstarrte, und er versuchte ihre Erwartungen von Anfang an zu dämpfen: »Ich hoffe, Sie nicht zu enttäuschen, wenn ich Ihnen sage, daß Blätter dieser Art gar nicht selten und infolgedessen auch nicht besonders wertvoll sind. Man hat sie zuhauf in Klöstern und Höhlen gefunden, meist Urkunden ohne Bedeutung, aber auch Bibeltexte und gnostische Schriften. Bei gutem Erhaltungszustand werden für solche Pergamente tausend Mark bezahlt, aber bei diesem Stück handelt es sich, soweit ich das erkennen kann, um kein erstklassiges Objekt. Wissen Sie, Frau –«

»Seydlitz!« ergänzte Anne aufgeregt.

»Wissen Sie, Frau Seydlitz, es gibt nicht viele Sammler für koptische Manuskripte, und Museen und Bibliotheken sind nur an ganzen Rollen, vor allem an zusammenhängenden Texten interessiert, welche als Grundlage für wissenschaftliche Forschungen dienen.«

Anne nickte: »Ich verstehe. Sie können sich also nicht vorstellen, daß dieses Pergament – wieder vorausgesetzt, es ist auch echt – für irgendwelche Leute ein Objekt besonderer Begierde sein könnte?«

Rauschenbach sah Anne ins Gesicht. Die seltsame Formulierung schien ihn zu beeindrucken. Er versuchte ein Lächeln. »Wer will schon wissen, was für wen zum Objekt der Begierde werden kann. Tausend Mark«, meinte er schließlich, während er den Kopf schüttelte, »mehr würde ich dafür nicht ausgeben.«

Anne überlegte, wie sie dem anderen die Bedeutung dieses Pergaments nahebringen konnte, ohne sich selbst zu verraten. Sie hätte Rauschenbach natürlich alles erzählen können, was bisher passiert war, aber sie zweifelte, ob er ihr überhaupt glauben würde. Und außerdem fehlte es ihr an Vertrauen, und deshalb bat sie, er möge ihr den Text so genau wie möglich übersetzen oder zumindest inhaltlich wiedergeben.

Da holte Rauschenbach unter dem Tisch eine Flasche hervor und goß sich ein gebauchtes Glas voll. »Wollen Sie auch einen Schluck?« fragte er eher geistesabwesend und in der Erwartung, daß Anne ablehnen würde, und begann dann, während seine

Rechte fahrige Bewegungen über der Fotografie vollführte, eine lange Erklärung über die Schwierigkeiten der Entschlüsselung solcher alten Texte; eine Kopie, und noch dazu eine schlechte, mache die Aufgabe noch viel schwieriger. Anne war unsicher, ob Rauschenbach nur zu faul war und mit einem oberflächlichen Gutachten schneller Geld machen wollte oder ob er einen anderen Grund hatte, sich nicht mit dem Text auseinanderzusetzen.

Als ob der Rotwein seine Sinne schärfte, schien Rauschenbach ihre Gedanken zu erraten, und er sagte in das Blatt versunken: »Sie glauben natürlich, ich wollte mir nur die Arbeit leichtmachen, aber da kann ich Sie beruhigen, ich werde Ihnen eine Übersetzung liefern, soweit sie bei diesem Material möglich ist. Nur –« und dabei schüttelte er seinen ausgestreckten Zeigefinger – »versprechen Sie sich nicht allzuviel davon.«

Anne sah Rauschenbach an.

»Glauben Sie mir«, beteuerte dieser, »es hat schon ganze Codizes aus koptischer Zeit gegeben, die keiner haben wollte. Ich will sagen, bei Funden dieser Art bedarf es nicht nur der Entdeckung, sondern auch des wissenschaftlichen Einsatzes des Entdeckers, der alles dokumentiert und in einen historischen Zusammenhang stellt. Wissen Sie, ein Pergament oder ein Papyrus ist keine Mumie, keine Skulptur und keine Goldmaske, die die Leute aufregt. Eine der bedeutendsten Entdeckungen in dieser Hinsicht, der sogenannte Codex Jung, irrte jahrelang durch die Welt, bevor er das Interesse der Wissenschaft fand. Das ist eine unglaubliche Geschichte... aber ich will Sie nicht langweilen.«

»O nein«, erwiderte Anne, »Sie langweilen mich überhaupt nicht.« Dabei konnte sie sich des Eindruckes nicht erwehren, daß Rauschenbach sich mühte, die Bedeutung ihres Pergamentes herunterzuspielen. Und während dieser sein Glas nachfüllte und zu reden begann, dachte Anne nach, welchen Grund Rauschenbach für sein Verhalten haben könnte.

»Die Entdeckung des Codex Jung«, holte Rauschenbach aus, »geht zurück auf das Jahr 1945. Damals entdeckten ägyptische Fellachen in Tonkrügen in einem alten Grab fünfzehn koptische Handschriften, Bücher mit angemoderten Ledereinbänden, für die sich kein Mensch zu interessieren schien. Sie verkauften sie für ein paar Piaster nach Kairo, wo eines dieser Bücher in ein Museum kam, ein weiteres zu einem Antiquitätenhändler. Elf andere – zwei waren inzwischen verheizt worden – verschwanden auf Nimmerwiedersehen in irgendwelchen dunklen Kanälen. Man hörte nur noch gerüchteweise von ihnen. Es mag verschiedene Gründe für das Desinteresse an diesen umfangreichen Handschriften gegeben haben, aber ein Grund war zweifellos der gnostische Inhalt dieser Bücher.«

»Können Sie das näher erklären?«

»Unter Gnosis oder Gnostizismus versteht jeder etwas anderes, und das hat seinen Grund. Es gab in den ersten Jahrhunderten der Zeitwende gnostische Philosophen und Theologen, die sich auf die Suche nach dem Ursprung und Wesen des Menschen machten. Kirchlich-gläubige Gnostiker wie Origines oder Clemens von Alexandria wollten dabei den christlichen Glauben stützen. Nichtkirchliche Gnostiker wie Basilides oder Valentinus machten daraus eine altorientalische Mystik. Klar, daß die einen zu Feinden der anderen wurden, wenn sie behaupteten, die Welt sei das fragwürdige Werk eines unvollkommenen, bösen Schöpfergeistes. Also nichts von dem lieben Gott, der gütig über den Wassern schwebt.« Rauschenbach kicherte in sich hinein.

»Aber zurück zu unserem Handschriftenfund: Der Kairoer Antiquitätenhändler brachte seinen Codex in der Hoffnung, er werde dort einen Käufer finden und einen annehmbaren Preis erzielen, nach Amerika. Vergeblich – wie sich herausstellte. Kein Sammler, kein Museum schien sich für die alte Handschrift zu interessieren. Jahre später tauchte das gute Stück in Brüssel auf. Es hatte inzwischen den Besitzer gewechselt, und der bot es auf dem Kunstmarkt an. Ein Schweizer Mäzen kaufte den Codex und schenkte ihn dem C.-G.-Jung-Institut in Zürich. Dort wird er noch heute aufbewahrt, und er trägt seither den Namen Codex Jung.«

»Und die anderen elf Bücher aus diesem Fund?«

»Eine abenteuerliche Geschichte! Sie galten nach ihrer Entdeckung zunächst als verschollen, und man mußte das Schlimmste befürchten. Aber ein französischer Koptologe, der den im Museum aufbewahrten Codex zu Gesicht bekam, berichtete vor der Pariser Akademie der Wissenschaften über die Handschrift und ihre mögliche Bedeutung. Der Bericht erschien in einer Kairoer Zeitschrift, und daraufhin meldete sich ein älteres Fräulein, sie habe von ihrem Vater, einem Kairoer Münzenhändler, diese elf Codices geerbt und sei bereit, sie dem Koptischen Museum zu verkaufen. Kaufpreis 50000 Pfund. Das war eine stolze Summe, aber sie war dem Wert der Objekte durchaus angemessen, enthielten diese doch etwa tausend eng beschriebene Seiten in koptischer Sprache und – das hatte der französische Professor inzwischen herausgefunden – nicht weniger als achtundvierzig verschiedene gnostische Schriften. Aber den zuständigen Stellen fehlte das Geld, und nun, da die Bücher bekannt waren, gab es auf einmal überall in der Welt Interessenten für die kostbaren Stücke. Die ägyptische Regierung schob dem jedoch einen Riegel vor, indem sie, obwohl keine Stelle bereit war, die geforderte Summe zu bezahlen, die elf alten Folianten in einer Kiste versiegelte und dem Museum zur Aufbewahrung übergab. Sieben Jahre lagen sie dort herum, es wurde gefeilscht und gehandelt, inzwischen brach die Revolution aus, und die Ägypter hatten andere Sorgen. Schließlich mußte die rechtmäßige Besitzerin ihre Forderungen einklagen. Jetzt weiß man zwar, wo diese Codices zu finden sind, aber ihren Inhalt kennt man nur auszugsweise.«

»Wie ist das möglich?«

»Dafür gibt es viele Gründe, harmlose und weniger harmlose. Wissenschaftler sind eitle Leute. Einer, der sich einmal in die Materie eingearbeitet hat, ist selten bereit, sich in die Karten schauen zu lassen, und manche arbeiten deshalb ein halbes Leben an so einem Objekt. Die Kopten vertreten in Ägypten eine winzige Minderheitenreligion: Staatsreligion ist der Islam, und daher ist das Interesse der Regierungsstellen für die Aufarbeitung koptischer Religionsgeschichte denkbar gering. Aber es gibt für die Nichtveröffentlichung solcher Texte noch einen anderen Grund, und der ist vielleicht der interessanteste.«

»Sie machen mich neugierig.«

»Nun, diese uralten Dokumente sind von sehr gescheiten Menschen verfaßt, die der Nachwelt etwas mitteilen wollten, die etwas wußten, wovon die Masse der Menschen keine Kenntnis hatte, Geheimnisse der Menschheit sozusagen.«

»Und Sie wollen damit sagen, daß es auch heute noch solche Geheimnisse gibt?«

Rauschenbach nickte: »Ich bin sogar überzeugt davon.« Er nahm das Rotweinglas, kippte den Inhalt mit gurgelnden Lauten in sich hinein und wischte mit dem Handrücken über seinen Mund.

Anne sah ihn an. So reden Sie doch weiter, wollte sie sagen. Aber sie schwieg. Später, dessen war sie sich bewußt, würde sie sich ärgern, weil sie die Gelegenheit hatte verstreichen lassen, aber sie hatte auf unerklärliche Weise Hemmungen, weitere Fragen zu stellen; sie spürte, daß Rauschenbach nicht weiterreden wollte, und sicher hätte er irgendwelche Ausflüchte gebraucht. Deshalb kam sie auf den eigentlichen Grund für ihre Anwesenheit zurück, und sie fragte: »Was meinen Sie, könnte nicht dieses Pergament aus der von Ihnen geschilderten Entdeckung stammen?«

»Das ist unmöglich!« antwortete dieser, ohne zu überlegen, und als wollte er sich noch einmal vergewissern, hielt er die Fotografie dicht vor die Augen. »Das ist wirklich ganz unmöglich.«

»Und warum sind Sie so sicher?«

»Ganz einfach. Weil es sich bei Ihrem Dokument um ein Pergament handelt.«

»Ja, und?«

»Bei den erwähnten Handschriften handelt es sich um Papyri. Aber das muß Sie nicht enttäuschen. Es gibt genug Pergamente, die sind auf Grund ihres Inhaltes weit kostbarer als Papyrushandschriften.«

So endete das Gespräch. Rauschenbach meinte, Anne solle in drei Tagen wiederkommen, bis dahin würde er sich mit dem Text auseinandergesetzt haben.

Auf dem Nachhauseweg, den sie zu Fuß zurücklegte, machte sie sich Gedanken wegen des seltsamen Verhaltens von Rauschenbach. Sie hatte sich die Begegnung gar nicht viel anders vorgestellt, aber da gab es eine Sache, die sie störte: Der gescheite Dr. Rauschenbach hatte viele Worte verloren über koptische Texte, aber er war nicht mit einem Wort auf den Inhalt ihres Pergaments eingegangen, hatte auch keine Vermutung geäußert – ungewöhnlich für einen redseligen Trinker wie ihn.

Was sie aus diesem Verhalten hätte folgern sollen, wußte Anne nicht. Sie war sich auch unschlüssig, ob sie dem zu erwartenden Gutachten trauen konnte; andererseits fand sie aber auch keinen einleuchtenden Grund, warum Rauschenbach ihr auf unehrliche Weise begegnen sollte. Der Umstand, daß er wegen seiner verkommenen Lebensweise, die er allzu bereitwillig seinem schweren Schicksal zuschrieb, nicht ihrem Geschmack entsprach, mußte nicht unbedingt zur Folge haben, daß er ein schlechter oder nachlässiger Wissenschaftler war. Zeichnen sich doch die meisten Genies durch einen ungewöhnlichen Lebensstil aus.

9

Während der folgenden drei Tage versuchte Anne die Dinge in ihrem Kopf zu ordnen, und dabei ertappte sie sich, daß sie dort, wo sie einfach nicht mehr weiter wußte, wo sie sich keinen Reim machen konnte auf das Geschehen, begann, Geschichten zu erfinden, Geschichten, die ihr am Ende Angst einjagten, eine unerklärliche, furchtbare Angst. In einer dieser Handlungen begegnete sie Rauschenbach, der sie verfolgte, um in den Besitz des geheimnisvollen Pergamentes zu kommen, und Donat, dem Mann der Gelähmten, der, Gott weiß warum, den tödlichen Verkehrsunfall inszeniert hatte wie in einem Kriminalroman.

In diesen Tagen begann sie, entgegen früherer Gewohnheit, zu trinken, in der Hauptsache Cognac, der ihr anfangs noch schmeckte, aber nach übermäßigem Genuß ihren Magen derart durcheinanderbrachte, daß sie sich wiederholt übergeben mußte. Sie haßte sich deswegen, und sie vermochte selbst nicht auszudrücken, was in ihr vorging. Es erging ihr wie einem Falter im Sog eines Luftstromes, der von einer gewaltigen Macht gehindert wird, in die angestrebte Richtung zu fliegen. Anne fühlte sich in den Luftstrom eines unbekannten Zwanges gezogen, der sie in immer mehr unerklärliche Situationen verstrickte, und sie war einfach nicht stark genug, sich aus diesem Dilemma zu lösen. Sie dachte daran, einen kleinen Koffer zu packen, nur das Nötigste, und mit dem nächsten Flugzeug in die Karibik zu fliegen, ohne ihre Adresse zu hinterlassen; aber schon im nächsten Augenblick begegnete sie dem Rotbackigen, der sie beim Verlassen des Flugzeuges erwartete. Anne litt unter Verfolgungswahn, jener krankhaften Überzeugung, die banale Äußerungen oder zufällige Begebenheiten wahnhaft als immer nur gegen sich bezogen umdeutet.

Wo aber lag der Ausweg aus diesem Teufelskreis? Wer wollte leugnen, daß in den letzten Tagen und Wochen Dinge geschehen waren, die es ihr schwermachten, nicht an ihrem Verstand zu zweifeln? Guido war tot, eine rätselhafte Frau in seinem Wagen spurlos verschwunden, unbekannte Leute verfolgten sie und boten ihr ein Vermögen für ein Objekt, das angeblich nicht mehr wert war als ein paar hundert Mark. Das waren Tatsachen und keine Hirngespinste.

Jedenfalls war ihr nicht wohl zumute, als sie am Freitag gegen 17 Uhr Rauschenbach aufsuchte, wie vereinbart. Irgendwie paßte er in dieses heruntergekommene Haus; es fiel ihr schwer, sich Rauschenbach in einem anderen Haus als diesem vorzustellen. Noch bevor sie den abgegriffenen Klingelknopf in einer trichterähnlichen Vertiefung drückte, hörte sie Musik. Deshalb drückte sie länger als für einen Besucher schicklich, damit Rauschenbach, eingelullt von Musik und Rotwein, ihr Klingelzeichen nicht überhörte.

Aber der reagierte nicht. Auch ein nochmaliges, ungestümes Läuten blieb ungehört. Mit der Hand schlug Anne gegen die Tür. »Herr Doktor Rauschenbach!« rief sie ungehalten. »Herr Doktor Rauschenbach, öffnen Sie doch!«

Der Lärm, den sie dabei verursachte, rief den Hausmeister auf den Plan, einen pfiffigen Jugoslawen mit steifem Fuß, welcher ihn nicht hinderte, mit dem anderen, gesunden immer zwei Stufen nehmend, ungewöhnlich schnell in das oberste Stockwerk zu gelangen.

»Doktor nicht da?« fragte er lächelnd.

»Doch, er muß dasein, hören Sie nur die Musik!« erwiderte Anne.

Der Jugoslawe lauschte, preßte ein Ohr gegen die kantige Türfüllung und kam, nicht unerwartet, zu der Feststellung: »Musik nur wenn Doktor zu Hause. Aber vielleicht...«, und dabei machte er eine Handbewegung wie jemand, der ein Glas leert, und zwinkerte mit einem Auge.

Aber noch während der Hausmeister mit seiner Pantomime anzudeuten versuchte, daß Rauschenbach wohl wieder einmal über den Durst getrunken hatte, traf es Anne wie ein Peitschenhieb: Aus dem Innern schallte »Ach, ich habe sie verloren...«, die Arie aus Orpheus und Eurydike. Anne preßte ihrerseits ein Ohr gegen die Tür; sie spürte den Pulsschlag in ihren Schläfen, kein Zweifel: die Orpheus-Arie!

»Haben Sie einen Nachschlüssel?« fuhr Anne den Jugoslawen an.

Der verstand die Aufregung nicht, langte ruhig in die Tasche, zog einen alten, großen Schlüssel hervor und hielt ihn der Frau vor die Nase: »Hausmeisterschlüssel«, sagte er grinsend. »Paßt überall.«

»So schließen Sie doch auf!« bat Anne.

Mit einem Schulterzucken, das wohl soviel andeuten sollte wie: Ich weiß nicht, ob das richtig ist, aber wenn Sie meinen..., schob er den unförmigen Schlüssel ins Schloß, und Anne stürmte in die Wohnung.

Rauschenbach saß an seinem Schreibtisch, der Oberkörper hing vornüber, der Kopf lag zur Seite gedreht auf der Schreibtischplatte. Aus dem zu einer Fratze verzerrten Mund hing die Zunge, pelziggrau und von ungewöhnlicher Länge; seine Augen waren geöffnet, aber man konnte nur das Weiße sehen. Bei näherer Betrachtung erkannte Anne dunkle Male an seinem Hals. Rauschenbach war erwürgt worden.

Vom Grammophon tönte noch immer die Arie. Als sie geendet hatte, hob sich der Tonarm wie von Geisterhand, setzte von neuem auf und wiederholte die unendlich traurige Melodie.

»Nein! Nein! Nein!« rief Anne und preßte die Hände vor beide Ohren, dann stürzte sie sich auf das Gerät. Ein häßliches Krächzen, dann war es still.

10

In den folgenden Nächten schlief Anne schlecht.

Sie hatte den Eindruck, daß es immer nur Sekunden waren, in denen sie das Bewußtsein verließ, ein paar kurze Sekunden gegenüber den endlosen Stunden einer Nacht. Krampfhaft versuchte sie die Augen offenzuhalten und die Decke anzustarren, wo in unregelmäßigen Abständen die Lichter vorbeifahrender Autos erschienen und nach kurzer Prozession wieder verschwanden; denn sobald sie die Augen schloß, brachen Bilder über sie herein, die ihr zusetzten wie quälende Parasiten. Wie Blutegel saugten sich die Bilder in ihrem Gedächtnis fest, und sie erschienen Anne so klar, so deutlich, daß es ihr schwerfiel und allmählich nahezu unmöglich wurde, zwischen Wahnvorstellung und Realität zu unterscheiden. Und mehr als einmal stellte sie sich im Wachen die Frage, ob sie verrückt sei, ob ihr Gehirn nicht mehr richtig arbeite, ob es Träume waren, die ihr diese unglaublichen Fantasiebilder vorgaukelten, Träume, die den Kontrollapparat der Vernunft zerstört hatten.

Vielleicht hast du selbst in dem Unfallauto gesessen, begann sich Anne ernsthaft zu fragen, vielleicht hat der Aufprall dein Gehirn gelähmt und dein Gedächtnis zerfetzt, vielleicht gehst du ohne Bewußtsein durchs Leben und tust und erlebst Dinge außerhalb jeder Realität, vielleicht nennt man den Zustand, in dem du dich befindest, Tod?

In solchen Augenblicken versuchte Anne bisweilen aufzustehen, um zu beweisen, daß sie noch Gewalt über sich hatte, aber ein jedes Mal mißlang der Versuch. Ihr fehlte einfach die Kraft, ihren Willen durchzusetzen, als habe jemand von ihr Besitz ergriffen und beherrsche jede Bewegung und jeden Gedanken. Dann begann Anne laut Worte zu sprechen, und der Klang ihrer Stimme, die von den Wänden hallte, wirkte beruhigend, weckte sie auf aus ihrer Qual, und sie öffnete die Augen.

Ich muß, sagte sie sich immer wieder, die Wahrheit herausfinden.

Rauschenbachs Tod hatte Anne neuerlich in eine unangenehme Situation gebracht. Jedenfalls mußte sie sich peinlichen Verhören unterziehen. Sie hatte Schwierigkeiten, den Kriminalbeamten klarzumachen, daß sie Rauschenbach und seine Lebensgewohnheiten überhaupt nicht kannte und daß sie ihn vor seinem Tod nur ein einziges Mal gesehen hatte. Im übrigen sah Anne keinen Anlaß, den Grund für ihr Zusammentreffen mit dem Experten zu vertuschen. Sie habe, erklärte sie vor der Polizei, Rauschenbach die Kopie eines alten Pergaments zur Begutachtung überlassen.

Doch diese Aussage erwies sich unerwartet als folgenschwerer Fehler. Denn zum einen wurde die Kopie bei Rauschenbach nicht gefunden, zum anderen schien Annes Behauptung, das Original des Pergaments sei bei dem Autounfall ihres Mannes verschwunden, mysteriös und wenig glaubhaft, so daß Anne von Seydlitz zwar nicht der Tat verdächtigt, aber doch bezichtigt wurde, eine undurchsichtige Rolle in diesem Fall zu spielen.

Obwohl sie keinen Zusammenhang zwischen Rauschenbachs gewaltsamem Tod und dem Pergament erkennen konnte, war die Möglichkeit nicht auszuschließen. Das Verschwinden der Kopie deutete jedenfalls darauf hin, und je mehr sie darüber nachdachte, desto mehr überkam sie die Ahnung, auch Guido könnte keines natürlichen Todes gestorben sein. Um weiterzukommen, mußte sie aber die Bedeutung des Pergaments kennen, mußte seinen kunsthistorischen Wert ergründen oder etwas über seinen Inhalt in Erfahrung bringen.

Anne erinnerte sich in diesem Zusammenhang eines Mannes, den Rauschenbach eher beiläufig erwähnt hatte und der ihr vom Namen nicht unbekannt war, mit dem sie aber noch nie zu tun gehabt hatte. Wie hatte Rauschenbach gesagt? – ›Schließlich gilt Professor Guthmann als der Experte schlechthin!‹

Mit einer zweiten Kopie machte Anne sich auf den Weg zu dem

Institut in der Meiserstraße, einem pompösen Gebäude aus der Nazizeit, mit einem Treppenhaus aus Steinstufen und marmornem Geländer. Im zweiten Stock fand sie eine zweiflügelige, weißgestrichene Eingangstür mit dem Namen Guthmanns, doch wies das Schild streng darauf hin, daß Anmeldung und Zugang nur über Zimmer 233 möglich seien, ein Hinweis, dem Anne nachkam.

11

Man stellt sich Professoren an einem Universitätsinstitut meist als würdige alte Herren vor, mit Bauch und dunklem Anzug mit Weste. Guthmann paßte überhaupt nicht in dieses Klischee. Er trug Jeans und halblange, gewellte Haare und machte eher den Eindruck eines schlechtbezahlten Assistenten als den des Leiters eines Instituts. In der Mitte des Raumes, der mindestens die doppelte Höhe moderner Bauten hatte, stand ein langer uralter Tisch, und darauf ausgebreitet lagen aufgeschlagene Bücher, zahllose beschriebene Blätter und Stöße von Manuskripten herum, die mit Bändern verschnürt waren wie Geschenkpakete.

Guthmann zog unter dem Tisch einen abgewetzten Holzstuhl hervor, bat Anne, Platz zu nehmen, und fragte, was sie zu ihm führe. Anne bediente sich der gleichen Geschichte, die sie Rauschenbach aufgetischt hatte: Ihr sei das Pergament zum Kauf angeboten worden, und sie interessiere Wert und Inhalt.

Guthmann nahm das Blatt und musterte es mit zusammengekniffenen Augen. Dabei spitzte er den Mund und verzog das Gesicht zu einer Grimasse, als empfände er Schmerz. Er schwieg.

Plötzlich sprang er auf, als habe er eine erschreckende Entdeckung gemacht, kramte unter den Büchern und Manuskripten eine große, runde Lupe hervor, ließ sich wieder auf seinen Stuhl fallen und führte das Glas in waagerechten Bewegungen über das Blatt. Bisweilen schüttelte er ärgerlich den Kopf, aber im nächsten Augenblick verzogen sich seine Mundwinkel zu einem Schmunzeln, und er nickte verständnisvoll.

»Wo haben Sie das her?« erkundigte sich Guthmann.
Wahrheitsgemäß antwortete Anne: »Ich habe es nicht«, und unsicher fügte sie hinzu: »Es wurde mir nur angeboten.«
»Ich verstehe«, erwiderte Guthmann, ohne den Blick von dem Blatt zu lassen. »Was soll es kosten, wenn ich fragen darf?«
Anne hob die Schultern. »Ich soll ein Gebot machen.«
»Wissen Sie«, begann der Professor umständlich, »koptische Pergamente sind kein Vermögen wert, es gibt einfach zu viele auf dem Markt. Der Wert eines solchen Stückes wird weniger durch sein Alter oder den Erhaltungszustand bestimmt als durch den Inhalt des Textes. Und dieser Text scheint mir nicht uninteressant. Hier« – Guthmann nahm die Lupe und wies Anne auf eine bestimmte Zeile hin – »hier lese ich den Namen ›Barabbas‹.«
»Barabbas?«
»Ein historisches Phantom. Es geistert durch koptische Texte ebenso wie durch jüdische. Die biblischen Texte erwähnen ihn als Aufrührer. Sogar in den Schriftrollen vom Toten Meer wird der Name genannt, jedoch ohne irgendeinen Hinweis auf seine Bedeutung. Ein Kollege namens Marc Vossius, der an der California-Universität in San Diego lehrt, hat sich ein halbes Leben mit diesem Barabbas beschäftigt, und manche halten ihn deshalb sogar für verrückt.«
Anne von Seydlitz war auf einmal hellwach. »Verstehe ich Sie richtig, Professor, es gibt eine historische Persönlichkeit namens Barabbas, die von so großer Bedeutung ist, daß ihr Name in unterschiedlichen Überlieferungen auftaucht, ohne daß es bis heute gelungen ist, die Bedeutung dieses... dieses Phantoms zu analysieren?«
»So ist es.«
»Und dieser Barabbas ist auf diesem Pergament erwähnt?«
Guthmann nahm wieder die Lupe zur Hand, blinzelte durch das Glas und meinte: »Es hat zumindest den Anschein.«
Anne bohrte weiter: »Gibt es mehr solche historischen Phantome?«
»O ja«, erwiderte der Professor. »Nicht jeder von ihnen war so mitteilsam wie Julius Cäsar, über dessen Leben wir aus eigener

Hand wissen; andererseits gingen viele Schriften verloren. Von Aristoxenos, einem Schüler von Aristoteles, wissen wir zum Beispiel fast nichts, obwohl er einer der klügsten Menschen war, die je gelebt haben. Er hat 453 Bücher geschrieben, aber erhalten ist nicht ein einziges. Von Barabbas kennen wir nur den Namen und mehrere Hinweise auf seine Persönlichkeit.«

Im weiteren Verlauf der Unterhaltung gab Guthmann zu erkennen, daß er selbst durchaus interessiert sei an dem Pergament, und Anne erkannte darin wohl auch den Grund, warum der Professor sich standhaft weigerte, eine Wertangabe in bezug auf das Objekt zu machen. Eine gute Woche, meinte er schließlich, solle sie ihm Zeit lassen. So lange brauche er, um sich mit dem Inhalt des Schriftstücks auseinanderzusetzen. Über das Honorar wurde überhaupt nicht gesprochen.

Anne fühlte sich nach dem Besuch bei Professor Guthmann ein wenig erleichtert. Warum, das vermochte sie selbst nicht zu erklären, doch fand sie sich nun darin bestätigt, daß das Pergament bei all den Merkwürdigkeiten der letzten Tage eine zentrale Rolle spielte.

Als sie durch das große Portal des Instituts ins Freie trat, huschte ein Mann an ihr vorbei, den sie schon einmal gesehen zu haben glaubte, aber sie verwarf den Gedanken sofort wieder. Zu viele Bilder, zu viele Menschen begegneten ihr jede Nacht, als daß sie noch den Mut aufgebracht hätte, einen Verdacht zu äußern.

Auf dem Nachhauseweg suchte sie ein Bistro in der Theresienstraße auf, wo an hohen Marmortischchen köstliche Nudelspezialitäten angeboten werden. Anne dachte nach. Der Name Barabbas ging ihr nicht mehr aus dem Sinn.

Nachts, während sie sich auf ihrem Bett wälzte und Bilder an der Zimmerdecke erschienen und verschwanden wie in den Nächten zuvor, begann sie laut zu sprechen: »Barabbas, wer bist du? Barabbas, was willst du von mir?« Ängstlich lauschte sie in die Nacht, ob die geheimnisvolle Macht, die schon so viel Furchtbares bewirkt hatte, antwortete, aber es blieb still in dem einsamen Haus, nur der Westminster-Schlag der alten Standuhr im Parterre meldete sich regelmäßig.

Du bist wahnsinnig, jawohl, verrückt bist du, flüsterte Anne schlaftrunken, nur um sich Mut zu machen, dann fiel sie wieder in den quälenden Halbschlaf, der die Einbildungskraft fördert und die Vernunft betäubt wie eine Droge. So glaubte Anne auch, das Telefonklingeln, das sie auf einmal hochschrecken ließ, sei nur Einbildung, und sie preßte das Kissen über den Kopf, bis sie nichts mehr hörte.

Vielleicht, dachte Anne, als sie sich wieder beruhigt hatte, sollte sie lieber einen Psychiater aufsuchen, anstatt mit dem rätselhaften Pergament von einem Koptologen zum anderen zu ziehen. Aber dann würde sie vielleicht nie die Wahrheit erfahren, warum Guido ums Leben gekommen war und warum sie überall, wo sie nach einer Lösung suchte, auf eine Mauer des Schweigens stieß.

Und wieder klingelte das Telefon mit jener Erbarmungslosigkeit, zu der so ein Gerät zu nachtschlafender Zeit fähig ist. Noch während Anne den Kopf in ihrem Kissen vergrub, kam ihr der Verdacht, daß dieses Geräusch keineswegs ihrer Einbildung entsprang, nein, es läutete wirklich.

Sie fingerte im Halbdunkel nach dem Hörer und meldete sich schlaftrunken: »Hallo?«

»Frau von Seydlitz?« kam es vom anderen Ende der Leitung.

»Ja.«

»Sie sollten«, sagte eine männliche Stimme, »nicht länger nach dem Pergament forschen. In Ihrem eigenen Interesse.«

»Hallo!« rief Anne aufgeregt. »Hallo, wer spricht da?« Die Leitung war tot. Aufgelegt.

Anne glaubte die Stimme zu kennen, aber sie war nicht sicher, ob es wirklich Guthmann war. Und wenn, welchen Grund sollte der Professor haben, sie um diese Zeit anzurufen; wovor wollte er warnen?

Sie hielt es im Bett nicht mehr aus. Anne stand auf, ging ins Bad, ließ aus dem Hahn kaltes Wasser über ihr Gesicht laufen, kleidete sich flüchtig an und schaltete die Kaffeemaschine an. Das Gerät würgte lautstark heißes Wasser in den Filter wie ein Frosch vor der Laichzeit. Der Duft, den es verbreitete, wirkte ernüchternd, und sie setzte sich, die Kaffeetasse mit beiden Händen haltend, in einen Lehnstuhl.

»Barabbas«, sagte sie leise vor sich hin, »Barabbas«, und sie schüttelte den Kopf.

So saß sie frierend und starrte vor sich hin, bis der Morgen graute, für Anne eine Erlösung.

12

In ausweglosen Situationen wie dieser gibt es Augenblicke, in denen die Spannung auf einmal einer Vision weicht, in denen plötzlich ein Hoffnungsschimmer auftaucht, geeignet, alle Probleme zu lösen wie mit Hilfe eines Zaubermittels. So erging es Anne von Seydlitz. Guthmann wußte mehr über das Pergament, als er bei ihrer Begegnung am Vortage preisgegeben hatte. Rückblickend durfte sie sogar glauben, der Professor wußte alles. Als *der* Experte auf dem Gebiet der Koptologie kannte er gewiß nicht nur den Inhalt, er mußte auch über die Zusammenhänge informiert sein, die das Blatt so bedeutungsvoll machten.

Den Professor in seinem Institut aufzusuchen und zur Rede zu stellen schien Anne nicht angebracht; denn wenn Guthmann mehr wußte, als er bei ihrem ersten Besuch zugegeben hatte, dann würde er es auch bei einem zweiten Besuch nicht einfach ausplaudern. Wollte sie überhaupt eine Chance haben, so mußte Anne den Professor überrumpeln. Sie nahm sich vor, ihn mit einem größeren Betrag zu bestechen; denn von seiner Erscheinung her machte Guthmann den Eindruck, als ob er Geld nötig hätte.

Gegen 17 Uhr parkte sie ihren Wagen schräg gegenüber dem Institut, von wo sie den Eingang gut übersehen konnte. Ihr Plan sah vor, Guthmann abzufangen, ihn um eine Unterredung zu bitten und ihm bei einem gemeinsamen Abendessen ein großzügiges Angebot zu machen, großzügig genug, um ihn zum Sprechen zu bringen.

Nach dreieinhalb Stunden, gegen halb neun, trat ein Hausmeister vor das Portal und machte Anstalten, das Gebäude abzuschließen, Anne stieg aus, rannte quer über die Straße und fragte den Portier, ob Herr Guthmann noch im Hause sei. Der erwiderte, es sei niemand mehr im Haus, vergewisserte sich aber durch einen Telefonanruf, der ohne Antwort blieb.

Am folgenden Tag war Anne, nach einer weiteren schlaflosen Nacht, schon morgens um halb acht zur Stelle. Doch auch diesmal war ihr Warten erfolglos. Guthmann kam nicht. Sie sah nun keinen Grund, den Professor nicht in seiner Wohnung aufzusuchen. Die Adresse entnahm sie dem Telefonbuch: Guthmann, Prof. Dr. Werner.

Werner Guthmann lebte in einem Reihenhaus in einem westlichen Vorort, wo die Immobilienpreise erschwinglich waren. Auf ihr Klingeln öffnete eine Frau mittleren Alters. Sie gab sich abweisend. Anne nannte umständlich ihr Anliegen; der Professor sei der einzige Mensch, der ihr weiterhelfen könne. Aber noch ehe sie ihre Geschichte zwischen Tür und Angel erzählt hatte, unterbrach sie die Frau, es tue ihr sehr leid, ihr nicht helfen zu können, ihr Mann sei seit zwei Tagen spurlos verschwunden. Die Polizei fahnde bereits nach ihm.

Anne erschrak. An dem gottverdammten Pergament schien ein Fluch zu kleben, der sie verfolgte wie ein Schatten. Sie verabschiedete sich hastig, und während sie zu ihrem Wagen ging, kam ihr zum wiederholten Male der Gedanke, vollkommen verrückt zu sein. Aber schon im nächsten Augenblick regte sich in ihr das Bewußtsein, daß sie bei klaren Sinnen sei, weil sie ihren Zustand und die Umstände, die dazu geführt hatten, rückhaltlos und logisch analysieren konnte. Dennoch schien sich eine geheimnisvolle Macht über sie und ihr Leben gelegt zu haben, wie ein Krake, der in der Lage war, seine Fangarme auch nach entfernter Beute auszustrecken.

Zweites Kapitel

DANTE UND LEONARDO
verschlüsselte Geheimnisse

1

Es ist Unsinn, wenn Menschen behaupten, jemand, der mit seinem Leben abgeschlossen hat, sei nicht bei klarem Bewußtsein. Vossius war so klar, daß ihm – entgegen sonstiger Gewohnheit – sogar ständig irgendwelche Zahlen in den Sinn kamen, Zahlen, die für ihn und die Situation, in der er sich befand, ohne jede Bedeutung waren. So überlegte er allen Ernstes, ob er wirklich zwanzig Francs ausgeben sollte für den Lift, der ihn zur dritten Plattform bringen würde, oder ob er ein paar Francs sparen und zu Fuß die Treppe bis zur ersten Plattform hinaufklettern sollte. Einer Schemazeichnung neben der Kasse entnahm er, daß jene zwar nur 57 Meter hoch lag; aber um sich zu Tode zu stürzen genügte das allemal. Doch dann sagte er sich, du stirbst nur einmal, und er wollte Paris noch einmal von oben sehen, aus dreihundert Metern Höhe. Also reihte er sich geduldig ein in die Schlange vor einem der Kassenschalter, mit dem festen Vorsatz, zum Preis von zwanzig Francs seinem Leben ein Ende zu setzen, von ganz oben.

Besucher des Eiffelturmes werden auf eine harte Geduldsprobe gestellt, weil die Menschenschlangen, die das Wahrzeichen erstürmen wollen, an allen Tagen schier endlos sind, sogar an einem unfreundlichen Herbsttag wie diesem. Von ihm selbst ausgehend begann er die Wartenden vor sich zu zählen. Er kam auf über neunzig und errechnete, daß, würde der Vorgang des Kartenerwerbs bei jedem einzelnen nur zwanzig Sekunden in Anspruch nehmen, er eine halbe Stunde warten müßte.

Gewiß, das sind unsinnige Gedanken im Angesicht des Todes, aber sie sollen auch nur deshalb wiedergegeben werden, um die Klarheit seiner Gedanken zu beschreiben, die ihm der eine oder andere vielleicht im nachhinein absprechen möchte. Das ging sogar soweit, daß er verstohlen – also mit jener betonten Zufälligkeit, die keinem aufmerksamen Beobachter verborgen bleibt – die Menschen vor und hinter sich musterte, ob sie nicht die absonderliche Ruhe in seinem Verhalten wahrnahmen, die einen Menschen kennzeichnet, der nur noch *ein* Ziel vor Augen hat. Er ertappte sich sogar dabei, daß er lautstark hüstelte, obwohl er gar kein Bedürfnis dazu verspürte – nur um keinen falschen Eindruck zu erwecken.

Irgendwann während dieser endlos scheinenden Minuten des Wartens kamen ihm Zeitungsmeldungen in den Sinn, die sein Sprung vom Eiffelturm nach sich ziehen würde. Vielleicht unter »Vermischtes« oder – noch verachtenswerter – ein Einspalter unter »Lokales« zwischen einem Verkehrsunfall in der Rue Rivoli und einem Wohnungseinbruch im Quartier Latin. Dabei war das, was er mit sich in den Tod nahm, von so großer Bedeutung, daß es alle Schlagzeilen dieser Welt am nächsten Tag verdrängt hätte.

Angst vor dem, was er vorhatte, kannte er nicht, weil man ohnehin vor dem Tod keine Angst zu haben braucht, nur vor dem Sterben, und das würde in seinem Fall so schnell vonstatten gehen, daß keine Zeit zum Lamentieren bliebe. Irgendwo hatte er gelesen, man würde überhaupt keinen Schmerz spüren, wenn man sich von einem hohen Turm stürzte, weil einen kurz vor dem Aufschlag das Bewußtsein verlasse.

Skepsis verursachte bei ihm nur der Gedanke, wer das wirklich wissen konnte, ob dies nicht nur graue Theorie war – denn die Praxis hatte ja wohl keiner überlebt. Dennoch kamen bei ihm keine Zweifel auf, obwohl ihm natürlich bewußt war, daß der Entschluß, seinem Leben ein Ende zu setzen, nicht seinem eigenen Wollen entsprang. Doch der Entschluß war so stark, daß ihn nichts davon abbringen würde.

Irgendwie hatte der feste Entschluß in ihm sogar einen seelischen Aufschwung hervorgerufen, so daß er einer eleganten vorbeiparadierenden Blondine – anders konnte man die Zurschaustellung ihres neuen Kostüms nicht nennen – hinterherpfiff, wobei er die Augen verdrehte wie ein barocker Heiliger. Nie im Leben hätte er das vorher fertiggebracht, ein Mann seines Standes und Alters!

Er hatte, das wurde ihm auf einmal klar, ein pflichtbewußtes, von der Gesellschaft mit Bewunderung verfolgtes Leben geführt und stets jenes Verhalten an den Tag gelegt, das man von ihm in seiner Position erwartete. Nicht ohne Stolz hatte er *sein* Leben gelebt, das Leben eines angesehenen Wissenschaftlers, Professors für Komparatistik. Er hatte sich dieses Fach ausgesucht, weil er dank seines hervorragenden Gedächtnisses besonders dafür geeignet war und es als wichtig ansah, obwohl höchstens einer von tausend erklären kann, daß es sich hierbei um vergleichende Literaturwissenschaft handelt.

Den Musen, genauer einem Forschungsauftrag der California State University in San Diego, hatte er seine Ehe geopfert – was heißt: geopfert, die ehrbare Durchschnittsehe wäre auch ohne den Entschluß, nach Leibethra zu gehen, zerbrochen. So hatte es sich gut gefügt, das von der Gesellschaft verordnete Ideal des menschlichen Zusammenlebens ohne großes Aufsehen aufzulösen und den Zwang eines amerikanischen Lehrstuhls einzutauschen gegen die Freiheit eines internationalen Forschungsinstituts.

Vossius machte ein paar langsame Schritte auf sein Ende zu. Er empfand es als unangenehm, daß die hinter ihm sofort auf Tuchfühlung nachrückten. Allmählich wurde ihm das Warten lang, die Menschenschlange lästig, und in ihm begann das unerklärliche Gefühl hochzukriechen, das einen befällt, der sich in die Enge getrieben fühlt.

Diese Art von Bedrängnis hatte ihn zeit seines Lebens von organisierten Veranstaltungen abgehalten, die nach seiner Bekundung bereits dann als solche bezeichnet werden mußten, wenn sich mehr als sechs Personen um einen Tisch versammelten. Vossius hatte es sich angewöhnt, schwierige Gedankengänge nicht im Sitzen, sondern im Gehen zu lösen wie Aristoteles und seine Schüler. Enge macht dumm, lautete eine seiner oft zitierten Behauptungen, die er mit zahlreichen Beispielen aus der Geschichte zu untermauern wußte.

Überhaupt hatte der Professor Angewohnheiten, die außerhalb

des Gewöhnlichen lagen, ihn also zu einem ziemlich ungewöhnlichen Mann stempelten. Dazu gehörte auch, daß Vossius sich in unregelmäßigen Abständen von zwei bis vier Monaten eine Hungerkur verschrieb, bei der er acht Tage nur Mineralwasser zu sich nahm. Der Grund für diese Selbstkasteiung waren nicht etwa Gewichtsprobleme, wie man vielleicht annehmen könnte, Vossius glaubte vielmehr auf diese Weise seine Konzentration und das Denkvermögen an sich zu fördern. Auch dem Geheimnis des Barabbas war er während einer solchen Hungerkur auf die Spur gekommen.

Dieses Fasten entsprach also mehr einer Philosophie als dem Gedanken an seine Gesundheit, mit der Vossius eher Raubbau trieb. Denn sein Beruf erschien ihm nie ein Mittel zum Zweck des Geldverdienens, das eine sorgsam bemessene 40-Stunden-Woche zur Folge gehabt hätte; nein, sein Beruf war ihm Bedürfnis, man könnte beinahe sagen Sucht, von der er auch des Nachts nicht ablassen konnte. Nächtliche Ausritte in die Welt der Komparatistik, bei denen er irgendeine Spur bis zur totalen Erschöpfung verfolgte (Cola und schwarze Zigaretten taten dabei ein übriges), führten ihn oft an den Rand des Zusammenbruchs. Nein, gesund hatte Vossius nie gelebt. Sein Beruf war eine jener Leidenschaften, die einen verzehren, aber niemals umzubringen vermögen.

Hätte er geahnt, daß er eines Tages zum Opfer seines eigenen Wissens werden würde, er hätte nie und nimmer diesen furchtbaren Beruf erwählt; als biederer Beamter oder Handwerker mit Sinn für die Kunst hätte er ein anständiges Leben geführt, ohne je vor sich selbst flüchten zu müssen. Sokrates irrte – und es war gewiß nicht das erste Mal –, wenn er sagte, Wissen sei das einzige Gut für den Menschen und Unwissenheit das einzige Übel. Unwissenheit kann ein großes Glück bedeuten und Wissen ein grausames Unglück, dafür gibt es unzählige Beispiele. Und es ist überhaupt nicht böse gemeint, wenn man sagt, die Unwissenden seien die Glücklicheren: Sie sind es. Ihr Leben ist ein Paradies und ihre Arbeit Broterwerb und nicht mit dem Dickicht von Zweifeln behaftet, das undurchdringlich ihr Wissen umgibt, weil Wissen nichts anderes ist als eine immer wiederkehrende Form des Zweifels.

Was anderes als Zweifel hat der Menschheit die höchste Erkenntnis beschert? Und hätte er, Vossius, nicht gezweifelt, ob Dante, Shakespeare, Voltaire und Goethe, ja, selbst ein Leonardo nicht mehr waren als geniale Geschichtenerzähler, ob sie nicht Mitwisser waren eines unvorstellbaren Mysteriums, er wäre unwissend geblieben, aber glücklich.

So aber mußte er sich vor sich selbst fürchten, vor seinem Wissen und vor denen, die hinter diesem Wissen her waren. (Daß er auf der Flucht war vor den Folgen einer Straftat, hatte Vossius in diesem Augenblick verdrängt.) Lässig, beinahe gelangweilt, was aber, wie schon erwähnt, keineswegs seinem inneren Zustand entsprach, stopfte er die Hände in die Hosentaschen. Seine Rechte zuckte unwillkürlich zurück, als er das Fläschchen in seiner Tasche spürte.

Es war nicht das Fläschchen an sich, das ihn erneut in Aufregung versetzte, sondern das Werk, das sein ätzender Inhalt verrichtet hatte, farblos, geruchlos, ölig. H_2SO_4. Während er mit den Fingern über das kantige Fläschchen strich, blickte er abermals nach allen Seiten, aber er konnte keine Bewegung ausmachen, aus der er hätte schließen können, daß man ihn verfolgte.

Aus dem Kanaldeckel, auf dem er stand, quoll der ekelerregende Geruch erwärmten Abwassers, und Vossius wollte, um dem zu entgehen, aus der Reihe treten, doch er harrte aus, um nur nicht aufzufallen. Lächerlich, dachte er, wie leicht es war, in dieser Stadt ein Verbrechen zu begehen, und wie einfach, unterzutauchen.

Vom Äußeren her war das nicht schwierig, denn so ungewöhnlich und genial Professor Vossius in bezug auf seinen Verstand war, so durchschnittlich war seine Erscheinung. An seinem Alter von gerade 55 Jahren gab es nichts zu deuten. Das Oval seines weichen Gesichtes wurde von einer länglichen, schmalen Nase dominiert und einer hohen Stirn, wie man wohl sagt, wenn der Haaransatz nicht mehr an der ursprünglichen Stelle sitzt. Vossius war jedoch weit entfernt, unter irgendeinem Mangel seiner äußeren Erscheinung zu leiden, etwa den langgezogenen Ohren, aus denen Haarbüschel wuchsen wie kräftiges Schilf aus einem Tümpel. Wenn man näher hinsah, hatte dieses Gesicht etwas Harmonisches an sich und eine listige Freundlichkeit, die in der Hauptsache von seinen kleinen Augen herrührte. Diese Augen bewegten sich unablässig; ja, man hatte schon nach kurzer Begegnung den Eindruck, sie seien ständig auf der Suche nach Neuem. Seine Kleidung war stets korrekt, aber von modischem Chic weit entfernt, so auch an diesem denkwürdigen Tag, an dem er über einem offenen Hemd einen khakifarbenen Anzug und einen zerknitterten beigen Trenchcoat trug.

2

Er liebte Paris, seit er denken konnte. Er hatte hier nach dem Krieg studiert, in der Rue des Volontaires nahe dem Pasteur-Institut gewohnt, ganz oben unterm Dach bei einer Witwe, die ständig eine Zigarette im Mundwinkel hängen hatte und zur Verbesserung der Hinterbliebenenrente vermietete. Zwei Mansardenfenster zeigten zum Hof, und das Mobiliar hatte bessere Zeiten gesehen, vielleicht sogar den Sturm auf die Bastille; jedenfalls hing aus dem beinharten Sofa, das ihm bei Tag als Sitz-, des Nachts als Schlafgelegenheit gedient hatte, an allen erdenklichen Stellen schwarzes Roßhaar heraus, und nach Pferd roch es auch.

Im Winter, wenn der Wind durch die abgeblätterten Fensterrahmen heulte wie das Jaulen der herrenlosen Hunde unter den Brücken der Seine, war der schwarze, runde Eisenofen ohnehin überfordert, vor allem aber geizte Madame Marguery, wie die kettenrauchende Witwe hieß, mit den wärmespendenden Briketts, und sein Erbieten, das kostbare Gut die sechs Treppen hochzuschleppen (in der Hoffnung, die eine oder andere Kalorie für sich abzuzweigen), lehnte Madame ab. Sie zählte die Briketts mit der Akribie eines Buchhalters und teilte sie zu, vier Stück pro Tag, was Vossius jetzt noch zum Frösteln brachte, wenn er nur daran dachte.

Aber Not macht erfinderisch, vor allem, wenn es sich um die ganz alltäglichen Bedürfnisse handelt. Auf den Flohmärkten um die Porte de Clignancourt und bei den Trödlern im Village Saint-Paul bekam man damals für ein paar Centimes dicke alte Bücher mit festen kartonierten Einbänden, denen das Titelblatt oder andere Seiten aus unerfindlichen Gründen fehlten. Obwohl mit bedrucktem Papier auf beinahe ehrerbietende Weise verbunden, scheute Vossius sich durchaus nicht, damit seinen Eisenofen zu schüren – zugegeben, mit schlechtem Gewissen.

Angemerkt sei zu seiner Ehrenrettung, daß Vossius ein jedes Buch vor dem Verbrennen einer Prüfung unterzog – nicht etwa der Brennbarkeit wegen, sondern, wie es sich für einen angehenden Wissenschaftler gehörte, den geistigen Inhalt betreffend, der, wie Jung-Vossius schon bald in Erfahrung brachte, in diametralem Gegensatz zum Heizwert der Werke stand. Auf einen vereinfachten Nenner gebracht: Dünne Bücher zeigten weit höheren geistigen Gehalt als dicke, aber letztere brannten länger.

Madame Marguerys Geiz ist es jedenfalls zuzuschreiben, daß Vossius eines Tages unter den erwärmenden Büchern ein Exemplar von Dantes »Divina Commedia« herausfischte, gedruckt ohne Ort und Jahr in italienischer Sprache, das sich von allen anderen, die er bisher verheizt hatte, durch eine Ungeheuerlichkeit unterschied: Alle Bücher litten, wie erwähnt, unter dem Trauma der Versehrtheit, sie waren alt und unvollständig und daher praktisch unverkäuflich. Anders diese Dante-Ausgabe. Diese »Göttliche Komödie« enthielt neben den drei bekannten Hauptteilen »Inferno« (Hölle), »Purgatorio« (Fegefeuer) und »Paradiso« (Paradies) noch ein Nachwort »Verità« (Wahrheit), einen Teil, den es gar nicht gab oder nicht geben konnte, weil er in allen bekannten Ausgaben dieses Werkes fehlte.

Später hatte er sich insgeheim verflucht, weil er das Buch nicht in den schwarzen, eisernen Ofen geworfen hatte. Denn mit diesem unscheinbaren, abgegriffenen Buch, an dessen Preis er sich nicht einmal mehr erinnern konnte – aber mehr als 25 Centimes dürften es nicht gewesen sein –, begann alles; aber natürlich ahnte er das nicht. Diese 25 Centimes, die Vossius keineswegs in der Absicht geistiger Erbauung, sondern aus einem verachtenswerten Wärmebedürfnis ausgegeben hatte, sollten sein Leben verändern, schlimmer, sie sollten die Ursache sein, daß er nun den Sprung vom Eiffelturm als einzigen Ausweg sah.

Zurück zu Dante: Jeder Student der Literatur erfährt im ersten Semester von den Rätseln, die sein Hauptwerk einhüllen wie Gespinste, ja, genaugenommen besteht es nur aus Rätseln, was schon mit dem Titel beginnt, der »Göttlichen Komödie«. Soweit bekannt, nannte Dante Alighieri sein Werk gar nicht »Göttliche Komödie«, sondern nur »Komödie«, aber das betont nur das Mysterium dieses Buches; denn zum Lachen gibt es wenig, ehrlich gesagt nichts. Dennoch wählte er den Titel nicht ohne Absicht.

Jahrhunderte glaubten die Menschen, ein Buch, das Hölle, Fegefeuer und Paradies zum Inhalt hat, müsse ein frommes Werk sein im Sinne der heiligen Mutter Kirche. Aber eine Kutte macht noch keinen Heiligen, und bei seinem Gang durchs Paradies begegnet Dante zwar Königen, Dichtern und heidnischen Philosophen, aber keinen Päpsten, für die er nur verachtenswerte Worte übrig hat. Von Frommsein also keine Rede. Gott sei bei uns: Selbst hinter der heiligen Jungfrau Maria versteckt sich Beatrice, die unerfüllte Liebe seines jungen Herzens.

Gewiß war Dante ein schlauer Kopf, vielleicht der Wissendste seiner Zeit, so daß er sich oft nur in Andeutungen erging, die auf ein viel tieferes Wissen schließen lassen, als er es schriftlich kundtat. Von der Hand des Dichters ist nicht eine Zeile erhalten, was zu weiteren Spekulationen Anlaß gibt und die Florentiner veranlaßte, schon ein halbes Jahrhundert nach Dantes Tod einen Dante-Lehrstuhl zu errichten. Aber wie so oft, wenn Professoren sich des Schicksals eines Menschen annehmen, gerieten sie in heftigen Streit um das, was Dante sagen und verbergen wollte. Sie zählten Verse (14 000) und entdeckten im Aufbau des Werkes eine geheimnisvolle Zahlensymbolik, die darauf schließen läßt, daß sich noch weit mehr Wissen hinter der »Komödie« verbirgt. Die drei Hauptteile teilen sich in je 33 Kapitel auf: 3 mal 33 gleich 99, und 99 gilt als Zahl der Vollkommenheit.

Zahlen sind oft das Spiegelbild kosmischer oder menschlicher Ordnungen, das wußten schon die alten Griechen, und auch Dante spielte mit dieser Symbolik, wenn sich das Paradies in neun konzentrisch kreisenden Himmeln um die Erdkugel wölbt oder wenn der Höllentrichter in neun Kreisen abfällt bis zum Erdmittelpunkt, dem Sitz Luzifers. Jedenfalls wußte Dante um die Magie der Zahlen und um ihre symbolische Bedeutung, etwa den kosmischen Sinngehalt der Zahl 4 (Elemente, Jahreszeiten, Weltalter) oder die Durchdringung von Geistigem und Materiellem mit der Zahl 6. Aber er wußte noch viel mehr.

War es Zufall, daß offiziell kein einziges Original von Dantes »Komödie« überlebte, daß die erste Abschrift erst fünfzehn Jahre nach seinem Tod auftauchte?

Wie es schien, hatte Vossius zufällig unter seinem akademischen Brennmaterial ein gedrucktes Exemplar jener verschollenen Urausgabe Dantes vorgefunden, und er nahm die Hilfe eines befreundeten Romanisten in Anspruch, um den Inhalt des Nachwortes mit dem Titel »Verità« zu erfahren. Der aber, ein frommer junger Mann namens Jerome, nahm das Buch über Nacht mit nach Hause und warf es Vossius am folgenden Tag vor die Füße mit dem Hinweis, es sei schade um die Zeit, einen solchen Schund zu übersetzen, denn es handle sich um eine Fälschung, die mit dem Original, vor allem aber mit Dante Alighieri, nichts gemein habe. Vossius sah damals keinen Grund, an Jeromes Aussage zu zweifeln, aber weil es sich um ein sehr altes Buch handelte und um eine Kuriosität obendrein, bewahrte er es auf; ja, es überstand sogar mehrere Umzüge, bei denen manch anderes verlorenging.

3

Inzwischen war er in der Schlange wartend bis zum Kassenschalter vorgedrungen, wo Vossius, wie beschlossen, ein Billett zum Preis von zwanzig Francs löste, das ihn berechtigte, den Lift bis zur obersten Plattform zu benützen. Unauffällig blickte er sich noch einmal um, ob er verfolgt würde, stellte aber keine Auffälligkeiten fest und ging hinter zwei älteren Damen zu dem gläsernen Käfig, um auf den Aufzug zu warten.

Er wartete nicht lange, und die Schiebetüren öffneten sich mit lärmendem Getöse, und die Besucher stürmten den riesigen Käfig wie Tiere im Zirkus. Mit einem Ruck setzte sich der Aufzug in Bewegung. Wie in allen Aufzügen der Welt richteten die Menschen aus unerfindlichem Grund den Blick auf die Türen. Keiner wagte, dem anderen ins Gesicht zu sehen. Vossius schon gar nicht, denn er fürchtete erkannt zu werden. Also starrte auch Vossius mit gespielter Teilnahmslosigkeit wie alle anderen auf die Schiebetüren.

Auf diese Weise entging ihm, daß im hinteren Teil des Aufzugs zwei Männer standen, die ihn nicht aus den Augen ließen. Sie trugen dunkle Lederjacken, die ihrem Aussehen etwas Martialisches verliehen, das durch ihre Duplizität noch verstärkt wurde. Auch diese beiden mimten Teilnahmslosigkeit, aber bei näherem Hinsehen hätte man entdecken können, wie sie sich mit den Augen und mit kleinen, ruckartigen Bewegungen des Kopfes verständigten.

Mit einer Bewegung, die ein leichtes Kribbeln im Bauch verursachte – vor allem bei Vossius, der gegen Aufzüge eine heftige Abneigung hegte –, blieb der Lift stehen. Die Türen öffneten sich mit dem gleichen metallischen Geräusch, und die Besucher, die bisher andächtig geschwiegen hatten, drängten lärmend auf die Plattform. Mit Bedacht überließ Vossius allen anderen den Vortritt. So konnten die beiden Männer in den Lederjacken nicht umhin, vor der von ihnen beschatteten Person auszusteigen, wobei sich der eine nach links wandte, der andere auf die rechte Seite.

Der Blick von der ersten Plattform des Eiffelturmes ist in gewisser Weise den oberen Stockwerken vorzuziehen, weil von hier die umliegenden Gebäude und Stadtteile noch in greifbarer Nähe sind. Für einen Selbstmörder, wenige Augenblicke vor seiner Tat, verhielt Vossius sich ungewöhnlich gelassen. Ohne an das, was vor ihm lag, auch nur einen Gedanken zu verlieren, ging er zur gegenüberliegenden Seite des Umgangs, stützte sich mit den Armen auf die Brüstung und blickte über die Seine zum Palais de Chaillot, wo sich die Menschen wie Ameisen in höchster Erregung ausnahmen. Dort, in den Grünanlagen, hatte er als Student oft seine Nachmittage verbracht, ein paar Bücher im Gepäck, die jedoch meist unbeachtet geblieben waren, der vielen hübschen Mädchen wegen, die man hier antraf, meist Rollschuh fahrend.

Eine der Rollschuhläuferinnen hieß Avril, ein Name, dem er nie mehr im Leben begegnen sollte, wie er auch Avril nie mehr begegnete. Sie war Irin und hatte einen Bubikopf mit feuerroten Haaren, schneeweiße Haut und Sommersprossen auf Nase und Wangen, die bei Sonne leuchteten wie Glühwürmchen, bei trübem Wetter aber unsichtbar blieben, ein seltsames Rätsel der Natur. Avril erzählte, sie studiere Ballett, und sie verbrachten viele gemeinsame Tage und Nächte. Seinem Wunsch, sie einmal tanzen zu sehen, war sie nie nachgekommen, obwohl er nichts sehnlicher wünschte.

Sie sprach auch nie über klassischen Tanz, und so kam, was kommen mußte: Vossius folgte ihr eines Tages heimlich von ihrer Wohnung in der Rue Chapon bis zum Quartier, wo sie in einem Animierlokal mit Namen »Carnavalet« verschwand, in dem vor allem Algerier verkehrten. Avril tanzte dort weniger Ballett als nackt auf dem Tisch – größer war die Bühne jedenfalls nicht –, und als Vossius sie so überraschte, ohne ihr jedoch eine Szene zu machen, verschwand das Mädchen von einem Tag auf den anderen aus Paris. Wie er später erfuhr, war Avril einem Algerier nach Afrika gefolgt.

Vossius lächelte, während er hinüberblickte zum Palais de Chaillot; er lächelte zum ersten Mal an diesem Tag, und dabei kam ihm der Gedanke, daß es wohl auch das letzte Mal in seinem Leben gewesen sein könnte.

In diesem Augenblick, in dem es für ihn keine Zeit gab, in der für Vossius nur ein schwarzes Loch existierte, in das er hineinspringen würde, fühlte er, wie seine Arme ungestüm auf den Rücken gerissen und gegen den Körper gedrückt wurden – er war wehrlos.

»Keine Bewegung, Monsieur!« Zwei Männer waren von links und rechts auf ihn zugetreten, und während der eine seine Arme auf dem Rücken festhielt, tastete der andere mit kundiger Routine seine Kleidung ab, zog aus der Jacke seine Brieftasche und aus der Hose das braune, kantige Fläschchen. »Monsieur«, sagte der eine höflich korrekt, »Sie sind vorläufig festgenommen. Folgen Sie uns ohne Widerstand!«

Das alles kam so schnell, so unerwartet, daß Vossius keine Worte fand zu protestieren, daß er es ohne Gegenwehr über sich ergehen ließ, wie der eine ihm auf dem Rücken Handschellen anlegte, was Schmerz verursachte. Aber die größte Qual des Augenblickes lag nicht in diesem Schmerz, sondern darin, daß sie ihn hinderten, in das große schwarze Loch zu fliegen, wie er es sich erträumt hatte.

4

Natürlich wußte Vossius genau, warum sie ihn festgenommen hatten, und er ahnte, wohin man ihn bringen würde. Deshalb stellte er auch keine Fragen und folgte den Männern zu einem alten, blauen Peugeot, der vor dem Taxistandplatz am Quai Brauly geparkt war, und nahm in ziemlich unbequemer Haltung auf dem Rücksitz Platz.

Die Polizeipräfektur am Boulevard du Palais, ein paar Schritte von Notre Dame auf der Île de la Cité gelegen, vermittelt von außen einen durchaus freundlichen Eindruck und ähnelt damit allen öffentlichen Gebäuden der Stadt, die beim Betreten ihr Gesicht verändern und ihren Charme ins Gegenteil verkehren. So auch die Präfektur, die von außen an einen Märchenpalast erinnert wie der Louvre, im Innern aber an das Labyrinth des Minotaurus, ein Eindruck, den auch Säulen, Treppen und Balustraden mit Ornamenten nicht zu ändern vermögen.

Vossius wurde in ein Zimmer im zweiten Stock gebracht, wo ihn ein Kommissar namens Gruss in Empfang nahm, in aller Form, und nach Namen, Geburtsort und -datum, Beruf und Wohnort fragte, während die zwei Männer in Lederjacken schweigend dabeisaßen.

»Sie wissen, Monsieur«, sagte Gruss mit gespielter Höflichkeit, »daß Sie einer Straftat beschuldigt werden und daher die Aussage verweigern können, aber« – und damit änderte sich der Tonfall seiner Stimme und klang auf einmal drohend – »das würde ich Ihnen nicht raten, Monsieur!«

Gruss nickte einem der Lederjackenträger zu. Der erhob sich und öffnete eine Seitentür. Herein trat ein an seiner grauen Uniform und Mütze kenntlicher Museumsdiener des Louvre. Der Mann nannte seinen Namen, und Gruss fragte mit einer Handbewegung auf Vossius, ob er diesen wiedererkenne.

Der Museumsdiener nickte und erklärte, ja, dieser Mann sei auf das Leonardo-Gemälde zugetreten, habe ein Fläschchen hervorgezogen und den Inhalt gegen das Gemälde geschleudert, nicht auf das Gesicht der dargestellten Dame, sondern über das Dekolleté, und noch bevor er habe eingreifen und den Mann festhalten können, sei dieser verschwunden, mein Gott, das kostbare Gemälde!

Der Museumsdiener wurde hinausgeführt, und Gruss stellte Vossius die Frage: »Und was haben Sie dazu zu sagen, Monsieur?«

»Stimmt!« erwiderte Vossius.

Der Kommissar und die beiden anderen sahen sich an.

»Sie geben also zu, das Säureattentat auf Leonardo da Vincis ›Madonna im Rosengarten‹ verübt zu haben.«

»Ja«, bestätigte Vossius.

Das unerwartete Geständnis verunsicherte den Kommissar so sehr, daß er unruhig auf seinem Stuhl hin und her rutschte, als säße er auf einem heißen Stein. Schließlich fand er die Sprache wieder, aber gleichzeitig änderte sich der Tonfall seiner Stimme in unnatürliche Liebenswürdigkeit, und er fragte, als redete er mit einem Kind: »Und wollen Sie uns vielleicht auch verraten, warum Sie das getan haben, Monsieur. Ich meine, gibt es einen Grund für Ihre Straftat?«

»Natürlich gab es einen Grund dafür. Oder denken Sie, ich hätte so etwas aus Langeweile getan?«

»Interessant!« Gruss erhob sich hinter seinem Achtung gebietenden Schreibtisch, stützte sich auf einen Ellenbogen und erwiderte mit einem zynischen Grinsen: »Ach, Professor, da bin ich aber gespannt!«

Dabei betonte er das Wort »Professor« über Gebühr, als befürchte er eine wissenschaftliche Antwort, die niemand verstehen könnte.

»Ich befürchte«, begann Vossius umständlich, »wenn ich Ihnen die Wahrheit sage, werden Sie mich für verrückt halten...«

»Das befürchte ich in der Tat«, unterbrach Gruss. »Ich befürchte sogar, daß ich Sie nach jeder Erklärung für verrückt halte, Monsieur.«

»Eben«, brummelte Vossius.

Dann entstand eine lange Pause, in der sich Fragesteller und Befragter wortlos ansahen, ein jeder mit unterschiedlichen Gedanken. Gruss war wirklich gespannt, welches Motiv dieser Verrückte anführen würde, während Vossius eine ungewisse Angst verspürte und die Furcht, man könnte ihn, was immer er auch zu seiner Rechtfertigung sagen würde, für nicht zurechnungsfähig halten. Wie also sollte er sich verhalten?

In der Hoffnung, Vossius damit zu provozieren und auf diese Weise eine Antwort zu erhalten, machte Gruss die Bemerkung: »Man hat mir gesagt, Sie hätten bei Ihrer Festnahme den Eindruck vermittelt, als wollten Sie vom Eiffelturm springen?«

»Das ist richtig«, antwortete Vossius, aber schon im nächsten Augenblick bereute er sein Geständnis, wurde ihm plötzlich bewußt, in welche Gefahr er sich damit gebracht hatte, und die Reaktion folgte prompt.

»Sind Sie in ärztlicher Behandlung?« fragte Gruss kühl. »Ich meine, leiden Sie unter Depressionen? Sie können ruhig darüber sprechen. Wir erfahren es sowieso.«

Vossius beeilte sich zu antworten: »Nein, um Himmels willen, versuchen Sie nicht, mich in diese Ecke zu drängen. Ich bin völlig normal!«

»Schon gut, schon gut!« Gruss hob beide Hände. »Machen Sie sich keine falschen Hoffnungen, Unzurechnungsfähigkeit könnte Ihnen vielleicht das Gefängnis ersparen.«

Das Wort hing im Raum wie Schwaden kalten Zigarettenrauchs: Unzurechnungsfähigkeit! Vossius rang nach Luft. Das Grinsen des Kommissars, ein unverschämtes, verächtliches Nachvornschieben der Unterlippe, während er die Mundwinkel nach oben zog, verriet sein Ergötzen an Vossius' Reaktion. Daran, daß man ihn für verrückt halten könnte, vor allem aber, daß man ihn so behandeln könnte, daran hatte dieser Mann überhaupt noch nicht gedacht.

Wie sollte Vossius dem begegnen? Wie so oft im Leben war auch in diesem Fall die Wahrheit am unglaubwürdigsten. Man würde ihm zuhören, ihn belächeln, und noch ehe er auch nur einen Beweis für seine Erklärungen erbracht hätte, hinter Schloß und Riegel setzen, ihn, einen armen Irren, Professor für... wie hieß Ihr Fach? Komparatistik?

Aus diesem Grund war Vossius bemüht, alle Fragen, die Gruss an ihn richtete, möglichst unverbindlich zu beantworten. Es ging ihm darum, nur nicht den Eindruck zu erwecken, er könnte im Kopf nicht ganz richtig sein. Ehrlich gesagt, hatte er sich ein Verhör wie dieses ganz anders vorgestellt, hart und unerbittlich, so wie er das aus Kriminalfilmen kannte; doch hier in diesem kahlen Raum im zweiten Stock der Polizeipräfektur lief alles ganz freundlich, beinahe zuvorkommend ab wie bei einem Einstellungsgespräch. Ihm fiel auf, daß weder Gruss noch einer der beiden Kriminalbeamten Notizen machte oder ein Protokoll erstellte, obwohl er mehrfach Daten und Ortsangaben nannte, seine Vergangenheit betreffend.

Vossius war viel zu aufgeregt, den Grund für dieses Verhalten zu erkennen. Sein ganzes Denken, seine Vorsicht, nur nichts preiszugeben, was den geringsten Verdacht von Unzurechnungsfähigkeit erregen könnte, erzeugte in ihm eine Spannung, die ihn blind und taub machte für das Naheliegende.

In diese geladene Atmosphäre traten plötzlich zwei weißgekleidete Kerle; der eine hatte einen kleinen Koffer bei sich, der andere trug breite Riemen und Schnallen unter dem Arm, und auf einen Wink des Kommissars traten sie auf Vossius zu, hoben ihn von seinem Stuhl wie einen Gebrechlichen und sagten, ein jeder für sich, aber beide gleichzeitig: »So, Monsieur, jetzt machen wir eine kleine Spazierfahrt. Kommen Sie!«

Obwohl die Situation nicht eindeutiger sein konnte, dauerte es ein paar Sekunden, bis Vossius begriff, was hier eigentlich vorging, und als er endlich die Auswegslosigkeit seiner Situation erkannt hatte, führten ihn die beiden Kerle bereits mit festem Griff um seine Oberarme den Korridor entlang zum Treppenhaus. Vossius' erster Gedanke war, das könne er sich doch nicht gefallen lassen, ja, er zog sogar in Erwägung, sich loszureißen und fortzurennen, so schnell er konnte. Aber dann siegte die Besonnenheit und die Einsicht, daß dieses Verhalten nur als ein weiterer Beweis für Paranoia gewertet werden könnte, und er ergab sich seinem Schicksal.

5

Das Fahrzeug, in das ihn die beiden mit infantilen Worten hineinkomplimentierten, hatte vergitterte Fenster und ähnelte mit seinem hohen Kastenaufbau eher einem weiß angestrichenen Gemüsetransporter. Mit Unbehagen nahm Vossius zur Kenntnis, daß die Schiebetür des Wagens, kaum hatte er auf der Sitzbank im hinteren Teil Platz genommen, von außen verriegelt wurde. Auf seine Frage, die er durch das ebenfalls vergitterte Fenster zur Fahrerkabine stellte und mit der er sich nach dem Zielort der Reise erkundigte, erhielt Vossius die Antwort, er möge sich beruhigen, man sei besorgt um sein Befinden, alles geschehe nur zu seinem Besten; eine Auskunft, die ihn mehr in Unruhe versetzte, als daß sie geeignet schien, ihn zu besänftigen.

Während der Fahrt über den Boulevard Saint Michel Richtung Port Royal legte Vossius sich einen Plan zurecht, wie er der zu erwartenden Behandlung begegnen sollte. Jedenfalls nahm er sich vor, allen Anforderungen mit betonter Höflichkeit nachzukommen, mit seinem Verhalten keine Angriffsfläche zu bieten und sich erst einem Gutachter zu offenbaren, von Professor zu Professor sozusagen.

Am Hospital St. Vincent de Paul bog der Wagen nach rechts ab, auf ein Hupzeichen öffnete sich ein schweres Eisentor, und im Vorbeifahren erkannte Vossius ein weißes Schild mit der Aufschrift »Psychiatrie«. Du darfst jetzt nur nicht die Nerven verlieren, sagte er zu sich selbst, ohne die Lippen zu bewegen, und er kam der Aufforderung der Pfleger, sie in das Innere des langgestreckten Gebäudetraktes zu begleiten, ohne Murren nach. Das Echo, das ihre Tritte in dem endlosen Gang verursachten, konnte einem Angst einflößen.

Am hinteren Ende klopfte einer der Pfleger gegen eine Tür, ein weißhaariger Arzt mit dunklen, buschigen Brauen öffnete, nickte, als habe er sie erwartet, und streckte Vossius die Hand entgegen: »Doktor Le Vaux.«

»Vossius«, erwiderte Vossius und versuchte ein Lächeln, das ihm jedoch so gründlich mißlang, daß er den peinlichen Versuch sofort bereute und ein Gesicht machte, das den Ernst der Situation unterstrich. »Professor Marc Vossius.«

»Der Säureattentäter; außerdem Suizidversuch auf dem Eiffelturm«, sagte der andere Pfleger und übergab Le Vaux ein Papier, dann verließen die beiden den Raum durch eine Tür in entgegengesetzter Richtung. Der Doktor betrachtete währenddessen die Karteikarte mit ausgestrecktem Arm, legte sie auf einen weißen Schreibtisch aus Stahlrohr und forderte Vossius auf, auf einem Hocker mit schwarzem Plastikbezug Platz zu nehmen. Es stank auf unerklärliche Weise nach Hering.

»Doktor Le Vaux«, begann Vossius mit dem Vorsatz möglichst ruhig zu bleiben, »ich muß mit Ihnen reden.«

»Später, mein Lieber, später!« unterbrach Le Vaux und drückte den Patienten mit beiden Händen an den Schultern auf den Sitz.

»Die Sache ist nämlich so...«, versuchte Vossius erneut ein Gespräch, doch Le Vaux ließ sich nicht beirren und wiederholte, während er Vossius' Augenlider nach oben zog: »Später, mein Lieber, später!« Das klang zum einen wie tausendmal gesagt und andererseits so, als wolle er dem, was er zu hören bekam, ohnehin keine Beachtung schenken.

Wie ein Mechaniker, der einem vorgeschriebenen Inspektionsplan an einem Fahrzeug nachkommt, preßte Le Vaux ihm beide Daumen gegen die Backenknochen, vollführte mit Zeige- und Mittelfinger kreisende Bewegungen über seine Schläfen und fragte dabei teilnahmslos, ohne überhaupt eine Antwort abzuwarten: »Tut das weh?« Mit einem Gummihammer schlug er, dieselbe Frage mit derselben Teilnahmslosigkeit gebrauchend, gegen

Vossius' Stirn und danach gegen das rechte, über das linke geschlagene Knie.

Vossius verneinte; im übrigen vermochte er sich nicht auszumalen, was geschehen wäre, wenn er gesagt hätte, ja, er verspüre Schmerz. Er war zutiefst verzweifelt, weil er ahnte, daß er in ein System geraten war, das ihm keine Chance ließ auszubrechen.

Während Le Vaux an seinem Schreibtisch Notizen machte, zog er seine buschigen Brauen zusammen, als dächte er angestrengt nach. »Erzählen Sie von Ihrer Kindheit!« sagte er unvermittelt. »Sie hatten doch eine schwere Kindheit? Wie war das Verhältnis zu Ihrer Mutter? Wie steht es um Ihr Verhältnis zu Frauen im allgemeinen? Was hat Sie bewogen, gegen die Brüste der Madonna Säure zu spritzen? Fühlten Sie dabei, als würden Sie urinieren? Spürten Sie nach der Tat deutliche Erleichterung?«

Da konnte Vossius nicht mehr an sich halten, er sprang auf, stampfte auf den Boden, als wollte er die unglaublichen Fragen des Doktors zertreten wie der Riese Gargantua das Felsengestein, und er lachte schadenfroh und triumphierend wie dieser: »Nur zu, Doktor, nur zu, gewiß fällt Ihnen noch mehr ein!« rief er wutschnaubend, und dabei lief sein Kopf rot an wie eine Tomate. Es war dies genau die Reaktion, die er um alles in der Welt hatte vermeiden wollen, weil sie seinem Gegner plumpe Argumente lieferte. Erschrocken sah Vossius Doktor Le Vaux an.

Für den waren derlei Ausbrüche nichts Besonderes; jedenfalls machte er, als einer der Pfleger seinen Kopf durch die Tür steckte und seine Hilfe anbot, nur eine abweisende Handbewegung, als wolle er sagen: Mit dem werde ich schon allein fertig. Aber er sagte nur: »Bitte beruhigen Sie sich. Ich werde Ihnen jetzt eine Spritze geben, und dann werden Sie sich viel besser fühlen.«

»Keine Spritze, keine Spritze!« stammelte Vossius, während Le Vaux mit unverschämter Ruhe eine Injektion aufzog. Der Zustand seines Patienten schien ihn nicht im geringsten aufzuregen. »Die Spritze ist wirklich absolut harmlos«, beteuerte er mit dem Lächeln eines Sadisten und fügte hinzu: »Ich verstehe ja Ihre Erregung.«

Vossius zitterte am ganzen Körper. Was sollte er tun? Er

kochte vor Wut und Empörung. Einen Augenblick dachte er daran, sich auf den aufgeblasenen Psychiater zu stürzen und die Flucht zu ergreifen, doch dann siegte seine Vernunft und die Einsicht, daß er nicht weit kommen würde. Seine Augen suchten das Fenster zu seiner Rechten, aber sein Blick machte den Gedanken zunichte – alle Fenster in diesem Haus waren vergittert.

Die Spritze zwischen Zeige- und Mittelfinger haltend wie eine teure Havanna trat Le Vaux vor Vossius hin, zog sich einen Stuhl heran und fragte: »Was hat Sie zu dem Entschluß gebracht, vom Eiffelturm springen zu wollen? War es die Furcht vor Bestrafung wegen des Säureattentats? Oder fühlten Sie sich verfolgt?«

»Natürlich fühle ich mich verfolgt!« brach es unerwartet aus Vossius heraus, eine Antwort, die er sofort bereute, aber nun einmal nicht mehr rückgängig machen konnte.

»Ich verstehe.« Le Vaux gab sich den Anschein von Mitgefühl.

»Nichts verstehen Sie«, erwiderte Vossius heftig, »aber auch gar nichts! Wenn ich Ihnen die Vorgeschichte erzählen würde, würden Sie mich erst recht für geisteskrank erklären.«

Le Vaux nickte und betrachtete die Injektionsspritze zwischen seinen Fingern mit einem gewissen Wohlgefallen, wie es ein Erpresser empfinden mag, der sein Opfer mit geladener Waffe in Schach hält. »Erzählen Sie sie mir trotzdem«, meinte er gönnerhaft.

»Legen Sie die Spritze weg!« forderte Vossius. Der Doktor folgte der Aufforderung, und Vossius dachte angestrengt nach.

»Ich weiß gar nicht, wie ich Ihnen meine Situation erklären soll«, begann er umständlich, »sage ich Ihnen die Wahrheit, dann halten Sie mich mit Sicherheit für verrückt.«

»Vielleicht sollten wir uns morgen darüber unterhalten!« wandte Le Vaux ein.

»O nein«, widersprach Vossius heftig. Er hegte noch immer die Hoffnung, der Psychiater würde merken, daß er, Vossius, hier am falschen Platz sei, daß er so normal sei wie jeder andere, und er fügte hinzu: »Morgen ist meine Situation dieselbe wie heute.«

Le Vaux waren Situationen wie diese nicht fremd. Er kannte die Hemmungen, die einen Geistesgestörten befallen, seine Tat zu begründen, nur zu gut, und er hatte die Erfahrung gemacht, daß diese Zurückhaltung mit der Intelligenz des Patienten wächst. Zweifellos hatte er es bei Vossius mit einem überdurchschnittlich intelligenten Mann zu tun. Um Vossius das Reden zu erleichtern, bediente er sich eines alten Psychiatertricks, indem er zum Fenster ging, die Arme auf den Rücken verschränkte und scheinbar gelangweilt nach draußen blickte, als wollte er sagen: Sie können sich ruhig Zeit lassen. Er hatte Erfolg.

»Sie glauben natürlich, ich hätte die Säure in einem Anfall geistiger Umnachtung auf das Leonardo-Gemälde geschüttet«, begann Vossius mühsam, »aber glauben Sie mir, ich war bei klarem Bewußtsein, ich war so klar wie jetzt, während ich zu Ihnen spreche. Die Ursachen liegen schon viele Jahre zurück und sind in meiner Arbeit als Professor für vergleichende Literaturwissenschaft zu suchen.«

Lieber Himmel. Le Vaux drehte sich um und sah Vossius an. Er befürchtete nun eine Vorlesung im Fachgebiet des Patienten, jedenfalls hätte das dem typischen Erscheinungsbild von Schizophrenie entsprochen, jener Krankheit, die auf unerklärliche Weise Menschen bevorzugt, denen überdurchschnittliche Intelligenz zur Last wird.

Vossius schien die Gedanken des Doktors zu erraten, durchaus ungewöhnlich für einen Patienten, denn gemeinhin ist es eher so, daß der Psychiater die Gedanken des Patienten zu kennen glaubt. Jedenfalls sagte Vossius zum Erstaunen Le Vaux': »Ich kann mir denken, daß Sie jetzt überlegen, ob Sie in mir einen Fall von einfacher Paranoia oder paranoider Schizophrenie sehen sollen, und es ist schwer zu beweisen, daß weder die eine noch die andere Diagnose zutrifft. Hören Sie, Doktor, ich bin so normal wie Sie oder jeder andere.«

Le Vaux hatte inzwischen wieder seine typische Haltung vor dem Fenster eingenommen, er starrte nach draußen, obwohl die Dämmerung bereits hereingebrochen war und es längst nichts mehr zu sehen gab. Immerhin schwieg er – für Vossius ein Zeichen dafür, daß er ihm zuhörte.

»Ich habe vor acht Jahren zum ersten Mal beim Musée de

Louvre den Antrag gestellt, das Gemälde ›Madonna im Rosengarten‹ einer chemotechnischen und röntgenologischen Untersuchung zu unterziehen. Aber man hat mich damals wohl genauso für verrückt erklärt wie heute, nur mit dem einen Unterschied – man ließ mich weiter frei herumlaufen. Die Antwort, die man mir damals zukommen ließ, lautete: Man habe meine Theorie mit Interesse zur Kenntnis genommen, sehe sich jedoch außerstande, meiner Anregung nachzukommen. Das kostbare Kunstwerk könne dabei Schaden nehmen. Das war natürlich Unsinn; denn wie allgemein bekannt ist, werden überall in der Welt, und nicht zuletzt im Louvre, Kunstwerke naturwissenschaftlichen Untersuchungen unterzogen. Auf diese Weise wurden Rembrandts entlarvt, die keine sind, bei anderen Werken konnte die Urheberschaft eines Künstlers nachgewiesen werden, keine ungewöhnliche Prozedur also. Nein, der Grund für die ablehnende Haltung des Louvre lag darin, daß ein Literaturprofessor eine epochale Entdeckung gemacht haben sollte, eine Entdeckung, die eigentlich einem Kunsthistoriker zukam. Ich glaube, die Rivalität unter Professoren der Künste ist nicht anders als jene unter Medizinern.«

Eine treffende Bemerkung, der Le Vaux insgeheim nur zustimmen konnte, und Vossius hatte damit, ohne es zu ahnen, eine gewisse Sympathie errungen. Der Tonfall war auf einmal ein ganz anderer, als Le Vaux die Frage stellte: »Sagen Sie, Monsieur le Professeur, welchen Sinn sollte die Untersuchung haben? Ich meine, was haben Sie sich davon versprochen?«

Vossius holte tief Luft. Er wußte, daß das, was er jetzt sagen würde, entscheidend war für sein weiteres Schicksal. Wenn er überhaupt eine Chance haben würde, dann mußte er jetzt die ganze Wahrheit sagen. Die Vorstellung, Jahre oder Monate, aber auch nur ein paar Wochen hinter diesen Mauern verbringen zu müssen, unter beklagenswerten Menschen, die neben ihrem eigenen Bewußtsein herliefen, diese Erwartung ließ ihn alle Bedenken vergessen, er *mußte* sein Wissen preisgeben.

6

»Leonardo«, begann Vossius weitausholend, »war eines der größten Genies, die je gelebt haben. Viele hielten ihn schon zu Lebzeiten für verrückt, weil er sich mit Dingen beschäftigte, die seinen Zeitgenossen unverständlich erschienen. Er sezierte Leichen, um die Anatomie des Menschen zu studieren, er konstruierte Flugzeuge, Schaufelbagger, Hochstraßen und Unterseeboote, die erst viele Jahrhunderte später Realität wurden. Er war Erfinder, Architekt, Maler und Forscher und verfügte über ein Wissen, das nur wenigen im Laufe der Jahrtausende zuteil wurde. Er wußte auch Dinge, die er eigentlich gar nicht wissen durfte, was wiederum nur wenige Menschen wußten.«

»Ich verstehe nicht«, unterbrach Le Vaux. Vossius schien das Interesse des Psychiaters geweckt zu haben.

»Schauen Sie«, erklärte Vossius, »es gibt auf dieser Welt weise Menschen, nicht allzu viele, aber doch eine respektable Anzahl. Erleuchtete jedoch – ein scheußliches Wort, aber ich kenne kein besseres – gibt es höchstens ein Dutzend. Das sind Menschen, die alle Zusammenhänge begreifen, die wissen, was die Welt im Innersten zusammenhält. Leonardo da Vinci war einer von ihnen, aber die wenigstens wußten davon. Die meisten hielten ihn vielleicht für einen klugen Kopf, mehr nicht. Einer, der wußte, daß sich hinter Leonardo ein Genie verbarg, war Raffael. Er bewunderte Leonardo wegen seiner Malkunst, aber er betete ihn an wegen seiner Erleuchtung. Raffael war nicht eingeweiht in das Wissen Leonardos, aber er wußte davon. Darum malte Raffael in seinem Gemälde ›Die Schule von Athen‹ den Philosophen Platon, einen der Gescheitesten, die je unseren Planeten bewohnt haben, mit dem Kopf Leonardo da Vincis. Manche sahen darin ein Kompliment, andere ignorierten die Erscheinung, weil sie keine Erklärung fanden. Die Wahrheit kennen nur wenige.«

»Und hat Leonardo je über dieses Wissen geredet?«

»Nicht wie ein Wanderprediger oder Marktschreier. Er hat in seinen schriftlichen Aufzeichnungen Andeutungen hinterlassen, Rätsel für die Literatur- wie die Kunstkritik. Er gebrauchte seltsame Vergleiche und schrieb, der Körper der Erde habe die gleiche Natur wie ein Fisch, er atme Wasser statt Luft und sei von Adern durchzogen, die wie das Blut im menschlichen Körper unter der Oberfläche verliefen, und sie beinhalteten den Lebenssaft für den Planeten. Reichlich naiv und unverständlich für jemanden, der sich mit der Fliegerei beschäftigte.«

Le Vaux zog seinen Stuhl näher an Vossius heran und setzte sich ihm gegenüber, die Ellenbogen auf die Knie gestützt. Der Mann, vor allem seine Rede, begann ihn zu interessieren. Paranoiker sind zu den seltsamsten Gedanken fähig, und diese Gedanken zeichnen sich vor allem dadurch aus, daß sie absurd, in der Konsequenz aber logisch, bisweilen sogar streng wissenschaftlich sind. Le Vaux beobachtete jede Bewegung seines Patienten, aber weder die Bewegung seiner Hände noch die Motorik seiner Augen ließ irgendwelche Anomalien erkennen, die Aufschluß über den geistigen Zustand dieses Mannes gegeben hätten.

»Der große Leonardo«, nahm Vossius seine Rede wieder auf, »hat seine Malerei für weniger bedeutsam erachtet als seine Wissenschaft. Jedenfalls verlor er in seinem Testament kein Wort über seine Gemälde, aber seine Manuskripte und Bücher zählte er einzeln auf, so als ob sie die wichtigste Sache seines Lebens gewesen wären. Eines dieser Werke trägt den Titel *Trattato della Pittura* und enthält neben aufschlußreichen Einsichten in die Kunst rätselhafte Andeutungen über Gott und Welt.«

»Zum Beispiel?«

»Zum Beispiel den Hinweis auf ein göttliches Gemälde nach der Natur, ›wo ein Geier von Rosen umgeben ist, mit einem Geheimnis im Herzen, verborgen unter reichlich Mennige und geeignet, die Palme zu fällen‹. Generationen von Kunsthistorikern haben an dieser Beschreibung herumgerätselt, und sie kamen zu dem Ergebnis, das Bild sei verschollen.«

»Und? Lassen Sie mich raten, Monsieur, Sie haben es wiedergefunden! Richtig?«

»Richtig«, erwiderte Vossius wie selbstverständlich.

»Und wo, wenn ich fragen darf?«

Vossius lachte. »Im Louvre, Doktor.« Seine Stimme klang nun

ganz aufgeregt. »Es sah nur ganz anders aus, als es sich die Herren vorgestellt hatten.«

»Und wie?«

»Bei dem angeblich verschollenen Gemälde des Leonardo da Vinci handelte es sich um die ›Madonna im Rosengarten‹.«

»Interessant«, bemerkte Doktor Le Vaux. Keine Frage, er hatte es mit einem typischen Fall von wahnhafter Paranoia zu tun. Schade um die Intelligenz dieses Mannes. Le Vaux wollte eigentlich gar nicht mehr weiterfragen, und er hörte auch nur noch mit halber Aufmerksamkeit zu, als Vossius seine Erklärungen fortsetzte.

»Mir schien von Anfang an klar, daß dieses Problem nicht von Kunsthistorikern gelöst werden konnte, sondern nur von Literaturwissenschaftlern. Den Weg wies mir Dante Alighieri.«

O Gott! Le Vaux gab sich sichtlich Mühe, ein ernstes Gesicht zu machen. Er war darin sozusagen von Berufs wegen trainiert, aber dieser Vossius verlangte ihm doch etwas viel ab.

»Ich will mich kurz fassen«, kündigte Vossius an, dem die krampfhafte Haltung des Psychiaters natürlich nicht entgehen konnte, »aber Sie müssen sich vorstellen, daß sich all das über Jahre erstreckte. Ich habe eine in Fachkreisen durchaus anerkannte Arbeit über die Pflanzen- und Tiersymbolik in Dantes ›Göttlicher Komödie‹ verfaßt. Dabei habe ich entdeckt, daß Dante genau wie Leonardo bisweilen in Rätseln spricht, daß er Bilder und Allegorien gebraucht, die sich hinter der Handlung seines Buches verstecken, mit deren Hilfe er aber einer kleinen Schar Eingeweihter weltbewegende Erkenntnisse weitergeben wollte. Es wimmelt bei Dante von Pflanzen und Tieren, und man kann seinen Weg zur Hölle überhaupt nur verstehen, wenn man ihre Bedeutung kennt. So spricht Dante von Leopard, Löwe und Wölfin und meint damit die Laster der Wollust, Stolz und Habgier, und nennt er einen Adler, so darf man gewiß sein, daß es sich um den Apostel Johannes handelt. Zuerst war es nur eine Vermutung, aber je länger ich mich mit Leonardos Schriften beschäftigte, desto mehr Gemeinsamkeiten entdeckte ich in ihren Formulierungen, so daß ich schließlich auf die Idee kam, Leonardo so wie Dante zu lesen. Um auf den rätselhaften Hinweis in seinem ›Traktat über die Malerei‹

zurückzukommen: Bei dem göttlichen Gemälde, auf dem ein Geier von Rosen umgeben ist, handelt es sich in Wirklichkeit um die ›Madonna im Rosengarten‹, denn der Geier gehört zu den sogenannten ›Marialien‹. Wie viele Symbole ist auch dieses mythologischen Ursprungs. Origines sieht in diesem Vogel ein Geheimnis der unbefleckten Empfängnis, weil das Geierweibchen der Sage nach vom Ostwind befruchtet wird.«

Vossius' Worte blieben nicht ohne Eindruck auf den Psychiater, wenngleich sie nur eine Bestätigung seiner bereits gefaßten Diagnose zu sein schienen. »Einmal angenommen, Ihre Theorie stimmt«, sagte Le Vaux, »wie steht es um das Geheimnis, das unter Mennige verborgen liegt?«

»Um das zu ergründen, habe ich mich ja an den Louvre gewandt mit der Bitte, das Gemälde zu durchleuchten. Ich hatte da so eine Vermutung: Leonardo verwendete Mennige in seinen Farben, und er wäre nicht der erste und nicht der letzte Künstler, der unter einem allseits bekannten Gemälde eine Botschaft festgehalten hat, in diesem Fall jedoch eine Botschaft mit undenkbaren Folgen.«

Le Vaux sah seinen Patienten mit gespannter Erwartung an.

»Nun ja«, sagte Vossius, »Leonardo hat immerhin die Ansicht geäußert, dieses Geheimnis könnte eine Palme fällen, nein, er sagte *die* Palme!«

»*Die* Palme?«

»Das Symbol der Palme steht für Sieg, Frieden und Keuschheit. Märtyrer tragen oft Palmenzweige in den Händen. *Die* Palme aber ist das Sinnbild der Kirche.«

Da entstand eine lange Pause. Le Vaux dachte nach. »Sie wollen damit sagen, daß Leonardo da Vinci...«

»Ja«, unterbrach Vossius, »ich behaupte, Leonardo kannte ein furchtbares Geheimnis, das geeignet war, die Kirche zu Fall zu bringen wie den in den Himmel ragenden Stamm einer Palme.« Und während er sprach, leuchteten seine Augen.

»Ach, jetzt begreife ich!« rief Doktor Le Vaux plötzlich. »Mit Ihrem Säureattentat auf das Gemälde Leonardos wollten Sie den Beweis für Ihre Theorie erbringen. Ist es Ihnen denn gelungen?«

Vossius hob die Schultern. »Es ging alles so schnell. Ich mußte fliehen, bevor man mich entdeckte.«

Le Vaux nickte und sagte: »Sie wissen, Monsieur le Professeur, daß Sie nur eine einzige Chance haben, dem Gefängnis zu entgehen. Ich muß Ihnen in einem Gutachten Paranoia bescheinigen.«

»Paranoia?« Vossius holte Luft. »Aber daran glauben Sie doch selbst nicht!«

Le Vaux hob die buschigen Brauen: »Was würden Sie an meiner Stelle glauben?« Dann forderte er seinen Patienten auf, den rechten Arm frei zu machen.

Vossius gehorchte wie in Trance. Er konnte nicht begreifen, daß der Doktor ihm nicht glaubte. Der tastete mit weichen Fingern über seinen Unterarm bis er eine ihm genehme Vene fand, setzte die Nadel der Spritze an und stach zu. »Das wird Ihnen erst einmal guttun«, sagte er noch.

Einen Tag später war in der Zeitung »Le Figaro« die folgende Meldung zu lesen:

»Säureattentat auf Leonardo-Madonna. *Paris* (AFP). – Ein deutscher Professor hat in einem Anfall geistiger Umnachtung das Gemälde ›Madonna im Rosengarten‹ von Leonardo da Vinci mit Schwefelsäure übergossen. Der Anschlag im Louvre, bei dem das Gemälde erheblich beschädigt wurde, förderte eine erstaunliche Entdeckung zutage. Danach hatte der Künstler offensichtlich die Madonna ursprünglich mit einer Halskette aus acht verschiedenen Edelsteinen abgebildet, das Schmuckstück wurde jedoch später aus unbekannten Gründen übermalt. Unter den Restauratoren des Louvre ist nun ein Streit entbrannt, ob die Madonna in den ursprünglichen Zustand mit Halskette zurückversetzt oder ob das Schmuckstück wieder übermalt werden soll. Der Attentäter, der anschließend einen Selbstmordversuch unternahm, wurde in die Psychiatrie von St. Vincent de Paul eingeliefert.«

Drittes Kapitel

St. Vincent de Paul
Psychiatrie

1

Bis zu jenem Tag, an dem der Unfall ihres Mannes mit der fremden Frau geschah, hatte Anne von Seydlitz gelebt wie Tausende anderer Frauen, halbwegs glücklich und mit der Zufriedenheit einer versorgten Ehefrau. Daß ihre Ehe kinderlos geblieben war, hatte weder bei ihr noch bei Guido ein Trauma hinterlassen, und wenn man ihr die Frage gestellt hätte, ob sie Guido noch einmal heiraten würde, hätte sie ja gesagt, ohne zu zögern.

Aber seit diesem Unfall war alles anders. Anne wurde von dem Verdacht gequält, Guido könnte sie betrogen, ja, ein Doppelleben geführt haben und sie habe von all dem nichts gewußt. Unklar suchte sie nun nach Wegen, Licht in das Dunkel ihrer siebzehnjährigen Ehe zu bringen, aber ihre Empfindungen waren getrübt wie das aufgewühlte Wasser eines Tümpels, sie fühlte sich niedergeschmettert und von einer unerkennbaren Macht zu Boden gedrückt.

Vor allem die Ungewißheit war es, die sie peinigte, und das Unvermögen, sich aus all dem herauszuhalten. Natürlich hätte sie sagen können: Aus und vorbei, was kümmert mich die Vergangenheit, lebe das Heute. Aber sooft sie daran dachte, peinigte sie die Ahnung, sie könnte jenen dunklen Mächten, die sich in den vergangenen Wochen immer wieder bemerkbar gemacht hatten, ins offene Messer laufen.

Das Schlimme an dieser unruhigen und gereizten Gemütsverfassung war, daß Anne jede Objektivität verloren hatte und Zufälligkeiten und Merkwürdigkeiten, die mit dem Fall in Zusammenhang standen, nicht mehr richtig unterscheiden konnte; sie war auf dem besten Weg in eine verhängnisvolle Psychose, weil sich all ihre Gedanken im Kreis drehten und weil sie sich dabei von einer Lösung mehr und mehr entfernte. Vor allem wagte sie nicht, sich jemandem anzuvertrauen, nicht einmal ihrer besten Freundin, weil sie befürchten mußte, auf diese Weise mehr über Guidos Verhältnis zu erfahren.

Eine unerwartete Wendung nahm der Fall, als die Zeitungen in großer Aufmachung über das Säureattentat im Pariser Louvre berichteten und von dem Streit, den das Collier der Madonna verursachte, das auf dem Gemälde ans Tageslicht gekommen war. Besonderes Interesse galt dabei Marc Vossius, dem Säureattentäter, einem offenbar geistesgestörten deutschstämmigen Professor von der California-Universität in San Diego.

»Vossius? Vossius?« Anne wußte genau, sie hatte den Namen schon einmal gehört. Ja, am Tage vor seinem Verschwinden hatte Guthmann diesen Vossius erwähnt, allerdings in einem ganz anderen Zusammenhang: Vossius habe sich ein halbes Leben mit Barabbas beschäftigt. In diesem Zusammenhang hatte Guthmann auch angedeutet, es gebe Leute, die Vossius für verrückt hielten.

Es lag nicht gerade auf der Hand, einen Bogen zu schlagen von dem Säureattentat auf das Gemälde von Leonardo da Vinci zu dem verschollenen Pergament, und doch gab es einen verblüffenden Zusammenhang: Barabbas! Guthmann hatte ›Barabbas‹ auf dem Pergament gelesen, und Vossius hatte das Phantom Barabbas erforscht.

Die letzten Wochen hatten sie gelehrt, daß Dinge, die ihr Begriffsvermögen überstiegen, gar nicht ungewöhnlich genug sein konnten, um zur Realität zu werden. Ein Professor, der sich auf ein Leonardo-Gemälde stürzt, war zweifellos ungewöhnlich genug; daß er sich außerdem mit der Erforschung des Namens Barabbas beschäftigt haben sollte, eines Namens, der gerade auf dem von ihr gesuchten Pergament auftauchte, kam dem Irrsinn ziemlich nahe, und diese Überlegung ließ bei Anne von Seydlitz den Entschluß reifen, sich mit dem verrückten Professor in Verbindung zu setzen.

2

Es traf sich, daß sie ein Anruf aus Paris erreichte, von einem Mann, der einmal in ihrem Leben eine gewisse Rolle gespielt hatte, wenngleich das lange zurücklag. Er hieß Adrian Kleiber, ein hochbegabter Fotograf und Bildjournalist bei »Paris Match«. Daß Adrian in Paris Karriere gemacht hatte, daran war Anne nicht ganz unschuldig. Adrian war Guidos bester Freund gewesen, bis sich die beiden über der Frage, wer die älteren Rechte an ihr, Anne, geltend machen könne, in die Haare gerieten.

Adrian und Guido hatten sich damals, vor siebzehn Jahren, allen Ernstes duellieren wollen, und das Duell hatte nur deshalb nicht stattgefunden, weil Anne gedroht hatte, sie würde im Falle eines Waffenganges keinen von beiden nehmen. Aus Gründen, deren sie sich selbst nicht mehr erinnern konnte, hatte Adrian dann freiwillig das Feld geräumt und war mit seinem Schmerz und seiner Wut nach Paris gegangen. Bis vor sechs oder sieben Jahren hatte er nie versäumt, ihr zum Geburtstag Blumen zu schicken – vielleicht auch nur deshalb, um Guido zu ärgern –, aber seitdem hatte er nichts mehr von sich hören lassen.

Nun meldete Kleiber sich auf einmal am Telefon. Seine Stimme klang fremd, jedenfalls hatte sie sie in anderer Erinnerung. Aber schließlich war ihr letztes Gespräch eine Ewigkeit her. Sie redeten über eine Stunde am Telefon, und Anne hatte große Mühe, Kleiber den Tod ihres Mannes und die damit verbundenen mysteriösen Umstände zu erklären. Den Namen Vossius erwähnte sie zunächst nicht, sie sagte nur, sie wolle in Paris Nachforschungen anstellen, ob er ihr dabei behilflich sein könne. Adrian Kleiber zeigte sich begeistert, bot ihr seine Wohnung an und versprach, sie vom Flughafen abzuholen.

Kleiber verstand etwas von Frauen, darüber konnte niemand, der ihm begegnete – auch Männer nicht –, im Zweifel sein. Er war zwar alles andere als schön, nicht besonders groß und von auffallender gelockter Haarpracht, aber er hatte Verstand, Witz und Geschmack – in dieser Reihenfolge. Daß er in einem Alter, in dem andere mindestens eine Scheidung hinter sich haben, noch immer nicht verheiratet war und in keiner Weise darunter litt, mag diese Tatsache unterstreichen. Tatsächlich verfügte er über jene erhebliche Portion Eigenliebe, die den Menschen glücklich macht, dabei trug er jedoch nie die abstoßende Haltung eines krankhaften Egoisten zur Schau. Probleme schien es für Kleiber nicht zu geben; jedenfalls gehörte »Kein Problem!« zu seinen Lieblingssprüchen, dessen häufiger Gebrauch den, der ihn nicht kannte, nerven konnte. Wer ihn kannte, glaubte ihm.

Es waren also gut siebzehn Jahre vergangen, seit sie sich zuletzt gesehen hatten, und während des Fluges machte sich Anne Gedanken, wie Adrian wohl aussehen mochte nach so langer Zeit.

AF 731 landete pünktlich um 11.30 Uhr auf dem Flughafen Le Bourget, und nach Durchquerung verschiedener Hallen und Überwindung mehrerer Treppen trat Anne mit einem kleinen Koffer durch die gläsernen Schiebetüren in die Empfangshalle.

Adrian winkte mit einem riesigen Rosenstrauß und hob sie, während er Anne umarmte, vom Boden hoch und schleuderte sie zweimal um seine eigene Achse – ganz der alte. Anne wischte sich ein paar Tränen aus den Augen; dabei hatte sie sich fest vorgenommen, keine Rührung zu zeigen.

Beide musterten sich mit einer gewissen Verlegenheit, und Adrian begann sofort mit seinem Aussehen zu kokettieren, das auf Frauen nicht sehr anziehend wirkte, weshalb er die Frau fürs Leben noch immer nicht gefunden habe.

»Was willst du denn hören?« lachte Anne spitzbübisch. »Daß du der schönste, klügste und begehrenswerteste Junggeselle von Paris bist? Also gut, du bist der schönste, klügste und begehrenswerteste Junggeselle von Paris. Ist dir jetzt wohler?«

»Viel wohler!« rief Kleiber. »Vor allem, weil du es gesagt hast.«

Mit Adrian war es einfach unmöglich, ernst zu bleiben, dachte Anne, während sie lachten und scherzten; sie fühlte sich befreit, aber sie ertappte sich zugleich dabei, daß sie sich Gedanken machte, ob dieser nette Kerl überhaupt in der Lage sein würde, ihr zu helfen.

»Eine üble Geschichte«, bemerkte Kleiber auf einmal, während sie in seinem Wagen, einem schwarzen Ponton-Mercedes, Richtung Innenstadt fuhren. Als hätte er ihre Gedanken erraten, wirkte Adrian plötzlich sehr ernst. »Wart ihr glücklich?«

Anne verstand die Frage nicht sofort: »Du meinst, ob Guido und ich...?« Sie hob die Schultern. In Gedanken war Anne mit den Dingen beschäftigt, die sich *nach* dem Tod ihres Mannes zugetragen hatten. Dabei kam ihr zum wiederholten Male zu Bewußtsein, daß sie Guidos Tod weitgehend verdrängt hatte.

»Ich bin nicht gekommen«, begann sie schließlich, »um mich bei dir auszuweinen. Ich brauche deine Hilfe, um herauszubekommen, in was für eine Situation ich da geraten bin, verstehst du? Ich werde verrückt, wenn das so weitergeht.«

Kleiber legte seine rechte Hand auf ihren linken Unterarm: »Beruhige dich, Anne, du kannst dich auf mich verlassen.«

Mit Genugtuung registrierte Anne die zärtliche Berührung, und dabei platzte es aus ihr heraus: »Ich habe Angst, verstehst du, ich habe furchtbare Angst, Angst vor dem Ungewissen, die grauenhafteste Art von Angst, die es gibt. Ich weiß nicht, ob du das begreifst!«

»Ich begreife es nicht«, entgegnete Kleiber ernst, »aber ich will versuchen, dich zu verstehen. Jetzt bist du erst einmal hier, und deine Probleme sind weit weg – irgendwo.«

»Nein, nein, nein!« rief Anne aufgeregt, und Adrian zog seine Hand erschrocken zurück. »Deshalb bin ich ja hier, weil ich hoffe, hier der Lösung einen Schritt näher zu kommen.«

Kleiber schwieg. Er verstand nicht, was Anne meinte, aber er spürte, daß die Frau etwas Furchtbares mit sich herumschleppte und daß es ungeschickt gewesen wäre, ihre Gefühl herunterzuspielen, als handelte es sich nur um Einbildung. Anne sah Kleiber an: Was ihn betraf, so kannte er sicher keine Angst. Sie sah in ihm einen Draufgänger, und mit dieser Einstellung war er gewiß gut gefahren, sogar bei heiklen Einsätzen auf den Kriegsschauplätzen in Korea und Vietnam. Anne hingegen wußte, daß keine Angst zu haben bisweilen an Dummheit grenzt, aber bisher hatte sie mit diesem Bewußtsein ganz gut gelebt.

»Ich habe dir längst nicht alles erzählt«, bemerkte Anne, während er auf der Porte de Bagnolet die Stadtautobahn verließ und in die Rue Belgrand einbog.

»Nicht alles?«

»Ich will hier in Paris einen deutschen Professor finden, er ist vielleicht der einzige, der mir in meiner Situation weiterhelfen kann.«

»Wie heißt er?«

»Marc Vossius.«

»Kenne ich nicht.«

»Noch schlimmer: Er sitzt im Irrenhaus, und du mußt mir helfen, ihn ausfindig zu machen.«

»Einen deutschen Professor in einem Pariser Irrenhaus?«

»Ich weiß, was du jetzt denkst«, wandte Anne ein, »aber der Mann ist für mich von großer Wichtigkeit, er ist im Augenblick meine einzige Hoffnung.«

Kleiber trat auf die Bremse seines Wagens und fuhr an den rechten Straßenrand. »Moment«, sagte er, »da ging eine Meldung durch alle Zeitungen von einem Professor, der im Louvre ein Säureattentat auf ein Gemälde von Leonardo da Vinci verübt hat...«

»Genau den meine ich«, erwiderte Anne.

»Aber er ist verrückt. Sie haben ihn eingesperrt, verstehst du?« Und dabei tippte er mit dem Zeigefinger an die Schläfe.

»Mag sein«, bemerkte Anne, ohne sich aus der Ruhe bringen zu lassen, »aber wenn ich bedenke, was in den letzten Wochen um mich herum geschehen ist, so ist seine Tat auch nicht unsinniger.«

Kleiber hielt das Lenkrad mit beiden Händen umklammert und starrte durch die Windschutzscheibe auf die Straße. Er schwieg, aber Anne konnte sich vorstellen, was in ihm vorging.

»Ich weiß«, sagte sie schließlich, »das alles ist nicht leicht zu begreifen, und ich könnte es dir nicht einmal übelnehmen, wenn du zu der Überzeugung gelangtest, daß ich irgendwie nicht ganz richtig im Kopf sei. Manchmal zweifle ich ja schon selbst an meinem Verstand.«

»Ach, Unsinn«, erwiderte Kleiber. »Ich sehe nur keinen Zusammenhang zwischen dem geistesgestörten Professor und deiner

Geschichte, außer vielleicht« – er machte eine Pause – »daß die eine so aberwitzig klingt wie die andere. Ich meine, kein Mensch bei klarem Verstand geht auf ein Gemälde von unschätzbarem Wert mit Schwefelsäure los, ja ich möchte sogar sagen, man kann dem Professor nur wünschen, daß er für verrückt erklärt wird, sonst wird er im Hinblick auf Schadenersatzforderungen seines Lebens nicht mehr froh.«

Anne wiegte den Kopf hin und her. »Natürlich habe ich mir meine Gedanken gemacht. Eine Bewußtseinsstörung kann die unterschiedlichsten Ursachen haben, vor allem kann sie durch ganz verschiedene Einflüsse ausgelöst werden und wieder verschwinden. Ein Mensch, der so etwas tut wie dieser Vossius, muß also keineswegs den Verstand verloren haben. Er mag in bezug auf seine Tat verrückt sein, er könnte aber im übrigen völlig normal und eine Koryphäe auf wissenschaftlichem Gebiet sein.«

Ihre Erklärung klang durchaus glaubhaft, doch da gab es immer noch diesen Einwand: »Was hat Vossius mit deinem Fall zu tun?«

Anne lachte mit einer gewissen Bitterkeit: »Es gibt da wirklich nur ein Wort, das uns verbindet. Es ist ein Name, ein ziemlich seltener Name allerdings: Barabbas.«

»Barabbas? Nie gehört.«

»Eben. Dieser Name ist auf dem verschollenen Pergament erwähnt, das Guido bei sich hatte. Jedenfalls hat das ein bekannter Koptologe behauptet, den ich um Rat fragte. Und er hat auch gesagt, daß es einen Professor namens Vossius gibt, der sich mit der Erforschung dieser offensichtlich historischen Figur beschäftigt.«

»Jetzt verstehe ich!« rief Kleiber begeistert. »Was steht sonst noch in dem alten Pergament?«

»Das weiß ich nicht«, entgegnete Anne. »Am Tag, nachdem ich bei ihm war, ist der Koptologe spurlos verschwunden, mitsamt der Kopie des Pergaments.«

Kleiber schüttelte den Kopf. »Das ist irrsinnig, irrsinnig ist das«, sagte er. »Wir müssen diesen Vossius finden, und wir werden ihn finden. Ich habe schon ganz andere Leute ausfindig gemacht. Kein Problem!«

3

Adrian Kleiber lebte in einem geräumigen Appartement mit großen, schrägen Fenstern an der Avenue de Verdun zwischen Canal Saint Martin und Gare de l'Este hoch über den Dächern von Paris. Das wuchtige Gebäude strahlte den typischen Charme Pariser Häuser aus der Zeit vor der Jahrhundertwende aus mit einer Haustür mit roten und blauen Ziergläsern, einem messingbeschlagenen, hölzernen Fahrstuhl mit klappernden Falttüren und einem großen, ein wenig schäbigen Treppenhaus, breit genug für den Aufmarsch einer Armee.

Weißgestrichene, zweiflügelige Türen, die nie geschlossen wurden, trennten die ineinander übergehenden Räume der Wohnung voneinander, und Kunstgegenstände und Mobiliar, in der Hauptsache Jugendstil und islamische Kunst, hatte Adrian in Antiquitätengeschäften und auf Pariser Flohmärkten zusammengekauft, wobei der »bric à brac« zwischen der Porte de Clignancourt und der Porte de Saint-Quen seine größte Zuneigung fand. Manches Stück, registrierte Anne von Seydlitz mit dem Blick des Kenners, war heute ein Vermögen wert.

Das kleinste der vier Zimmer, dessen einzige Fensternische sich zu einem kleinen, runden Balkon zum Hinterhof hin öffnete, wies Adrian Kleiber seiner Besucherin zu mit dem Wunsch, sie möge sich wie zu Hause fühlen. Ein weißes Sofa und zwei alte, dunkle Kommoden stellten die einzige Einrichtung dar; viel mehr hätte in dem kleinen Raum gar nicht Platz gefunden. Im Vergleich zur Größe und Einsamkeit ihres eigenen Hauses fühlte Anne sich hier heimisch, vor allem fühlte sie sich von Adrian beschützt.

Adrian hatte inzwischen an der Geschichte als Journalist Gefallen gefunden, und er verfolgte das Ziel mit jener Neugierde und Abenteuerlust, die diesen Leuten zu eigen ist. Es bedurfte nur einiger Anrufe, wobei Anne feststellte, daß Kleiber überall seine Freunde oder Kontaktleute hatte, um den Aufenthaltsort des internierten Professors ausfindig zu machen, die Psychiatrie in St. Vincent de Paul an der Avenue Denfert-Rochereau.

Bei einem Abendessen im »Chez Margot«, einem kleinen Lokal

am Canal mit kaum mehr als fünf Tischen und der Atmosphäre einer Wohnstube (die obendrein dadurch zustande kam, daß Margot, eine gemütliche Endvierzigerin mit grell geschminktem Gesicht, sowohl kochte als auch servierte – was natürlich eine gewisse Zeit in Anspruch nahm), legten Kleiber und Anne von Seydlitz die Strategie fest, wie sie an Vossius herankommen wollten.

Es schien nicht ratsam, den Grund ihrer Recherchen zu nennen, die Wahrheit ist in solchen Situationen nur hinderlich. Also beschlossen sie, Anne als Nichte und einzige Verwandte des Professors anzugeben, um sich so bei Vossius einzuschleichen.

Kleiber trug eine Kleinbildkamera unter dem Mantel versteckt, und er hatte sich mit dem Hinweis, ohne Kamera fühle er sich nackt wie ein Kaiser ohne Kleider, auch nicht von Annes Einwänden abbringen lassen, als sie den Seiteneingang von St. Vincent de Paul mit dem verwitterten Schild »Psychiatrie« betraten. Adrian, der beinahe akzentfrei französisch sprach, versuchte dem weißgekleideten Pförtner hinter einem Schiebefenster den Grund ihres Besuches zu verdeutlichen, was bei diesem jedoch auf deutliches Mißtrauen stieß. Jedenfalls ließ er sich ziemlich von oben herab Annes Ausweis zeigen, um sich mit der Akribie eines Legasthenikers in das deutsche Dokument zu vertiefen und Annes Namen zu notieren. Endlich griff er zu dem elfenbeinfarbigen Telefon, wählte eine Nummer und redete, während er Anne und Adrian mit den Augen fixierte, von Vossius und von seinen deutschen Angehörigen. Dann wies er ihnen in dem Vorraum eine hölzerne weißgestrichene Bank zu.

Sie warteten etwa zehn Minuten – aber Anne kam es wie eine Ewigkeit vor –, als der Pförtner die Scheibe seines Schalters zur Seite schob, die Wartenden heranwinkte und, an Kleiber gewandt, erklärte, der Patient habe sich dahingehend geäußert, er habe keine Verwandten und sei deshalb auch nicht gewillt, eine Madame von Seydlitz zu empfangen.

Nun aber setzte Adrian sein journalistisches Talent ein. Er ließ sich mit dem Stationsarzt verbinden und deckte ihn mit einem Redeschwall ungehaltener Vorwürfe ein, von denen Anne nur soviel verstand, daß ein Mann in so beklagenswertem Zustand natürlich nicht in der Lage sei, sich seiner einzigen Angehörigen zu erinnern; für sie sei es jedoch ein Herzensbedürfnis, den geliebten Onkel wiederzusehen.

Diese Worte blieben nicht ohne Wirkung. Der Arzt bat sie in den zweiten Stock, Besucherzimmer 201.

So in etwa hatte Anne sich das Besucherzimmer in einer Psychiatrie vorgestellt: helle weiße Wände, vergitterte Fenster, neben dem Eingang ein kantiger Stuhl, in der Mitte des Raumes ein uralter zerkratzter Tisch, darum herum vier schäbige Stühle, an der endlos hohen Zimmerdecke eine Milchglaskugel als Lampe. Es roch ekelhaft nach Bohnerwachs und Hering.

4

Nach kurzer Zeit erschien Vossius in der Tür, begleitet von einem Pfleger und einem Arzt. Der junge Doktor, ein ziemlich arroganter Typ, sagte schnoddrig, sie hätten fünfzehn Minuten Zeit, und verschwand. Der Pfleger schob Vossius, der helle Anstaltskleidung trug und einen ziemlich apathischen Eindruck machte, zu dem Tisch in der Mitte des Raumes und nahm selbst auf dem Stuhl neben der Tür Platz.

»Sie sind ein fieser Typ!« rief Kleiber dem Pfleger auf deutsch zu. Der lächelte. Anne erschrak.

An Anne gewandt sagte Adrian: »Ich wollte nur wissen, ob er Deutsch versteht. Du siehst, er versteht kein Wort. Die meisten Franzosen sprechen nicht deutsch, finden es aber selbstverständlich, daß alle Deutschen Französisch können.«

Der Professor hatte auf einem der häßlichen Stühle Platz genommen, und er legte ruhig die Hände übereinander, als wartete er auf eine Erklärung.

Annes Herz schlug bis zum Hals. Sie wußte nicht, wie die Begegnung enden würde, ob der Professor überhaupt ansprechbar war. Sie wußte nur, daß dieser rätselhafte Mann, der ihr schweigsam und erwartungsvoll gegenübersaß, ihre letzte Hoffnung darstellte.

Als wollte sie sich Mut machen, holte Anne tief Luft und begann: »Professor, ich weiß, Sie kennen mich nicht, ich mußte zu einem Trick greifen, um an Sie heranzukommen. Natürlich sind wir nicht verwandt, aber Sie können mir helfen. Sie *müssen* mir helfen. Verstehen Sie mich, Herr Professor Vossius?«

Der Mann schlug die Augen nieder, er schien sie verstanden zu haben, jedenfalls begannen die Falten, die seinen Mund einrahmten, auf einmal zu zucken. Aber das alles dauerte unglaublich lange, und Anne wiederholte unruhig: »Haben Sie mich verstanden, Professor?«

Vossius bewegte langsam die Lippen: »Holen – Sie – mich – hier – raus«, sagte er ruhig, aber klar verständlich. »Holen Sie mich hier raus, ich kann alles erklären.«

»Wie fühlen Sie sich, Herr Professor. Ich meine, werden Sie einigermaßen gut behandelt?«

Der Mann schob den Ärmel seines linken Armes zurück. Auf dem Unterarm waren deutliche Einstiche zu erkennen.

»Sie haben ihn ruhiggespritzt«, sagte Adrian. »Das ist in allen psychiatrischen Anstalten der Welt gleich.«

Anne legte ihre Hand auf die des Professors: »Wie können wir Ihnen helfen, reden Sie!«

Vossius mühte sich ein Lächeln ab. »Ich kann alles erklären. Holen Sie mich hier raus.«

»Wir holen Sie hier raus«, sagte Kleiber beschwichtigend, »aber dazu brauchen wir Ihre Hilfe. Wir brauchen alle Informationen, die dazu notwendig sind. Verstehen Sie?«

Vossius nickte.

»Sie wissen, was Sie getan haben, Professor?« fragte Anne aufgeregt. »Sie wissen, warum Sie hier sind?«

Vossius sah Anne einen Augenblick an, als versuchte er sich zu erinnern, dann nickte er heftig mit dem Kopf.

»Warum haben Sie das getan? Warum haben Sie Säure auf das Gemälde geschüttet?«

Da brach es aus dem Mann heraus: »Warum, warum, alle fragen warum, und wenn ich es ihnen erkläre, wenden sie sich ab und sagen, ich sei verrückt. Ich sage kein Wort mehr!«

Anne kam ganz nahe an Vossius heran, als wollte sie ihm ein Geheimnis anvertrauen: »Professor, hat es etwas mit Barabbas zu tun?«

»Barabbas?« Vossius hob den Blick und musterte erst Anne von Seydlitz, dann Kleiber, schließlich sprang er auf und zeigte mit dem Finger auf die Frau und rief: »Wer hat Sie geschickt?«

Mühsam gelang es Anne, den Professor auf seinen Stuhl zu drücken, und es dauerte eine ganze Weile, bis er sich beruhigt hatte; dann erklärte sie Vossius, sie habe ein koptisches Pergament, auf dem sei der Name Barabbas identifiziert worden, und ein Münchner Professor habe ihr verraten, daß er, Vossius, der bedeutendste Forscher in Sachen Barabbas sei – die ganze wahre Geschichte erzählte sie ihm nicht.

Die Erklärung schien den Professor zu befriedigen, ja, sie versetzte ihn sogar wieder in eine gewisse Ruhe – um nicht zu sagen Apathie. Vossius lehnte sich zurück, lächelte gequält und stellte die Frage: »Was wissen Sie über Barabbas, was?«

»Ich will ehrlich sein«, erwiderte Anne, »aber ich weiß über dieses Phantom überhaupt nichts.«

Da wandelte sich Vossius' Gesichtsausdruck zur theatralischen Geste eines Triumphators, er reckte den Hals, zog die Augenbrauen hoch, daß sie Halbmonde bildeten, und ließ geräuschvoll Luft durch die Nase entweichen wie ein Dampfroß. Man sah ihm an, daß er die Situation genoß, weil er endlich ernst genommen wurde.

Vossius wollte gerade zu einer Erklärung ansetzen, als der Stationsarzt die Tür aufstieß und in barschem Kommandoton in den Besucherraum rief: »Ende der Sprechzeit. Kommen Sie, Vossius!«

Kleibers Einwand, er möge ihnen noch fünf Minuten gestatten, tat der Psychiater mit einer unwilligen Handbewegung ab, und er verwies darauf, sie könnten, wenn es denn sein müsse, am folgenden Tag wiederkommen.

Während Vossius von dem Pfleger abgeführt wurde, trat Kleiber an den Arzt heran und sagte, er habe den Eindruck gewonnen, daß der Patient unter starken Sedativa stehe und daß die verabreichte Dosis den Bedarf bei weitem übersteige. Vossius sei ruhig und, wie es schien, sogar bei klarem Bewußtsein, und es sei gewiß nicht in seinem, des Arztes, Sinne, wenn er ein Dienstaufsichtsverfahren gegen ihn beantrage. Ein ähnlicher Fall an einer anderen Klinik, bei dem ein Arzt seine Patienten zu ruhig gespritzt hatte, habe erst im vergangenen Jahr Schlagzeilen gemacht. Zur Vermeidung ähnlicher Vorkommnisse legte Kleiber dem Psychiater nahe, den Patienten für den morgigen Besuch ohne Drogen zu belassen.

Kleibers harte Worte verfehlten nicht ihre Wirkung auf den Arzt. Zwar antwortete er schnippisch, man könne die ärztliche Entscheidung getrost *ihm* überlassen, fügte jedoch versöhnend hinzu, er wolle sehen, ob der Patient gegebenenfalls auch ohne stärkere Sedativa auskomme.

Für Kleibers souveränen Umgang mit dem Psychiater empfand Anne große Bewunderung. Sie konnte sich überhaupt nicht vorstellen, daß Adrian einer Situation nicht gewachsen war. Er schien einfach keine Probleme zu kennen, und er war in der Situation, in der sie sich befand, genau der richtige Mann.

Als sie St. Vincent de Paul schweigend verließen und durch das Seitenportal ins Freie traten, wo ein scharfer Herbstwind große Kastanienblätter vor sich hertrieb, hingen Anne und Adrian beide demselben Gedanken nach: War dieser Vossius nun verrückt oder nicht?

»Was ist deine Meinung?« fragte Kleiber im Gehen, während er Anne unterhakte.

»Schwer zu sagen nach der kurzen Begegnung.«

»Wenn ich mir alle seine Antworten vergegenwärtige, muß ich sagen, er hat logisch reagiert. Ich hätte in dieser Situation auch nicht anders geantwortet, vor allem, wenn man bedenkt, in welchem Zustand er war!«

5

Für den folgenden Tag legten sie sich einen genauen Plan zurecht, wie sie den Professor am ehesten zum Sprechen bringen konnten. Was Vossius in seiner Situation am tiefsten bewegte, so argumentierte Kleiber, sei zweifellos das Säureattentat, dem er schließlich die Einlieferung in die Psychiatrie verdanke. Deshalb müsse man ihn mit dem Ergebnis seiner Tat konfrontieren und seine Reaktion beobachten. Vielleicht würde der Schock seine Zunge lösen.

Bei der Bildagentur AFP besorgte Adrian Kleiber ein Farbfoto des beschädigten Leonardo-Gemäldes, und am folgenden Nachmittag fanden sie sich wieder in St. Vincent de Paul ein.

Vossius wirkte total verändert. Er sagte zu Anne »liebe Nichte« und zu Adrian »lieber Neffe« und spielte das Spiel, das sie begonnen hatten, nun seinerseits mit. Er habe, erklärte der Professor, heute noch keine Spritze bekommen, sei deshalb bei klarem Verstand und wolle den Besuchern erst einige Fragen stellen.

Damit hatte Anne von Seydlitz gerechnet, und sie hatte sich ihre Geschichte stichwortartig zurechtgelegt. »Ich weiß«, sagte sie, nachdem sie geendet hatte, »das klingt alles sehr unglaubhaft, aber ich schwöre Ihnen, daß es sich so zugetragen hat und nicht anders.«

Den Professor schien Annes Erklärung in keiner Weise zu verwundern oder gar zu beunruhigen. Er sagte nur: »Interessant.« Und noch einmal: »Interessant.«

Während der Unterredung waren Anne und Adrian jeder für sich zu der Überzeugung gelangt, daß der Professor, so wie er ihnen heute gegenübersaß, durchaus normal war. Was nicht unbedingt etwas zu bedeuten hatte; denn ist es nicht ein typisches Zeichen von Schizophrenie, daß sich Phasen des Verwirrtseins und der Klarheit ablösen?

Eher beiläufig fragte Kleiber, ob Vossius bereits mit dem Ergebnis seines Anschlages konfrontiert worden sei.

Da sah der Professor den Fragesteller mit großen Augen an.

Kleiber zog die Fotografie aus einem Umschlag und legte sie vor Vossius auf den Tisch. Der starrte auf den großen scheckigen Fleck auf dem Dekolleté der Madonna, in welchem deutlich eine Kette aus Edelsteinen zum Vorschein kam. »Mein Gott«, stammelte er, »ich habe es gewußt, ich habe es immer gewußt. Das ist der Beweis für Leonardos Botschaft!«

»Ich verstehe Sie nicht, Professor«, bemerkte Anne, und Kleiber fügte hinzu: »Können Sie uns erklären, was Sie mit Leonardos Botschaft meinen?«

Vossius nickte. »Ich glaube, Sie beide sind ohnehin die einzigen Menschen in Paris, die mir glauben werden.« Er rückte seinen Stuhl näher an die Besucher heran.

Kleiber tippte auf die Fotografie. »Unter den Experten ist nun eine heftige Diskussion in Gang gekommen, wie das Gemälde restauriert werden soll, ob mit oder ohne Halskette.«

»Ach was, Experten!« schnaubte der Professor. »Haben Sie schon einmal eine Madonna mit einer Halskette aus Edelsteinen gesehen?«

»Nicht bewußt«, erwiderte Kleiber, und Anne schüttelte den Kopf. Keiner von ihnen begriff, worauf Vossius hinauswollte.

»Aber Leonardo da Vinci hat die Kette doch offenbar gemalt«, wandte Anne ein, »oder glauben Sie, sie ist eine Fälschung aus späterer Zeit oder das Beiwerk eines seiner Schüler?«

»Im Gegenteil, liebe Nichte«, ereiferte sich Vossius, »Leonardo hat diese Halskette mit voller Absicht gemalt, und es war auch seine Absicht, sie nach Vollendung unter einer ockergelben Fleischfarbe verschwinden zu lassen.«

Während er redete, beobachtete Adrian Kleiber den Professor von der Seite. Er wußte nicht recht, was er von Vossius' Worten halten sollte. Der Professor machte den Eindruck, als steigere er sich in eine Sache hinein, die weit ab von jeder Realität lag, und in ihm kamen Zweifel auf, ob sie dem psychischen Zustand dieses Mannes nicht doch zuviel Vertrauen entgegengebracht hatten. Aber schon im nächsten Augenblick war Kleiber gefangen von dem Bericht des Professors.

»Die Welt steckt voller Geheimnisse. Viele sind so groß, daß sie den Verstand der meisten Menschen überschreiten, und das ist vielleicht ganz gut so. Denn viele, die davon erführen und ihre ganze Tragweite begriffen, würden den Verstand verlieren. So ist es seit urdenklichen Zeiten Brauch, daß diese Geheimnisse der Menschheit von den Klügsten der Spezies Mensch an die Klügsten weitergegeben werden, mit der Auflage zu schweigen, bis die Zeit gekommen ist, sie zu offenbaren.«

Anne wurde ungeduldig. Sie wollte fragen: Was um Himmels willen hat die Halskette auf dem Gemälde mit den Geheimnissen der Menschheit zu tun, aber Vossius' Worte ließen sie verstummen.

»Seit fünfhundert Jahren«, sagte Vossius weiter, »rätseln die Menschen herum, was William Shakespeare gemeint haben könnte, als er sagte, es gebe mehr Dinge zwischen Himmel und Erde, als unsere Schulweisheit sich träumen läßt. Shakespeare war einer der Geheimnisträger, genauso wie Dante, ebenso Leonardo da Vinci. Jeder von ihnen gab ein heimliches Zeichen, eine verschlüsselte Botschaft. Shakespeare und Dante bedienten sich der Sprache, Leonardo gebrauchte natürlich die Malerei für seine Zwecke. Aber sogar in seinem schriftlichen Nachlaß fanden sich Hinweise auf sein Wissen, jedoch keine Belege.«

»Ich verstehe«, sagte Kleiber, »Sie wollten mit diesem Säureattentat den Beweis für Ihre Entdeckung erbringen.«

»Und das ist mir gelungen«, erwiderte Vossius und klopfte mit der flachen Hand auf die Fotografie. »Das ist der Beweis!«

»Die Halskette?« fragte Anne ratlos.

»Die Halskette«, stellte der Professor nüchtern fest und suchte mit den Augen den Wärter, der teilnahmslos auf dem Stuhl neben der Tür saß. Die Besuchszeit war längst abgelaufen, und Anne mußte befürchten, der Stationsarzt könnte jeden Augenblick in das Zimmer treten und das Gespräch abrupt beenden. Ungeduldig bedrängte sie daher Vossius: »So erklären Sie uns doch den Zusammenhang zwischen der Halskette, die Leonardo nicht für jedermann sichtbar gemalt hat, und dem koptischen Pergament!«

Vossius nickte. Man konnte ihm ansehen, daß er die Situation genoß wie eine Wiedergutmachung für erlittenes Unrecht, und je mehr Anne drängte, desto zurückhaltender wurde der Professor. »Fest steht«, sagte er schließlich, »daß beide dasselbe Wissen hatten, der Urheber Ihres Pergamentes und Leonardo da Vinci; denn sie gebrauchten dasselbe Codewort.«

Anne und Adrian sahen sich ratlos an. Der Mann machte es ihnen nicht leicht, er stellte ihre Geduld auf eine harte Probe, und bei Kleiber stellten sich Zweifel ein, ob der Professor wirklich mit normalen Maßstäben gemessen werden konnte, ob er ein von seiner Wissenschaft Besessener war, dem man mit Nachsicht begegnen mußte, oder ein bedauernswerter Psychopath.

6

Vossius nahm das Foto und hielt es senkrecht wie eine Trophäe. Mit den Fingern der rechten Hand berührte er die Stelle, an der die Halskette zu sehen war, acht verschiedene von goldenen Blütenranken gefaßte und so aneinandergereihte Edelsteine im Cabochon-Schliff.

»Acht Edelsteine«, stellte der Professor fest, »scheinbar ein Schmuckstück, nichts weiter, und doch sind es ganz besondere Steine, und ein jeder hat seine bestimmte Bedeutung. Beginnen wir links, dem Betrachter zugewandt. Der erste weißlichgelbe Stein ist ein Beryll, ein Stein mit eigener Geschichte. Er gilt als Monatsstein der im Oktober Geborenen und wurde im Mittelalter gemahlen und in Flüssigkeit zubereitet, um Augen zu heilen. Später entdeckte man seine vergrößernde Wirkung, wenn man ihn entsprechend schliff. Daher stammt das Wort Brille. Der zweite, blaßblaue Stein ist ein Aquamarin, ein dem Beryll verwandter Edelstein, der seine Farbe von blau bis meergrün wechselt. Den dunkelroten, dritten Stein kennt jeder. Es ist ein Rubin. Ihm wurde ebenfalls heilende Wirkung zugeschrieben, und man findet ihn als Machtsymbol an Kaiser- und Reichsinsignien. Violett ist der vierte Stein, ein Amethyst, der Monatsstein für die im Februar Geborenen und von ungeheurer Symbolkraft. So galt er als Amulett gegen Gift und Trunkenheit, aber auch als Symbol der Dreifaltigkeit, weil er drei Farben enthält: Purpur, Blau und Violett. Er soll zu den Steinen gehört haben, die den Brustschild des Hohenpriesters und das Fundament der Mauer des himmlischen Jerusalem zieren. Obwohl von verschiedener Farbe, sind die folgenden zwei Edelsteine, der fünfte und der sechste, wiederum Berylle. Der siebente, ein schwarzer Achat, ist eigentlich nur ein Halbedelstein, doch Antike und Mittelalter begehrten ihn als gemahlenes Aphrodisiakum, und aus unerfindlichen Gründen wurde er mit Vorliebe als Zierstein von kirchlichen Gerätschaften verwendet. Bleibt der letzte Stein, der grüne Smaragd, ein Stein, der vor allem zur Zeit Leonardo da Vincis in hohen Ehren stand. Er gilt als Symbol des Evangelisten Johannes, außerdem als Zeichen der Keuschheit und Reinheit und wurde im Mittelalter als besonders heilsam verehrt. Acht Steine aneinandergereiht, scheinbar zufällig, und doch ist es kein Zufall, wie Leonardo diese Kette malte, so wie nichts Zufall ist im Leben. Lesen Sie die acht Anfangsbuchstaben der Edelsteine von links nach rechts, so wie ich sie Ihnen beschrieben habe – und dabei spielt es keine Rolle, ob Sie sich in deutscher oder, wie Leonardo, in italienischer Sprache verständigen –, dann erhalten Sie ein Wort, das Sie vielleicht überraschen wird.«

Anne von Seydlitz preßte beide Hände zu einer Faust zusammen und blickte gebannt auf die Fotografie. Dann las sie: »B-A-R-A-B-B-A-S. Mein Gott«, stammelte sie leise, »was hat das zu bedeuten?«

Vossius schwieg. Auch Adrian sagte nichts. Den Blick auf die Fotografie gewandt, kontrollierte er in Gedanken die Buchstabenfolge. Der Professor hatte recht: BARABBAS.

Aber noch ehe die beiden die ganze Tragweite dieser Eröffnung begriffen hatten und noch bevor sie eine Frage stellen konnten, trat der Stationsarzt in das Besucherzimmer und beendete mit einer unverschämten Geste, indem er lautstark in die Hände klatschte, die Unterredung. Vossius erhob sich, nickte freundlich und verschwand in Begleitung des Pflegers auf den Gang.

7

Während sie im Wagen den Pont St. Michel überquerten, richtete Anne an Kleiber die Frage: »Hältst du diesen Vossius für schizophren? Ich meine, glaubst du, er wird zu Recht in St. Vincent festgehalten?«

»Der Mann ist so normal wie du und ich«, erwiderte Kleiber, »ich glaube nur, daß er eine ungeheure Last mit sich herumschleppt, irgend etwas, das ihn an den Rand der Verzweiflung getrieben hat. Aber ich habe Zweifel, ob er uns wirklich weiterhelfen kann. Es will mir nicht in den Kopf, daß zwischen Leonardo da Vinci und deinem Pergament ein Zusammenhang bestehen soll.«

»Wenn Vossius uns nicht helfen kann, dann keiner«, erwiderte Anne. »Immerhin wissen wir doch schon soviel, daß der Name ›Barabbas‹ als Symbol für eine reichlich undurchsichtige Geschichte steht, mit der sich in der Vergangenheit Leute auseinandergesetzt haben, die zu den bedeutendsten Köpfen zählen. Mir erschien die Erklärung des Professors am Anfang auch weit hergeholt, aber je länger ich darüber nachdenke, desto mehr komme ich zu der Überzeugung: Der Mann hat recht. Jedenfalls ist Leonardo da Vinci für manchen Schabernack gut. Man weiß, daß er schon zu Lebzeiten seine Mitmenschen an der Nase herumgeführt hat, wenn er etwa in Spiegelschrift schrieb, und die Sache mit der Halskette ist gewiß auch eine von diesen Teufeleien.«

»Aber der Zusammenhang, ich sehe keinen Zusammenhang.«
Dem konnte Anne nur beipflichten: »Den sehe ich auch nicht. Wüßten wir den Zusammenhang, wüßten wir vermutlich auch die Lösung.«

»Und die wird er uns nicht auf die Nase binden.«
Anne nickte.
»Es sei denn –«, Kleiber dachte nach.
»So rede doch!«
»Es sei denn, wir machen mit Vossius ein Geschäft.«
»Ein Geschäft?«
»Na ja«, schränkte Adrian ein, »Geschäft ist vielleicht nicht der richtige Ausdruck. Vertrag wäre vielleicht treffender.«

»Du sprichst in Rätseln.«

»Erinnere dich«, begann Kleiber, »erinnere dich, als wir Vossius zum ersten Mal trafen. Was waren da seine ersten Worte?«

»Holt mich hier raus!«

»Das sagte er. Ich glaube, die Geschichte, die er uns erzählte, hat er nur deshalb erzählt, weil er beweisen wollte, daß er bei klarem Verstand ist. Den Ärzten vertraut er nicht. Die haben ihn bereits abgeschrieben. Wer Säure auf ein Gemälde spritzt, muß verrückt sein. Also erwartet er von uns, daß wir ihm helfen; deshalb kam ihm die Idee, daß du seine Nichte seiest, ganz gelegen, und er hat sofort bereitwillig mitgespielt. Nein, der Professor ist kein Fall für die Psychiatrie, und wir müssen ihm klarmachen, daß das unsere Überzeugung ist und daß wir bereit sind, alle Hebel in Bewegung zu setzen, um ihn dort herauszuholen, wenn er uns die ganze Wahrheit um Barabbas beichtet.«

»Keine schlechte Idee«, stellte Anne fest, »aber Vossius wollte sich vom Eiffelturm stürzen, er ist ein Selbstmordkandidat, und alle, die versuchen sich das Leben zu nehmen, landen in der Psychiatrie.«

»Ich weiß, ich weiß«, entgegnete Kleiber, »aber sie werden nicht bis an ihr Lebensende eingesperrt. Nach einer entsprechenden Therapie läßt man sie meist wieder frei. Im übrigen verstehe ich ohnehin nicht, warum Vossius seinem Leben ein Ende setzen wollte. Ich würde ihm durchaus zutrauen, daß er das Ganze aus irgendeinem Grund nur inszeniert hat. Daß er aber dabei die Folgen nicht bedacht haben will, kann ich mir nicht vorstellen. Ich glaube, der Professor hatte einen sorgfältig ausgearbeiteten Plan, aber bei der Ausführung passierte etwas Unvorhergesehenes, und jetzt sitzt er im Irrenhaus. Und gerade das ist unsere Chance.«

Später, am Abend desselben Tages, aßen sie im »Coquille«, im 17. Arrondissement, wo die Küche eher traditionell als »nouvelle« ist, was sowohl Anne als auch Adrians Geschmack näher kam; aber was als zwangloses Vergnügen gedacht war, entwickelte sich schon bald zu spannungsgeladenem Schweigen, ausgelöst dadurch, daß ein jeder von ihnen den eigenen Gedanken nachging. Nicht nur Anne, auch Adrian hatte sich inzwischen so sehr in den

Netzen dieses Falles verfangen, daß er tun und denken konnte, was er wollte, es endete immer in der Psychiatrie von St. Vincent de Paul bei Professor Vossius.

Anne, soeben noch entschlossen und dank Kleibers Hilfe mit neuem Mut beseelt, sah sich auf einmal wieder einem übermächtigen Gegner gegenüber, dem sie nie beikommen könnte, und sie zweifelte, ob auch Adrian stark genug war. Darüber hinaus quälte sie die Frage, warum ihr selbst noch nichts zugestoßen war, während alle, die ihr Leben kreuzten, auf unerklärliche Weise zu Schaden kamen. Guido tot, Rauschenbach ermordet, Guthmann verschollen. Sie sah Kleiber an und versuchte, als wolle sie den Gedanken vertuschen, zu lächeln – vergebens.

Der vermochte die Betroffenheit in Annes Gesicht nicht zu deuten, aber jede Frage erübrigte sich. Die Zuneigung, die er bei ihrem ersten Wiedersehen empfunden hatte, war einer ungeheueren Nervosität gewichen. Er hätte sich gewünscht, dieser Frau unter günstigeren Umständen begegnet zu sein, doch Adrian war nicht der Mann, der es nicht verstanden hätte, eine Situation zu seinen Gunsten umzumünzen. Nein, Kleiber hoffte, durch seine Unterstützung Anne für sich zu gewinnen, und nichts fördert die Zuneigung mehr als ein gemeinsamer Gegner.

8

Als sie am folgenden Tag in St. Vincent de Paul ankamen, schien man sie bereits zu erwarten. Aber der Stationsarzt führte Anne und Adrian nicht in das Besucherzimmer, sondern in das Büro von Doktor Le Vaux, ohne eine Erklärung abzugeben. Der Chefarzt berichtete mit einer gewissen Verlegenheit, die einem Mann seines Standes in dieser Situation nicht zukam, Professor Vossius sei in der vergangenen Nacht an einem Herz-Kreislauf-Versagen gestorben, er bedaure das sehr und spreche ihnen, den nächsten Angehörigen, sein tiefes Mitempfinden aus.

Auf dem endlos langen Gang, wo es wie immer nach Bohnerwachs roch, mußte Anne von Kleiber gestützt werden. Nicht daß sie so tiefe Trauer empfunden hätte über Vossius Tod – obwohl dieser in den zwei Tagen durchaus ihre Zuneigung gefunden hatte –, Anne traf der Tod des Professors vor allem deshalb, weil er einer furchtbaren Gesetzmäßigkeit unterlag, an die sie nicht hatte glauben wollen. Daß Vossius' Tod ein Zufall gewesen sei, daran hatte Anne von Anfang an nicht glauben wollen, und wie in allen vorangegangenen Fällen erkannte sie weder einen möglichen Grund noch einen Zusammenhang.

Wie im Traum und völlig ratlos tappte sie an Adrians Arm den stinkigen Korridor entlang, das breite, steinerne Treppenhaus hinab, wo sie der Pfleger, der während ihrer Besuche wortlos und mit blödem Gesichtsausdruck neben der Tür gesessen hatte, erwartete. Er trat Kleiber entgegen, raunte ihm etwas zu, das Anne nicht verstand, das sie in dieser Situation auch nicht interessierte, und kam nach einem kurzen Wortwechsel mit Kleiber zu der Übereinkunft, sich um 19 Uhr in einem Bistro nicht weit von hier in der Rue Henri Barbusse gegenüber dem Lycée Lavoisier zu treffen.

An Anne von Seydlitz war die ungewöhnliche Vereinbarung vorbeigegangen wie ein Trugbild, das einem im Halbschlaf begegnet, und Adrian klärte sie erst zu Hause über das Angebot des zwielichtigen Pflegers auf. Er habe, berichtete Kleiber, eine Andeutung gemacht, er könne ihnen zum Tode des Professors eine wichtige Mitteilung machen, und auf seinen Einwand, warum das nicht an Ort und Stelle geschehen könne, geantwortet, das sei viel zu gefährlich.

Was auch immer hinter der Wichtigtuerei des Pflegers stecken mochte – Adrian und Anne konnten sich beim besten Willen nicht vorstellen, daß der tölpelhafte Mann ihnen in irgendeiner Weise weiterhelfen könnte –, so mußten sie doch dem unbedeutendsten Hinweis nachgehen, der geeignet schien, die Situation in irgendeiner Art zu erhellen.

Das Bistro war für Pariser Verhältnisse ungewöhnlich groß und unübersichtlich; deshalb hatte es der Pfleger wohl auch ausgesucht. Dieser entpuppte sich als ein unerwartet wendiger Mann mit flinker Auffassungsgabe. Jedenfalls wußte er genau, was er wollte, als er geradeheraus erklärte, Pfleger in psychiatrischen Anstalten würden verachtenswert schlecht – er gebrauchte das Wort *méprisable* – bezahlt und müßten deshalb anderweitig sehen, wo sie blieben. Kurz, er könne ihnen Angaben über den wahren Sachverhalt des Todes des Professors machen und in seinem Besitz befinde sich eine Hinterlassenschaft, die ihnen in ihrem Fall vielleicht von Nutzen sein könnte.

Von welchem Fall er spreche, erkundigte sich Kleiber, und der Pfleger berichtete, wobei er zu beider Verblüffung plötzlich vom Französischen in ein gebrochenes, aber durchaus verständliches Deutsch wechselte, er habe die Unterhaltungen zwischen ihnen und Vossius während der letzten Tage mit großer Spannung verfolgt. Auf die Frage, woher er so gut Deutsch könne, antwortete der Gefragte, er habe eine deutsche Frau, vor allem aber deutsche Schwiegereltern, die kein Wort Französisch sprächen, das sei die beste Schule.

»Wieviel?« fragte Kleiber knapp. Er sah in der Tatsache, daß er den vermutlich blöden Pfleger nicht durchschaut hatte, eine persönliche Niederlage, und daß er diese Niederlage mit Geld aus der Welt schaffen konnte, förderte seine Bereitschaft, einen hohen Preis zu zahlen.

Die beiden Männer einigten sich auf fünftausend Francs, zweitausend sofort, der Rest bei Überreichung eines Umschlages.

Kleiber war von der Sicherheit, mit der der Pfleger agierte, verblüfft. Er hatte beinahe den Eindruck, als machte dieser so etwas nicht zum ersten Mal.

»Woher nehmen Sie die Sicherheit, daß Sie den Rest noch bekommen?« fragte Adrian Kleiber provozierend.

Der Pfleger schmunzelte: »In gewisser Weise habe ich Sie doch in der Hand. Wenn ich auspacke, daß Sie sich unter dem Vorwand, mit Vossius verwandt zu sein, Zugang in die Psychiatrie verschafft haben, dann wird das nach seinem unerwarteten Ableben sicher die Polizei interessieren. Also versuchen wir nicht, uns gegenseitig übers Ohr zu hauen – so sagt man doch bei Ihnen? –, und kommen wir zum Geschäft.«

Mit sichtlicher Zufriedenheit nahm er die zweitausend Francs in Empfang, faltete die Scheine zweimal und ließ sie in der Tasche seines Sakkos verschwinden. Dann beugte er sich über den dunkel gebeizten Tisch und sagte: »Vossius ist keines natürlichen Todes gestorben. Er ist stranguliert worden, mit einem Lederriemen.«

Woher er das wisse.

»Ich habe den Professor morgens um halb sechs gefunden. Er hatte einen blauroten Ring am Hals. Vor seinem Bett lag ein Lederriemen.«

Während Anne die Mitteilung nicht überraschte, hatte Kleiber Schwierigkeiten, sich mit der neuen Situation zurechtzufinden. Vor allem, wandte er ein, welchen Grund könnte die Klinik haben, den Fall zu verschweigen und Herzversagen als Todesursache zu melden.

»Da fragen Sie noch?« erregte sich der Pfleger – er sprach jetzt wieder französisch. »In St. Vincent de Paul hat es schon genug Skandale gegeben, aber ein Mörder, dem es gelingt, bei Nacht in die Psychiatrische Abteilung einzudringen, das ist vorläufig der Höhepunkt einer Reihe von Vorkommnissen, die das Institut nicht im besten Licht erscheinen lassen. Natürlich gab es eine hausinterne Untersuchung, die auch noch nicht abgeschlossen ist, aber Le Vaux steht vor einem Rätsel.«

Und seine persönliche Meinung?

Der Pfleger fuhr sich nervös mit gespreizten Fingern durch das dunkle Haar. »Vossius soll am gestrigen Abend einen merkwürdigen Besucher gehabt haben. Ich kann das nicht bezeugen, ich hatte abends keinen Dienst. Es soll ein Priester gewesen sein, ein Jesuit. Angeblich haben sie sich englisch unterhalten.«

Anne und Adrian sahen sich an. Beider Ratlosigkeit hatte in diesem Augenblick einen neuen Höhepunkt erreicht. Ein Jesuit bei Vossius?

»Jedenfalls war dieser Abbé der letzte, mit dem der Professor geredet hat. Natürlich fällt auf ihn ein Verdacht. Wer sagt, daß er wirklich ein Jesuit war? Tatsache ist, der seltsame Priester hat nach einer knappen halben Stunde die Psychiatrie von St. Vincent de Paul wieder verlassen. Das hat der Pförtner bestätigt.«

Die folgende Diskussion hatte zum Thema, wie leicht oder

schwierig es ist, unbemerkt die Psychiatriestation von St. Vincent de Paul zu betreten. Dabei vertrat der Pfleger die Ansicht, daß der Eindringling einen Komplizen in der geschlossenen Abteilung gehabt haben müsse; nur so sei überhaupt auf die Station zu gelangen.

»Und Sie?« fragte Adrian nachdenklich. »Ich meine, wäre es abwegig zu glauben, daß Sie...«

»Hören Sie«, fuhr der Pfleger barsch dazwischen, »Sie mögen mich für einen Fiesling halten, weil ich Ihnen Informationen verkaufe, das ist mir, ehrlich gesagt, egal. Aber das andere ist Beihilfe zum Mord, das sollten Sie ganz schnell vergessen.« Hastig kippte der Pfleger seinen Pastis hinunter, knallte das Geld auf den Tisch, warf einen Schein daneben und verschwand grußlos.

»Du hättest ihn nicht attackieren dürfen«, bemerkte Anne tonlos. Sie starrte vor sich hin auf einen imaginären Punkt in dem mit Rauchschwaden verhangenen Raum. Adrian sah, daß ihre Hände zitterten.

9

Sie mußten Zweifel haben, ob der Mann, wie vereinbart, am folgenden Tag wieder erscheinen würde, um weitere Informationen gegen den Rest der versprochenen Summe auszutauschen. Die halbe Nacht verging allein in der Diskussion darüber, was sie von dem Pfleger noch zu erwarten hätten, und dabei verstrickten sie sich in abenteuerliche Gedankenkonstruktionen, ohne einer Lösung auch nur einen Schritt näher zu kommen. Am Ende, lange nach Mitternacht, waren sie zu der Überzeugung gelangt, der Pfleger würde ihnen Vossius' Mörder nennen. Es kam anders.

Wie vereinbart – Geld geht nicht nur einem Schuft über die Ehre – erschien der Pfleger am folgenden Abend zur selben Zeit in dem Bistro, nahm die Restsumme in Empfang und schob mit der Gelassenheit eines Profis einen verschlossenen braunen Umschlag über den Tisch.

Kleiber riß ihn auf.

»Ein Schlüssel?« sagte Anne in einem Tonfall, der ihre Enttäuschung nicht verhehlte.

Der Umschlag enthielt einen Sicherheitsschlüssel mit der Prägung »Sécurité France«, wie er tausendmal vorkommt, sonst nichts.

»Ist das alles?« erkundigte sich Kleiber.

Der Pfleger antwortete: »Ja, das ist alles. Der Schlüssel mag bedeutungslos aussehen, aber wenn ich Ihnen sage, daß Vossius ihn in ein Taschentuch gewickelt unter seinem Kopfkissen versteckt hielt, gewinnt er vielleicht an Bedeutung.«

Kleiber nahm den Schlüssel in die Hand und machte eine Faust. »Da mögen Sie recht haben«, sagte er nach kurzem Nachdenken, »nur solange wir das Schloß nicht kennen, in das der Schlüssel paßt, nützt er so gut wie gar nichts.«

»Alles andere ist Ihre Sache«, sagte der Pfleger. Er nickte kurz und entfernte sich grußlos.

Die folgenden zwei Tage durchlebten sie wie in einem Alptraum. Selbst Adrian, sonst nie um einen Einfall verlegen, schien am Ende, und er versuchte Anne zu überreden, mit ihm das nächste Flugzeug zu besteigen und in die Sonne zu fliegen, nach Tunesien oder Marokko, jedenfalls riet er dringend davon ab, alleine zurück nach München zu reisen.

Anne lächelte müde. Im Grunde genommen war ihr alles egal. Sie war von der quälenden Angst befallen, Adrian würde der Nächste sein, dem etwas zustoßen könnte. Auszusprechen wagte sie den Gedanken nicht, aber unmerklich für den anderen drehte sich alles um diese Vorstellung, und sie suchte nach einer Möglichkeit, wie sie Kleiber da heraushalten könnte. Andererseits fühlte sie sich viel zu schwach, die Geschichte allein, ohne Adrians Hilfe, durchzustehen, und sie war geneigt, Kleibers Drängen auf eine gemeinsame Urlaubsreise nachzugeben, als sie plötzlich auf eine Spur stießen, die dem Ganzen eine neue Wendung gab.

Anne hatte Adrian den Film mit den Aufnahmen des koptischen Pergaments ausgehändigt, und Kleiber hatte im Fotolabor neue Kopien herstellen lassen mit dem Plan, nun seinerseits einen Experten aufzusuchen, der den mysteriösen Text, von dem nur der Name Barabbas bekannt war, übersetzen könne. Und weil die fotografischen Aufnahmen »ziemlich stümperhaft« gefertigt worden seien – wie der Laborant sich ausdrückte –, fertigte dieser ein gutes Dutzend Vergrößerungen, die sich in Belichtung und Kontrast alle etwas voneinander unterschieden, so daß der Text auf dieser hier, auf jener da besser zu erkennen war.

Dieses Ergebnis allein war es nicht, das Anne in helle Aufregung versetzte, sondern es waren vier Finger am linken Bildrand einer dieser Vergrößerungen (das Original war offensichtlich von einem Helfer einfach vor die Kamera gehalten worden, was die schlechte Bildqualität hinreichend erklärte). Genaugenommen waren es dreieinhalb Finger, denn vom Zeigefinger des Unbekannten fehlte die obere Hälfte: »Donat!«

»Donat?«

»Der Mann mit der Frau im Rollstuhl! Ich habe ihm von Anfang an nicht geglaubt. Die Frau, die bei Guido im Unfallauto saß und nach zwei Tagen aus der Klinik verschwunden ist, gab sich als seine Frau aus. Donat konnte sich das alles nicht erklären. Er lügt, er lügt, er lügt!«

»Und diesem... Donat fehlte die obere Hälfte seines rechten Zeigefingers, da bist du sicher?«

»Ganz sicher«, erwiderte Anne, »ich habe es mit eigenen Augen gesehen. Aber Donat spielte den Ahnungslosen. Warum tut er das? Was hat er zu verheimlichen?«

Anne fürchtete sich; sie fürchtete sich vor den neuen Fragen, die mit dieser Entdeckung auftauchten. Genaugenommen war sie jetzt keinen Schritt weiter als am Tage nach Guidos Unfall. Im Gegenteil, ihre Nachforschungen hatten den Effekt archäologischer Ausgrabungen: Je mehr sie entdeckte, desto mehr Fragen tauchten auf, und sie wünschte es dabei belassen zu haben, daß Guido ein Verhältnis und sie auf perfide Weise hintergangen hatte.

Ihr war, als ob sie mitten in einem Stück steckte, in dem sie gegen ihren Willen eine Rolle übertragen bekommen hatte, wobei sie weder die Mitspieler kannte noch den Text. Aber ob sie wollte oder nicht, sie mußte ihre Rolle zu Ende spielen.

Viertes Kapitel

LEIBETHRA
dem Wahnsinn nahe

1

Nach knapp einer Stunde Autobahnfahrt durch die Nacht vom Flughafen Thessaloniki in Richtung Süden nahm der grüne Landrover die Ausfahrt Katerini. Katerini ist ein hübsches, kleines Landstädtchen im Nordosten Griechenlands mit dem beinahe 3000 Meter hohen Olymp im Rücken und einem malerischen Marktplatz, mit Tischen und Stühlen auf den Straßen und leuchtenden nackten Glühbirnen zur Abendzeit und einer Hauptstraße, die weiter nach Südwesten führt, nach Elasson, von wo man die Meteora erreicht, die im Himmel schwebenden Klöster; einst gab es 24, heute sind es noch vier, die bewohnt sind.

Irgendwo auf halbem Weg verlangsamte das Fahrzeug seine Geschwindigkeit und bog nach links in einen Feldweg ab, der in der Hauptsache aus zwei mit Schotter gefüllten Fahrspuren bestand und einer Grasnarbe in der Mitte, und Guthmann begriff, warum sie mit einem Geländewagen abgeholt worden waren. Die beiden Lichtkegel vollführten auf der welligen Fahrspur einen wahren Veitstanz, zur Freude des jungen Chauffeurs übrigens, dem die holperige Reise sichtliches Vergnügen bereitete.

»Noch drei Kilometer bergan«, sagte Thales an Guthmann gewandt, »dann sind wir in Leibethra. Das letzte Stück Weges müssen wir leider zu Fuß gehen.«

Guthmann nickte lächelnd, aber das Lächeln fiel ihm nicht leicht.

Während der Wagen sich im ersten Gang steil bergan quälte, wobei sich eine Kehre an die andere reihte, während rauhe Felswände und steile Abfälle einmal auf dieser, dann auf jener Seite auftauchten, daß sich Guthmanns Magen zu rühren begann, sagte

Thales, der auf diesem schlangenhaften Pfad jede Biegung kannte: »Ich möchte Sie noch auf ein paar Besonderheiten aufmerksam machen, die uns erwarten – das heißt, Besonderheiten sind es natürlich nur für Sie, der Sie zum ersten Mal nach Leibethra kommen.«

Guthmann nickte.

»Das beginnt mit der Anrede eines jeden einzelnen. Bei uns gibt es kein ›Sie‹, schon gar kein ›Du‹, wir gebrauchen in der Anrede unserer Ordensmitglieder das ehrerbietige ›Ihr‹, denn der Mensch ist nach unserer Philosophie das Maß aller Dinge. Und weil wir diese Ansicht vertreten, leben wir keineswegs in Askese, wie es den Mönchen von Meteoron, von Agia Trias oder Agios Stephanos nachgesagt wird; wir gehen zwar alle dunkel gekleidet, aber das hat nichts mit Selbstkasteiung zu tun, sondern ist Ausdruck unserer einheitlichen Gedankenwelt. Darum trägt jeder von uns auch seinen Ordensnamen.«

»Ich verstehe«, bemerkte Guthmann andächtig, obwohl er überhaupt nichts verstand und Thales' Bemerkungen ziemlich widersprüchlich fand. Er war nahe daran, seinen Entschluß zu bereuen, aber er hatte sich nun einmal entschieden, alle Brücken hinter sich abzubrechen, und Leibethra war wirklich der sicherste Ort in Europa, um unterzutauchen oder einfach auszusteigen. Und das wollte Guthmann – aussteigen, alle Zwänge hinter sich lassen, eine frustrierende Ehe, den Konkurrenzkampf seines akademischen Berufs und die langweilenden gesellschaftlichen Ereignisse, die einem Mann seines Standes zur Pflicht und ihm daher zutiefst zuwider geworden waren.

Thales sah Guthmann in dem finsteren Auto von der Seite an und meinte: »Sie bereuen doch nicht etwa, daß Sie mit hierhergekommen sind?«

»Aber nein«, beteuerte Guthmann, um seinen Begleiter zu beschwichtigen, »ich bin nur hundemüde. Der Flug und die anstrengende Autofahrt, wissen Sie!«

Hoch über ihnen tauchten in der Ferne auf einmal Lichter auf, die sich wie Glühwürmchen ausnahmen an einem Juniabend.

»Leibethra!« meinte Thales mit einem Fingerzeig, und nach

einer Weile fügte er hinzu: »Noch ist es Zeit, noch können Sie es sich überlegen...«

Aber Guthmann fiel ihm ins Wort: »Da gibt es nichts zu überlegen. Mein Entschluß steht fest.«

»Schon gut«, erwiderte Thales, »ich wollte Sie nur warnen, denn ein Zurück gibt es nicht mehr. Aber das habe ich Ihnen ja ausführlich erklärt.«

Guthmann sah die Lichter näher kommen: Leibethra! Er hatte Herzklopfen, zuviel hatte er in den letzten Tagen von diesem rätselhaften Ort gehört. Thales hatte ihm erklärt, welche Menschen sich in diesem Kloster aufhielten. Was heißt: Kloster – Ordensburg hatte Thales die Felsenburg genannt, und dieser Begriff kam der Institution wohl am nächsten. »Ist es schon einmal vorgekommen, daß ein Mitglied Ihrer Gemeinschaft, ich meine, gab es schon einen Fall –«

»In den letzten Jahren nur einmal«, entgegnete Thales, der sofort begriff, was der andere meinte, und rückte seine randlose Brille zurecht, was, wie Guthmann längst in Erfahrung gebracht hatte, ein untrügliches Zeichen für Unmut war. »Es steht jedem frei auszusteigen«, fügte Thales hinzu, »aber wir erwarten von einem Aussteiger, daß er nicht mehr in das normale menschliche Leben zurückkehrt. Für solche Fälle gibt es den Phrygischen Felsen.«

»Ich verstehe nicht.«

»Die Phryger in Kleinasien pflegten Verbrecher von einem Felsen zu stürzen, einem Geständigen stellten sie aber auch anheim, selbst von dem Felsen zu springen. Eine vornehme Art der Todesstrafe. So wurde dies früher bei uns gehandhabt, heute sind wir humaner. Die moderne Biochemie gibt uns inzwischen Mittel und Wege, uns des Schweigens eines jeden Mitwissers zu versichern.«

Der Landrover überquerte in langsamer Fahrt einen schmalen Steg, der eine zerklüftete Schlucht überspannte. In der Dunkelheit war der Grund nicht zu erkennen. Der Motor jaulte in niedriger Übersetzung, als der Weg steil bergan ging, so steil, daß die Scheinwerferkegel ins Leere stießen wie die Lichter eines Leuchtturmes. Dann auf einmal neigte sich die Schnauze des Fahrzeugs nach unten, weil es ebenso steil bergab ging, und Guthmann erkannte dunkle Häuser um einen hellerleuchteten Platz, auf dem noch reges Treiben herrschte.

Im Näherkommen sah er Menschen mit verblödeten Gesichtern, Männer mit seltsamen Fratzen und Frauen, die scheinbar grundlos in gellendes Gelächter ausbrachen. Kinder liefen herum mit Köpfen so groß wie Melonen auf normal entwickelten, kleinen Körpern, und ein weißgekleideter Alter mit haarlosem Kopf zog an einer Schnur ein hölzernes Spielzeugschiff hinter sich her. Einige winkten freundlich oder traten im Vorbeifahren an die Fenster der Autos und schnitten Grimassen wie kleine Kinder.

»Keine Angst«, sagte Thales, der Guthmanns ratlosen Gesichtsausdruck erkannte, »die sind alle harmlos, bedauernswerte Geschöpfe, denen die Natur den normalen Verstand versagt hat. Aber was heißt schon normal. Sie wissen selbst, daß der Grad vom Genie zum Irresein nur schmal ist. Offiziell ist Leibethra eine Kolonie für geistig Behinderte; sie wird von unserem Orden getragen. Das schafft uns Anerkennung und die Gewißheit, daß man uns in Ruhe läßt. Wir schützen uns gleichsam durch einen Kreis von Irrsinn.«

»Wie soll ich das verstehen?«

»Ein jeder, der zu uns vordringen will, muß zuerst durch diese Kolonie.«

Der Fahrer hupte heftig, um den Weg durch das Dorf freizumachen; durch das geöffnete Seitenfenster stieß er bisweilen laute Schreie aus, als wollte er die neugierig vor das Auto drängenden Menschen erschrecken.

Hinter einer Biegung tauchte ein hell beleuchtetes Eisentor auf, das direkt in den Berg führte und das sich bei Annäherung des Wagens wie von Geisterhand öffnete. Dahinter lag eine Halle mit einem Gewölbe aus Felsengestein. Im Hintergrund parkten mehrere Geländewagen, zur Linken summten hinter einem Absperrgitter mehrere Stromaggregate, und die Wand gegenüber wurde von zwei Aufzügen eingenommen, wie man sie heute nur noch in alten Mietshäusern finden kann, aus rötlichem Mahagoniholz und mit geschliffenen Glaseinsätzen in den Türen.

»Hier sind wir«, sagte Thales, als der Aufzug anhielt, und bat den Fremden auszusteigen. »Das Gepäck wird Ihnen gebracht. Kommen Sie.«

2

Guthmann hatte ein Kloster erwartet, aber das hier machte eher den Eindruck eines Hotels. Er staunte.
»Sie haben sich das wohl alles etwas anders vorgestellt?«
»Und ob!« erwiderte der Besucher. »Weniger Luxus, mehr Askese.«
Von irgendwoher drang, als sie den Aufzug verließen, klassische Musik. Sessel aus blankem Holz und Korbstühle, wie sie in der Gegend von den Einheimischen hergestellt wurden, standen wohlgeordnet auf dem glänzenden Steinfußboden eines hellerleuchteten, halbmondförmigen Vorraumes. Auf der dem Lift gegenüberliegenden Seite sah man eine Flucht kleiner Rundbogenfenster. Korridore führten zu beiden Seiten in entgegengesetzte Richtungen. Das Ganze vermittelte einen weiträumigen Eindruck und schien weit entfernt von der räumlichen Enge der Meteora-Klöster.
Thales wies den Fremden auf die linke Seite, wo eine schmale Treppe nach oben führte, zu einer Art Galerie, von der in regelmäßigen Abständen zwei dicht nebeneinanderliegende Türen abgingen, ein Paar, das in Form und Farbe des Rahmens jeweils mit einem zweiten Türenpaar auf der gegenüberliegenden Seite harmonierte. Während sie den langen Korridor entlangschritten, fiel Guthmann auf, daß sie niemandem begegneten; aber dennoch wirkte die menschenleere Architektur weit weniger unheimlich als der von Menschen angefüllte Dorfplatz.
»Um auf Ihre Bemerkung zurückzukommen«, sagte Thales im Gehen, und er verbesserte sich sofort: »Um auf *Eure* Bemerkung zurückzukommen: Askese ist eine bewundernswerte Sache, aber ein Asket ist noch lange kein Weiser. Nichts gegen Askese im Sinne von Bedürfnislosigkeit! Wenn Diogenes nur eine Tonne

brauchte, in der er lebte, so ist dagegen nichts einzuwenden; denn Diogenes hat sich diese Lebensweise selbst gewählt und war glücklich dabei. Aber die mönchische Askese ist nichts weiter als ein Mißverständnis. Paulus hat die Philosophie der griechischen Stoiker einfach nicht verstanden und sah darin ein probates Mittel im Kampf gegen Laster und Untugenden. Christliche Askese ist auf Unterdrückung und Zerstörung der menschlichen Natur gerichtet, nicht nur der geschlechtlichen Lust, sondern auch der Lust des Anschauens, des Hörens, des Schmeckens. Die wahre stoische Philosophie aber lebte das Leben in Übereinstimmung mit der Natur. Hätte die Kirche recht, so wären alle Klöster Horte des Glücks, des Friedens und der Wahrheit; aber wie sieht die Wirklichkeit aus? Sie werden kaum einen Ort auf Erden finden, in dem Unglück, Feindschaft und Lüge so verbreitet sind wie in einem Kloster.«

Guthmann hielt inne und sah Thales erschrocken an: »Aus Euch spricht Verbitterung, Thales, tiefe Verbitterung.«

»Ihr glaubt mir nicht?«

Da hob Guthmann die Schultern.

»Ihr könnt mir jedes Wort glauben, Professor, ich weiß, wovon ich rede, ich habe ein halbes Leben hinter Klostermauern verbracht und habe ein halbes Leben nur von einem geträumt, von Willensfreiheit. Könnt Ihr Euch vorstellen, was das bedeutet? Nein. Das kann nur der nachempfinden, der in der Selbstkasteiung gelebt hat. Alles Wirkliche und Wirkende auf dieser Erde ist körperhaft, und die Kraft des Menschen ist nicht etwas Immaterielles oder Abstraktes, die wahre Kraft des Menschen, mit der er Berge versetzen kann, ist die Willensfreiheit. Das richtige vernunft- und naturgemäße Begehren und Meiden, Tun und Lassen verbürgt allein das wahre Glück des Menschen. Eine Kutte beraubt den Menschen der Hälfte seiner geistigen Fähigkeiten.«

»Ihr wart Mönch?«

Thales neigte den Kopf nach unten, und Guthmann erkannte auf dem Scheitel einen Kranz degenerierten Haarwuchses, Reste einer ehemaligen Tonsur. »Kapuziner«, sagte Thales, ohne den anderen anzusehen. »Sie rasieren Euch solange einen Heiligenschein auf die Birne, bis Eure Haare resignieren. Der Akt ist symptomatisch. Askese bis zur Selbstaufgabe. Aber irgendwann habe ich begriffen, daß es wenig Sinn macht, wenn auf Euerem Grabstein steht: ›Er hat gelebt wie ein Heiliger‹, und Milliarden Menschen fragen: ›Und welchen Dienst hat er der Menschheit erwiesen?‹ Aber ich will Euch nicht mit meiner Geschichte langweilen.«

»O nein«, wehrte Guthmann ab, »Ihr langweilt mich in keiner Weise. Im Gegenteil, ich denke nach.«

»Und ich glaubte schon, ich hätte Euch erschreckt!«

»Ganz gewiß nicht«, log Guthmann, »nur« – er machte eine verlegene Pause – »die von Euch propagierte totale Willensfreiheit würde in letzter Konsequenz bedeuten, daß Ihr hier auch Frauen Platz bietet.«

»Natürlich«, erwiderte Thales wie selbstverständlich. »Ich sagte Euch doch, das hier ist kein Kloster, eher eine Bewegung. Wir erheben den Anspruch, die klügsten Köpfe in unseren Reihen zu haben, also würden wir uns doch selbst *ad absurdum* führen, wenn es hier nur Männer gäbe.«

»Und das schafft keine Komplikationen?«

Thales lachte. Mit Verwunderung stellte Guthmann fest, daß der Mann, den er schon sieben Tage begleitete, zum ersten Mal lauthals lachte. »Und ob«, rief er. »Das ist doch ein Naturgesetz: das gegensätzliche Verhalten von Mann und Frau, die Entfaltung einer Weisheit nach zwei entgegengesetzten, aber doch sich gegenseitig bedingenden und ergänzenden Richtungen schafft die sogenannte Urspannung. Aber Spannung ist eine der faszinierendsten Erscheinungsformen unseres Geistes.«

Während er das sagte, öffnete Thales eine unverschlossene Tür, die im oberen Teil mit einer Zeile handtellergroßer Symbole gekennzeichnet war, mit auf dem Kopf und gerade stehenden Dreiecken und Quadraten, die, sah man nur lange genug hin, irgendeinen Sinn ergeben mußten.

»In Leibethra gibt es keine Zahlen«, bemerkte Thales, der den forschenden Blick des Professors auffing. »Das mag Euch vielleicht verwundern, aber der Mensch braucht keine Zahlen. Wir verwenden sie nur inoffiziell als Mittel zum Zweck, weil viele

glauben, sich nur noch in Zahlen ausdrücken zu können. Die Anbetung der Zahl ist eines der größten Übel unserer Zeit. Zahlen wachsen ins Unermeßliche, und eines Tages werden die Menschen von Zahlen gefressen werden wie unsere Organe vom Krebs.«
Guthmann sagte nichts, aber insgeheim gab er Thales recht. Schon Pythagoras, der Erfinder der Mathematik, behauptete, man könne mit zehn Fingern alles erklären, was diese Welt ausmacht. Das All, der Raum, ist durch drei Dimensionen vollendet, die Zeit besteht aus Vergangenheit, Gegenwart und Zukunft, und jede Realität hat einen Anfang, eine Mitte und ein Ende. Aber noch ehe Guthmann den Gedanken vollenden konnte, versetzte ihn der Anblick, der sich vor ihm auftat, in noch größeres Erstaunen, als er dem ungewöhnlichen Ort bereits entgegengebracht hatte.

Vor ihm tat sich ein geschmackvoll möbliertes Appartement auf, ein Wohnzimmer mit Fernsehgerät und Telefon, ein Arbeitszimmer mit Bibliothek und ein weißgefliestes Badezimmer, wie man es eher in einem Luxushotel erwartet hätte als in einem Kloster. Während Thales dem Neuen die Räume zeigte, brachte der Chauffeur das Gepäck.

»Ich hoffe, ich habe nicht übertrieben«, sagte Thales, »es ist alles noch so, wie es Ihr Vorgänger zurückgelassen hat. Ihr könnt Euch selbstverständlich so einrichten, daß Ihr Euch wohlfühlt. In knapp einer Stunde werdet Ihr abgeholt zum gemeinsamen Nachtmahl.«

Nach diesem Hinweis verschwand er, und Guthmann machte sich Gedanken, ob er das alles wirklich so erlebt oder ob er nur geträumt hatte. Er fühlte sich hundemüde und wußte, daß Müdigkeit in der Lage ist, den Sinnen die unglaublichsten Dinge vorzugaukeln. Aber dann ließ er sich in einen gelbgemusterten Ohrensessel fallen, streckte die Beine aus, sah sich um und war geneigt, sich zu kneifen, ob er Schmerz verspürte. Da klingelte das Telefon.

»Ja«, sagte Guthmann zaghaft.

Es war Thales: »Ich vergaß zu sagen: Man trägt dunklen Anzug zum Nachtmahl.«

3

Merkwürdiger Mensch, dachte Guthmann, aber war nicht alles merkwürdig, was sich in den letzten beiden Wochen ereignet hatte? Woher hatte Thales von der Situation gewußt, in der er, Professor Werner Guthmann, sich befand? Woher hatte er, Guthmann, den Mut genommen, Thales, einem Mann zu folgen, den er überhaupt nicht kannte, der ihm nicht einmal seinen richtigen Namen nannte, ihm nur Versprechungen gemacht hatte, von denen jeder Mensch mit klarem Verstand sagen mußte, daß sie unerfüllbar waren. War Leibethra nicht ein Traum, eine Utopie? War es nicht das Hirngespinst pueriler Philosophen, die gescheitesten Köpfe der Menschheit an einem Ort, unter einem Dach zu versammeln, ein jeder auf seinem Fachgebiet der Größte, um so der Dekadenz des Menschen, die, wie sie sagten, mit der Menschheitsgeschichte begann, entgegenzuwirken?

Während er so dasaß und darüber nachdachte, ob er nicht einer Narretei aufgesessen war, ein Gedanke, den er seltsamerweise in den vergangenen Tagen nie gefaßt hatte, weil Thales' Worte und Versprechungen so überzeugend geklungen hatten, verging die Zeit im Fluge, und er mußte zusehen, sich eilends für das Abendessen umzuziehen.

Zum angekündigten Zeitpunkt klopfte es, und Guthmann eilte zur Tür, um zu öffnen. Er hatte Thales erwartet, weil er niemand anderen hier kannte, aber vor ihm stand eine Frau, und sie sagte: »Mein Name ist Helena, ich soll Euch zum Nachtmahl begleiten, Professor.«

Guthmann stand wie versteinert. Er wußte selbst nicht, wie lange er sprachlos vor der fremden Frau gestanden hatte, unsicher, sie zu sich hereinzubitten oder sie zuerst einmal von Kopf bis Fuß zu mustern. Er entschied sich für letzteres. Helena vermittelte von ihrem Äußeren her den Eindruck von Intelligenz und Strenge, eine häufige Paarung von Eigenschaften, obwohl es überhaupt keinen Grund gibt für diese Verbindung. Ihr Haar trug sie straff nach hinten gekämmt, und es schien, als wollte sie diese Strenge mit einem feuchten Gel noch verstärken. Eine schmale schwarze

Brille tat ein übriges. Helena trug ein enges dunkles Kostüm und schwarze Schuhe mit hohen Absätzen, und ihre Erscheinung schien ihm durchaus geeignet, erotische Signale auszusenden. Auf Guthmann verfehlten sie jedenfalls ihre Wirkung nicht.

»Entschuldigen Sie« – er verbesserte sich – »entschuldigt, ich bin etwas verwirrt, ich habe Euch nicht erwartet.«

Als habe sie die Worte nicht gehört, sagte Helena kühl: »Kommt, es ist Zeit. Ihr müßt wissen, daß Nachtmahl ist in Leibethra eine Institution. Man darf nicht zu spät kommen. Disziplin steht bei uns an erster Stelle.«

Auf den Gängen, die vorher noch menschenleer gewesen waren, herrschte auf einmal Leben. Man plauderte im Gehen wie in einem Foyer, und dieser Umstand nahm dem Gebäude, das für Guthmann voller Geheimnisse steckte, viel von seiner Magie.

»Ihr habt noch keinen Namen?« erkundigte sich Helena, während sie die steile Treppe nach unten stiegen. Guthmann verneinte.

Unten angelangt, wandten sie sich nach rechts, durchquerten den halbmondförmigen Vorraum mit den Aufzügen zur Rechten und suchten wie alle anderen den Weg durch den langen Korridor auf der gegenüberliegenden Seite. Immer mehr dunkel gekleidete Menschen, darunter auch Frauen, fanden sich ein und strebten einer Halle mit hohem Gebälk zu. Der steinerne Boden war mit Teppichen ausgelegt. Ein Tisch in Form eines großen T nahm beinahe den ganzen Raum ein.

»Es gibt keine Sitzordnung«, bemerkte Helena, »außer an dem Tisch dort vorne.« Als schließlich alle Anwesenden an der langen Tafel Platz gefunden hatten – es mögen um die sechzig gewesen sein –, erschienen durch eine hintere Tür nahe dem Tisch, der den Querbalken des T bildete, vier Männer in Begleitung einer ungewöhnlichen Gestalt, bei der man trotz ihres dunklen Zweireihers nicht ohne weiteres erkennen konnte, ob es sich um einen Mann oder eine Frau handelte.

»Das ist Orpheus«, sagte Helena mit einer Wendung des Kopfes, und als sie Guthmanns fragenden Blick erkannte, fügte sie erklärend hinzu, so als beschreibe sie etwas ganz und gar Selbstverständliches: »Orpheus ist ein Zwitter, müßt Ihr wissen; ob mehr Mann oder mehr Frau, ist dabei unerheblich. Ich selbst habe mir noch nie Gedanken darüber gemacht, aber Tatsache ist, wir alle haben ihn zum Orpheus gewählt, weil er der Klügste von uns ist, ein Weiser, der die Geheimnisse des Lebens kennt. Wenn es einen Menschen gibt, der Flüsse zum Stillstand, den Schnee zum Schmelzen, Steine zum Reden und Bäume zum Wandeln bringt, dann ist er es. Orpheus ist ein Genie – was sage ich, das Genie schlechthin!«

Von Thales hatte Guthmann erfahren, daß der Orden von einem amerikanischen Professor geleitet wurde, einem Universalgenie von der Berkeley University, der sich nicht nur durch außergewöhnliche geistige Fähigkeiten, sondern auch durch ein ererbtes Aktienkapital auszeichnete, das, so erzählte man sich, umfangreich genug sei, die Börsen von New York und Paris durcheinanderzuwirbeln. Und beides hatte er mit nach Leibethra gebracht. Das Motiv des Aussteigers ähnelte Guthmanns Motiven: Widerwillen gegen die herrschende Wissenschaftsmafia. Aber diesen Orpheus hatte er sich so ganz anders vorgestellt.

Verunsichert neigte Guthmann sich zu Helena, die an seiner Seite Platz genommen hatte: »Ich habe Euch doch richtig verstanden, das ist Professor...«

»Arthur Seward«, fiel ihm Helena ins Wort, »Berkeley, California. Aber wir reden nicht über unsere Vergangenheit, es sei denn aus freien Stücken. Das ist mit ein Grund, warum ein jeder einen Ordensnamen trägt.«

»Ich verstehe«, sagte Guthmann leise, und jetzt, nachdem Orpheus mit seinen vier Begleitern Platz genommen hatte, erkannte er Thales an Orpheus' Seite zur Rechten.

Weißgekleidete Ober trugen eine aus bunten Gemüsen zusammengesetzte Vorspeise auf, was Helena zu der Bemerkung veranlaßte: »Solltet Ihr bisher Fleisch gegessen haben, vergeßt es. Wir sind alle Vegetarier.«

»Soll mir recht sein«, brummte Guthmann. Die Vorspeise schmeckte ausgezeichnet. »Was mich noch interessieren würde: Thales übt hier wohl eine hohe Funktion aus. Das habe ich nicht gewußt, jedenfalls hat er mir gegenüber keine Andeutung gemacht.«

»O ja«, erwiderte Helena, und im Tonfall ihrer Stimme lag eine gewisse Bewunderung, »Thales ist in unserem Mikrokosmos das alles bewegende Wasser.«

»Wie soll ich das verstehen?«

»Die Fünf an der Vorderseite des Tisches bilden zusammen das Pentagramm, das über unserer Bewegung schwebt.« Helena zeichnete mit dem Finger einen unsichtbaren Fünfstern auf den Tisch. »Dieser Stern ist das Zeichen der Allmacht und der geistigen Selbstherrschaft. Ihr könnt es drehen, wie Ihr wollt, es behält immer dieselbe Form. Eine Spitze ist Orpheus, die zweite Thales, Anaximenes ist die dritte, und Heraklit und Anaximander stellen die beiden anderen Spitzen dar. Deshalb sprechen wir vom Pentagramm. Wir könnten auch sagen, sie sind der Senat oder auch die Chefetage. Also: An der Spitze steht Orpheus, ihm beigeordnet sind die vier Elemente. Thales steht für das Wasser, und er ist zuständig für alle Angelegenheiten der Wissenschaft, der Religionen und Kirchen. Anaximenes repräsentiert die Luft. In seinen Aufgabenbereich fallen Kunst und Geschichte. Heraklit, der das Feuer symbolisiert, ist ein Großmeister der Philosophie und der Seelenkunde und, nebenbei gesagt, mein Meister. Und Anaximander, der die Erde als sein Element erkennt, beantwortet alle Fragen der Technik und Zukunft. Zusammen beherrschen sie den Kosmos in allen Fragen. Aber sie sind nicht allein in ihrem Fachgebiet. Ein jeder von ihnen hat vier Adlaten mit spezieller Fachrichtung und unterschiedlicher Muttersprache.«

Es wurde die Hauptspeise serviert, ein vorzügliches Reisgericht mit Auberginen und Rosinen, dazu ein herber Rotwein, und Guthmann, der nun vermuten durfte, daß er in Thales' Diensten stehen würde, vielleicht gar als Adlatus, stellte die Frage: »Was hat es mit dem Pentagramm auf sich; ich meine, wie setzt sich die Chefetage zusammen? Oder anders gefragt: Warum seid Ihr Adlatus von Heraklit und nicht umgekehrt?«

Über Helenas ernstes Gesicht huschte ein Lächeln. »Die Mitglieder des Pentagramms«, erwiderte sie nüchtern, »werden von uns allen gewählt. Es steht jedem frei, seine Weisheit zu demonstrieren. Schätzt ihn die Gemeinschaft höher als seinen Vorgesetzten, so wird dieser Adlatus und jener sein Vorgesetzter.«

»Und das kommt öfter vor?«

»Nicht oft, aber es kommt vor. Zuletzt bei Thales. Thales war sechs Jahre Adlatus eines anderen; dann machte er eine atemberaubende Entdeckung. Aber sein Adlatus behauptete, es sei *seine* Entdeckung, und darüber gerieten sie in erbitterten Streit. Wir alle standen vor der Entscheidung, den einen oder den anderen zu wählen. Der Aufstieg des einen hätte den Abstieg des anderen bedeutet, denn zwei konnten nicht das Element des Wassers repräsentieren. Also forderten wir sie auf, Beweise für ihre Hypothese zu erbringen. Orpheus setzte einen hohen Betrag aus für die wissenschaftlichen Recherchen, aber schon bald wurde deutlich, daß beide voreilig geprahlt hatten. Thales ist bis heute den Beweis schuldig geblieben, sein Rivale ist von einer Recherchenreise nach Frankreich, wo er die Lösung zu finden glaubte, nicht zurückgekehrt. Aber aus der Tatsache, daß er Euch aus Berlin mitgebracht hat, darf man wohl schließen, daß er der Lösung nahe ist. Oder hat er sie bereits in der Tasche?«

Guthmann machte eine Handbewegung, die besagen sollte, davon sei man noch weit entfernt. Insgeheim begann er sich indes zu fragen, ob er wirklich die rechte Wahl getroffen hatte, ob er nicht in Leibethra vom Regen in die Traufe kam. Aber er verdrängte den Gedanken rasch und meinte: »Ehrlich gesagt, ich weiß noch nicht einmal genau, worum es eigentlich geht. Thales erging sich nur in Andeutungen, er suchte einen Experten für koptische Papyri und fragte mich, ob ich bereit sei, für ihn und seine Organisation zu arbeiten.«

»Organisation?« unterbrach Helena. »Thales sagte wirklich Organisation?«

»Nun gut, er mag sich anders ausgedrückt haben, jedenfalls kam mir sein Angebot sehr gelegen. Ich will ehrlich sein, ich befand mich gerade in einer Krise – eine bevorstehende Scheidung, bei der ich den größten Teil meines Vermögens verloren hätte, und der Wissenschaftsbetrieb, der mehr Verwaltung als Forschung abverlangt. Da erschien mir die Möglichkeit, alles von heute auf morgen hinter sich zu lassen, überaus reizvoll.«

Helena nickte zustimmend: »Die meisten von uns haben ein ähnliches Schicksal.«

»Und Ihr?« fragte Guthmann neugierig.

»Was gibt es da schon zu berichten«, erwiderte Helena in einem Anflug von Bitterkeit. »Er hieß Jan, war Holländer und wie ich Neurophysiologe. Wir lernten uns im Neurophysiologischen Institut der Universität Göteborg kennen. Ich bin Schwedin, müssen Sie wissen, heiße Jessica Lundström. Wir heirateten, aber dann stellte sich heraus, daß ich der bessere Wissenschaftler war. Jan hat nicht verkraftet, daß ich und nicht er den Lehrstuhl für Neurophysiologie an der Universität Göteborg bekommen habe. Jan begann zu trinken, schließlich verlor er sogar seine Assistentenstelle, er prügelte mich und sabotierte meine Arbeit. Eines Tages habe ich alles hingeworfen.«

Guthmann betrachtete die Frau, die mit einem Mal hilflos und anlehnungsbedürftig wirkte und in einem Anflug von Trauer vor sich auf den Tisch starrte, als würde sie in ihrem Schicksalsbuch lesen. Die Härte, die sonst von ihrem Gesicht ausging, schien auf einmal verflogen.

»Und womit beschäftigt Ihr Euch hier in Leibethra?« erkundigte Guthmann sich vorsichtig.

Helenas Gesichtsausdruck veränderte sich, als kehre sie aus einer anderen Welt zurück: »Mir wurde von Heraklit aufgetragen, das biologische Erbe der drei Hauptirntypen zu analysieren und in Verbindung damit das Rätsel der Gefühle zu lösen; denn wer die Gefühle beherrscht, beherrscht die Menschheit.«

»Und seid Ihr einer Lösung nahegekommen?«

»Von der Evolution her, ja, aber wenn es um die kollektive Steuerung der Gefühle geht, so bin ich von einer Lösung noch weit entfernt.«

»Helena, das müßt Ihr mir erklären!« meinte Guthmann begeistert.

»Nun ja, die Zielsetzung ist einfach. Es geht darum, eine Kategorie Menschen, einen Berufsstand, eine Altersklasse, ein ganzes

Volk mit ein und demselben Gefühl auszustatten. Also zum Beispiel: Alle Araber lieben alle Israeli. Oder: Alle Deutschen lieben alle Franzosen. Ihr versteht, was das in letzter Konsequenz bedeutet: Es gibt keine Kriege mehr.«

»Aber«, wandte Guthmann ein, »in der Umkehrung würde das bedeuten, wer die Formel hat, kann auch den Haß schüren, kann Araber auf Israeli, Deutsche auf Franzosen hetzen und von sich und seinen eigenen Problemen ablenken.«

»Es gibt bereits Drogen, die, gezielt verabreicht, den menschlichen Willen beeinflussen. Ihr Vorgänger, Professor Vossius, war drauf und dran, vom Eiffelturm zu springen. Glauben Sie, er hätte das aus freien Stücken getan?«

»Dann haben Sie hier in Leibethra die Macht über Leben und Tod?«

»Genauso ist es, Professor, und deshalb nehmen wir die Problemstellung auch so ernst. Nur, wie gesagt, eine Lösung der globalen Probleme ist noch nicht in Sicht.«

»Und das alles hängt mit dem biologischen Erbe der drei Haupthirntypen zusammen? Könnt Ihr mir das näher erklären?«

Jetzt war Helena in ihrem Element: »Das menschliche Gehirn setzt sich aus drei konzentrischen Teilen zusammen, die erst im Laufe der Evolution entstanden sind. Der innerste ist der Hirnstamm, auch Reptiliengehirn genannt, weil er diesen Lebewesen noch heute zu eigen ist. Dieser Hirnstamm speichert nur Instinkte, Freßgewohnheiten, Angriff und Verteidigung. Darüber liegt das Zwischenhirn. Es ist eine Weiterentwicklung des Erwähnten und gerade ein paar hundert Millionen Jahre alt, also eine Errungenschaft der Säugetiere. Und bei diesen taucht zum ersten Mal der Begriff Gefühl auf: Angst und Aggression, aber auch Vorsicht und Zeitraum. Den *Homo sapiens* aber macht erst das darüberliegende Großhirn aus. Aber – und das ist das Hauptproblem meiner Arbeit – eine Information, die in das Großhirn gelangt, muß zuvor Reptiliengehirn und Zwischenhirn durchlaufen, sie ist deshalb immer mit Gefühlen behaftet. Ihr könnt Euch vorstellen, welche Möglichkeiten sich eröffnen, im positiven wie im negativen Sinne, wenn diese Funktionen steuerbar sind.«

»Und wie soll man sich eine derartige Steuerung vorstellen?«
»Kurzfristig durch Drogen, durch Beimengungen im Trinkwasser oder Kunstdünger. Langfristig durch Genmanipulationen.«

4

Helena faszinierte den Professor auf ungewöhnliche Weise. Das Herbe, Männliche in ihrem Verhalten übte einen eigenartigen Reiz auf ihn aus. Hinter der schmalen schwarzen Brille verbargen sich große, dunkle Augen, und er war nicht sicher, ob der Grund für diese Brille in einer Kurzsichtigkeit oder ganz einfach in dem Bedürfnis lag, diese zauberhaften Augen dem direkten Anblick anderer zu verweigern, so wie Dessous nicht dem Wärmen, sondern der herausfordernden Verhüllung dienen.

Als schiene sie seine Gedanken zu erraten, fragte Helena, ohne Guthmann anzusehen: »Woran denkt Ihr?«

»Oh, ich... ich bin fasziniert«, stotterte Guthmann verlegen. »Ich weiß gar nicht, ob ich hier mit meinem bescheidenen Wissen überhaupt mithalten kann. Wen interessieren schon alte koptische Texte.«

»Täuscht Euch nicht«, wandte Helena ein, »jeder, den Ihr hier am Tisch sitzen seht, versteht von dem, was der andere macht, praktisch nichts; aber dem anderen wiederum ist *seine* Arbeit ein Buch mit sieben Siegeln. Zusammengenommen sind wir alle jedoch das universelle Gehirn des Menschen.«

Helena zeigte mit dem Finger nach vorne, wo der lange Tisch in den Querbalken des großen T überging. »Seht die zwei in der vorderen Reihe. Der Rechte ist wie ich Heraklit zugeordnet. Er heißt Timon, sein bürgerlicher Name war Dr. Marc Warrenton, er stammt aus Oxford und ist der weltbeste Experte für Kryptonäsie.«

»Kryptonäsie?«

»Kryptonäsie ist die Fähigkeit, sich vergessener Informationen zu erinnern. Diese Fähigkeit geht bei manchen Menschen unter

Trance oder Hypnose so weit, daß sie Informationen aus vergangenen Leben hervorbringen, was als ein Beweis für Reinkarnation angesehen werden kann. Timon hat mit Hilfe eines Engländers Tatsachen aus dem Alten Ägypten aufgedeckt, die dann durch archäologische Ausgrabungen bestätigt wurden. Ihm gegenüber der junge Mann heißt Straton, als Dr. Dr. Claude Vail Frankreichs jüngster Institutsleiter. Er kam als Wunderkind auf die Welt, machte mit zwölf sein Abitur, mit vierzehn schrieb er eine medizinische Doktorarbeit, mit achtzehn leitete er das Wissenschaftliche Forschungszentrum in Toulouse und beschäftigte sich in der Hauptsache mit dem Tiefgefrieren von Samenzellen mit flüssigem Stickstoff. Er kam hierher, weil er sich zum Schluß mehr mit ethischen als mit wissenschaftlichen Problemen herumschlagen mußte. Heute prahlt er, hätte es seine Technik schon im 1. Jahrhundert gegeben, so könnte er jederzeit einen Sohn Senecas zeugen.«

Fasziniert hörte Guthmann den Worten Helenas zu, und er begriff allmählich, daß dieses Leibethra ein Hort von Süchtigen war, von Wissenssüchtigen, die nur eine Sünde kannten, die Dummheit. Ob ihm diese Stätte anbetungswürdig oder verachtenswert erschien, vermochte er zu diesem Zeitpunkt nicht zu sagen, dazu war er auch viel zu bewegt von dem Geschehen um ihn herum und von Helenas Worten.

»Ich kann mir vorstellen«, begann Helena von neuem, »Euch quälen viele Fragen.«

Guthmann griff zu seinem Glas, nahm einen tiefen Schluck von dem Rotwein und nickte zustimmend: »Sicher. Zum Beispiel würde mich interessieren – ich meine, Leibethra kostet viel Geld, wer steht dahinter, wer finanziert das alles?« Dabei sah er Helena von der Seite an, als ob er befürchtete, zu weit gegangen zu sein mit seiner Frage.

Die aber lachte nur: »Ihr hattet wohl nichts einzubringen an Vermögen?«

»Ich fürchte, nein«, erwiderte Guthmann und legte die Hände auf die Brust. »Ein Professor für Koptologie ist nicht gerade ein Krösus.«

»Ist auch nicht notwendig! Aussteiger, müßt Ihr wissen, nagen selten am Hungertuch. Sie steigen aus, weil sie satt sind. Orpheus ist reich, steinreich sogar, Philon entstammt einer südamerikanischen Großgrundbesitzerfamilie, Hegesias gehört die Hälfte eines der größten Leihwagenunternehmen der Welt, Hermes ist an Ölquellen in Nigeria beteiligt, und ein jeder hat sein Vermögen hier mit eingebracht. Nein, über Geld wird in Leibethra nie gesprochen.«

Die Stimmung in dem Saal wurde immer lauter. Man wechselte die Plätze und stand diskutierend in kleinen Gruppen beisammen. Von irgendwoher drang Mozart-Musik. Ein Paradies für Philosophen.

»Ihr wolltet etwas sagen?«

Guthmann schmunzelte. Offensichtlich war er zu keiner Regung fähig, die die Frau nicht aus seinem Gesicht ablas. »Ich dachte nur«, entgegnete er entschuldigend, »Leibethra ist ein Paradies für Philosophen.«

Helena schwieg, aber aus ihrem Schweigen erkannte Guthmann, er mußte irgend etwas Falsches gesagt haben, etwas, das nicht ihre Zustimmung fand. Helena griff nach ihrem Glas und trank es in einem Zug leer, so als wollte sie sich Mut antrinken. Schließlich erhob sie sich und ging, ohne ein Wort zu sagen, quer durch den Saal zu einer der Fensternischen in dem dicken Gemäuer, die so groß waren, daß sie eine hölzerne Sitzbank aufnahmen. Sie starrte zum Fenster hinaus in die Nacht.

Ratlos hatte Guthmann den Vorgang beobachtet; er wußte nicht, wie ihm geschah, und deshalb folgte er seiner Gesprächspartnerin zu dem Fenster und meinte entschuldigend: »Habe ich etwas Falsches gesagt?«

»Nein, nein«, fiel ihm Helena ins Wort, »Leibethra wäre wirklich ein Paradies für Philosophen – wenn da die Philosophen nicht wären.«

»Aha«, sagte Guthmann, »das verstehe wer wolle, ich verstehe es nicht.«

Helena machte Ausflüchte. »Ich darf nicht darüber sprechen«, bemerkte sie mit Bitterkeit, »schon gar nicht vor einem Neuen.«

Guthmann konnte sich ihre Erregung nicht erklären, aber er verstand es, sie mit seinem Schweigen zu provozieren, daß sie auf einmal zu reden begann.

5

Der schöne Schein, meinte Helena, während ihre Augen den Saal unruhig beobachteten, sei ein Trugbild. Genaugenommen sei beinahe jeder eines jeden Feind. In Leibethra, wo das Wissen regieren solle, herrschte in Wahrheit der absolute Immoralismus, die Negation aller moralischen Werte, das Sichhinwegsetzen über den Unterschied von Gut und Böse zugunsten des Wissens. Denn Wissen sei eine Droge. Staunen und Zweifel, die Ursprünge der Philosophie, seien in Leibethra zu lächerlichen Eigenschaften verkommen. Was hier zähle, sei allein die Macht. Und Wissen *sei* Macht.

Noch bis vor wenigen Augenblicken hatte Helena eher den Eindruck einer selbstbewußten, starken, beinahe eitlen und kalten Frau vermittelt, nun auf einmal sprach Angst aus ihren Worten, und diese Furcht schien nicht grundlos. Guthmann kam es vor, als suche sie bei ihm Hilfe, und er erkundigte sich vorsichtig, ob er etwas für sie tun könne.

Mit seiner Frage erntete Guthmann jedoch nur Unverständnis, in Leibethra tue keiner etwas für den anderen, es sei denn in höherem Auftrag. Die Hierarchie von Leibethra sei straff wie im Vatikan, und es gebe nur zwei Möglichkeiten, entweder zu dienen oder aufzusteigen.

Oder abzustürzen.

Zu fragen, welche Stufe dieser Hierarchie Helena bereits erreicht habe, wagte Guthmann nicht. Er machte sich Gedanken, welche Rangstufe *er* einnehmen würde. Mit einem Mal begriff er, warum Thales ihm immer wieder eingehämmert hatte, daß es kein Zurück gebe auf dem eingeschlagenen Weg und daß der Weg ein steiniger sei.

»Seht diese drei«, meinte Helena und wandte die Augen nach

links, wo zwei Männer und eine Frau an einer Säule dicht beisammenstanden und in ruhiger Haltung miteinander sprachen. Die Frau, etwa sechzig Jahre alt und von dynamischer Erscheinung, fiel auf durch eine extreme Kurzhaarfrisur und durch eine große lebendige Ratte, die sie auf der Schulter trug.

»Sie fühlen sich als die heimlichen Herrscher von Leibethra. Es sind die drei bedeutendsten Krebsforscher der Welt: Juliana leitete das Bethesda-Krankenhaus in Chikago, bis sie mit zwei Promille Alkohol im Blut eine alte Frau totfuhr. Aristipp, der Bärtige, kommt von der Charité in Berlin, wo er gehaßt wurde, weil er für die Staatssicherheit tätig war. Und Krates, ein italienischer Forscher, verließ die Universität in Bologna, weil er auf Grund seiner Jugend keine Chance, sprich: keine Forschungsgelder, bekam. Die Ratte ist Julianas Erfolgssymbol. An ihr ist es zum ersten Mal gelungen, Krebszellen in normale Körperzellen zurückzuverwandeln – behauptet sie jedenfalls.«

Je mehr Guthmann von den Vorgängen in Leibethra erfuhr, desto mehr Zweifel überkamen ihn, ob er selber der richtige Mann war an diesem Ort. Gewiß, es hatte ihm nicht an Anerkennung gefehlt in seinem Fachgebiet; er galt als einer der zwei führenden Koptologen in Europa. Aber im Vergleich zu den hier betriebenen Forschungen mutete seine Arbeit doch eher harmlos an. Auch Thales hatte sich bisher, wenn es um die Frage ging, was ihm, Guthmann, denn hier erwarte, eher bedeckt gehalten und betont, er könne seiner Forschungsarbeit nachgehen wie bisher.

Später am Abend – das Nachtmahl zog sich bis in die frühen Morgenstunden hin – nahm Thales den Neuen beiseite und sagte, er wollte ihn nun Orpheus vorstellen.

Orpheus, klein, mit langem blonden Haar, einem weichen Gesicht und runden Körperformen, vermittelte auch in seinen Bewegungen den Eindruck, als steckte eine Frau in strengen Männerkleidern. Doch seine Stimme klang männlich dominant und strahlte jene Kälte aus, die bisweilen Staatsanwälte auszeichnet. Orpheus versuchte dem dadurch zu begegnen, indem er Guthmann immer wieder freundlich zunickte, auch wenn er gerade schwieg.

Thales stellte schließlich die Frage, wie Guthmann von nun an heißen solle, und Orpheus nannte den Namen ›Menas‹, nach dem koptischen Gelehrten, und fragte, ob das in seinem Sinne sei.

Guthmann nickte Zustimmung; er war verwirrt, daß Orpheus diesen Namen kannte, der für gewöhnlich nur Eingeweihten geläufig ist. Nachdem Orpheus sich über die Bedeutung apokrypher koptischer Texte im Hinblick auf die christlichen Religionen ausgelassen und dabei verblüffende Sachkenntnis bewiesen hatte, entließ er ihn mit einer huldvollen Handbewegung, und Thales kündigte an, er werde den neuen Eleaten am morgigen Tage in seine Aufgaben einweihen.

Für die übrigen, die Guthmann bis zu diesem Zeitpunkt überhaupt nicht wahrgenommen hatten, schien das Gespräch mit Orpheus die Aufnahmeprüfung in die Gemeinschaft der Orphiker gewesen zu sein, denn einer nach dem anderen trat nun auf Menas zu, nannte seinen Ordensnamen und schüttelte ihm die Hand. Die Zeremonie, und um eine solche handelte es sich offensichtlich, vermittelte jedoch nicht den geringsten Anschein von Herzlichkeit; die meisten empfanden den Pflichtgang eher als lästig, und diese Haltung blieb Menas nicht verborgen. Helena hatte anscheinend nicht übertrieben.

Du bist jetzt ein anderer, und alles, was hinter dir liegt, ist von jetzt an ohne Bedeutung. Orpheus' Worte kamen ihm in den Sinn, als Menas hundemüde die steile Treppe nach oben stieg zu seinem Zimmer. So wie er war, ließ er sich auf sein Bett fallen, da klopfte es an die Tür.

»Ja?«

Es war Helena. »Wollt Ihr mit mir schlafen?« sagte sie und zog die Tür hinter sich zu.

Fünftes Kapitel

DAS PERGAMENT
Spurensuche

1

Was Anne von Seydlitz am meisten beunruhigte in ihrer Situation, sie wußte nicht, welche Rolle sie eigentlich spielte. War es eine unbedeutende Nebenrolle in dieser Tragödie, die sich auf Grund ihrer Neugierde so ergeben hatte, oder hatte ihr ein unerbittliches Schicksal die Hauptrolle zugedacht? Anne konnte nicht anders, sie mußte spielen.

In Augenblicken wie jenem, als sie den toten Rauschenbach gefunden hatte oder als sie von Vossius' Ermordung erfuhr, dachte Anne: Du hast nur ein Leben, warum riskierst du es? In solchen Augenblicken stellte sie sich aber auch die Frage nach der Alternative. Wie sollte sie sich verhalten? So tun, als sei nichts geschehen? Weglaufen?

Anne fühlte sich besser, wenn sie dem Schicksal entgegentrat. Vor allem glaubte sie an einem Punkt angelangt zu sein, an dem sie überhaupt nicht mehr zurückweichen konnte.

Adrian Kleiber war ihr in diesen Tagen zu einer unentbehrlichen Stütze geworden. Er war der Mann, an den sie sich anlehnen konnte, wenn ihre Gefühle in blinde, unsinnige Panik auszuarten drohten, als wäre der Teufel hinter ihr her. Dann fühlte sie sich ruhig und gelassen und zurückversetzt in die Zeit, als Guido und Adrian noch Freunde waren.

Aber irgend etwas in ihr sträubte sich ständig gegen diese Vergangenheit, und vielleicht war dies auch der Grund, warum Anne auf eine für ihn unerklärliche Weise den Jugendfreund zurückwies, sobald sich dieser ihr näherte. Anne versuchte das mit der unergiebigen Floskel zu erklären, alles brauche eben seine Zeit, und weil Kleiber an Anne gelegen war, fand er sich damit ab.

Das war auch der Grund, warum Adrian Kleiber sich bei der gemeinsamen Rückkehr nach München einverstanden erklärte, ein Hotelzimmer zu nehmen und nicht einen der komfortablen Räume in ihrem Haus zu bewohnen, was sich eigentlich angeboten hätte. Das »Hilton« lag zehn Autominuten von ihrer Villa entfernt, wurde in der Hauptsache von Geschäftsleuten frequentiert und sollte ihnen am folgenden Tag auf eine Weise, die niemand zu hoffen wagte, den wohl wichtigsten Hinweis in die Hände spielen.

Der Grund für ihre überstürzte Abreise aus Paris war der Hinweis auf Donat auf einer der Kopien des Pergamentes gewesen, und Anne vertrat die Ansicht, es sei besser, den Mann am folgenden Tag ohne Anmeldung aufzusuchen und ihn mit der Fotografie zu konfrontieren; dann würde er wohl erklären müssen, wie sein verstümmelter Zeigefinger auf das Bild gelangt sei.

Es roch nach Winter, und durch den Münchner Osten wehte ein eisiger Wind, als Anne von Seydlitz und Adrian Kleiber gegen Mittag vor dem Haus Hohenzollern-Ring 17 ankamen. Im Garten war ein Gärtner damit beschäftigt, das Laub dreier Ahornbäume zusammenzurechen. Er musterte die Besucher und kam, als er sah, daß sie Einlaß begehrten, an den Zaun.

»Tag!« sagte er und schob seine abgewetzte Stoffmütze in den Nacken.

»Wir möchten zu Herrn Donat!« rief Anne über den Zaun.

»Zu Donat, so«, sagte der Gärtner und stützte sich mit den Armen auf das graugestrichene Eisentor, »da kommen Sie wohl ein paar Tage zu spät.«

»Zu spät? Was soll das heißen?«

»Donat ist fort, soll das heißen, schöne Frau, fort, weg!«

»Das verstehe ich nicht.«

»Ich auch nicht«, erwiderte der Gärtner, »aber als ich letzte Woche Dienstag – ich komme jeden Dienstag – hierher kam, war das Haus leer, ausgeräumt, Donat und seine Frau verschwunden. Ich hab' den Hausverwalter angerufen, um zu erfahren, was los ist, aber der wußte auch nichts. Es hat ihn auch nicht besonders aufgeregt, weil die Miete noch drei Monate im voraus bezahlt ist. Ich bekomme mein Geld vom Hausverwalter. Ja, so ist das.«

Anne und Adrian sahen sich an. In ihrer Ratlosigkeit war Anne den Tränen nahe, sie blickte starr auf das leere alte Haus ohne Vorhänge und wiederholte: »Ja, so ist das.« Das klang verbittert, und in ihr wurde wieder jene quälende Ahnung wach, einen verbotenen Weg betreten zu haben.

Unaufgefordert begann der Gärtner zu erzählen: »Wissen Sie, eigentlich kannte ich die Leut' überhaupt nicht; deshalb kann ich über sie weder etwas Gutes noch etwas Schlechtes berichten. War wohl auch nicht das beste Verhältnis zwischen den beiden. Ist aber auch nicht einfach, eine Frau immer nur im Rollstuhl! Wer weiß, was da vorgefallen ist. Na, geht mich ja auch nichts an. Kannten Sie die Herrschaften länger?«

»Nein, nein«, beeilte sich Anne zu antworten, und sie fügte die Frage hinzu: »Und Sie wissen wirklich nicht, wo die Leute hin sind?«

Der Gärtner schüttelte den Kopf: »Nicht einmal der Nachbar von nebenan hat bemerkt, daß sie fort sind. Verstehe ich nicht, wie man über Nacht mit Sack und Pack verschwinden kann, wirklich, verstehe ich nicht.«

Anne lächelte gezwungen. Sie atmete auf. Das Gefühl des Unbehagens, das sie im ersten Augenblick ergriffen hatte, wich einer gewissen Befreiung. Sie mußte nicht mehr fürchten, in diesem alten Haus etwas entdecken zu müssen, das sie entsetzen würde, etwas Schmerzliches.

Als sie zu ihrem Auto gingen, legte Adrian den Arm um Anne. Er schien genauso ratlos wie sie.

»Und jetzt?« fragte Anne, nachdem sie am Steuer ihres Wagens Platz genommen hatte. »Wie soll das weitergehen?«

»Laß uns morgen darüber reden«, erwiderte Kleiber und streckte sich auf dem Autositz. »Ich bin müde, und wenn ich müde bin, kann ich nicht denken. Bring mich zum Hotel.«

Anne verabschiedete sich vor dem Hotel mit einem flüchtigen Kuß. Zu Hause fühlte sie sich unbehaglich. Das Haus kam ihr fremd vor, beinahe feindselig. Die Bilder an den Wänden und die Skulpturen, an denen sie immer Gefallen gefunden hatte, blickten sie unverständlich an. Nur um etwas zu tun, schaltete Anne alle

Lichter an, kramte lustlos in der Post, die sich angehäuft hatte, und goß sich einen Cognac ein, ohne daran zu nippen. Sie war an einem Punkt angelangt, an dem sie nicht mehr weiterwußte, und ihre ganze Hoffnung richtete sich auf Kleiber.

Diesem Kleiber brachte sie viel mehr Zuneigung entgegen, als sie sich, vor allem aber ihm eingestehen wollte; aber der Schock über Guido saß einfach zu tief. Es würde sie gewiß Überwindung kosten, nach allem was geschehen war, sich wieder einem Mann hinzugeben. Adrian wollte es, das fühlte sie, und sie fürchtete, eines Tages könnte das zur Katastrophe führen. Sie preßte ihre Hände vor die Augen. Nur nicht daran denken!

Im Grunde genommen war sie eine Närrin. Sie hetzte einem Phantom hinterher, dem Wahnsinn nahe – und alles nur aus gekränkter Eitelkeit, weil ihr Mann sie hinter ihrem Rücken betrogen hatte. Nicht zum ersten Mal stellte sich Anne die Frage, ob es den Aufwand lohne, ob ein Name, das Wissen um einen Sachverhalt, ihr Leben wieder in ruhigere Bahnen lenken würde. Doch die Frage war schon deshalb müßig, weil sie sich in die einmal begonnenen Nachforschungen so sehr verstrickt hatte, daß sie gar nicht mehr anders konnte: Ihr blieb nichts anderes übrig, als weiterzumachen.

2

Sie mußte wohl eingeschlafen sein, denn als das Telefon läutete, schreckte sie hoch, als hätte ein Schuß die Stille zerrissen. Anne blickte auf die Uhr. Kurz nach 21 Uhr. Sie ging auf das Telefon zu, das schrill und feindselig tönte, und schlich um den Apparat, mißtrauisch wie eine Katze. Wer konnte das sein um diese Zeit? Zuerst ließ sie es läuten, weil sie hoffte, der Anrufer würde aufgeben, aber als ihr der Lärm unerträglich wurde, hob sie ab.

Es war Kleiber. »Ich muß dich dringend sprechen«, sagte er. Seine Stimme klang aufgeregt.

»Nicht jetzt«, erwiderte Anne. »Ich bin müde, versteh das bitte!«

Kleiber ließ nicht locker. »Ich nehme ein Taxi. In zehn Minuten bin ich bei dir.«

»Was soll das!« Anne wurde wütend: »Ich dachte, in dieser Hinsicht wäre alles klar zwischen uns. Also bitte sei vernünftig.« Aber noch ehe Anne von Seydlitz den Telefonhörer auflegen konnte, hörte sie am anderen Ende der Leitung die Worte: »Bis gleich.« Dann war die Leitung tot.

Anne nahm sich vor, Adrian Kleiber an der Tür zurückzuweisen. Sie ging im Hausflur auf und ab und versuchte sich die passenden Worte zurechtzulegen, mit denen sie den nächtlichen Besucher abweisen wollte; doch als Kleiber eintraf, war ihre Rede vergessen.

»Willst du mich nicht hereinlassen?« fragte Adrian und schob Anne behutsam beiseite. Und noch ehe sie irgend etwas erwidern konnte, fragte er: »Wo ist der Schlüssel, den der Krankenpfleger von St. Vincent de Paul unter Vossius' Kopfkissen gefunden hat?«

Du bist wohl nicht ganz bei Trost, wollte Anne ausrufen, kommst mitten in der Nacht hierher und fragst nach dem Schlüssel unter dem Kopfkissen des Professors; aber dann sah sie Adrian ins Gesicht, und aus diesem Gesicht blickte so viel Ernsthaftigkeit, daß sie wortlos zu dem barocken Schreibsekretär ging und Kleiber den Schlüssel aushändigte.

Der legte ihn auf den Tisch des Salons, griff in seine Jackentasche, zog einen zweiten Schlüssel hervor und legte ihn neben den ersten. Auf dem Tisch lagen zwei gleiche Schlüssel aus gelblich schimmerndem Metall, die Griffe mit einem muschelförmigen Überzug aus Plastik.

Anne betrachtete die beiden Schlüssel, dann sah sie Adrian an und sagte: »Das verstehe ich nicht. Woher hast du den zweiten Schlüssel?«

Adrian lächelte verschmitzt. Er genoß seinen Wissensvorsprung. Schließlich antwortete er, und es klang beinahe komisch: »Das ist mein Hotelzimmerschlüssel.«

»Im Hilton?«

»Ja.«

Jetzt begriff Anne die ganze Tragweite dieser Entdeckung.

»Das bedeutet, wenn ich das richtig verstehe, daß Vossius vor seiner Festnahme in einem Hilton-Hotel...«

»...gewohnt hat. Vor allem, daß er in seinem Hotelzimmer, möglicherweise auch in einem Hotelsafe, wichtige Dinge aufbewahrt hat. Sonst hätte er den Schlüssel nicht gehütet wie seinen Augapfel.«

»Aber die Sachen hat man bestimmt längst weggeworfen, wir kommen sicher zu spät.«

»Eben nicht!« erwiderte Kleiber. »Ich habe mich im Hotel erkundigt. Gegenstände, die von Gästen zurückgelassen werden, werden drei Monate aufbewahrt, Schmuck und Wertgegenstände sogar ein halbes Jahr.«

Ihr spontanes Gefühl auf diese Nachricht war Dankbarkeit, und in diesem Gefühl fiel sie Adrian um den Hals, küßte ihn und rief: »Das bedeutet, wir haben eine neue Spur!«

»Ja, wir haben eine Spur«, wiederholte Kleiber. »Es gibt zwar drei Hilton-Hotels in Paris, aber das richtige zu finden dürfte nicht allzu schwer sein.«

Anne lachte befreit: »Was es doch für Zufälle gibt im Leben. Hättest du ein anderes Hotel ausgewählt, wären wir nie auf die Spur gestoßen.«

»Ich wähle nie schlechte Hotels!«

»Natürlich nicht«, entschuldigte sich Anne verschmitzt, »gut, daß du überhaupt ins Hotel gegangen bist.«

»In der Tat. Aber es war ja dein Vorschlag.«

»Man könnte meinen, ich hatte eine Vorahnung. Das gibt es wirklich.«

»Ich weiß«, erwiderte Adrian. »Aber im Grunde ist es müßig, über die Ursachen zu diskutieren, die uns auf diese Spur gebracht haben. Die Hauptsache ist, wir haben eine neue Spur.«

Die zufällige Entdeckung machte den beiden Mut, nachdem sie das Verschwinden Donats tief deprimiert hatte, und sie beschlossen, an einem der nächsten Tage nach Paris zurückzukehren. Anne kam das nicht ungelegen, denn nach nur kurzem Aufenthalt in ihrem Haus hatte sie festgestellt, daß ihre Ängste und Ahnungen nirgends so groß waren wie an diesem Ort.

Gegen Mitternacht verabschiedete sich Kleiber. Sie vereinbarten, sich erst am späten Nachmittag zu treffen, weil Anne in ihrem Geschäft nach dem Rechten sehen wollte. Später, als sie im Bett lag, konnte sie sich lange nicht beruhigen. Sie lauschte unbedeutenden Geräuschen, dem Regen, der eingesetzt hatte, und dem Rauschen vorbeifahrender Autos, die eine Wasserwolke hinter sich herzogen.

Ihre Gedanken kreisten um Vossius, dessen Erklärungen sie ebenso aufgewühlt hatten wie sein jäher Tod. Hätte Vossius nur einen Tag länger gelebt, vielleicht hätte sich das rätselhafte Puzzlespiel bereits zu einem erkennbaren Ganzen zusammengefügt und ihr jene Ruhe zurückgegeben, die ihr durch die Vorfälle der letzten Wochen abhanden gekommen war.

3

Allmählich, dachte sie, müsse sie wieder normal werden, normal denken, normal empfinden, normal reagieren. Die Empfindungslosigkeit und jene Kälte, die sie in ihrem Innersten spürte, beunruhigte sie, weil sie ein anderer Mensch zu werden drohte, es vielleicht schon war, ein Mensch ohne Herz, ohne klare Gedanken und nur mit einem einzigen Gefühl vertraut, der Angst.

Sie konnte von Glück reden, Adrian Kleiber begegnet zu sein, dem einzigen Menschen, dem sie sich anvertraut hatte, ohne befürchten zu müssen, als Psychopathin verdächtigt zu werden. Kleiber war inzwischen selbst so in den Fall verstrickt, daß auch er nicht mehr imstande war, einfach auszusteigen oder zu sagen, das geht mich nichts an, laß mich in Frieden mit deinen Verrücktheiten.

Still! Anne schreckte hoch. Ihr war, als hätte sie die Tür zur Bibliothek gehört, deren Klinke ein sanftes Quietschen von sich gab. Sie saß aufrecht im Bett und lauschte, und sie fühlte, wie ihr das Blut ins Gesicht stieg. Behutsam atmete sie durch den Mund. So saß sie starr etwa zwei endlos lange Minuten; dann ließ sie sich auf ihr Kissen sinken. Sie weinte. Die Nerven. Ja sie mußte zugeben, daß sie mit ihren Nerven am Ende war, daß sie öfter des Nachts hochschreckte und ungewohnten Geräuschen lauschte, und natürlich würde sie sich auch diesmal getäuscht haben.

Sie schluchzte und hatte den Gedanken noch nicht zu Ende gedacht, als unten ein Glas zersplitterte.

Das Cognacglas, das sie eingegossen hatte! Anne faßte unter das Kopfkissen. Sie zog ein langes Küchenmesser hervor, welches sie neuerdings dort aufbewahrte, und hielt es vor sich wie ein Schwert; dann erhob sie sich und schlich auf Zehenspitzen aus dem Schlafzimmer.

Wie in Trance tappte sie vorsichtig den dunklen Korridor entlang zur Treppe, die nach unten führte. Sie brauchte kein Licht, denn im Gegensatz zu jedem Eindringling kannte sie das Haus wie ihre Handtasche. Und die Dunkelheit war ihre stärkste Waffe. Ihre Wangen glühten wie Feuer, als sie ihren Fuß auf die erste Treppenstufe setzte und lauschte.

Nichts.

In diesem Augenblick wünschte sie, da unten einem Einbrecher zu begegnen, und sie wünschte es nur deshalb, weil sie sich dann trösten konnte, noch nicht verrückt zu sein. Für den Fall, daß sie sich das alles wieder nur eingebildet hätte, nahm Anne sich vor, das Messer gegen sich zu richten, Schluß zu machen, bevor sie ganz vor die Hunde ginge.

Sie fühlte, wie das lange Messer in ihrer Hand zitterte. Anne wußte auch nicht, ob sie die Kraft aufbringen würde, es einem Eindringling in den Leib zu rammen; aber dann sagte sie sich, du wirst es tun, du wirst ihn töten, du schaffst es!

Auf der untersten Stufe angelangt, wandte sich Anne nach links. Der Marmorboden war eiskalt, doch nach zwei Schritten erreichten ihre Füße einen Perserteppich. Vorbei an einer Anrichte mit einer Blumenvase fehlten noch fünf, sechs Schritte bis zur Bibliothek.

Die Tür war nur angelehnt, und durch den schmalen Spalt fiel ein fahler Lichtschein, den die Straßenbeleuchtung in den Raum warf. Anne hielt inne. Sie lauschte. Ihre Augen bohrten sich durch den Türspalt. Eigentlich hatte sie erwartet, das Blitzen einer

Taschenlampe zu erspähen oder zu hören, wie jemand Schubladen und Schränke öffnete. Aber nichts dergleichen geschah, absolut nichts.

O nein, du hast dich nicht getäuscht, sagte sich Anne im stillen, du hast mit deinen eigenen Ohren das Splittern des Glases gehört, und nachdem Gläser sich nicht selbständig machen und zu Boden hüpfen, muß sich jemand in diesem gottverdammten Raum aufhalten, und du wirst ihn mit diesem Messer umbringen.

Aber dann ging alles unglaublich schnell: Mit dem Messer in ihrer Rechten stieß Anne die Tür auf, mit der Linken schlug sie auf den Lichtschalter, die Deckenbeleuchtung flammte auf, grell wie ein Blitz in der Nacht, und Anne starrte in das Bibliothekszimmer.

Was sie sah, ließ sie zu Eis erstarren. Sie versuchte mit einer reflexartigen Bewegung zu fliehen, aber Anne merkte, daß ihre Glieder den Dienst versagten. Der rechte Arm mit dem Messer baumelte herab wie der einer Vogelscheuche, mit dem Kopf vollführte sie ruckartige Bewegungen, als wollte sie sich losreißen von einer magnetischen Kraft – vergeblich.

Vor ihr in dem Lehnstuhl saß Guido. Er trug einen dunklen Anzug und hob die Hand mit unendlicher Langsamkeit, als wollte er ihr zuwinken.

Sie stieß einen gellenden Schrei aus. Der Schrei wirkte erlösend und gab ihr die Bewegung zurück. Anne ließ das Messer fallen, machte kehrt, rannte zur Garderobe, warf sich einen Mantel über, schlüpfte in irgendwelche Schuhe, riß den Schlüssel aus der Haustür und hastete auf die Straße zu ihrem Wagen. Mit heulendem Motor raste sie durch die leeren Straßen. Sie hatte kein festes Ziel im Auge, aber irgendein Instinkt lenkte sie in Richtung des Hotels, in dem Adrian wohnte.

Tränen rannen über ihr Gesicht. Die Lichter auf den regennassen Straßen verwischten sich zu unförmigen Farbklecksen. Sie war unfähig, auch nur einen klaren Gedanken zu fassen; nur Guidos Bild, wie er starr in seinem Lehnstuhl saß, tauchte immer wieder vor ihr auf. Mit dem Ärmel wischte Anne über ihre Augen, als versuchte sie, ein Trugbild wegzuwischen. Vergebens. Sie weinte laut, ließ ihrer Verzweiflung freien Lauf und suchte so das Bild zu vertreiben; doch die Erscheinung hatte sich unauslöschlich in ihre Sinne eingegraben.

Vor dem Hotel ließ Anne das Auto unverschlossen stehen. Später konnte sie sich nicht einmal mehr erinnern, ob sie den Motor abgestellt hatte. Dem verschlafenen Portier nannte sie ihren Namen und bat dringend, Kleiber zu wecken, und als dieser sein Telefon nicht abhob, stürmte Anne die Treppe hinauf, Zimmer 247, schlug mit der Faust gegen die Tür und rief mit leiser, flehender Stimme: »Adrian, ich bin es, mach auf!«

Als Kleiber öffnete, warf Anne sich ihm an den Hals, sie küßte ihn fieberhaft, und ihre Finger krallten sich in seine Arme. Adrian wußte nicht, wie ihm geschah, aber er spürte ihre Verwirrung und daß es sie beunruhigte. Es schien ihm nicht angebracht, Fragen zu stellen, deshalb strich er ihr nur sanft über das Haar.

Das drängende Bedürfnis, ihn zu spüren, ließ sie alles um sich herum vergessen. Es kam ihr vor, als beobachtete sie aus weiter Ferne, wie sie, ohne von ihm abzulassen, sich den Mantel vom Körper zerrte, Adrian auf den weichen Boden zog und ihre Schenkel um ihn schloß. Wie eine Spinne mit ihrer Beute biß sie, immer noch schluchzend, auf Kleiber ein, küßte ihn verzweifelt wie im Fieber. Mit der Leidenschaft einer langen Versagung fiel sie über ihn her, bis Kleiber endlich begriff, daß Anne von ihm geliebt werden wollte.

Kleiber hatte sich nach ihrer Zuneigung gesehnt, doch jetzt, unter diesen ungewöhnlichen Umständen, fühlte er sich geschockt und ließ es eher über sich ergehen, als daß er in der Lage gewesen wäre, ihre Leidenschaft zu erwidern.

Atemlos blieben beide schließlich auf dem Teppich liegen. Anne starrte in die Luft, Adrian sah sie von der Seite an. Ohne ihren Blick von der Decke des Hotelzimmers zu wenden, sprach Anne tonlos, ohne jeden Ausdruck in der Stimme: »Zu Hause in der Bibliothek sitzt Guido.«

Kleiber schwieg. Erst als sie mit ihrem Gesicht dem seinen ganz nahe kam, sah er sie an.

»Hast du gehört, was ich gesagt habe? Zu Hause in der Bibliothek sitzt Guido.«

»Ja«, antwortete Kleiber, aber an seinem Gesichtsausdruck konnte Anne erkennen, daß er ihre Worte nicht ernst nahm.

»Mein Gott!« brach es aus ihr heraus, »ich weiß, daß es verrückt klingt, aber glaube mir, ich bin bei klarem Verstand.« Und dann berichtete Anne von ihrem nächtlichen Erlebnis. Obwohl sie sich mit ganzer Kraft mühte, ruhig zu bleiben, wurden ihre Worte immer zerfahrener, sie stotterte hilflos und schließlich begann sie zu schluchzen wie ein Kind, das sich unverstanden und hilflos fühlt. »Ich sehe dir doch an, daß du mir nicht glaubst«, sagte sie weinend.

Kleiber hielt es für besser, nicht zu antworten. Er suchte nach ihrer Hand, aber Anne zog sie zurück. Da nahm Adrian ihren Mantel: »Zieh dich an, du frierst ja«, sagte er, und Anne gehorchte.

Für Minuten saßen beide stumm auf dem Rand des Bettes nebeneinander. Ein jeder fühlte die Wärme des anderen, und obwohl sie sich so nahe waren, empfanden beide anders. Adrian versuchte eine Erklärung zu finden für Annes plötzlichen Ausbruch von Leidenschaft. Natürlich war er fest davon überzeugt, daß sie einem Trugbild erlegen war, vielleicht sogar einem Wunschbild wie ein Ertrinkender, in dessen Phantasie auf einmal die rettende Insel auftaucht. Daraus jedoch einen Ausbruch sexueller Leidenschaft abzuleiten, überforderte sein Einfühlungsvermögen. Anne hingegen fühlte sich nach diesem Ereignis besser. Sie sah keinen Anlaß, über die leidenschaftliche Verführung nachzudenken, weil das vorangegangene Erlebnis alle anderen Gedanken überlagerte. Wie konnte sie Adrian glaubhaft machen, daß sie normal war?

»Du hältst mich für verrückt, nicht wahr?«

»Ach was«, erwiderte Kleiber, »das ist jetzt nicht die Frage. Ich glaube dir ja, daß du Guido gesehen hast; aber das hat mit der Realität nichts zu tun, verstehst du! Du bist nervlich am Ende, das kann man dir nicht verdenken. Das hat auch nichts mit Paranoia zu tun. Dein Verstand hat dir einfach einen Streich gespielt. Mir scheint die Frage viel wichtiger, wie kann ich dich aus dieser Krise herausholen.«

Adrians Worte kränkten Anne. Ihre Augen funkelten zornig. Sie rief: »Zieh dich an, ich bitte dich, zieh dich an und komm mit!«

Kleiber hielt es nicht für ratsam, Anne zu widersprechen. Im Gegenteil, dachte er, wenn sie gemeinsam in ihr Haus zurückführen, würde sie von selbst erkennen, daß sie einem Trugbild aufgesessen war. Also zog Kleiber sich an und fuhr mit Anne nach Hause.

4

Der Regen hatte nachgelassen und eisigem Herbstwind Platz gemacht. Auf dem Weg vom Hotel zu Annes Haus war kein Wort gefallen, und Adrian hatte registriert, wie ihre Unruhe mit jedem Kilometer wuchs. Als Anne vom Ring in die Seitenstraße einbog, von der aus das Haus zum ersten Mal ins Blickfeld kam, sagte sie aufgeregt: »Da!« und deutete auf die hellerleuchteten Fenster.

»Ich schwöre, das Haus war stockfinster, als ich es verließ.« Adrian nickte.

Anne hielt den Wagen auf der dem Haus gegenüberliegenden Seite an, sie preßte die Stirn gegen das Lenkrad und schloß die Augen, als wollte sie alles um sie herum ungeschehen machen. Sie atmete schwer.

»Nein«, sagte sie schließlich, »du bringst mich nicht mehr in dieses Haus. Ich habe Angst, verstehst du? Denn hält Guido sich da drinnen auf, so fürchte ich mich vor ihm. Ist er aber nicht im Haus, dann fürchte ich mich vor mir selbst.«

Adrian versuchte ihren Kopf aufzurichten, aber Anne hielt ihn krampfhaft gegen das Lenkrad gepreßt. Adrian erwiderte: »Anne, du mußt jetzt tapfer sein. Es hat keinen Sinn, wenn du dich vor der Wahrheit versteckst. Du mußt der Wahrheit ins Auge blicken, sonst wirst du verrückt. Komm!«

»Meine Nerven halten das nicht aus.«

»Sie müssen es aushalten, also komm!«

Als er merkte, daß seine Worte ohne Erfolg blieben, stieg Adrian aus, ging zur Fahrerseite, öffnete die Wagentür und zog Anne mit sanfter Gewalt aus dem Fahrzeug. Anne ließ es geschehen. Sie wehrte sich nicht, weil sie Kleiber insgeheim recht gab:

Sie mußte, wollte sie diese Psychose nicht ein Leben lang mit sich herumschleppen, in das Haus gehen.

»Halt mich fest«, bat Anne ängstlich und hakte sich bei Adrian unter. Die Straße war leer, und der Wind blies ihnen ins Gesicht, so daß sie froh waren, als sie den schützenden Hauseingang erreicht hatten. Weit entfernt schlug eine Kirchturmuhr. Es mußte fünf sein oder sechs, aber das war auch unerheblich, jedenfalls graute der Tag noch nicht.

Anne reichte Kleiber den Schlüssel. Sie konnte sich auch nicht erinnern, ob sie bei ihrer Flucht die Haustür zugeschlagen hatte. Adrian sollte aufschließen, sie selbst sah sich nicht in der Lage dazu.

Adrian Kleiber war alles andere als ein ängstlicher Mensch. Aber in dem Augenblick, als er die Haustür aufschloß und vorsichtig aufstieß, spürte er den Pulsschlag in seinen Schläfen. Jetzt war er sich keineswegs mehr sicher, daß die Nerven Anne einen Streich gespielt hatten. Hatten sie nicht in den vergangenen Tagen die unwahrscheinlichsten Dinge erlebt? Waren sie nicht einem Irren begegnet – aufgrund seiner Tat konnte man ihn nicht anders bezeichnen –, der, wie sich herausstellte, völlig normal war? Hatte er, Kleiber, zunächst nicht selbst gezwefelt, ob das alles stimmte, was Anne zu berichten wußte? Vielleicht war Guido von Seydlitz wirklich nicht tot? Steckte am Ende *er* hinter der Inszenierung rätselhafter Ereignisse?

Sie hielten den Atem an und lauschten. Auf der Straße radelte ein Zeitungsjunge vorüber. »Komm!« sagte Kleiber und nahm Anne an der Hand.

Obwohl es doch ihr eigenes Haus war, fühlte Anne sich wie ein Eindringling. Es kam ihr so vor, als forschte sie das Leben einer fremden Frau aus.

In der Mitte der Diele blieb Kleiber stehen, er sah Anne fragend an, und sie wies mit dem Kopf zur letzten Tür auf der rechten Seite. Diese stand etwa eine Handbreit offen, und durch den schmalen Spalt fiel ein Lichtschein.

Adrian spürte die Hand in seiner Hand wie einen Eisblock; er mußte Anne beinahe hinter sich herziehen. Als sie vor der Tür zur

Bibliothek waren, streckte Kleiber die Hand aus und gab der Tür einen Stoß. Anne preßte zitternd Adrians Hand.

Als die Tür den Blick in die Bibliothek freigab, stieß Anne einen Schrei aus. Der Stuhl war leer.

»Ich weiß, was du jetzt denkst«, sagte Anne, nachdem sie längere Zeit wortlos nebeneinandergestanden waren.

»Unsinn«, erwiderte Kleiber.

Anne ließ sich nicht beirren: »Du denkst, ich bin mit den Nerven schon so herunter, daß ich Gespenster sehe.«

Kleiber wiederholte: »Unsinn«, und versuchte Anne in den Arm zu nehmen. Es blieb bei dem Versuch, denn Anne riß sich los und stürmte von einem Raum zum anderen. Schließlich hetzte sie die Treppe nach oben, und Kleiber, der im Parterre zurückgeblieben war, hörte wildes Türenschlagen. Als sie die Treppe herunterkam, war Anne deutlich ruhiger.

»Nichts«, sagte sie, »nichts.«

In der Bibliothek stand Adrian in den Anblick der Scherben des Cognacglases versunken.

»Ich habe das Glas nicht zerbrochen«, beteuerte Anne, die Kleiber beobachtete. »Ich bin vom Klirren des Glases hochgeschreckt, sonst wäre ich doch gar nicht nach unten gegangen.«

Adrian nickte, ohne aufzublicken. »Das würde bedeuten...«, sagte er nachdenkend und machte eine lange Pause.

»So sag schon endlich, was du denkst!«

»...daß das Glas absichtlich auf den Boden geworfen wurde, um deine Aufmerksamkeit zu erregen.«

»Es könnte aber auch im Dunkeln zu Bruch gegangen sein.«

»Das wäre schon möglich«, entgegnete Adrian, »aber in diesem Fall hätte der Verursacher doch die Flucht ergriffen. Keinesfalls wäre er in dem Stuhl sitzengeblieben.«

»Der Verursacher war Guido!« rief Anne in höchster Erregung.

»Schon gut!« wehrte Adrian ab.

»Es war Guido! Ich war mit dem Mann siebzehn Jahre verheiratet. Es *war* Guido!«

»Bitte beruhige dich!« Kleiber packte Anne an den Oberarmen

und sah sie mit festem Blick an. »Eigentlich ist es ganz unerheblich, ob der Mann Guido war oder irgend jemand anders. Ich bin überzeugt, der Betreffende wollte dir Angst einflößen, vielleicht dich dazu bringen, weitere Nachforschungen einzustellen. War dieser Mann im Lehnstuhl wirklich Guido, dann bedeutet das, daß er am Leben ist und daß er ein verwerfliches Spiel mit dir spielt, welche Gründe auch immer er dafür haben mag. War dieser Mann ein anderer in Guidos Maske, so ist das Motiv eigentlich dasselbe: Sie wollen dich fertigmachen.«

»Aber es *war* Guido«, wiederholte Anne weinerlich.

»Gut. Es war Guido. Was hat er angehabt?«

Anne dachte nach. »Ich war viel zu aufgeregt, als daß ich mir seine Kleidung näher angesehen hätte; aber er trug einen dunklen Anzug, dunkelgrau oder braun; ja, ich glaube, es war einer von Guidos Anzügen.«

»Aus seinem Kleiderschrank?«

»Ich glaube, wir denken beide das gleiche«, erwiderte Anne. Guidos Kleiderschrank im oberen Stockwerk des Hauses nahm eine ganze Wand ein. Anzüge, Sakkos und Hosen hingen dicht gedrängt. Dazwischen zwei leere Bügel.

»Fehlt etwas?« erkundigte sich Kleiber.

Anne berührte jedes einzelne Kleidungsstück mit der Hand. »Ich bin nicht sicher«, sagte sie, »aber ich glaube, es fehlen zwei Anzüge, der, den Guido bei dem Unfall trug, und ein zweiter Anzug in dunkelgrau. Ja, genau der!«

»Das würde bedeuten, daß Guido oder der Mann, der sich für Guido ausgab, sich schon vor deiner Ankunft im Haus aufgehalten und nur auf die Gelegenheit gewartet hat, dich zu Tode zu erschrecken.«

»So muß es sein«, erwiderte Anne, »anders ist die Sache nicht zu erklären.«

Zu diesem Zeitpunkt wußte sie selbst nicht mehr mit Sicherheit zu sagen, ob der Mann in dem Lehnstuhl wirklich Guido oder nur ein Darsteller ihres Mannes gewesen war. Aber Adrian hatte recht: Es spielte letztlich keine Rolle, wer sich dahinter verbarg, denn der eine war so perfide wie der andere.

Anne vermied es, sich in dem Lehnstuhl niederzulassen; statt dessen setzte sie sich auf einen schwarzen Stuhl aus geschnitztem Holz, der aus einem alten Kloster stammte, stützte den Kopf auf ihre Hände und versuchte zum wiederholten Male Ordnung in ihre Gedanken zu bringen. Es wollte ihr einfach nicht in den Kopf, warum der unbekannte Gegner es darauf anlegte, sie in den Wahnsinn zu treiben, während er ihr Leben schonte. Geschah dies aus purem Sadismus, oder versprach er sich davon einen Vorteil? Sie fand keine Antwort.

»Hattest du eigentlich einen Totenschein von Guido?« Kleibers Frage traf Anne von weither.

»Totenschein? – Ja, natürlich.« Sie öffnete den Sekretär.

Während sie in einem Stoß Papier kramte, fragte Adrian weiter: »Hast du Guido nach seinem Tod noch einmal gesehen?«

Anne verneinte, sie habe es abgelehnt. Seine Verletzungen seien so abscheulich gewesen. Ihre Bewegungen wurden zunehmend heftiger, je länger sie suchte. »Der Totenschein lag hier auf dem Stoß!« beteuerte sie. »Das kann ich beschwören. Aber nein da fällt mir ein, den Totenschein hat ja das Beerdigungsinstitut bekommen.«

Adrian maß ihrer Aussage keine größere Bedeutung bei und meinte: »Hieltest du es für möglich, daß Guido noch am Leben ist? Ich meine, jetzt, nach all dem, was geschehen ist?«

Anne stützte den Kopf wieder in die Hände und blickte ratlos vor sich hin. Vor ein paar Stunden noch, unmittelbar nach dem furchtbaren Erlebnis, hätte sie die Frage entrüstet zurückgewiesen. Natürlich hatte sie Guido erkannt, den Mann, mit dem sie siebzehn Jahre Ehe verbracht hatte. Doch nun mußte sie sich auf einmal eingestehen, die äußere Erscheinung dieses Mannes war ihr keineswegs so im Gedächtnis, daß sie ihn von einem Doppelgänger hätte unterscheiden können. Sie schüttelte den Kopf und dachte, da lebst du viele Jahre mit einem Menschen zusammen und glaubst ihn bis in sein Innerstes zu kennen, und dann mußt du erfahren, daß er ein Doppelleben führte, und bist nicht einmal in der Lage, ihn exakt zu beschreiben.

Weil Anne keine Antwort fand, stellte Adrian seine Frage anders: »Ich meine, würdest du Guido dieses makabere Versteckspiel zutrauen?«

»Bis vor ein paar Wochen, nein«, erwiderte Anne, »undenkbar, nein. Aber nach allem, was sich in der Zwischenzeit ereignet hat... Weißt du, wir führten keine schlechte Ehe, freilich auch keine besonders gute; aber im Vergleich mit den meisten anderen Ehen habe ich die unsere eher positiv eingeschätzt. Gewiß, Guido war viel unterwegs; aber ich vertraute ihm, jedenfalls hatte ich keinen Grund zur Klage. Ich erinnere mich an ein ernsthaftes Gespräch zwischen uns. Es ging um das Thema, daß eigentlich jeder von uns seine eigenen Wege ging, was Guido zu der Bemerkung veranlaßte, das sei nun einmal so in einer modernen Ehe; worauf ich erwiderte, wenn er je das Bedürfnis verspüre, mich zu betrügen, so solle er es heimlich tun, so daß ich es nicht merke. Guido scheint das als Aufforderung verstanden zu haben. Jedenfalls läßt die Frau in seinem Wagen keinen anderen Schluß zu.«

Durch das Fenster graute ein unfreundlicher Dezembermorgen, und Anne erhob sich, um in der Küche Kaffee aufzusetzen. Dabei sah sie, daß sie unter ihrem Mantel noch immer nackt war, so wie sie aus dem Haus geflohen war, und sie ging in das obere Stockwerk, um sich anzukleiden.

Als sie zurückkam, meinte Anne: »Ich könnte mir durchaus vorstellen, daß Guido das alles inszeniert hat, er hatte immer einen Hang zum Makaberen, ja er hätte sogar ein Motiv; trotzdem wäre das alles unlogisch.«

»Das sehe ich auch so«, stimmte Adrian zu. »Hätte Guido sich mit dem Gedanken getragen, für immer zu verschwinden, dann hätte er bestimmt auch eine einfachere Lösung gefunden. Vor allem aber stellte sich im anderen Falle die Frage, wer ist der Mann in Guidos Grab? Nein, ich halte das für unmöglich.«

»Selbst wenn er daran interessiert wäre, mich zu beseitigen, hätte er davon absolut nichts. Sein Tod ist aktenkundig, er könnte nicht einmal sein eigenes Vermögen beanspruchen.«

5

Während sie Kaffee tranken und redeten, kamen Anne und Kleiber zu dem Schluß, daß die mysteriöse Erscheinung der vergangenen Nacht im Zusammenhang mit den übrigen Ereignissen stehen mußte und mit ihrer Beziehung zu Guido nichts zu tun hatte. Unklar blieb beiden jedoch die Absicht, die sich hinter dem makaberen Schauspiel verbarg. Dabei wurde Anne bewußt, daß sie völlig falsch reagiert hatte, so wie es der geheimnisvolle Regisseur geplant und erwartet hatte. Sie wünschte, sie hätte den Mann ausgelacht und ihn einen Schmierendarsteller genannt und aus dem Haus geworfen. Mein Gott, dachte sie, wer hat schon die Nerven!

Die Idee kam ihr plötzlich und muß wohl aus dem Vorangegangenen verstanden werden: Anne verspürte auf einmal das Bedürfnis, Guidos Grab aufzusuchen. Das war ungewöhnlich, weil sie seit ihren Kindertagen Friedhöfe haßte. Mit sechs Jahren hatte sie am Grab ihres Vaters gestanden, und das Erlebnis hatte sich in ihr Gedächtnis eingegraben. Seither mied sie Friedhöfe. Nach Guidos Beerdigung hatte sie alle anfallenden Arbeiten und die Pflege des Grabes einem Institut übertragen, und damals hatte Anne beschlossen, nie mehr einen Schritt auf diesen Friedhof zu tun.

Die schlichte Trauerfeier war ihr durchaus noch im Gedächtnis, wenngleich sie das Absenken des Sarges in das Grab wie durch einen Schleier erlebt hatte. Im Grunde wollte sie es nicht sehen, und sie hatte den Tag auch längst erfolgreich verdrängt – jedenfalls glaubte sie das –, doch nun auf einmal trieb sie eine geheimnisvolle Kraft an das Grab, als wollte sie bestätigt sehen, daß Guido wirklich von einer braunen, schmutzigen Schicht Erde zugedeckt war.

Als sie Kleiber diesen Wunsch anvertraute und die Hoffnung aussprach, er würde sie zum Waldfriedhof begleiten, da machte Adrian zunächst ein ungläubiges Gesicht, weil er von ihrer Abneigung wußte; aber dann sah er ihren entschlossenen Blick und willigte ein, mit ihr zu kommen. Anne gab ihm zu verstehen, sie werde erst dann von Guidos Tod überzeugt sein, wenn sie sehe, daß sein Grab unversehrt sei.

Das Grab *war* unberührt, das heißt mit einem grauen Marmorstein und mit Blumen versehen, so wie sie es bei dem Bestattungsinstitut in Auftrag gegeben hatte, und Kleiber fragte sich, warum sie überhaupt diesen ungewöhnlichen Kontrollgang auf sich genommen hatten. Aber Anne machte nach der Rückkehr vom Friedhof einen gefaßteren Eindruck; sie wirkte beinahe befreit, obwohl sich an der Situation nichts geändert hatte.

6

Was das Verhältnis der beiden zueinander anging, übte Anne gegenüber Kleiber dieselbe Zurückhaltung aus wie vorher, und der hatte das auch gar nicht anders erwartet. Zwar hatten sie sich auf dem Fußboden seines Hotelzimmers geliebt wie ein Paar nach jahrelanger Trennung, aber Anne schien das Erlebnis verdrängt zu haben wie einen Alptraum; ja, Adrian zweifelte, ob Leidenschaft überhaupt zu ihrer Erlebniswelt gehörte, ob dieser außergewöhnliche Liebesakt nicht vielleicht nur ein Kurzschluß in ihrem Seelenleben gewesen war.

Natürlich wäre es das Einfachste gewesen, mit Anne darüber zu reden; aber Adrian scheute sich, weil er die Antwort zu kennen glaubte: Er möge ihr Zeit lassen, sie sei einfach noch nicht soweit – so wie sie es bei ihrem ersten Wiedersehen erklärt hatte, und es hätte ihn nicht erstaunt, wenn Anne bei einem solchen Gespräch ihren Ausbruch von Leidenschaft schlichtweg geleugnet hätte.

In Sachen Liebe verfügte Adrian über kein übermäßig intensives Gefühlsleben, und das war mit ein Grund, warum er trotz seiner Jahre nicht verheiratet war, sich auch noch nie mit dem Gedanken getragen hatte. Er konnte über Mangel an Frauen nicht klagen, aber in den meisten Fällen dauerte so eine Beziehung nicht länger als ein Jahr. Spätestens nach einem Jahr wußte jede Frau, daß dieser Mann nur *einen* Partner wirklich ernst nahm – seinen Beruf.

Adrian war sich dieser Tatsache durchaus bewußt und hatte Verständnis, wenn Frauen sich nach einer gewissen Zeit aus seinem Leben zurückzogen, auch hin und wieder bei ihm auftauchten und wieder verschwanden. So hatte er nicht wenige Geliebte, aber keine feste Partnerin, worunter er aber nicht einmal litt.

Mit Anne schien das ganz anders. Vielleicht, weil Anne von vornherein eine Schranke zwischen ihnen errichtet hatte. Er war das nicht gewöhnt. Frauen hatten es ihm immer leicht gemacht, viel zu leicht sogar, so daß jenes unausgesprochene ›Rühr mich nicht an‹ auf ihn einen ganz besonderen Reiz ausübte. Und der sexuelle Überfall in schlaftrunkenem Zustand gehörte ohnehin zu seinen bedeutsamsten Erlebnissen in Sachen Erotik.

Seine freundschaftliche Zuneigung Anne gegenüber hatte sich seit jener Nacht im Hotel zu wahrer Leidenschaft gewandelt, die alles bisher Dagewesene übertraf. Was er nie für möglich gehalten hätte: Anne zuliebe hatte er sogar seinen Beruf zurückgenommen und den »Fall«, hinter dem er zunächst vor allem eine große Geschichte gesehen hatte (er hatte sogar von Professor Vossius in St. Vincent de Paul heimlich Aufnahmen gemacht), zur Privatangelegenheit erklärt.

So gab es für Anne zwei Gründe, warum Kleiber sich mit solcher Intensität mit ihrem Fall beschäftigte, zum einen seine persönliche Neugierde – ein guter Reporter bleibt immer neugierig –, zum anderen aber wußte Adrian genau, daß er Anne nur würde gewinnen können, wenn er sie aus dem Netzwerk unseliger Verstrickungen befreite.

All ihre Hoffnungen ruhten nun auf dem unscheinbaren Schlüssel eines Hilton-Hotels in Paris. Es gibt drei von dieser Gruppe. Das Airport Hilton in Orly erwies sich als Fehlanzeige. Ebenso das Hotel France et Choviseul in der Rue St. Honore, wo man ihnen nach Vorzeigen des Zimmerschlüssels mit deutlichem Mißtrauen begegnete, aber dennoch die Auskunft gab, ein Professor Marc Vossius habe in diesem Hotel nicht logiert, jedenfalls nicht in den vergangenen drei Monaten und nicht unter diesem Namen.

Blieb das Paris Hilton in der Avenue de Suffren, nicht weit vom Eiffelturm entfernt. Aus den Erfahrungen der vorangegangenen Recherchen schien es Anne und Adrian ratsam, nicht an der Rezeption vorzusprechen, sondern beim Hotelmanager, einem vornehmen Elsässer, der sehr gut deutsch sprach und dem sie erzählten, Vossius, Annes Onkel, sei in St. Vincent de Paul unerwartet gestorben und in seinem Nachlaß habe sich dieser Schlüssel gefunden, vermutlich habe er in dem Hotel Gepäck zurückgelassen.

Die Geschichte klang glaubhaft, und Wurtz, so hieß der Manager, verschwand für einen Augenblick hinter einer undurchsichtigen Glastür, kehrte mit einer Karte zurück und erklärte, es seien noch drei Tage Logis für Monsieur Vossius offen. Nach Begleichen der Rechnung würde ihnen das Gepäck des Monsieur, ein Koffer und eine Tasche, ausgehändigt, Madame möge hier unterschreiben.

Kleiber stellte einen Scheck aus, und der Portier übergab ihnen das Gepäck. Mit neuen Hoffnungen fuhren sie in Adrians Mercedes zu seiner Wohnung in der Avenue de Verdun.

7

Welche Vermutung die beiden gehabt haben mochten, das Gepäck des Professors könnte sie auf eine neue, entscheidende Spur bringen, das wußten sie in diesem Augenblick wohl selbst nicht; aber Adrian handelte nach einem alten Grundsatz unter Journalisten, alle nur möglichen Informationen, auch solche, die zunächst sinnlos erscheinen, zusammenzutragen, denn sie könnten für einen späteren Erkenntnisstand von Bedeutung sein.

In diesem Fall brauchten beide gar nicht auf spätere Erkenntnisse zu warten. Zwar enthielt der Koffer nur Wäsche und Kleidungsstücke, doch in der Tasche befand sich neben einigen Büchern und Karten (besonders auffällig: eine äußerst genaue Karte von Nordgriechenland und eine nicht weniger präzise von Mittelägypten) eine Mappe mit Kopien alter Schriften, jener nicht unähnlich, von der Anne Kopien besaß.

Die aufregendste Entdeckung in dieser Mappe war jedoch ein flüchtig versiegelter, großformatiger Umschlag. Anne reichte ihn Kleiber zur Begutachtung. Der sah Anne an und hob die Schultern.

»Aufmachen!« sagte Anne nervös.

Adrian riß den Umschlag auf und zog ein braunes, brüchiges, in zwei durchsichtige Folien gebettetes Etwas hervor. Anne erkannte es sofort. »Das ist es!« rief sie in höchster Erregung.

»Was?« fragte Kleiber ungehalten. »Was ist es?«

»Das Original! Das ist das Pergament, für das mir dieser Thales in Berlin eine Dreiviertelmillion geboten hat!«

»Für dieses alte Stück Papier?«

»Für dieses – wie du dich auszudrücken pflegst – alte Stück Papier. Ich bin ganz sicher.«

Anne und Adrian sahen sich an, und es schien, als dächten beide das gleiche: Wenn es sich bei diesem Stück Pergament um das vielgefragte Dokument handelte, dann mußte es entweder vor Guidos Tod Kontakte zwischen ihm und Vossius gegeben haben, oder aber Vossius war es gelungen, sich nach dem verhängnisvollen Unfall in den Besitz des Pergaments zu bringen. Und natürlich stellte sich damit auch die Frage: Hatte Vossius mit offenen Karten gespielt?

Ein Vergleich mit den Kopien ergab: Anne hatte recht. Dies war das Pergament, das, aus welchen Gründen auch immer, den einen ein Vermögen, anderen sogar Morde wert war. Der Gedanke beunruhigte sie. Denn so bedeutsam der Fund auch sein mochte, er war im selben Maße gefährlich.

»Vermutlich«, sinnierte Anne vor sich hin, »habe ich das alles bisher nur deshalb überlebt, weil man wußte, daß ich nur die Kopien hatte. Wenn bekannt wird, daß sich das Original in unserem Besitz befindet, dann gnade uns Gott.«

»Aber wir können damit doch gar nichts anfangen«, wandte Adrian ein. »Wir müssen, um die Bedeutung des Pergaments zu erkennen, einen Experten einschalten. Außerdem ist das Blatt ein Vermögen wert.«

»Genau darauf spekulieren irgendwelche Hintermänner. Sie vertreten die Ansicht, ich würde angesichts der gebotenen Summe schwach werden. Dann, glaube ich, wären meine Tage gezählt. Nein, dieses Pergament ist für mich wie eine Lebensversicherung.«

In der Aufregung über das kostbare Pergament gerieten zwei weitere Funde ins Hintertreffen: ein Flugticket von Olympic Airways Thessaloniki – Athen – Paris, dem sie zunächst keine Bedeutung zumaßen, und ein Brief ohne Datum und ohne Umschlag, von zarter Hand und in englischer Sprache geschrieben. Im Briefkopf der Absender: Aurelia Vossius, 4083 Bonita View Drive, San Diego, California 91902.

»Vossius war verheiratet«, bemerkte Adrian.

»Tatsächlich«, erwiderte Anne und begann den Brief zu lesen. Er war nicht lang, gerade zwanzig zierlich geschriebene Zeilen – ein Abschiedsbrief des Inhaltes, die Jahre mit ihm, Vossius, hätten zu den schönsten in ihrem Leben gehört und auch jetzt, da ihre Ehe geschieden sei, bereue sie nichts. Sie habe zwar kein Verständnis für seine Pläne, wünsche ihm jedoch Erfolg, und vielleicht würden sich beider Wege noch einmal kreuzen. *Love – Aurelia.*

»Ob sie weiß, daß Vossius tot ist?« fragte Anne, ohne eine Antwort zu erwarten. »Ein rührender Brief.«

»Er muß auch dem Professor nicht gleichgültig gewesen sein«, meinte Kleiber, »sonst hätte er ihn nicht aufgehoben.«

Anne nickte zustimmend: »Abgesehen von der Tatsache, daß Vossius verheiratet war, scheint mir am interessantesten der Hinweis, sie habe kein Verständnis für seine Pläne. Fragt sich, ob diese Pläne im Zusammenhang stehen mit dem rätselhaften Pergament.«

»Wer will das wissen!« entgegnete Adrian. »Da gibt es nur eine Möglichkeit: Du mußt sie fragen.«

»In Kalifornien?«

»Warum nicht. Die Frau ist vermutlich die einzige, die uns noch weiterhelfen kann. In jedem Fall weiß sie mehr über die Hintergründe seiner Arbeit.«

Annes Bedenken, die Frau hätte wohl kaum eine Veranlassung, wildfremden Menschen aus Europa Auskunft über ihren geschiedenen Mann zu geben, waren nicht von der Hand zu weisen. Sie mußten deshalb eine Geschichte erfinden, die Vossius' Ex-Frau zum Reden brachte, oder – und das war Kleibers Idee –

der Frau die ganze Wahrheit berichten. Sie wollten Mrs. Vossius den Abschiedsbrief aushändigen, der für die Frau gewiß nicht ohne Bedeutung war, während sie kaum etwas damit anfangen konnten. Auf diese Weise müßte es ihnen gelingen, ihr Vertrauen zu gewinnen.

Also faßten sie von einer Stunde auf die andere den Entschluß, nach San Diego zu fliegen. In ihren Reiseplänen sahen sie sogar einen gewissen Vorteil für ihre eigene Sicherheit, wenn sie plötzlich aus Paris verschwanden. Wußten sie, ob sie nicht längst unter heimlicher Beobachtung standen, ob nicht jeder ihrer Schritte verfolgt, jedes Ziel registriert wurde? Jedenfalls erschien das, nach allem, was geschehen war, nicht abwegig.

Deshalb arbeitete Adrian Kleiber einen raffinierten Plan aus, mit dem er die Dokumente aus Vossius' Gepäck in Sicherheit bringen konnte. Dazu verließ Anne alleine das Haus, um sich mit einem Taxi zum Louvre zu begeben, während Kleiber zur selben Zeit mit den Dokumenten des Professors das Haus an der Avenue de Verdun durch den Hofeingang verließ, einen Fahrradschuppen durchquerte und am Quai de Valmy herauskam, von wo er, den Canal Saint Martin überquerend, seine Bank an der Place du Colonel Fabien erreichte.

Kleiber unterhielt in der Bank ein Schließfach, weniger um dort Reichtümer aufzubewahren als wichtige Dokumente, mit denen er bisweilen von Berufs wegen umzugehen hatte. In diesem Fach verstaute er das Pergament und die übrigen Vossius-Papiere.

Zum Essen trafen sich Adrian und Anne in einem Restaurant an der Bourse du Commerce und freuten sich über den gelungenen Coup. Adrian hatte sich in seiner Redaktion abgemeldet – was keine Besonderheit darstellte, denn nicht selten recherchierte er mehrere Wochen an einem Thema, bevor er mit einer Geschichte zurückkehrte. Der Flug nach Kalifornien war für den folgenden Tag gebucht, Donnerstag, Abflug 9.30 Uhr Le Bourget.

8

Kalifornien empfing sie anders als erwartet, mit Sturm und sintflutartigem Regen, wie er hier selten, dafür um so heftiger ist. Vor allem der Weiterflug von Los Angeles nach San Diego, südwärts die Küste entlang, gestaltete sich zu einem Kampf des Piloten gegen die Elemente, so daß Anne heilfroh war, als die kleine Maschine von Osten her bedrohlich nah über dem Häusermeer auf dem Airport Lindbergh Field einschwebte.

Kleiber kannte die Stadt von früheren Reisen und hatte ein Hotel am North Harbor Drive reserviert, von wo der Blick über die San Diego Bay zur Insel Coronado schweifte. Am Pier ankerte die »Star of India«, ein mehrfach umgebautes Segelschiff aus dem vorigen Jahrhundert, das nun als Museum diente. Und die Zimmer im sechsten Stock – Adrian hatte bewußt zwei nebeneinander liegende Einzelzimmer gebucht – erreichte man mit einem Lift, der an der Außenfassade des Hotels nach oben schwebte.

Den ersten Tag verbrachten sie schlafend, unterbrochen nur von einem Abendessen und einem kurzen Spaziergang zur Endstation der Santa-Fe-Eisenbahn. Als sie am folgenden Morgen erwachten, schimmerte die Bay türkisfarben in der Sonne, als gäbe es hier kein anderes Wetter.

Gegen Mittag mieteten sie einen Wagen, um nach Bonita im Süden der Stadt zu fahren, wo, wie der freundliche Portier, ein junger Mexikaner, erklärt hatte, das gesuchte Haus zu finden sei. Also fuhren sie den Freeway Nr. 5 in Richtung Tijuana, verließen die Schnellstraße nach zehnminütiger Fahrt an der Ausfahrt East Street, durchquerten eine kilometerlange Vorstadtsiedlung mit Schnellrestaurants, Tankstellen und Supermärkten und gelangten so geradewegs auf die Bonita Road, von der nach zwei Kilometern, über die sich zur linken ein gepflegter Golfplatz erstreckte, an einer Ampel eine Straße abzweigte, die den weiten Hang hinauf zu der angestrebten Adresse führte.

Das flache, wie die meisten Häuser der Umgebung mit Holzschindeln gedeckte Holzhaus lag, von der Straße gesehen, etwas tiefer und bot einen atemberaubenden Blick über das Tal. Orangenbäume verrieten die Vorliebe der Bewohner für Grünkultur, vor allem Strelitzien und meterhohe Agaven verliehen dem im übrigen eher schlicht wirkenden Haus eine gewisse Exotik.

Aurelia Vossius war nicht zu Hause, aber die Nachbarin, eine schwarzhaarige Ostasiatin, die hier mit ihrem Mann während des Koreakrieges eine Bleibe gefunden hatte – wie sie ihnen freimütig erzählte –, erklärte, Mrs. Vossius arbeite beim City Council von San Diego und kehre meist gegen 17 Uhr zurück, ob sie etwas ausrichten könne.

Adrian und Anne verneinten und kündigten an, sie würden nach drei Stunden wiederkommen. Zeit genug für einen Trip nach Coronado, das mit dem Festland über eine hohe Brücke verbunden ist, welche die Bay von San Diego wie der runde Bogen einer Laute überspannt.

Als sie zum Bonita View Drive zurückkehrten, hatte Mrs. Vossius bereits Kunde von ihrem Besuch; auch daß es sich bei den Fremden um Deutsche handeln mußte, hatte die Nachbarin bereits gemeldet.

Aurelia Vossius, eine zierliche Amerikanerin aus Nebraska, die nach dem Marinedienst in San Diego hängengeblieben war, begegnete ihnen mit amerikanischer Höflichkeit, ohne ein gewisses Mißtrauen abzulegen. Erst als Anne Aurelias Brief an Marc Vossius hervorzog – sie erkannte ihn auf den ersten Blick wieder –, wich die Unsicherheit aus ihrem Blick, und sie bat die Besucher ins Haus.

Sie hatten sich abgesprochen, ihren Mordverdacht im Falle Vossius nicht zu erwähnen, da ihnen Beweise fehlten für diese Tat und die Information nur auf dem Hinweis des zwielichtigen Pflegers beruhte; aber, dachten sie, über den Tod des Professors durften sie seine geschiedene Frau nicht im unklaren lassen. Schließlich war das auch der Grund, warum sie, Anne und Adrian, in den Besitz des Nachlasses gekommen waren, aus dem dieser Brief stammte.

Mrs. Vossius, in deren Erscheinungsbild die Zähigkeit und Beherrschtheit zutage trat, die kleinwüchsigen Menschen eigen ist, nahm die Nachricht unerwartet gelassen auf, obwohl sie – und das konnte man der Reaktion auf den alten Brief entnehmen – zu Vossius noch eine starke Bindung hatte. Sie wußte auch nichts von dem Säureattentat ihres Ex-Mannes, doch schien sie dieses nicht ungewöhnlich zu beeindrucken; jedenfalls kam es den Besuchern vor, als sei sie in der Vergangenheit Kummer gewöhnt gewesen, was das eigenwillige Verhalten des Professors betraf.

Um ihr Vertrauen zu gewinnen, und damit Aurelia Vossius sah, daß Annes Schicksal und das des Professors auf rätselhafte Art und Weise verknüpft waren, holte Anne weit aus und schilderte wahrheitsgemäß den Tod ihres Mannes und die damit verbundenen Ereignisse, die sie letztlich hierher geführt hatten.

Gleiches Schicksal verbindet, und Mrs. Vossius gewann allmählich Zutrauen zu den Fremden, sie legte ihre anfängliche Reserviertheit ab und sagte, nachdem sie sich Annes Geschichte angehört hatte: »Ich hoffe, es schockiert Sie nicht, wenn ich Ihnen sage, daß mich das alles nicht sehr verwundert.«

Anne und Adrian sahen sich an. Die Aussage kam überraschend.

»Nein«, fuhr Aurelia Vossius fort, »nicht einmal Marcs Tod überrascht mich. Er war vorauszusehen. Ich glaube sogar, sie haben ihn in den Tod getrieben.«

»Sie?«

»Sie! Die Orphiker, die Jesuiten, die Forschermafia, was weiß ich, wer alles hinter ihm her war.«

Anne und Adrian horchten auf: »Orphiker, Jesuiten, Forschermafia? Was hat das zu bedeuten?«

Die kleine Frau nestelte an einer Schachtel Mentholzigaretten. Ihre Finger verrieten jetzt große Nervosität. »Sie beide sind vermutlich die einzigen, mit denen ich offen darüber reden kann«, sagte sie, während sie sich eine Zigarette anzündete, »jeder andere würde mich für verrückt erklären.«

»Wenn ich es mir recht überlege«, begann Aurelia, während sie in kurzen Abständen kleine Rauchwolken in die Luft blies, »begann das Dilemma schon vor zehn Jahren, als Marc nach Kalifornien kam. Er hatte einen Lehr- und Forschungsauftrag der University of San Diego in seinem Fachgebiet Komparatistik. Er galt als einer der Besten der Welt auf seinem Gebiet; aber er machte gleich zu Beginn seiner Arbeit einen entscheidenden Fehler, er legte sich mit den Kunsthistorikern an, konkret, er sagte ihnen, den Experten, was diese noch nicht wußten, auch gar nicht wissen konnten, und das hatte zur Folge: Marc hatte von Anfang an nur Feinde.«

»Und worum ging es dabei?«

»In einfachen Worten gesagt: Marc lieferte den Kunstprofessoren eine Theorie, nach der Leonardo da Vinci nicht nur ein genialer Künstler, sondern ein ebenso großer Philosoph war, der über geheimes Wissen verfügte, geeignet, die Welt zu verändern. Das paßte natürlich den Kunstforschern nicht, weil ein Literaturforscher ihnen einen ihrer Größten streitig machen wollte, und sie meinten, Vossius solle lieber bei Shakespeare und Dante bleiben.«

»Ähnliches hat uns Vossius in Paris berichtet«, bemerkte Anne. »Das Säureattentat auf das Gemälde Leonardos richtete sich also keineswegs gegen das Gemälde oder seine Darstellung, schon gar nicht gegen Leonardo, sondern es richtete sich gegen die Kunstforscher und ihre sture Haltung. Das hat uns Vossius erklärt. Aber Sie erwähnten ›Orphiker‹ und Jesuiten?«

Mit einer abfälligen Handbewegung tat Mrs. Vossius ihren Unmut kund. Schließlich quetschte sie ihre Zigarette aus und murmelte irgend etwas wie: »Gangster sind das, alles Gangster.«

Anne und Adrian verständigten sich mit den Augen. Es schien ihnen nicht ratsam, mit weiteren Fragen nachzubohren. Wenn Aurelia Vossius reden wollte, würde sie es aus freien Stücken tun.

»Der Professor«, meinte Anne eher beiläufig, »war sehr stolz, in dem Gemälde einen Hinweis auf Barabbas zu finden.«

Mrs. Vossius blickte auf: »So, hat er das?« Ihre Stimme klang bitter.

»Ja, auf dem Gemälde kam eine Halskette zum Vorschein, aus deren Steinen sich der Name ›Barabbas‹ zusammensetzen läßt.«

»Ach.« Aurelia schien verblüfft. »Dann wissen Sie ohnehin schon alles...«

»O nein, im Gegenteil«, beeilte sich Anne zu erwidern, »als wir, nachdem der Professor uns einen Einblick in seine Forschungen gegeben hatte, am folgenden Tag in die Klinik zurückkehrten, war er bereits tot.«

»Halten Sie das für einen Zufall?« fragte Aurelia Vossius kühl.

Anne erschrak. »Wie meinen Sie das, Mrs. Vossius?«

»Nun, ich glaube nicht daran, daß Marc eines natürlichen Todes gestorben ist.«

»Warum nicht, Mrs. Vossius?«

Aurelia Vossius schlug die Augen nieder und sagte mit einer gewissen Verlegenheit: »Ich nehme an, daß Sie meinen Brief an Marc gelesen haben. Dabei wird Ihnen klar geworden sein, daß wir uns nicht im Bösen getrennt haben. Ja, die Jahre mit Marc waren die schönsten meines Lebens.« Bei diesen Worten zerknüllte sie den Brief mit beiden Händen, dann fuhr sie fort: »Aber dann verdrängte sein Forscherdrang unsere Liebe. Es gibt Männer, die sind mit ihrem Beruf verheiratet; das ist schwer zu ertragen für eine Frau. Bei Marc war es anders, er sah in seinem Beruf eine Geliebte, und das führt unweigerlich zur Katastrophe. Er kannte nur noch einen Gedanken, seine Geliebte. Und als andere kamen, um ihm seine Geliebte streitig zu machen, da drehte er durch.«

Anne und Adrian hatten Schwierigkeiten, Aurelias Andeutungen zu folgen. Zweifellos wußte die Frau mehr, als sie zu hoffen gewagt hatten, doch es würde nicht einfach sein, das wurde immer deutlicher, ihr das Geheimnis zu entlocken.

»Was wollen Sie damit andeuten: Er drehte durch?« fragte Anne.

»Auf der Suche nach Beweisen für seine Hypothese reiste Marc mehrere Male um die halbe Welt, kaufte irgendwelche Papyri und Pergamente, die er niemandem zeigte, und überzog den Forschungsetat seines Instituts um ein Vielfaches, so daß die University of San Diego ihm eine Rüge erteilte und androhte, ihn hinauszuwerfen. Marc weigerte sich nämlich standhaft, Einsicht in seine neueren Forschungsergebnisse zu geben. Er schwieg; auch ich bekam nur am Rande mit, worum es eigentlich ging.«

»Und worum ging es?« Anne rutschte ungeduldig auf ihrem Stuhl hin und her.

»Sind Sie katholisch?« fragte Mrs. Vossius unvermittelt an Anne gewandt.

»Protestantisch«, erwiderte diese überrascht, und kleinlaut fügte sie hinzu: »Jedenfalls auf dem Papier.«

»Ich sollte«, fuhr Aurelia Vossius fort, »der Reihe nach berichten. Weil Marc sich weigerte, irgend etwas von seinen Forschungen bekanntzugeben, und daher mit seiner Kündigung rechnen mußte, quittierte er seinen Dienst. Wir waren nicht arm, aber für den wenig einträglichen Job eines Privatgelehrten reichten meine Einkünfte allein nicht aus. Dafür hatte Marc auf einer seiner Reisen einen komischen Kerl kennengelernt. Er nannte sich ›Thales‹ und...«

»Wie?« rief Anne in heftigster Erregung. »Thales – Ein weißhaariger Mann mit ungewöhnlich roten Backen und dem frommen Aussehen eines Ordensbruders?«

»Das weiß ich nicht«, erwiderte Mrs. Vossius, »ich habe den Mann nie gesehen, aber er *war* so etwas wie ein Ordensbruder. Er gehörte den Orphikern an, einem obskuren Eliteorden, der angeblich nur die gescheitesten Köpfe der Welt bei sich aufnimmt, jeweils den klügsten in seinem Fachgebiet.«

»Thales!« rief Anne und schüttelte den Kopf.

»Sie kennen ihn?«

»Und ob! Er war hinter einem alten Pergament her, das er im Besitz meines Mannes glaubte. Nach Guidos Tod traf ich mit ihm in Berlin zusammen. Er inszenierte ganz merkwürdige Dinge und bot mir viel Geld für ein kleines Dokument.«

Mrs. Vossius nickte zustimmend: »Der Orphiker-Orden ist steinreich. Diese Leute verfügen über unglaubliches Kapital. Marc erzählte mir, Thales habe nur gelacht, als mein Mann finanzielle Forderungen für seine Forschungen stellte. Er habe gesagt, Marc könne über soviel Geld verfügen, wie er für notwendig halte.«

»Unglaublich«, staunte Kleiber, »aber die Sache hatte natürlich einen Haken.«

»Die Leute stellten Bedingungen. Bedingung Nummer eins: Marc mußte alle Brücken hinter sich abbrechen und dem Orden, der irgendwo im Norden Griechenlands angesiedelt ist, beitreten. Bedingung Nummer zwei: Marc sollte alle seine Forschungen in den Dienst der Orphiker-Bewegung stellen. Bedingung Nummer drei: Der einmal geschlossene Vertrag war unauflöslich, das heißt, er hatte auf Lebenszeit Gültigkeit. Die beiden ersten Bedingungen hat Marc mir gegenüber erwähnt, über die dritte Bedingung haben wir ausführlich gesprochen. Sie bereitete ihm wohl die größten Bedenken. Marc erzählte, auf seinen Einwand, er wisse nicht, wie er in zehn Jahren über sein Leben denke, habe Thales geantwortet, das müsse er sich eben vorher überlegen. Orphiker verfügten, einmal in die Gemeinschaft aufgenommen, über soviel geheimes Wissen, daß sie eine Gefahr für die Welt darstellten. Deshalb würden sie, falls sie den Orden verlassen wollten, von der Gemeinschaft gezwungen, sich umzubringen.«

»Das sind Wahnsinnige!« rief Kleiber. »Alles Wahnsinnige!«

Mrs. Vossius hob die Schultern: »Möglich. Aber vielleicht verstehen Sie jetzt, warum ich nicht an einen natürlichen Tod meines geschiedenen Mannes glaube.«

»Ich verstehe«, meinte Adrian kleinlaut und sah Anne von der Seite an. Die beiden verstanden sich: Nein, in der gegenwärtigen Situation erschien es wirklich nicht angebracht, Mrs. Vossius die ganze Wahrheit zu beichten.

Die aber erhob sich, ging zu der dem Kamin gegenüber liegenden Bücherwand und zog aus einem hölzernen Kästchen ein Papier hervor. »Marcs letzter Brief«, sagte sie und strich mit dem Handrücken über das längsgefaltete Papier. Dann gab sie, ohne eine Zeile zu lesen, den Inhalt des Briefes mit ihren eigenen Worten wieder. Vossius, sagte sie, habe sich mit dem Gedanken getragen, den Orden zu verlassen. Es habe Auseinandersetzungen gegeben, weil der Professor darauf bestand, seine Entdeckung zu veröffentlichen. Die Orphiker hingegen hätten das Wissen für sich behalten wollen, weil, wie sie sagten, Wissen die einzig wahre

Macht auf Erden sei. Marc habe nie erklärt, was das eigentlich Brisante an seiner Entdeckung gewesen sei; er habe nur angedeutet, sie sei geeignet, den ganzen Vatikan zum Museum und den Papst zu einer Operettenfigur werden zu lassen.

»Der Professor war offensichtlich kein Freund der Päpste«, stellte Adrian mit einem Schmunzeln fest.

»Er haßte sie«, ergänzte Mrs. Vossius. »Er haßte sie mit aller Leidenschaft, nicht aus Glaubens-, sondern aus Wissensgründen. Er war von der Idee besessen, Galileo Galilei zu rächen, dem die Inquisition so übel mitgespielt und den die Kirche bis heute nicht rehabilitiert hat. Der 22. Juni war für ihn immer ein Gedenktag, an dem er sich meditierend irgendwohin zurückzog und Rache schwor.«

Anne, die den Worten Mrs. Vossius' wie gebannt folgte, erkundigte sich: »Was bedeutet der 22. Juni?«

»An einem 22. Juni wurde Galileo von der Inquisition verurteilt, dem kopernikanischen System abzuschwören. Allein der Gedanke an dieses Ereignis machte Marc krank und aggressiv, weil, wie er sich ausdrückte, die Dummheit über das Wissen gesiegt habe.«

Diese Aussage war geeignet, den merkwürdigen Charakter des Professors Marc Vossius zu erklären. Mit einem Mal fügte sich sogar das Säureattentat auf das Leonardo-Gemälde in dieses Bild. Vossius brauchte die Öffentlichkeit seines Falles, um die Menschen auf seine Entdeckung aufmerksam zu machen.

»Und Sie haben keine Ahnung«, fragte Anne nach, »welche Entdeckung der Professor gemacht hatte?«

Mrs. Vossius sah den beiden in die Augen, als wollte sie ihre Vertrauenswürdigkeit prüfen. Sie holte tief Luft, ohne jedoch zu antworten. Seit einer Reihe von Jahren schleppte Aurelia Vossius Dinge mit sich herum, über die sie mit niemandem reden konnte, von denen nur sie wußte, und nun kamen zwei Fremde, und sie sollte ihnen alles beichten?

Andererseits ließ sie der Gedanke nicht los, daß sie und die fremde Frau eine Art Schicksalsgemeinschaft verband; jedenfalls zweifelte sie nicht daran, daß auch von Seydlitz einem Anschlag zum Opfer gefallen war. Dies gab wohl den Ausschlag für ihre Entscheidung.

Sie stand auf. »Kommen Sie mit«, sagte sie. Sie führte Anne und Adrian in ein kleines, quadratisches Zimmer, dessen Fenster zum Garten mit Sträuchern beinahe zugewachsen war, so daß kaum Licht eindringen konnte. Unzählige alte Bücher und ein nackter Schreibtisch ließen kaum Zweifel aufkommen, daß es sich dabei um das Arbeitszimmer des Professors handelte.

»Es mag Ihnen merkwürdig erscheinen«, bemerkte Mrs. Vossius, »aber ich habe seit Marcs Weggang nichts verändert. Sie können sich ruhig umsehen.«

Eher aus Verlegenheit – in Gedanken war Anne mit dem seltsamen Verhalten Aurelias beschäftigt – betrachtete sie die Bücherreihen an den Wänden, und zu ihrer Verblüffung stellte sie fest, daß es sich um eine Ansammlung von Bibeln und Kommentaren über das Neue Testament handelte, Bücher in allen Sprachen, und manche mehrere hundert Jahre alt. Die Folianten verbreiteten einen ätzenden Geruch.

»Mein Mann hat ein bisher unbekanntes Evangelium gefunden, sozusagen das Urevangelium, auf dem die vier anderen Evangelien fußen«, sagte Mrs. Vossius ruhig. »Das heißt, Marc entdeckte nur Teile davon. Sie stammen aus einem Pergamentfund, der vor einer Reihe von Jahren in Minia, in Mittelägypten, gemacht wurde. Auf der Suche nach Kalkstein stieß ein Steinschleifer auf das Versteck. Er schenkte die alte Pergamentrolle seinen drei Söhnen, und die teilten sie untereinander auf, und jeder machte seinen Teil zu Geld. Marc hat versucht, die Einzelteile wieder aufzuspüren. Dabei merkte er schon bald, daß auch andere hinter diesen Fragmenten her waren, und daraus entwickelte sich ein regelrechter Krieg.«

Aurelias Erklärung brachte Anne Seydlitz völlig aus der Fassung. »Dieses Evangelium«, sagte sie tonlos vor sich hin, »muß wohl Fakten enthalten, die irgendwelche Leute geheimhalten wollen...« In Gedanken war Anne bei Guidos Unfall. Für sie gab es jetzt kaum noch Zweifel, daß Guido Opfer eines Attentats geworden war, um in den Besitz des Pergaments zu gelangen.

»Da, sehen Sie nur!« Mrs. Vossius zog einzelne Bücher aus den Regalen, schlug sie auf und hielt sie Anne vors Gesicht. In den Büchern waren Passagen gekennzeichnet, andere durchgestrichen, wieder andere mit fremdartigen Schriftzeichen ergänzt, ein Labyrinth von Verbindungslinien, Kreuzen und Balken, und alles nicht nur einmal, nicht zehnmal, nein Hunderte Male in Hunderten von Büchern mit Randbemerkungen, Hinweisen, Übersetzungen und Querverbindungen. Wahllos griff Aurelia Vossius in die Bücherwände und zog immer neue Bücher hervor mit immer groteskeren Markierungen und Hinweisen.

In einem der Bücher las Anne die unterstrichenen Zeilen: *Hütet euch vor dem Sauerteig, ich meine vor der Heuchelei der Pharisäer. Nichts ist verborgen, was nicht offenbar, und nichts geheim, was nicht bekannt werden wird. Darum wird alles, was ihr im Finstern gesprochen habt, am hellen Tage vernommen werden; und was ihr ins Ohr gesagt habt in den Kammern, das wird verkündet werden auf den Dächern.*

Mit roter Tinte hatte Vossius an den Rand geschrieben:
Lukas 12, 1-3
Matthäus 10, 26 f.
Markus 8, 15
Lukas 8, 17
Barabbas 17, 4
Die letzte Zeile war zweifach unterstrichen.

Barabbas! Anne von Seydlitz schauderte, sie deutete mit dem Finger auf die Stelle im Buch und reichte es Kleiber. Der sah Anne an: Barabbas, das Phantom.

Anne mußte für die folgende Frage allen Mut zusammennehmen, schließlich konnte sie nicht absehen, wie Aurelia Vossius reagieren würde: »Mrs. Vossius, hat der Professor Ihnen erzählt, was es mit diesem ›Barabbas‹ auf sich hat?« Dabei hielt sie der Gefragten die Stelle im Buch vor das Gesicht.

»Barabbas?« Aurelia Vossius las, dachte nach und schüttelte den Kopf: »Ich kann mich nicht erinnern, daß er den Namen je erwähnt hätte.«

»Merkwürdig«, erwiderte Anne, die in dem Buch weiterblätterte. An einer anderen Stelle war der folgende Text gekennzeichnet: *Dies ist das Zeugnis des Johannes, als die Juden von Jerusalem Priester und Leviten zu ihm sandten, um ihn zu fragen: »Wer bist du?« – Und er bekannte und verhehlte nicht, er bekannte: »Ich bin nicht der Messias!« – Da fragten sie ihn: »Was dann? Bist du Elias?« – Er sprach: »Ich bin es nicht.« – »Bist du der Prophet?« Er antwortete: »Nein.« – Da sagten sie zu ihm: »Wer bist du dann? Damit wir denen, die uns gesandt haben, Antwort bringen. Was sagst du von dir selbst?« – Er sprach: »Ich bin die Stimme eines Rufers in der Wüste: ›Bereitet den Weg des Herrn‹, wie der Prophet Isaias gesagt.«*

Auch an dieser Stelle Anmerkungen des Professors:
Johannes 1, 19
Matthäus 11, 14; 17 10
Markus 9, 11
Barabbas?? – Barabbas wieder unterstrichen.

»Nein«, nahm Mrs. Vossius ihre Rede wieder auf, »er hat diesen Namen nie genannt. Ich höre ihn zum ersten Mal, dessen bin ich sicher. Was hat er zu bedeuten?«

Kleiber, in die Textstelle versunken, antwortete mit einem Kopfschütteln: »Aus den Randbemerkungen könnte man schließen, daß sich die Textstellen bei den verschiedenen Evangelisten ergänzen, und das würde bedeuten, daß Barabbas Urheber dieses fünften Evangeliums ist. Die Tatsache allein erklärt jedoch nicht die Brisanz, die diesen Namen umgibt, wo immer er auftaucht.«

»Der Name Barabbas«, ergänzte Anne, »muß irgendeine geheime Bedeutung haben, er scheint eine Art Codewort zu sein, mit dem nur Eingeweihte etwas anfangen können, gleichsam der Schlüssel zu einem Geheimnis von überragender Bedeutung.«

Mrs. Vossius vermittelte den Eindruck, als verstünde sie von all dem nichts. War das nur gespielt, oder hatte sie in der Tat keine Ahnung, womit ihr Mann acht Jahre lang seine Zeit verbracht hatte? Jedenfalls machte sie in den Augenblicken, da Anne und Adrian sich mit den Büchern aus der Bibliothek beschäftigten, einen ungewöhnlich ruhigen Eindruck. Sie hatte sich wohl abgefunden mit dem eigenen Schicksal und dem ihres Mannes.

Verwirrt von den zahllosen Hinweisen in den verschiedenen Büchern richtete Anne an Mrs. Vossius die Frage, ob der Professor nie über seine Forschungen gesprochen habe, ob er ihr nie das Ziel seiner Arbeit verraten habe.

Vossius, erwiderte Aurelia, sei ein sehr verschlossener Mensch gewesen. Natürlich habe er über seine Arbeit gesprochen, doch hätten ihr solche Gespräche Schwierigkeiten bereitet, oft habe sie seine Gedankengänge einfach nicht verstanden, vor allem, wenn es um sein Fachgebiet, die Komparatistik, ging. Marc, sagte sie, habe zwei Menschen verkörpert, den liebenswerten und charmanten Durchschnittsmann, mit dem sie im Bonita-Club Golf spielte, und den besessenen Wissenschaftler, der Schwierigkeiten hatte, sich im alltäglichen Leben zurechtzufinden. Leider habe der zweite den ersteren Menschen in zunehmendem Maße verdrängt, und das sei ihrer Ehe nicht gerade förderlich gewesen. Aber, meinte Mrs. Vossius abschließend, jetzt habe sie vielleicht schon zuviel gesagt.

Anne und Adrian sahen darin eine Aufforderung zu gehen, und sie verabschiedeten sich.

10

Auf der Rückfahrt zu ihrem Hotel, die zuerst schweigend verlief, weil ein jeder seine Gedanken zu ordnen suchte, begann Anne schließlich: »Was hältst du von Mrs. Vossius?«

Kleiber verzog das Gesicht zu einer Grimasse zwischen Lachen und Weinen. »Schwer zu sagen«, entgegnete er, »ich möchte nicht behaupten, daß sie lügt; aber ich kann mich des Eindrucks nicht erwehren, daß uns Mrs. Vossius etwas Wichtiges verschwiegen hat.«

»Daß sie nicht gewußt haben will, woran ihr Mann eigentlich arbeitete?«

»Zum Beispiel«, erwiderte Kleiber. »Du kannst nicht acht Jahre mit einem Mann verheiratet sein, ohne zu wissen, womit der Mann sein Geld verdient.«

»Nun ja, gewußt hat sie es ja. Sie kannte nur nicht die Einzelheiten, mit denen Vossius sich beschäftigte. Ich weiß doch auch, was du in deinem Beruf machst, ohne über Einzelheiten Bescheid zu wissen. Ehrlich gesagt, es interessiert mich auch nicht, und so ist es durchaus denkbar, daß Mrs. Vossius sich nicht für seine Arbeit interessiert hat.«

Kleiber schüttelte den Kopf: »Ich kann mir das einfach nicht vorstellen. Der Mann ist nicht nur einmal um die halbe Welt gereist auf der Suche nach irgendeinem kleinen Stück Pergament. Er muß seiner Frau doch erklärt haben, warum ein solches Stück Papier für ihn so wichtig ist. Und wenn er es nicht von sich aus erklärte, hat seine Frau ihn gefragt. Das aber hat Mrs. Vossius abgestritten. Ich glaube das nicht.«

Als sie den Golfplatz des Bonita-Clubs passierten, hielt Kleiber den Wagen an. »Erwähnte Mrs. Vossius nicht, sie hätten hier Golf gespielt?«

»Ja, natürlich«, erwiderte Anne. »Ich glaube, wir haben beide dieselbe Idee.«

Kleiber bog auf den großen Parkplatz ein. Auf der Terrasse des Clubhauses saßen plaudernd ein paar Spieler und tranken Eistee. Anne und Adrian gaben sich als Freunde von Vossius aus Deutschland aus und erkundigten sich, ob jemand den Professor näher gekannt habe.

Was heißt gekannt, sie seien sich begegnet, war die Antwort, aber näher gekannt habe den Professor nur Gary Brandon, sein Assistent, und einer zeigte zum nahen Fairway, wo ein Mann und eine Frau damit beschäftigt waren, einen Ball aus dem Rough zu fischen. Das seien Gary und seine Frau.

Gary Brandon und seine Frau Liz, im Gegensatz zu ihrem Mann ziemlich wohlbeleibt, erwiesen sich als sehr herzlich und zuvorkommend. In einem kurzen Gespräch war zu erfahren, daß Brandon inzwischen Vossius' Nachfolger geworden war. Als Anne den Brandons von Vossius' Tod in Paris erzählte, meinte Liz, ob sie nicht abends zu einem Drink vorbeikommen wollten. Sie würden gerne mehr über die Sache erfahren.

Anne und Adrian kam die Einladung sehr gelegen. Vielleicht

war von den Brandons mehr über Vossius und seine Arbeit herauszubekommen.

Gary und Liz wohnten auf Coronado, in der 7. Straße westwärts der Orange Avenue, in einem Bungalow aus Holz mit einem winzigen Vorgarten und einem kleinen Innenhof an der Rückseite, in dem ein kitschiger Springbrunnen plätscherte, dessen Wasserfläche, elektrisch beleuchtet, alle zehn Sekunden die Farbe wechselte wie ein bedrohtes Chamäleon. An den Wänden und auf dem dunkelbraunen, rustikalen Mobiliar hingen und standen gerahmte Fotografien – ein paar Hundert mochten es sein –, die das Ehepaar Brandon im Kreise seiner großen Familie oder zahlreicher Freunde zeigte – die ältesten noch aus den vierziger Jahren.

Das Gespräch kam schnell auf Vossius, der, wie sich herausstellte, in Gary Brandon einen großen Bewunderer hatte. Vossius, so wußte er zu berichten, habe über das sogenannte absolute Gedächtnis verfügt, eine Eigenschaft, die nur einmal unter Millionen vorkommt, und die den Betreffenden in die Lage versetzt, einmal Gelesenes im Gehirn zu speichern und bei Bedarf, auch nach vielen Jahren, Wort für Wort abzurufen. Allein diese Fähigkeit habe Vossius für die vergleichende Literaturwissenschaft prädestiniert. Vossius sei in der Lage gewesen, exakt wie ein Computer zu arbeiten, zu einer Zeit, da alle anderen noch ihre Zettelkästen bemüht hätten – ein Glücksfall für die Wissenschaft. Nach Belieben habe der Professor Textstellen aus Dantes »Göttlicher Komödie« und Goethes »Faust« aus dem Gedächtnis zitiert und miteinander verglichen; er sei eben ein Genie gewesen. Allerdings – und dabei wurde Brandon ernst – sei dieses sein absolutes Gedächtnis auch schuld daran gewesen, daß Vossius allmählich, aber mit zunehmender Deutlichkeit den Verstand verloren habe.

Aber Vossius sei ihnen, als sie mit ihm in St. Vincent de Paul geredet hätten, völlig normal vorgekommen, gab Anne empört zu bedenken. Sie hätten zwar anfangs ebenfalls geargwöhnt, ob Vossius bei klarem Verstand sei, aber mehrere Gespräche hätten dann alle Zweifel beseitigt.

Eben, meinte Brandon, das sei typisch für sein Verhalten gewesen. Man habe mit Vossius über die kompliziertesten Probleme diskutieren können, ohne zu merken, daß derselbe Mann auf einmal Unsinn zu reden begann.

Er habe da seine Lieblingsthemen gehabt; eines sei der Absolutheitsanspruch der römischen Kirche gewesen. Anders als die Apologetik habe Vossius die Frage, ob die Überlegenheit des Christentums über alle anderen Religionen auch ohne Annahme des christlichen Glaubens, also rein wissenschaftlich oder vernunftmäßig bewiesen werden könne, verneint und ständig neue Gegenbeweise zusammengetragen – zuletzt dieses angeblich neue Evangelium.

Die Frage, welchen Inhalts dieses neue Evangelium sei, vermochte Brandon nicht zu beantworten. Keiner im Institut könne diese Frage beantworten, denn Vossius habe um sich eine Mauer der Geheimtuerei errichtet. Es könne ja sein, daß die von ihm zusammengetragenen Fragmente Teile eines unentdeckten Evangeliums seien, aber über seine wahre Bedeutung habe er beharrlich geschwiegen.

Auch gegenüber seinem Assistenten?

Auch gegenüber seinem Assistenten.

Natürlich sei das äußerst merkwürdig gewesen und habe schließlich auch zu der Trennung geführt, denn mit seinem eigentlichen Fachgebiet habe die Sache nichts mehr zu tun gehabt. Bedauerlich, er habe Vossius wirklich geschätzt.

Während Brandons Rede hatte Anne die zahlreichen Fotografien betrachtet, und an einer war ihr Blick hängengeblieben. Sie zeigte Gary und Liz mit einem weiteren Paar vor der atemberaubenden Kulisse des Monument Valley. Der zweite Mann war Vossius in übermütiger, beinahe jugendlicher Haltung, wie sie ihn nicht erlebt hatten. Die zweite Frau, eine langhaarige Schönheit, löste bei Anne den Verdacht aus, ihr schon einmal begegnet zu sein, doch wußte sie nicht wo.

Liz bemerkte Annes Blick und meinte, das sei nun auch schon fünf Jahre her. Eine tragische Geschichte.

Anne sah Liz fragend an.

»Die Geschichte mit Hanna und Aurelia!« erwiderte Liz. »Sie kennen die Geschichte nicht?«

»Nein«, sagte Anne, »welche Geschichte?«

Gary nahm seiner Frau die Antwort ab, und er sprach dabei sehr behutsam: »Marc und Aurelia führten ein paar Jahre eine sehr glückliche Ehe. Bis Hanna kam. Sie war Altphilologin und lehrte obendrein klassische Archäologie. Hanna gehörte zu den wenigen Frauen, die blitzgescheit und atemberaubend schön sind. Hanna wickelte Vossius um den Finger, und Marc war ihr hörig. Für Aurelia hingegen brach eine Welt zusammen; sie kämpfte, aber sie kämpfte auf verlorenem Posten. Sie tat uns leid. Ich glaube, sie liebt ihn noch heute.«

Brandons Aussage erklärte manches im Verhalten von Aurelia Vossius. Welche Ehefrau berichtet schon ungeniert, daß ihr Mann sie betrogen habe.

»Für uns«, fuhr Gary fort, »war die Situation nicht einfach. Wir schätzten Aurelia, aber wir mochten auch Hanna. In den letzten Jahren nahm Hanna Marc voll und ganz in Beschlag, sein Privatleben ebenso wie sein Berufsleben. Und je mehr ich darüber nachdenke, desto mehr gelange ich zu der Überzeugung, daß Hanna auf Marc angesetzt worden war.«

Anne und Adrian sahen sich fragend an. »Was heißt angesetzt?« fragte Kleiber. »Das müssen Sie uns erklären.«

»Nun, es war Hanna, die Vossius mit dem sogenannten Orphiker-Orden in Verbindung brachte. Ich glaube, Hanna gehörte, schon bevor sie nach Kalifornien kam, diesem Orden an, und sie kam mit dem Ziel zu uns, Marc dafür zu gewinnen.«

»Wissen Sie Näheres über diesen mysteriösen Orden?« erkundigte sich Anne zaghaft.

»Mysteriös ist das richtige Wort für diesen Club. Die Orphiker sind unter Wissenschaftlern ein Mythos, und viele glauben, daß es sie gar nicht gibt: eine Gruppe, die die größten Genies der Welt an einem Ort zusammenbringt und sie mit unerschöpflichen Mitteln ausstattet. Wenn ich nicht Vossius' Assistent gewesen wäre, würde ich wohl ebenso denken. Es gibt sie wirklich, und sie sind mächtig – und gefährlich. Ich halte sie sogar für kriminell in ihren Machenschaften. Es ist bekannt, daß sie nicht gerade zimperlich sind bei der Durchsetzung ihrer Ziele...«

»Welcher Ziele?« unterbrach Kleiber.

»Vossius«, erwiderte Gary, »dem ich einmal dieselbe Frage stellte – das war kurz bevor er hier überstürzt alle Zelte abbrach –, antwortete folgendermaßen: Jeder Tag in Unwissenheit sei ein verlorener Tag.«

»Dagegen gibt es nichts zu sagen«, stellte Kleiber fest.

»Nein«, erwiderte Gary Brandon, »aber diese Orphiker leben in einem Wissenswahn, und der ist wie jeder Wahn gefährlich. Ich glaube, diese Leute gehen über Leichen, und ich bin ganz froh, nicht so klug zu sein wie Vossius oder Hanna. Auf diese Weise bleibe ich von derartigen Nachstellungen verschont.«

»Sie meinen, daß den beiden ihre Klugheit zum Verhängnis wurde?« Adrian machte ein amüsiertes Gesicht.

»Ja, es klingt verrückt«, entgegnete Brandon, »die Jünger des Orpheus sind ständig auf der Suche nach Genies. Ein normaler Wissenschaftler findet bei ihnen nicht das geringste Interesse.« Er lachte.

»Und hatte Vossius eine Vorstellung davon, was ihn bei den Orphikern erwartet?«

Gary Brandon hob die Schultern: »Er hat nie darüber geredet, und, ehrlich gesagt, habe ich mich damals auch nicht dafür interessiert – ich wußte ja nicht, wie das einmal enden würde. Marc hatte nur Augen für Hanna, und mit ihr wäre er auch in den afrikanischen Busch gegangen. Eine fürchterliche Geschichte.«

»Und Sie haben nie mehr von Professor Vossius gehört?«

»Nie mehr. Aurelia bekam von ihm einen Brief. Was er darin schrieb, hat sie uns nicht erzählt, und wir wollten nicht aufdringlich sein, Sie verstehen?«

»Wußten Sie, wo Vossius sich aufhielt?«

»Irgendwo in den Bergen Nordgriechenlands. Marc hat einmal den Ort erwähnt, wo das Orphiker-Kloster zu finden sei: Leibethra. Ich habe den ungewöhnlichen Namen notiert, weil er schwer zu behalten ist, dann habe ich die besten Landkarten bemüht – ohne Ergebnis. Selbst die großen Enzyklopädien kennen den Ort nicht. Fündig wurde ich schließlich in einem uralten Lexikon der Antike. Dort stand zu lesen, Leibethra sei ein Ort am Fuße des Olymp in der makedonischen Landschaft Priterien, und nach verschiedenen Überlieferungen soll an diesem Ort Orpheus geboren, gestorben oder begraben sein. Die Bewohner von Leibethra galten von altersher als sprichwörtlich dumm.«

An Kleiber gewandt, meinte Anne: »Griechenland ist nicht aus der Welt. Wenn es noch eine Chance gibt...« Dabei starrte sie immer wieder auf die Fotografie.

11

Später, nachdem Anne und Adrian sich von den Brandons verabschiedet hatten, wobei sie versprechen mußten, ihnen alle Neuigkeiten im Fall Vossius mitzuteilen, später also, auf der Rückfahrt zu ihrem Hotel, kreisten Annes Gedanken noch immer um die Fotografie, und Kleiber fragte nach dem Grund ihrer Schweigsamkeit, und als Anne nicht antwortete, nicht antworten wollte, meinte er, wohl eher um Anne zu provozieren als aus Überzeugung: »Liz und Gary Brandon haben uns vermutlich ebenso nicht alles gesagt wie Aurelia Vossius.«

Anne widersprach heftig: »Ich glaube, die Brandons haben uns alles gesagt, was sie wissen. Sie sind persönlich an dem Fall interessiert, sonst hätten sie uns – im Gegensatz zu Mrs. Vossius – nicht gebeten, sie über neue Entwicklungen zu informieren. Ich habe das Gefühl, die Geschichte hat sie sehr mitgenommen.«

»Obwohl Brandon doch glücklich sein müßte, daß Vossius ihm ganz unerwartet seinen Platz freigemacht hat. Sie müssen wirklich gute Freunde gewesen sein.«

»Da ist nur diese Frau auf der Fotografie, Vossius' Geliebte...«

»Sie sprachen über sie mit einem gewissen Respekt, mehr mit Bewunderung als mit Zuneigung. Sollte sie wirklich von den Orphikern auf Vossius angesetzt worden sein, dann gewönne der Fall eine neue Dimension, er würde gewissermaßen zur Geheimdienstaffäre.«

Dies wollte Anne nicht gelten lassen: »Da geht dir wohl deine Phantasie durch«, meinte sie mit einem Unterton von Spott in der

Stimme, um sogleich wieder ernst zu werden: »Halten wir uns an die Tatsachen.«

»Tatsachen, Tatsachen!« Adrian brauste auf, als habe Anne ihn in seinem Innersten verletzt. »Die Tatsachen in dieser Geschichte sind ohnehin wahnwitziger, als sie die ausschweifende Phantasie eines Dichters hervorzubringen vermag.«

Anne nickte und schwieg wie zur Entschuldigung. Vor dem Hotel angelangt, wo Adrian den Wagen parkte, schlug Anne vor, noch einen Spaziergang zu machen. Die Sonne stand tief über der Bay, und das blaugrüne Meerwasser blinkte und blitzte in tausend weißen Funken. Aus den rückwärtigen Fenstern des schwimmenden Fischlokals am B-Street-Pier quoll der stinkende Rauch verbrannten Öls, und Fliegende Händler aus dem nahen Mexiko forderten hinter ihren aus Pappkartons errichteten Verkaufsburgen mit witzigen Sprüchen die Passanten auf, es sei notwendig, Hemd oder Hose zu wechseln, hier finde man beides.

»Ich wage es beinahe nicht zu sagen«, begann Anne zögernd, während sie den Weg nordwärts einschlugen, wo der Verkehr ruhiger wurde, »mir geht die Frau auf der Fotografie nicht aus dem Kopf.«

»Die Geliebte von Vossius?«

»Ja, die Geliebte von Vossius.«

»Was ist mit ihr?« Kleiber stellte sich Anne in den Weg und sah ihr in die Augen.

Anne machte einen ziemlich ratlosen Eindruck. »Ich erzählte dir doch«, begann sie zögernd, »daß ich auf der Suche nach der Frau, die bei Guido in dem Unfallwagen saß, bei Donat war...«

»...dem Mann, der sich plötzlich in Luft aufgelöst hat.«

»Genau bei diesem. – Der Mann, also Donat, hatte eine Frau, querschnittsgelähmt, sie saß im Rollstuhl und konnte kein Glied ihres Körpers bewegen, nur den Kopf.«

»Was ist mit dieser Frau, sag schon!«

»Ich glaube, diese Frau im Rollstuhl ist die Frau auf der Fotografie bei Brandons, Vossius' Geliebte.«

Kleiber ließ von Anne ab, machte zwei Schritte zur Kaimauer und blickte auf die tanzenden Wellen. Er mühte sich vergeblich, den Sachverhalt, so er denn zuträfe, in die bisherigen Erkenntnisse einzuordnen – vergeblich, wie gesagt. »Also hat uns Brandon doch etwas verschwiegen«, sagte Adrian.

»Er hat nicht gewußt, daß ich mit Hanna Donat eine seltsame Begegnung hatte.«

»Oder er hat es gewußt und hatte einen Grund, ihre wahre Identität zu verschweigen.«

»Unsinn«, erwiderte Anne schroff, »dann hätte er ihr einen anderen Namen gegeben.«

»Er nannte sie bei ihrem Vornamen, Hanna.«

»Eben. Wir haben auch nicht nach ihrem Familiennamen gefragt!«

»Und du bist dir sicher, daß diese Hanna Donats Frau ist.«

»Die angebliche Frau Donats«, korrigierte ihn Anne. »Und sicher bin ich mir keineswegs. Sie sieht ihr nur verblüffend ähnlich; aber ein Unfall mit so schweren Folgen verändert ein Gesicht. Sie könnte es durchaus gewesen sein: Hanna Luise Donat.«

»Hanna Luise Donat!« rief Kleiber und faßte Anne an den Armen. »Diesen Namen hat doch auch die Frau benutzt, die zusammen mit Guido verunglückte.«

Im Gesicht Annes spiegelte sich die ganze tiefe Ratlosigkeit des Augenblicks, sie schluckte, aus Verzweiflung, weil auch sie nun nicht mehr weiter wußte, weil ihr von einem Augenblick auf den anderen klar geworden war, daß Guido sie doch nicht betrogen hatte, daß sie sich aussichtslos verfangen hatten in dem Labyrinth aus bösartigen Intrigen und anonymer Angst. Da war sie wieder, jene unbeschreibliche Angst, die an ihrem Körper hochkroch und sich um ihre Kehle legte, daß es ihr schwerfiel zu sprechen, jene unbeschreibliche Angst vor dem Unbekannten, die ihr überall begegnete, die überall auf sie lauerte, Angst.

Kleiber führte Anne in das Hotel zurück. Und hatte nichts dagegen, daß Anne sich auf ihrem Zimmer mit einer Flasche Malt sinnlos betrank. Als sie eingeschlafen war, verließ Kleiber ihr Zimmer und rief Gary Brandon an, ob Hanna, Vossius' Geliebte, Donat geheißen habe.

Oh yes, antwortete Brandon, ob er das nicht erwähnt habe?

12

Die unerwartete Entdeckung, daß zwischen Professor Vossius und der Frau im Wagen ihres Mannes eine geheimnisvolle Verbindung bestanden hatte, schien Anne völlig aus der Fassung gebracht zu haben. Sie mochte nichts essen und hatte Schwierigkeiten, irgend etwas herunterzuschlucken. Die nervösen, hastigen Mahlzeiten der folgenden zwei Tage endeten meist abrupt, weil Anne vom Tisch aufsprang und sich übergeben mußte. Begann Adrian ein Gespräch, bemerkte er schon nach kurzer Zeit, daß Anne ihm überhaupt nicht zuhörte.

Und dann kam jener verhängnisvolle Donnerstagmorgen, als Kleiber in seiner Hilflosigkeit Anne in die Arme nahm und mit Zärtlichkeiten überhäufte, streichelte und küßte wie ein Wunderheiler mit einer ungewöhnlichen Therapie.

Im ersten Augenblick schien es, als genieße Anne die Wärme des Mannes, als wolle sie sich ihm hingeben; aber als Kleiber sie in den Sessel ihres Hotelzimmers drückte, wo die Szene sich zufällig abspielte, als er vor ihr kniete und sein Gesicht in ihrem Schoß vergrub, da schüttelte sich Anne plötzlich, als würde ihr Körper von einem Stromstoß durchfahren, sie packte Adrian an den Haaren und schleuderte ihn beiseite und schrie ihn an, ob er nichts anderes im Kopf habe und er solle sich zum Teufel scheren.

Kleiber beendete den peinlichen Zwischenfall, der ihm selber mehr leid tat als Anne (sie schien an diesem Morgen wirklich nicht bei klarem Verstand), indem er auf den Parkplatz vor dem Hotel lief, ins Auto sprang, den Motor aufheulen ließ, was eine ungemein beruhigende Wirkung auf ihn ausübte, und den schweren Dodge auf den Freeway Nr. 5 in südlicher Richtung lenkte.

Nach zehn Minuten zügiger Fahrt passierte Kleiber die mexikanische Grenze, wo ihn »die größte Kleinstadt der Welt«, wie ein Transparent über der Straße verkündete, mit Lärm, Staub und zahlreichen Gerüchen ekelerregender Art empfing. Einen Tag und eine halbe Nacht soff Kleiber sich durch die Kneipen von Tijuana, schüttelte Scharen bettelnder Kinder und ebenso viele billige Huren von sich ab wie lästiges Ungeziefer, und suchte gegen Mitternacht den Weg zurück über die wie ein breiter weißer Strich erleuchtete Grenze nach San Diego.

Im Hotel angekommen, eröffnete ihm der Portier, Mrs. Seydlitz habe sich zur vorzeitigen Abreise entschlossen, und Kleibers Frage, ob sie ihm eine Nachricht hinterlassen habe, beschied der freundliche Alte mit nein, er bedaure.

Es wäre falsch zu behaupten, daß es ihm in dem Augenblick leid getan hätte. Anne hatte ihn in seinem Innersten gekränkt, und er konnte sich auch gar nicht vorstellen, was geschehen wäre, falls Anne noch das Nebenzimmer bewohnt hätte. Wie hätte er sich verhalten sollen? Sie um Verzeihung bitten? Wofür? War er ihr nicht in den letzten Wochen mit aller Zurückhaltung und Zuvorkommenheit begegnet, die einen wahren Freund auszeichnet?

Zweifellos hatte Anne mit ihrer Szene am Vortag Kleiber auf unverzeihliche Weise gedemütigt. Nicht nur die Ereignisse der letzten Zeit, auch die Persönlichkeit Annes hatte etwas Unheimliches, Unberechenbares angenommen. Dabei hatte er diese Frau lieben gelernt, trotz ihres immer unberechenbarer werdenden Verhaltens, ihre Mischung aus Hilflosigkeit und wacher Intelligenz, ihre Schutzbedürftigkeit auf der einen und Selbständigkeit auf der anderen Seite. Ja, er liebte sie und wünschte nichts sehnlicher als die Lösung ihrer Probleme; doch wenn er eine Bilanz der gemeinsamen Recherchen zog, mußte er sich eingestehen, daß seine persönlichen Probleme dadurch eher größer als kleiner geworden waren. Und Anne von Seydlitz schien inzwischen zu der Überzeugung gelangt zu sein, daß sie sehr gut ohne ihn auskommen konnte. War ihre Abreise nicht der beste Beweis dafür?

Kleiber überlegte, wie es wohl in Annes Kopf aussehen mochte, ob sich überhaupt Platz fand für ihn. Hatte sie ihn jetzt nicht nur benutzt, seine Hilfe gebraucht, um ihn nun, da sie erkannte, daß er ihr nicht weiterhelfen konnte, abzuschieben wie einen unliebsamen Einwanderer? Doch hatte er eine andere Wahl, als ihr nachzureisen?

Mit weinerlichen Gedanken, die einen von Tequila triefenden Mann befallen, und ohne seine Kleider auszuziehen, schlief Kleiber auf seinem Hotelbett ein.

Sechstes Kapitel

DER PFERDEFUSS DES TEUFELS
Indizien

1

An der Stirnseite des langen Saales, durch dessen hohe Fenster zur Linken das glänzende Morgenlicht eines römischen Herbsttages fiel, prangte, auch von den hinteren Plätzen sichtbar, die Inschrift in goldenen Lettern: *Omnia ad maiorem Dei gloriam.* Alles zur höheren Ehre Gottes. Wie die Sprossen einer Leiter waren schmale Tische in dem Saal quergestellt, exakt ausgerichtet in gleichem Abstand, einer hinter dem anderen, und nur auf der rechten Seite, wo sich Bücher und alte Folianten bis zur hohen Decke des Raumes stapelten – eine jede Reihe mit einem Buchstaben-Code versehen, der in Kürzeln wie »Scient. theol.« oder »Synop. hist.« oder »Mon. secr.« viel Wissen und viel Heiligkeit verriet –, war ein schmaler Gang, durch den sich die schwarzgrau gekleideten Jesuiten Zugang zu ihren Arbeitsplätzen verschafften.

Der Saal in einem Rückgebäude der päpstlichen Universität Gregoriana an der Piazza della Pilotta, einem wuchtigen Bau aus den dreißiger Jahren, vergleichbar eher einem protzigen Ministerium als einer *Alma mater*, war den meisten Studenten unbekannt, und selbst die Studenten des Bibelinstituts, die sich in dem Labyrinth der Gänge und Treppen durch Zufall hierher verirrten, wurden an den hohen doppelten Türen von einem Wächter am Zutritt gehindert. Wer den Saal betrat – und vom Aussehen und dem ganzen Habitus handelte es sich dabei keineswegs um Studenten –, mußte sich mit Unterschrift in ein ausliegendes Buch eintragen und ging stumm an sein Werk.

Auf den langen, schmalen Tischen lagen Faltpläne ausgebreitet wie in einem Architekturbüro, doch bei näherem Hinsehen entpuppten sich die Schriftrollen als ein einziges, riesiges Puzzle, zusammengesetzt aus Hunderten einzelner kleiner, unregelmäßiger Felder und zahlreichen Fehlstellen, durch die das blanke Holz der Tische in Erscheinung trat wie abgesprungene Farbe in einem Gemälde.

Einige Tische standen verwaist, um einen anderen scharte sich ein halbes Dutzend Jesuiten, von denen insgesamt etwa dreißig den Saal bevölkerten und in einem undurchschaubaren System ihrer Arbeit nachgingen. (Natürlich hatte die Arbeit der Jesuiten System, ein sorgfältig ausgeklügeltes sogar, beinahe mathematisch geordnet; aber man hätte schon sehr aufmerksam, vor allem aber sehr nahe, hinsehen müssen, um zu erkennen, daß die auf die Tische geklebten Papierteile auf allen Tischen gleich und obendrein Kopien eines Originals waren, insgesamt dreißig gleiche Puzzlespiele.)

Unterschiedlich wie die Charaktere der Menschen gingen die Jesuiten ans Werk: Die einen vergruben ihre Stirn in die Hände und starrten in tiefer Verzweiflung vor sich hin wie jener Sünder in Michelangelos Jüngstem Gericht; andere hatten sich mit großen Lupen bewaffnet und skizzierten, was das Vergrößerungsglas ihnen vermittelte, auf weiße Blätter, fremdartige Schriftzeichen, vielfach unvollständig; wieder andere tanzten mit teuflischem Gesichtsausdruck um ihre Texte, als handelte es sich um ein Versteckspiel mit einem unsichtbaren Gegner.

Dort, wo sich sechs um einen Tisch scharten, herrschte, im Gegensatz zu den anderen Plätzen, große Aufregung, weil, was nicht alle Tage vorkam, Dr. Stepan Losinski, ein hagerer Pole mit kleinem glattrasiertem Schädel, tiefliegenden Augen und einer knochigen Höckernase, eine Wort-, in diesem Fall sogar eine Satzfolge vortrug, die, wie er glaubte, den koptischen Schriftzeichen auf einem der Fragmente entsprach und den Umstehenden Schauder einjagte, als handelte es sich um eine unerhört gruselige Angelegenheit.

»›Nicht war er selbst das Licht‹«, las Losinski und deutete mit dem Finger auf die Textstelle vor sich auf dem Tisch, »›sondern zeugen wollte er vom Licht. Das wahre Licht, das jeden Menschen erleuchtet, kam in die Welt. In der Welt war er, und die Welt wurde durch ihn, aber die Welt erkannte ihn nicht, und das war gut so...‹«

Professor Manzoni, Profeß und einer der vier Generalassistenten des Ordens und als solcher mit der Leitung der unter strenger Geheimhaltung stehenden Arbeitsgruppe betraut, schob die Umstehenden beiseite, beugte sich über Losinskis Skizzenblatt, verglich es mit dem auf den Tisch geklebten Vorbild, bewegte, während er las, tonlos die Lippen und sagte schließlich mit seiner hohen, unangenehmen Stimme: »Das klingt verdammt nach Johannes, erstes Kapitel, acht bis elf.«

»Ist es aber nicht«, erwiderte Losinski schnippisch, »das wissen Sie genau wie ich.«

Manzoni nickte. Zwischen den beiden herrschte eine unüberbrückbare Feindschaft, obwohl der Pole ein einfacher Koadjutor und der Italiener Profeß und einer der fünf höchsten Würdenträger des Ordens, von Rang und Status also dem anderen kein ebenbürtiger Gegner war. Ihre Rivalität beruhte vielmehr auf wissenschaftlichem Gebiet. Als Bibelwissenschaftler war Losinski ein As, zumindest, was das Neue Testament betraf, und als solcher hatte er mehrfach Manzoni korrigiert, ja, ihm peinliche Fehler nachgewiesen, die einem Manne seines Ranges unwürdig und sogar geeignet schienen, den Ruf des ganzen Ordens zu ruinieren, der sich gerne als Elitetruppe christlicher Wissenschaft bezeichnet.

Die anderen schmunzelten, sie waren die Gefechte der beiden gewohnt, die sich oft ereiferten wie kämpfende Hähne und in einem Gemisch aus Italienisch und Latein bösartige Gemeinheiten an den Kopf warfen wie »*caveto, Romane*« – zu deutsch: »Bleib mir bloß vom Leibe, Römer!«, was der Gegner stets mit den Worten bedachte: »*Nullos aliquando magistros habuis nisi quercus et fagos*« – »Ach du, du hast doch keine anderen Lehrer gehabt als Eichen und Buchen!«

Der seltsame Umgangston unter den freisinnigen Mönchen konnte jedoch nicht darüber hinwegtäuschen, daß sie in allerhöchstem Auftrag mit einer Sache befaßt waren, die furchtbare Verwirrung stiftete wie der Turmbau zu Babel. Vom Bibelinstitut der Gregoriana wurde sie als *secretum maximum*, also unter Geheimhaltungsstufe eins, bearbeitet, vergleichbar nur mit dem Mysterium der zehn Tage, die Papst Gregor aus dem Kalender strich, als er die nach ihm benannte Zeitrechnung einführte. Manzoni hatte Koptologen, Altphilologen, Bibelwissenschaftler und die besten Paläographen aus der Schule Traubes und Schiaparellis um sich versammelt und unter Ordenseid zu Stillschweigen verpflichtet, ohne daß auch nur einer wußte, worum es wirklich ging.

Genaugenommen beruhte die Arbeit der dreißig Jesuiten auch zu diesem Zeitpunkt noch auf reinen Theorien, aber die ganze Kirche beruht auf Hypothesen, und deshalb nimmt die Kurie jede neue Theorie ernst. In diesem Fall waren Fragmente einer Pergamentrolle aufgetaucht, ein furchtbares Menetekel für die Mutter Kirche, wie die Geisterschrift beim Gastmahl des babylonischen Königs Belsazar, der ein elendes Ende fand. Keiner der gelehrten Männer wagte auszusprechen, worum es sich dabei handeln könnte, derweil immer neue Blätter und Fetzen derselben Quelle auftauchten, schon in Andeutungen furchterregend genug.

Erschwerend kam hinzu, daß die Fragmente, wie Untersuchungen mit der Radiocarbonmethode erwiesen hatten, in das erste Jahrhundert unserer Zeitrechnung datiert werden mußten, ein Zeitraum, der die römische Kurie stets in höchste Unruhe versetzt, sobald eine schriftliche Hinterlassenschaft auftaucht. Nicht zum ersten Mal war offensichtlich ein Zufallsfund oder eine heimliche Ausgrabung unsachgemäß behandelt und um des größeren Profits zerteilt und in verschiedene Länder verkauft worden, ohne zu ahnen, worum es sich bei der Pergamentrolle handeln könnte.

Außer daß es ein koptisches Textbuch war, fand sich zunächst kein Hinweis, bis sich vor etwa fünf Jahren Experten an die Entschlüsselung einzelner Fragmente machten, die verblüffende Ähnlichkeit mit den Evangelientexten von Matthäus, Markus, Lukas und Johannes aufwiesen, bisweilen aber auch seltsame Abweichungen und Ungereimtheiten, vergleichbar etwa dem Gegensatz der drei zusammenhängenden Evangelien von Matthäus, Markus und Lukas und jenem ganz anders gearteten des Johannes, das der Kirche noch heute Schwierigkeiten macht wie das Dogma der unbefleckten Empfängnis.

Dies, vorausgeschickt, mag erklären, warum Ordensgeneral Piero Ruppero von allerheiligster Seite unter strengster Geheimhaltung beauftragt wurde, mit Hilfe seiner fähigsten Ordensbrüder Societatis Jesu alle erreichbaren Fragmente aufzukaufen, unter Verschluß zu nehmen und zu übersetzen oder, wo der Erwerb unmöglich sei, Textkopien zu beschaffen. General Ruppero hatte das geheime Projekt nach der Ordo SJ an seinen Generalassistenten Manzoni delegiert, der wiederum von den Regionalassistenten aller 63 Provinzen Experten anforderte, darunter den Polen Losinski, einen Mann, dessen äußere Erscheinung sogar den Teufel schrecken konnte wie ein Weihwasserwedel.

Losinski hatte das Zeug zum Geheimagenten; er war ein Draufgängertyp und – vor allem im Umgang mit Manzoni – von einer Direktheit, die die anderen manchmal zusammenzucken ließ. Den Koadjutor *Societatis Jesu* sah man Losinski nicht an, nicht einmal aus der Nähe; im Gegenteil, bei Bedarf stellte er glaubhaft einen Hehler der Unterwelt dar, der sich als Antiquitätenschieber durchs Leben schlägt. Wahrhaft fromm, pflegte er zu sagen, sind ohnehin nur die, denen man die Frömmigkeit nicht ansieht. (In erster Linie war dieser Satz gegen Manzoni gerichtet, der seine Entrücktheit – um kein abfälliges Wort zu gebrauchen – stets im blassen Gesicht trug und auch im dunklen Straßenanzug den Jesuiten nie verheimlichen konnte.)

Die besondere Stärke Losinskis lag in seiner Vielfalt und der damit verbundenen Weltgewandtheit, die Ordensbrüdern gemeinhin abgeht. Seinem außerordentlichen Geschick war es zu verdanken, daß er von einer Amerika-Reise drei Fragmente der genannten Pergamentrolle mitgebracht hatte. Eines hatte er einem Privatsammler abgeschwatzt, für eine stolze Summe zwar, aber immerhin; ein zweites hatte er beim Bibelinstitut der Universität Philadelphia im Tausch gegen ein größeres Ritenfragment erworben; und ein drittes, das vielleicht bedeutendste, hatte Losinski, weil ihm das Original in San Diego am dortigen Institut für Komparatistik der Universität von Südkalifornien versagt blieb, zumindest als brauchbare Kopie erworben, ohne zu wissen, welche Bedeutung jedem dieser drei Mosaiksteine zukam.

Von der Komplettierung der zahlreichen Felder in dem mühevollen Puzzle abgesehen, kam den beiden ersten Fragmenten der Pergamentrolle keine Bedeutung zu, nur das dritte, das nur als Kopie vorlag, gab den Jesuiten Rätsel auf in bezug auf den Inhalt seiner Worte, vor allem aber hinsichtlich der Einordnung an der richtigen Stelle. Gewisse Anhaltspunkte ließen die Einordnung an drei verschiedenen Stellen zu, und das machte die Arbeit nicht gerade leicht.

Auf Weisung Manzonis hatte Losinski mit der kalifornischen Universität korrespondiert und versucht, das Original doch noch zu erhaschen und zum Tausch ein Leonardo-Autograph über anatomische Forschungen angeboten. Die Antwort war ausgeblieben. Mit Erstaunen mußte Losinski in der Zeitung erfahren, daß sein Verhandlungspartner, der damalige Leiter des Instituts, nach einem Säureattentat auf ein Gemälde Leonardos im Pariser Louvre verhaftet und in eine psychiatrische Anstalt eingewiesen worden war.

Die Nachricht traf Losinski schwer. Er hatte Professor Marc Vossius als lebensfrohen, hochgebildeten Mann kennengelernt, der ihm gewisse Sympathien entgegenbrachte, wenn er sich auch deutlich zurückhielt, was seine eigentliche Forschungsarbeit betraf. Wie Vossius in geistige Umnachtung fallen konnte, die ihn zu einer solchen Tat befähigte, war dem Jesuiten unerklärlich. Losinski hatte darin indes eine letzte Chance erblickt, Vossius in Paris aufzusuchen und nach der Bedeutung seines Fragmentes zu befragen. Dabei war er einem anderen begegnet als dem, mit dem er in Kalifornien verhandelt hatte, was Losinski dem psychischen Zustand des Patienten zuschrieb. Jedenfalls hatte Vossius sich abweisend verhalten und auf das Institut der Universität verwiesen, das für derlei Belange zuständig sei, so daß der Jesuit die Unterredung nach kurzer Diskussion abbrach und sich mit dem Segen des Allerhöchsten empfahl.

Die Jesuiten der Gregoriana in Rom waren weit davon entfernt, einen Zusammenhang zwischen dem Pergament und der Wahnsinnstat des Professors zu suchen; dennoch setzten sie seit jenem Ereignis ihre paläographischen Studien an diesem Fragment mit besonderem Nachdruck fort, und zum ersten Mal tauchte der Verdacht auf, der Professor könne die überlassene Kopie verfälscht, also in wesentlichen Punkten auf teuflische Weise verändert oder mit zusätzlichen Fehlstellen versehen haben, um seinen eigenen Forschungen einen uneinholbaren Vorsprung zu verschaffen. Denn mit dem Wissen wachsen die Zweifel, und nirgends ist das Mißtrauen größer als in Wissenschaft und Forschung.

2

Für das Mißtrauen in der Wissenschaft waren Manzoni und Losinski das beste Beispiel. Der listige Pole versuchte, wann immer er dazu Gelegenheit fand, den trägeren, aber gewiß nicht weniger gescheiten Italiener mit *seinem* Wissen zu provozieren oder vor den übrigen Jesuiten zu blamieren. Daß Manzoni der umgekehrte Fall noch nie gelungen war, obwohl er es schon viele Male versucht hatte, darunter litt der Profeß sehr. Manzoni, ein Kerl wie ein Kleiderschrank mit einem quadratischen Schädel und kurzgeschorenen grauen Haaren, bewegte sich nicht nur träger als Losinski, er dachte auch langsamer, was nach außen in einer für einen Italiener ungewöhnlich schleppenden Sprache und nervenden Pausen zwischen den einzelnen Sätzen zum Ausdruck kam.

Das Textbruchstück, das Losinski soeben vorgetragen hatte, war geeignet, eine neuerliche Grundsatzdiskussion anzufachen welche Bedeutung der Pergamentrolle zukommen könne; und auch dabei waren Manzoni und Losinski unterschiedlicher Ansicht. Auch wenn bisher gerade der zehnte Teil der gesamten Pergamentrolle – und der keineswegs in Abfolge, sondern mit großer Lückenhaftigkeit – übersetzt war, so konnte man aufgrund des Inhaltes, der das Auftreten und die Lehre Jesu zum Inhalt hatte, auf einen Evangelientext schließen.

Losinski faltete die Hände, aber er tat dies nicht in frommer Absicht, sondern um seinen Worten mehr Nachdruck zu verleihen: »Bruder in Christo«, sagte er an Manzoni gewandt, »ich gestehe Ihnen ja zu, daß der Text gewisse Ähnlichkeiten mit Johannes aufweist, aber Sie müssen endlich zur Kenntnis nehmen, daß dieses Pergament fünfzig Jahre älter ist als der Urtext des Johannesevangeliums. Das Johannesevangelium stammt aus der Zeit um 100 nach Christus; Naturwissenschaftler haben unwiderlegbar ermittelt, daß diese Schrift um 50 entstanden ist. Daraus folgt: Nicht unser Autor, dessen Namen wir noch nicht einmal kennen, hat abgeschrieben, sondern Johannes.«

»Ach was!« Manzoni holte Luft. »Es gibt mehr als ein Dutzend apokrypher Evangelien und ebenso viele apokryphe Apostelgeschichten. Es gibt ein Thomasevangelium, ein Judasevangelium, ein Ägypterevangelium, die Petrusakten, Paulus- und Andreasakten, sogar einen Briefwechsel zwischen Seneca und Paulus und zwischen Jesus und Abgar von Edessa. Der Sache der Kirche haben diese frommen Machwerke nicht geschadet. Ich halte die Geheimnistuerei um unsere Arbeit für übertrieben.«

Da fuchtelte Losinski wild vor Manzonis Gesicht herum, daß die anderen Jesuiten zusammenliefen, um Zeuge der höchstklerikalen Auseinandersetzung zu sein. »Das können Sie doch nicht vergleichen!« rief er zornig. »Alle von Ihnen genannten Apokryphen sind Schriften, die auf beklagenswerte Weise neutestamentliche Dokumente nachahmen. Gar nicht einmal mit dem Hintergedanken einer Fälschung, sondern einfach in frommer Absicht. Aber das Wesentliche ist, sie stammen alle – und das ist nachgewiesen – aus viel späterer Zeit.«

Da hob Manzoni wütend die Faust und schlug sie krachend auf den schmalen Tisch. »Ich weigere mich, über das Neue Testament mit naturwissenschaftlichen Methoden zu urteilen. Bibelforschung ist Sache der Philologen und Geschichtsforscher und meinetwegen auch noch der Paläographen, Kryptologen und Linguistiker. Aber Strahlenforscher sollten ihre Finger von den vier Evangelien lassen.«

»Fünf!« sagte Losinski mit jenem unverschämten Grinsen im Gesicht, das er immer in Augenblicken des Triumphes zur Schau trug und das ihn bei den übrigen Jesuiten unbeliebt machte.

»Wie bitte?«

»Ich sagte fünf, Bruder in Christo. Jedenfalls können wir die

Möglichkeit nicht mehr ausschließen, daß sich fünf Evangelisten mit Lehre und Leben unseres Herrn Jesus beschäftigt haben.«

Losinskis Aussage löste Unruhe unter den Mönchen aus. Eine seltsame Unruhe, seltsam deshalb, weil jeder einzelne seit der Übernahme seiner Aufgabe wußte, woran er arbeitete. Die meisten waren jedoch mit dem Gedanken angetreten, daß nicht sein könne, was nicht sein darf, und Losinskis klare Worte versetzten die Mönche in Schrecken wie sündige Gedanken. Aber wie Lust und Qual sündigen Gedanken stets auf dem Fuße folgen, plagte die Jesuiten der Gregoriana eine wachsende Neugierde nach der Wahrheit.

Kessler, einer der Jüngsten der Gruppe, gehörte zur Partei Losinskis, die die Sache ohne Rücksicht auf das Ergebnis antrieb. Er nahm den Faden auf und meinte: »Sollte sich unsere Annahme bestätigen, daß es fünf Evangelien gibt, dann wäre der Urheber unseres Textes allerdings nicht der fünfte Evangelist, sondern der erste; dann müßte Markus dem, dessen Namen wir nicht kennen, Platz machen.«

»Kein Beweis!« tat Manzoni den Hinweis ab.

»Nein, kein Beweis«, erwiderte der junge Kessler, »aber es gibt da eine nicht uninteressante Beobachtung.«

»Wir hören.«

»Was den vier bekannten Evangelien fehlt, sind biographische Angaben über das Leben unseres Herrn Jesus. In allen vier Evangelien sucht man auch vergeblich nach irgendeiner Angabe über das Aussehen unseres Herrn. Nichts! Warum? Wir sind uns mit der Lehrmeinung der Kirche einig, daß keiner der vier Evangelisten unseren Herrn Jesus gekannt und nur die mündliche Überlieferung aufgezeichnet hat. Historisches Interesse lag ihnen fern. Sie versuchten Glaubenshilfe zu geben. Markus mit dem Vorhaben, die Römer mit anschaulichen Worten für seinen Glauben zu gewinnen. Matthäus in der Absicht, die jüdisch denkenden Zeitgenossen zu überzeugen, daß sich in Jesus die menschliche Erwartung des Alten Bundes erfüllt habe. Lukas, der Intellektuelle unter ihnen, gebrauchte das Markusevangelium als Quelle, wandte sich aber an die gebildeten Schichten und widmete sich auch philosophischen Fragen wie der Problematik des Heiligen Geistes. Johannes hingegen tanzte aus der Reihe, ja man kann sagen, er setzte die Kenntnis der drei synoptischen Evangelien voraus, als er an sein Werk ging und sich die Selbstoffenbarung unseres Herrn Jesus zum Hauptthema nahm. Aber keiner der vier geht auf seinen Charakter und seine Person ein.«

»Bei Gott, Bruder in Christo«, warf Manzoni mit seiner bedächtigen Stimme ein, »das ist keine Neuigkeit, die Sie da berichten. Ich zweifle auch, ob es von Wichtigkeit ist zu wissen, wie unser Herr Jesus aussah. Ob er 180 Zentimeter groß, 75 Kilogramm schwer und wie die meisten seiner Zeitgenossen von dunkler, langer Haarpracht war.«

»Gewiß nicht«, antwortete der junge Kessler, und seine Augen hinter der randlosen Brille blitzten listig, »aber wenn wir davon Kenntnis hätten, müßten auch Sie, Bruder in Christo, eingestehen, daß die Quelle, der diese Information zu entnehmen wäre, sich von allen anderen dadurch unterschiede, daß der Urheber Jesus gekannt hat.«

Es war auf einmal still geworden im Saal. Sogar jene, die bisher in ihre Textfragmente vertieft waren, hielten inne und blickten auf. Kessler hielt ein kleines Pergamentpapier in der Hand, etwa zwanzig mal zwanzig Zentimeter, eine Pause, wie sie von allen Jesuiten gebraucht wurde, indem sie das durchscheinende Blatt über die Vorlage legten und mit Bleistift abzeichneten. Diese Technik bot die Möglichkeit, Fehlstellen auf dem Blatt zu ergänzen ohne das Original zu beschädigen.

»Ich trage das Ergebnis seit gestern bei mir«, sage Kessler, »ich habe noch einmal darüber geschlafen...«

»Nun machen Sie es doch nicht so spannend, Kessler!« Manzoni war ungehalten, er schnaubte wie ein unwilliges Roß. »Lassen Sie uns teilhaben an Ihren Erkenntnissen!«

Es hatte sich eingebürgert unter den Jesuiten, daß derjenige, der ein Fragment übersetzt oder ergänzt hatte, seine Arbeit vortrug, die dann gemeinsam auf ihren Inhalt und ihre Wahrscheinlichkeit diskutiert wurde. Kessler, der den fragwürdigen Vorzug genoß, den Anfang der Pergamentrolle – oder das, was man aufgrund verschiedener Anzeichen für den Anfang halten konnte – zu bearbeiten, Kessler hatte bisher noch nie über seine Arbeit referiert. Der Grund lag darin, daß der Anfang jeder Pergamentrolle die größten Beschädigungen aufweist, Einrisse, Ausfransungen, fehlende Ecken und Teile, so daß sich gerade diese Arbeit am schwierigsten gestaltet.

»Ich will vorausschicken«, begann Kessler, »daß ich meine Ergänzung und Übersetzung bereits mit unserem Bruder Stepan Losinski besprochen habe und daß er mit meiner Übersetzung konform geht. Demnach beginnt das Pergament mit drei Zeilen, die uns fehlen und die vermutlich auch nicht mehr zu finden sein werden, weil es sich um mechanische Beschädigungen handelt. Der Überlauf der vierten Zeile setzt ein mit den Worten: ›... Vater. Jesus, der von sich sagte, daß er von Gott gekommen als Lehrer, um uns ein Zeichen zu geben ... Messias gesandt ... so war ich sein Zeuge ... wie der Vater liebt den Sohn ... und verehrten die Menschen seine Gestalt, welche vier Ellen bis zum Scheitel, und sein wallendes Haupthaar von Farbe wie Ebenholz, während ich klein blieb von Wuchs wie die meisten Männer in Galiläa. Um seiner sanften Stimme zu lauschen kamen die Menschen von weither...‹«

Zuerst schwiegen die Patres, und es schien, als ließe ein jeder für sich den Text noch einmal vor sich ablaufen. Manzoni reagierte als erster: »Mein Gott«, sagte er und stellte die Frage: »Wieviel von dem Text ist gesichert, wieviel ist ergänzt oder aus anderen Gründen fragwürdig?«

»Zwanzig Prozent ist ergänzt«, erwiderte Dr. Kessler, »der fünfte Teil.«

»Und die Beschreibung unseres Herrn Jesus?«

»Kann als gesichert gelten. Sie ist der am besten erhaltene Teil, wie überhaupt der Text zum Ende hin besser ist als am Anfang.« Kessler händigte Manzoni seine Pergamentpause aus.

Manzoni verschlang die Aufzeichnung mit den Augen. Seine heftigen Bewegungen, die dem Profeß für gewöhnlich so fremd waren wie der Zweifel an einem Dogma der Heiligen Mutter Kirche, verrieten die innere Anspannung, die ihn gefangennahm.

Während er mit Zeige- und Mittelfinger seiner Rechten jedes einzelne Wort bedeutete, bewegten sich seine Lippen. Schließlich gab er Kessler das Blatt zurück, blickte durch das hohe Fenster nach draußen und sagte, ohne seinen Blick abzuwenden: »Wenn sich Ihre Traduierung als richtig erweist, hätten Sie recht, Bruder in Christo. Dann müßte der Urheber dieses Textes in der Tat mit unserm Herrn Jesus in sehr enger Verbindung gestanden haben.« Und bevor er an seinen Arbeitsplatz an der Stirnseite des Saales zurückkehrte, fügte er leise hinzu: »Gute Arbeit. Wirklich gute Arbeit.«

3

Losinski puffte Kessler in die Seite und machte mit dem Kopf eine Bewegung auf den sich entfernenden Profeß hin. »Wenn das alles ist, was er darauf zu sagen hat«, raunte er dem Jungen zu.

Kessler schüttelte den Kopf: »Er war nicht darauf vorbereitet. Ich glaube, ihm geht jetzt einfach zuviel durch den Sinn.« Er lachte: »Armer Manzoni!«

Auch Losinski schmunzelte ein wenig; dann wurde er ernst: »Wir müssen damit rechnen, daß wir kaserniert werden. Es kommt darauf an, welche Bedeutung man unseren Erkenntnissen beimißt, aber es wäre nicht das erste Mal, daß die Kurie einen solchen Schritt verfügt. Das Konklave ist eine Erfindung der katholischen Kirche.«

»Zur Papstwahl.«

»Zur Papstwahl; ursprünglich, um die Kardinäle zu einer schnelleren Wahl zu zwingen. Inzwischen spielt ein anderer Gedanke eine wesentliche Rolle: die Geheimhaltung. Kein Christenmensch soll erfahren, wie der Papst gewählt wurde, wer für, wer gegen ihn war. Ich könnte mir vorstellen, daß die Aufgabe, mit der wir hier befaßt sind, für die Kurie bedeutsamer werden könnte als die Wahl eines neuen Papstes und daß sie bemüht ist, das alles geheimzuhalten.«

»Wir stehen unter Ordenseid, Bruder in Christo!«

»Ihr Glaube an den Ordenseid in Ehren, aber sehen Sie sich doch hier einmal um. Würden Sie einem jeden, dem Sie hier begegnen, trauen? Dem Holländer Veelfort, dem Querulanten aus Frankreich oder Ihrem Landsmann Röhrich? Ordenseid hin, Ordenseid her, einem Drittel unserer Mitbrüder würde ich nicht über den Weg trauen, wenn die Versuchung an sie herantritt.«

»Versuchung?«

Losinski hob die Schultern und drehte die Handflächen nach außen, als wollte er sagen: Wer weiß? Doch was er damit meinte, konnte Kessler sich nicht erklären. Jedenfalls empfand er seine Gedanken nicht gerade als tugendhaft.

Mit gesenktem Blick trat der Pole näher an Kessler heran: »Wissen Sie, der Baum der Erkenntnis hat viele Neider, denn seit es Menschen gibt, streben diese nach Erkenntnis. Und weil Wissen eine Art Lust ist wie die Wollust des Fleisches, so ist Unkenntnis eine Art Schmerz; und da es nur wenige gibt, die sich an Schmerzen erfreuen, streben alle nach Erkenntnis, nach Wissen, und dieses Wissen und, in Verbindung damit, diese Macht wird auch von der Heiligen Mutter Kirche beansprucht. Oder würden Sie mir widersprechen, wenn ich behaupte, der Einfluß des Papstes auf seine Schäflein beruht in der Hauptsache auf seinem Wissensvorsprung gegenüber diesen?«

»Bruder in Christo!« Kesslers Entrüstung war nicht gespielt. So ketzerische Worte aus dem Munde eines Ordensbruders hatte er nie gehört.

Losinski machte eine Handbewegung zu der Inschrift an der Stirnseite des Saales hin, wo der Profeß über seinem Tisch gebeugt saß: »Der Wahlspruch unseres Ordensgründers Ignatius heißt *Omnia ad maiorem Dei gloriam*, nicht *Omnia ad maiorem ecclesiae gloriam*. Wir stehen im Dienste des Allerhöchsten, nicht im Dienste der Kirche.«

Zum wiederholten Male huschte dieses unverschämte Grinsen über sein Gesicht, dann fuhr er fort: »Daß Portugiesen, Franzosen, Spanier, Schweizer und zuletzt die Deutschen unseren Orden verboten haben, ist verwerflich genug, aber daß sich sogar ein Papst zu diesem Schritt hinreißen ließ, ist eine Schande für die

Institution der Kirche. Warum tat er das? Die Geschichtsbücher wollen uns weismachen, unter dem Druck der Bourbonen; ach was, Clemens XIV. fürchtete unser Wissen. Insofern befinden wir uns in einer nicht sehr angenehmen Situation. Stellen Sie sich einmal vor, was passieren würde, wenn sich unsere Annahme erhärtete, daß wir es mit fünf Evangelien zu tun haben, daß unsere vier Evangelien auf ein Ur-Evangelium zurückgehen.«

»An die Folgen habe ich, ehrlich gesagt, noch gar nicht gedacht«, erwiderte Kessler vorsichtig, »aber ich glaube, das hängt auch vom Inhalt und der Aussage ab, die in dem Pergament enthalten ist.«

»Der Teufel stellt überall seinen Pferdefuß dazwischen.« Losinski blickte den jungen Ordensbruder prüfend an. Er schätzte ihn wegen seines schnellen Verstandes, der sich deutlich von der Trägheit Manzonis unterschied, aber er wußte nicht, ob er diesem Deutschen trauen konnte. Dazu kannte er ihn einfach zu wenig. Denn was kein Außenstehender ahnen konnte, war, daß sich unter dem frommen Deckmantel *Societatis Jesu* Komplizenschaften entwickelt hatten, wie sie eher einem dubiosen Kartell zukamen als einer christlichen Ordensgemeinschaft.

»Ich weiß nicht, ob Sie meine Ansicht teilen, junger Freund«, fuhr Losinski fort, »aber ich halte es mit dem ›Doctor mirabilis‹ Roger Bacon, der die Berufung auf kirchliche Autorität ablehnte, die ohne einsichtige Gründe Anspruch auf Glauben erhebt, und genauso die philosophisch-dialektische Methodik, weil sie nicht gestatte, die Dinge selbst zu erfassen. Bacon vertrat die Ansicht, nicht jede Erkenntnis einer wissenschaftlichen Forschung müsse zwangsläufig bekanntgemacht werden; denn in falschen Hirnen sei sie geeignet, mehr Schaden als Nutzen anzurichten.«

Kessler lachte: »Darüber läßt sich trefflich streiten, obwohl seine Gedanken 700 Jahre alt sind!«

»Das macht sie nicht schlechter. Aristoteles lebte vor 2300 Jahren, aber sein Gottesbeweis bringt noch heute die Philosophen, die für gewöhnlich an allem herummäkeln und zweifeln, mitunter in arge Bedrängnis. Oder sind Sie da anderer Ansicht, Bruder in Christo?«

»Ich bin Koptologe und Paläograph. Die Schriften des Aristoteles habe ich nie eingehend studiert.«

»Ein Fehler. Aristoteles weist selbst die größten Zweifler in ihre Schranken. Wissen Sie, er geht, um Gott zu beweisen, aus von der Zeit. Die Zeit ist ewig. Aber die Zeit ist auch eine Bewegung, nach vorne die Zukunft, rückwärts die Vergangenheit. Doch alles, was in Bewegung ist, bedarf einer Ursache. Man kann nun für die Ursache der ewigen Bewegung wieder eine andere annehmen, und für diese wieder, und immer so weiter. Da das aber nicht ins Unendliche weitergehen kann, muß es ein *Primum movens*, ein erstes Bewegendes geben, welcher selbst unbewegt ist. Das ist Gott.«

»Das ist ein guter Gedanke!« rief Kessler aus, und ein kinnbärtiger Jesuit, der sich in seiner Arbeit gestört fühlte, blickte auf und mahnte zur Ruhe. »Das ist ein guter Gedanke«, wiederholte Kessler im Flüsterton, »aber wir sind vom Thema abgeschweift. Glauben Sie, daß es besser sei, unsere Forschungsergebnisse geheimzuhalten, habe ich Sie da richtig verstanden?«

Losinski hob die Schultern, was dem hageren Mann ein geierhaftes Aussehen verlieh, und sagte: »Das liegt weder in Ihrer noch in meiner Entscheidung. Ich glaube nicht einmal, daß er dabei mitzureden hat«, und dabei machte er eine Kopfbewegung zu Manzoni hin, die eine gewisse Verachtung erkennen ließ. »Jedenfalls«, fügte er schließlich hinzu, »sollten Sie sich mit der Bekanntgabe Ihrer Forschungen etwas zurückhalten. Was Sie im Kopf behalten, kann Ihnen niemand stehlen, Bruder in Christo.«

Nach diesen Worten wandten sich beide wieder ihrer Arbeit zu, Losinski am Fuße des ersten Fensters im Saal, Kessler am anderen Ende der Tischreihe vor der haushohen Bücherwand.

Die Unterredung mit dem polnischen Mitbruder hatte Kessler verwirrt. Er vermochte sich keinen Reim darauf zu machen, was dieser überhaupt sagen wollte, aber es schien da irgendeine geheime Absprache zu geben, deren Inhalt er, Kessler, nicht kannte.

Noch am Abend desselben Tages, der im übrigen ohne neue Erkenntnisse verlief, nahm Manzoni Kessler beiseite und erklärte ihm mit ernster Stimme, er solle vor Losinski auf der Hut sein. Losinski sei zwar ein hervorragender Wissenschaftler und obendrein von überragender Allgemeinbildung, die selbst vor unorthodoxen Disziplinen eines Klerikers wie Jazzmusik und Esoterik nicht haltmache, aber im Grunde seines Herzens sei Losinski ein Ketzer, und er, Manzoni, könne sich vorstellen, daß er unseren Herrn Jesus für dreißig Silberlinge verrate wie Judas Ischariot.

Manzonis Aussage hinterließ bei Kessler einen zwiespältigen Eindruck, und er antwortete kühl, nicht einmal einem Profeß stehe es zu, über einen Mitbruder zu richten, vor allem, wo sich dieser bisher keiner Untat schuldig gemacht habe. Und selbst Petrus, der unseren Herrn dreimal verleugnete, ehe der Hahn krähte, habe dafür Vergebung erlangt.

Er möge, konterte Manzoni, seine Worte nicht auf die Goldwaage legen. Natürlich sei er weit davon entfernt, den hochwürdigen Mitbruder Stepan Losinski eines Frevels wider den Glauben zu bezichtigen, aber daß er mit der Heiligen Mutter Kirche in gespannter Zwietracht lebe, sei ein offenes Geheimnis. Er, Manzoni, würde es daher vorziehen, wenn er, Kessler, sich an die glaubensfesten Mitbrüder Dr. Lucino und den Franzosen Bigou halte, die ihm für jedes Gespräch offenstünden.

Das versprach Kessler – was hätte er auch anderes tun sollen –, aber auf dem Nachhauseweg in das Kloster der Jesuiten auf dem Aventin, in dem er seit Übernahme seiner Aufgabe in der Gregoriana Wohnung genommen hatte (andere Jesuiten, die dem Klosterleben entwöhnt waren, logierten in Pensionen der Stadt), wurde er den Gedanken nicht los, daß er in ein feines Gespinst unerklärlicher Zusammenhänge verwickelt war, die geeignet schienen, die Eintracht der Mönche zu stören. Was heißt Eintracht! Seit Wochen hatte Kessler das ungute Gefühl, daß zwischen seinen Mitbrüdern eine unsichtbare Mauer emporwuchs und sie in zwei Parteien trennte, wobei er selbst nicht ausmachen konnte, welcher Seite *er* angehörte.

4

Das Verhalten der Jesuiten fernab jeder Gottesfurcht und Frömmigkeit versetzte Kessler in Zorn, und er ertappte sich dabei, daß er in den folgenden Tagen seine Aufmerksamkeit mehr auf das Verhalten seiner Mitbrüder als auf die wissenschaftliche Arbeit lenkte. Losinski lebte wie er im Kloster San Ignazio auf dem Aventin, sie bewohnten sogar Zimmer auf demselben Gang, aber er hatte dem Polen bisher keine Aufmerksamkeit geschenkt. Jesuiten sind Regularkleriker, das heißt, sie unterscheiden sich von anderen Orden durch den Verzicht auf eigene Tracht, sie tragen statt dessen die jeweilige Tracht der weltlichen Geistlichen. Sie kennen auch keinen Chordienst, und ihr Leben ist weniger mönchisch als weltlich geprägt.

So beobachtete Kessler, als er seine Aufmerksamkeit Losinski zuwandte, daß dieser an manchen Abenden das Kloster verließ und erst nach Mitternacht zurückkehrte, was in der illustren Lebensgemeinschaft nicht weiter auffiel, es sei denn aufgrund seiner Regelmäßigkeit. Kessler schwankte, ob er Losinski deshalb ansprechen oder ob er ihm eines Abends einfach folgen sollte. Er entschied sich dafür, sich an seine Fersen zu heften wie ein Jünger dem Herrn.

Schon am folgenden Abend verließ Losinski gegen 20 Uhr sein Zimmer, gab, wie üblich, den Schlüssel an der Pforte ab, ging schnellen Schrittes die Via di Santa Sabina zur Piazzale Romulo e Remo hinab, wo er ein Taxi bestieg. Kessler folgte in einem zweiten. Die Fahrt ging ein Stück am Tiber entlang bis zur Piazza Campo dei Fiori, wo Losinski das Taxi verließ und in eine kleine, dunkle Seitenstraße einbog, die zum Corso Vittorio Emanuele führt. Dort verschwand er im Eingang eines hohen sechsstöckigen Hauses.

Kessler hatte nicht den Mut, Losinski unmittelbar in das Haus zu folgen. Deshalb ließ er, auf der gegenüberliegenden Straßenseite wartend, einige Zeit verstreichen. Die ersten beiden Stockwerke lagen im Dunkeln, die dritte, vierte, fünfte und sechste Etage waren erleuchtet. Schließlich wagte er sich über die Straße.

Römische Hausportale sind ein Kapitel für sich; sie vermitteln den Eindruck von Pomp und Wohlstand, selbst wenn sich dahinter nur ein heruntergekommenes Mietshaus versteckt. Das traf auch auf diesen Eingang zu. Vier hochglanzpolierte Messingschilder verwiesen auf einen Rechtsanwalt, zwei Ärzte und eine Werbeagentur namens »Presto«. Das altmodische Klingelbrett umfaßte, soweit es die matte Beleuchtung erkennen ließ, acht Namen ohne Aussagewert. Die Tür war verschlossen, und Kessler kehrte in sein Kloster zurück und überlegte.

Gepackt von jener sündhaften Neugierde, die zum unstillbaren Verlangen werden kann wie die Sucht nach einer Frau, entschloß sich Kessler, das Wirken Losinskis auf akribische Weise zu ergründen. Kaum hatte der Mitbruder zwei Tage später seine Zelle verlassen und die Richtung zur Piazzale Romulo e Remo genommen, da ging Kessler zur Pforte, nahm Losinskis Zimmerschlüssel vom Haken, hängte den seinen an dessen Stelle und schaffte sich so Zutritt zu dem Zimmer des Mitbruders.

Der Raum unterschied sich nicht wesentlich von seiner eigenen Zelle: ein dreitüriger Schrank aus der Zeit Pius X., schwarz, würdevoll und wuchtig gezimmert und geeignet, den Codex Iuris Canonici aufzunehmen; ein noch älterer Sekretär mit symmetrischen Türen auf beiden Seiten, geziert von je einem Strahlenherz und in einem Zustand, als hätte er die Kölner Wirren unter Papst Gregor XVI. nicht unbeschadet überstanden (der zugedachte Stuhl mit hoher und mit senkrechten Sprossen versehener Lehne paßte sich dem Studiermöbel wenn nicht in seiner Form, so zumindest in seiner Scheußlichkeit an); und ein quadratischer, hölzerner Waschtisch mit versenkter Schüssel, von unscheinbarem Aussehen wie Benedikt XV., aber wie dieser durchaus nützlich, was seine eigentliche Aufgabe betraf. Das jüngste Möbelstück war eine Liegestatt aus den Jahren Pius XII., ein dunkelrotes Ungetüm von Couch, deren Sockel den Bettkasten aufnahm.

Das beschriebene Mobiliar drängte sich auf einer Fläche von kaum mehr als drei mal fünf Metern. Von der Decke hing eine weiße Kugel zur Beleuchtung. Es gab nur ein einziges, hohes Fenster an der der Tür gegenüberliegenden Schmalseite. Ein ehemals roter, unter vielen Sohlen braun getretener Kokosläufer deckte das hölzerne Parkett, das bei jedem Schritt leise ächzte und knarrte wie die Takelage eines alten Schoners.

Kessler tappte auf Zehenspitzen durch die Zelle, obwohl diese Haltung die Geräusche in keiner Weise verhinderte, und öffnete den linken Flügel des Schrankes. Das Innere quoll über von Büchern, abgegriffenen Akten und gebündelten Briefen, auf vier Fächer verteilt – das Chaos vor Noahs Arche, bevor die Flut auf die Erde kam, kann nicht größer gewesen sein. Hinter den beiden Türen, die sich von der Mitte her öffneten, war zur Linken Wäsche gestapelt; getrennt durch eine senkrechte Wand, nahm der rechte Teil Losinskis Kleidung auf, sorgfältig gebügelte dunkle Anzüge und einen schwarzen Mantel, wie ihn Jesuiten mit Vorliebe zu tragen pflegen.

Unten in dem Kleiderfach lag quer ein prall gefüllter Sack, nicht unähnlich einem Seesack, in dem Matrosen ihre Kleidung verstauen. Zwei Lederriemen mit Schnallen hielten die Öffnung an der Oberseite verschlossen. Kessler versuchte, den kantigen Inhalt mit den Händen zu ertasten, aber je länger er den geheimnisvollen Sack befühlte, desto größer wurde seine Neugierde, was sich in dem grünen Segeltuch verbarg. Kurzentschlossen öffnete er die Schnallen.

»Jesus, Maria!« entfuhr es dem Jesuiten, und noch einmal »Jesus, Maria!« Kessler zog einen feuerroten, hochhackigen, spitzen Damenschuh aus dem Sack; nie im Leben hatte er derart sündhaftes Schuhwerk gefühlt. Der kleine Fuß, der dieses Kunstwerk einmal trug, mußte aufregende Biegungen vollbracht und seine Trägerin dürfte den Eindruck vermittelt haben, als stünde sie immer auf Zehenspitzen, was geeignet war, ihre schlanken Beine noch länger erscheinen zu lassen, als vom Schöpfer zugedacht. Vermutlich trug sie durchsichtige Strümpfe von schwarzer Farbe und mit einer Naht wie ein Bleistiftstrich von den Waden bis zu den Schenkeln.

Verwirrt von schmutzigen Gedanken steckte Kessler die rote Sünde aus Leder zurück in den Sack, und er wollte diesen schon mit Abscheu schließen, doch konnte er nicht umhin, einen Blick auf den weiteren Inhalt zu werfen: lauter einzelne Schuhe unterschiedlichster Machart, luftige Sandaletten, strenge Pumps von schwarzer Farbe, sogar ein Stiefel befand sich darunter mit einem Absatz so dünn wie ein Bleistift.

Kesslers besondere Aufmerksamkeit erweckte ein schneeweißes Gebilde mit langen weißen Bändern, er mußte es einfach hervorziehen. Seine Ahnung trog ihn nicht: Es handelte sich um den seidenen Ballettschuh einer Ballerina. »Jesus, Maria!« wie weich er war, die Sohle aus Wildleder! Kessler steckte seine Hand hinein, zog sie jedoch sofort wieder zurück, als hätte er einen Frevel begangen. Dieser Schuh war nur geschaffen für die weißbestrumpften Beine eines jungen Mädchens, die zierlich wie Blumenstiele unter einem hochgeschürzten Röckchen verschwanden. Kessler hielt inne.

Mit einem Mal wurde ihm bewußt, daß das von Losinski in schmutziger Absicht zusammengetragene Schuhwerk ihm die gleichen sündhaften Gedanken vorgaukelte wie dem Polen, den er bei seiner Entdeckung noch verurteilt hatte. In großer Verwirrung verschloß Kessler den Sack und verstaute ihn wieder in dem Schrank. Er war gerade dabei, die breiten Türflügel zu schließen, als sein Blick auf einen unansehnlichen braunen Koffer fiel, kaum größer als ein Missale, der oben auf dem Schrankungetüm abgestellt war.

Er mußte sich strecken, um überhaupt an den Koffer heranzukommen. Der war verschlossen. In der obersten Schublade des Sekretärs entdeckte Kessler drei verschiedene Schlüssel, von denen der kleinste dem Koffer zugehörig zu sein schien. Der Schlüssel paßte. Nach der Erfahrung mit dem sündigen Seesack war Kessler auf vieles gefaßt, und doch traute er seinen Augen nicht, als er den Deckel hob: Der Koffer enthielt Geld, sorgfältig gestapelte Dollarnoten, Zwanzig- und Hundert-Dollar-Scheine.

Kessler, dem jedes Verhältnis zum Geld abging, hatte keine Ahnung, wieviel das sein mochte, zehn-, fünfzig- oder hunderttausend? Aber diese Entdeckung bestärkte ihn in der Ansicht, daß mit Losinski irgend etwas nicht stimmte, und während er den Koffer verschloß, auf den Schrank hievte und den Schlüssel in die

Lade zurücklegte, machte Kessler sich Gedanken, was der Mitbruder für ein Spiel trieb, ob er Helfershelfer hatte und welches Ziel er verfolgte.

Situationen wie diese sind geeignet, einen Spürhund auf eine falsche Fährte zu locken, weil *eine* Witterung alle anderen Empfindungen überlagert. Deshalb hielt Kessler sich nicht mit weiteren Überlegungen auf und forschte nach Indizien, die geeignet waren, Losinski auf irgendeine Weise zu entlarven.

Die Schubladen des Sekretärs, drei auf der linken, drei auf der rechten Seite, von deren Inhalt sich Kessler am meisten versprach, erwiesen sich als wenig ergiebig, weil er in der Unordnung, die eher einem wirren Geist als einem Mitglied *Societatis Jesu* zukam, keinen Gegenstand ausfindig machen konnte, der geeignet war, Rückschlüsse auf Losinskis Absichten oder Umgang zu ziehen.

So wandte sich Kessler abermals der linken Schranktüre zu, hinter der er Bücher und Akten wußte. Bücher haben etwas Verräterisches; aufs Hinterhältigste aber entlarven Bücher, die man nicht hat. Ein kurzer Blick genügte Kessler, um zu erkennen, daß Losinski an Erbauungsliteratur, die dem frommen Christenmenschen zu Gebote steht, überhaupt nicht und an theologisch-philosophischen Werken jesuitischer Tradition nur wenig interessiert war. Dafür stachen ihm ketzerische Druckwerke ins Auge wie *The History of the Knights Templars* oder *Die messianische Unabhängigkeitsbewegung vom Auftreten Johannes des Täufers bis zum Untergang Jakobs des Gerechten, nach der neuerschlossenen Eroberung von Jerusalem des Flavius Josephus und den christlichen Quellen*, oder *Die biblische Erlösererwartung als religionsgeschichtliches Problem* oder *Die physiologische Unmöglichkeit des Todes Christi am Kreuz* oder *Die Wunderüberlieferung der Synoptiker in ihrem Verhältnis zur Wortüberlieferung* – ein jedes geeignet, den christlichen Glauben zu verunglimpfen.

Hatte Manzoni recht, wenn er sagte, Losinski sei ein Ketzer? Warum in aller Welt beschäftigte er dann diesen Ketzer in einem Projekt, das von so fundamentaler Bedeutung für die Kirche war?

Für Kessler gab es dafür nur eine einzige Erklärung: Manzoni mochte Losinski verachten, er mochte ihn hassen, aber er brauchte

sein Wissen. Daß der Pole klüger und gebildeter war als alle anderen, stand außer Frage; dies allein hatte ihm viele Feinde geschaffen. Aber war Losinski wirklich unersetzlich? Drängte sich da nicht die Frage auf, ob der wenig geachtete Losinski nicht nur deshalb in ihren Reihen gehalten wurde, weil er an anderer Stelle mehr Schaden anrichten konnte als in der Gregoriana?
Was wußte Losinski?
Zwischen Aktendeckeln entdeckte Kessler Abklatsche, Skizzen, Rekonstruktionen und Kopien alter Papyri und Pergamente in griechischer und koptischer Schrift. Hunderte Literaturhinweise in akkurater, winziger Schrift, die der sonstigen Unordnung widersprach, waren an den Rand geschrieben und ließen den Schluß zu, daß Losinski sich in diese Probleme verbissen hatte wie ein reißender Wolf, der das Lamm, das er in den Fängen hat, nicht mehr losläßt. Kessler fehlte die Ruhe, sich mit den einzelnen Blättern auseinanderzusetzen, doch im Vorübergehen konnte er feststellen, daß es sich allesamt um ur- und frühchristliche Texte handelte, Losinskis Spezialgebiet. Zahlreiche Zeichnungen und Fotografien des Titus-Bogens, eines römischen Bauwerkes des gleichnamigen Kaisers, ließen nur den einen Schluß zu, daß Losinski sich mit einem Problem außerhalb der Gregoriana beschäftigte oder beschäftigt hatte.

Ein zwischen zwei dicken Kartons mit besonderer Sorgfalt aufbewahrtes Blatt erregte das Interesse des jungen Jesuiten, weil es, mit einer durchsichtigen Folie luftdicht verschlossen, aufs Haar jenem Fragment glich, dessen Übersetzung er wenige Tage zuvor geliefert hatte. Der Schein trog jedoch, weil der koptische Text dem seinen nur ähnlich, aber keinesfalls gleich war. Dieses fragmentarische Schriftstück war ungewöhnlich gut erhalten und leserlich, so daß Kessler sich, ohne es zu wollen, an der gebräunten Schrift versuchte und dabei vorging, wie unter Paläographen üblich, indem er sich zuerst den am leichtesten lesbaren Wörtern widmete wie Orts- und Eigennamen oder dem Subjekt des Satzes, sofern es als solches kenntlich am Satzbeginn stand.

Auf diese Weise stieß er gleich zu Beginn auf einen Namen, der ihn innehalten ließ, weil er ungewöhnlich und selten war wie der

Name Jesus, vor allem in einem koptischen Text. Der Name lautete Barabbas.

Barabbas?

Kesslers Gedanken wurden jäh unterbrochen, weil sich auf dem Gang schlurfende Schritte näherten. Deshalb legte er die Folie hastig zwischen die Kartons zurück und verstaute diese an der Stelle, wo er sie entnommen hatte. Er hielt die Luft an und lauschte. In Augenblicken wie diesen werden Sekunden zu Stunden – jedenfalls gewann Kessler diesen Eindruck, und er wagte erst wieder zu atmen, als sich die Schritte in entgegengesetzter Richtung entfernt hatten.

Diese Begebenheit hatte Kessler derart erschreckt, daß er am ganzen Leib zitterte; deshalb zog er es vor, seine Nachforschungen für diesen Tag zu beenden. Er tauschte die Schlüssel am Schlüsselkasten der Pforte wieder aus, zog sich in seine Zelle zurück und ließ sich so, wie er war, auf sein Bett fallen. Mit hinter dem Kopf verschränkten Händen starrte er zur Decke.

5

Sein erster Gedanke war, er müsse sich Manzoni anvertrauen. Er erinnerte sich der Worte seines Ordensvorgesetzten, der, als ihm die Aufgabe in Rom angetragen wurde, von Integrität gesprochen hatte, die der Grund sei, warum gerade er ausgewählt worden sei, und in seinem bisherigen Leben hatte Kessler sich in der Tat nichts zuschulden kommen lassen, was Zweifel an dieser Haltung geweckt hätte. Aber redete er mit Manzoni, dann müßte er auch eingestehen, daß er in die Zelle Losinskis eingedrungen war, von den anderen Dingen dort ganz zu schweigen – bei der Reinheit der heiligen Jungfrau.

Wie konnte er Losinski zum Sprechen bringen? Sollte er ihn einfach zur Rede stellen, ihn fragen, mit welchen obskuren Forschungen der Mitbruder befaßt sei? Der Pole würde alles abstreiten, und er, Kessler, wäre in jedem Fall der Blamierte, egal ob er sein Nachspionieren verschwieg oder ob er es offenlegte. Losinski war nicht der Mann, den das eine oder das andere aus der Fassung gebracht hätte; nein, Kessler mußte zugeben, daß er diesem Mann an Kraft und Willensstärke unterlegen war. Und wenn er es sich auch nie eingestanden hätte – in seinem Innersten begann Kessler zu zweifeln, ob er sich nicht selbst in etwas hineingesteigert hätte, ob sich all das nicht eines Tages von selbst aufklären würde wie der Stammbaum des Sem im 1. Buch Mose.

Gewiß, da war die Sache mit dem sündigen Inhalt des Sackes in Losinskis Schrank, die einem geistlichen Kragen nicht zukam; aber hatte er sich nicht an dem liederlichen Schuhwerk mit der gleichen Lust ergötzt wie dieser? War Losinski, der seine fleischliche Lust, die auch den frömmsten Christenmenschen bisweilen mit der Macht ägyptischer Plagen verfolgt, der bessere Ordensmann, weil er seine unruhige Phantasie mit Leder und Seide befriedigte, während er – der Herr sei einem armen Sünder gnädig – an solchen Tagen die Häuser in Trastevere heimsuchte, wo in den düsteren Eingängen Frauen vor jedem Mann die Röcke heben, wenn sie überhaupt Röcke tragen, damit auch der härteste Zölibatär mit dem Unterschied konfrontiert wird, der nach dem Willen des Vaters aus Adams Rippe hervorging. Und wäre er nicht am Tage nach dem Fest des Unbefleckten Herzens Mariä, als ihn in der Hitze des Sommers der Trieb übermannte, im verruchtesten dieser Etablissements Padre Francesco von den Minoriten begegnet, der ihm allwöchentlich die Beichte abnahm, er selbst hätte sich an diesem Abend nicht nur der Lust des geilen Betrachters hingegeben, sondern sich weggeworfen an eine Hure mit roten Haaren. So aber sahen beide in ihrer Begegnung einen Wink des Allerhöchsten, und sie verließen gemeinsam den Ort und sprachen nie mehr darüber.

Was Losinskis undurchschaubare Machenschaften betraf, schien es eher ratsam, sich mit dem gescheiten Polen anzufreunden und sein Vertrauen zu gewinnen; schließlich war *er* es, der ihn zur Zurückhaltung bei der Übersetzung des Pergamentes gemahnt hatte – eine Aufforderung, die Kessler bis heute rätselhaft geblieben war.

Doch der Pole machte es Kessler nicht leicht. Er ging ihm in den folgenden Tagen bewußt aus dem Weg – jedenfalls hatte er diesen Eindruck. Sogar während der Arbeit in der Gregoriana, wo die Diskussion über Wörter und Textstellen zum Alltäglichen gehörte, blieb Losinski ungewohnt schweigsam. Über seine Übersetzungen gebeugt, sprach er zwei Tage kein Wort, und auf Kesslers höfliche Frage, ob er vorankomme, antwortete er mit einem abweisenden Nein, so daß es Kessler geraten schien, seinerseits einen großen Bogen um ihn zu machen.

Trotzdem, er ließ den Mitbruder nicht aus den Augen, notierte scheinbar unbedeutende Ereignisse wie den Kauf einer Zeitung am Kiosk oder den Weg zum Briefkasten und folgte, soweit das, ohne entdeckt zu werden, möglich war, Losinski auf Schritt und Tritt. Dies geschah nach wenigen Tagen mit einer gewissen Keckheit, die Kessler ermutigte, wie ein Detektiv in einem schlechten Roman unter Verwendung wechselnder Kleidung zu agieren und so immer mehr Einblick in das Leben des rätselhaften Mannes zu gewinnen.

Am Tage nach Allerseelen verließ Losinski das Kloster erneut und begab sich mit einem Taxi in die Via Cavour, wo er vor der steinernen Treppe, die rechter Hand zu der Kirche San Pietro in Vincoli hinaufführt, halten ließ. Er trug wie immer einen schwarzen Mantel, und sein Aussehen verriet in keiner Weise den Jesuiten. Ohne sich umzudrehen – so sicher fühlte Losinski sich bereits – sprang er die Steinstufen empor, immer zwei auf einmal nehmend; Kessler hatte Mühe, ihm zu folgen.

San Pietro in Vincoli ist bekannt für die Ketten des Apostels Petrus, die dort aufbewahrt werden, vor allem aber durch die Moses-Skulptur des Michelangelo, eine der großen Tragödien der Kunstgeschichte, und Losinskis Besuch an diesem Ort hätte nichts Außergewöhnliches dargestellt. Auch daß der Mitbruder zielstrebig auf einen der knorrigen Beichtstühle zuging und vor dem hölzernen Gitterwerk niederkniete, während er sich bekreuzigte, schien noch nicht bemerkenswert; doch Kessler, der die Szene hinter einer Säule aus allernächster Nähe beobachtete, fiel auf, daß die Confessio des Jesuiten eher einer Schelte des Beichtvaters gleichkam. Losinski suchte nicht Lossprechung von seinen Sünden, sondern er las dem Bedauernswerten im Innern derart die Leviten, daß jener überhaupt nicht mehr zu Wort kam – jedenfalls hatte es den Anschein.

Der Vorgang endete abrupt. Durch den Schlitz unter dem Gitter, im Sinne der Heiligen Mutter Kirche dazu ausersehen, den Bekennern Heiligenbilder zur Erbauung hindurchzuschieben, kam ein dicker Umschlag zum Vorschein, den Losinski in der Manteltasche verschwinden ließ. Er selbst gab auf demselben Weg einen kleineren Umschlag zurück, schlug ein flüchtiges Kreuzzeichen und entfernte sich.

Die Begegnung bekräftigte Kessler in seiner Ansicht, daß der polnische Mitbruder ein Doppelspiel trieb. Er ließ Losinski gehen, denn in diesem Augenblick interessierte ihn viel mehr, wer sich in dem knorrigen Beichtstuhl verborgen hielt. Kessler war sicher, daß dies kein Priester war, der armen Sündern die Beichte abnahm.

Tatsächlich aber trat ein Mann mittleren Alters von durchaus mönchischem Aussehen aus dem Beichtstuhl, auch wenn er gepflegte, moderne Kleidung trug. Er wirkte, im Gegensatz zu Losinski, äußerst beunruhigt und blickte forschend nach allen Seiten, bevor er die düstere Kirche verließ.

Kessler folgte ihm in gebührendem Abstand, und er hätte sich nicht gewundert, wenn der Mann den Weg über den Corso Vittorio Emanuele zum Vatikan genommen hätte und dort in einem der Offizien verschwunden wäre. Doch Kessler irrte. Der Unbekannte trank in einem der Straßencafés auf der Via Cavour einen Espresso und steuerte geradewegs das Hotel Excelsior an, eine der feinsten Adressen der Stadt.

In der Halle herrschte so dichtes Gedränge, daß Kessler kein Risiko auf sich nahm, als er sich dem Mann auf wenige Schritte näherte. In seinem Auftreten lag durchaus etwas Weltmännisches, und der junge Jesuit, der natürlich als solcher nicht kenntlich war, kam sich im Vergleich mit diesem eher jungenhaft vor und ziemlich hilflos. Was sollte er tun?

Die rätselhafte Begegnung Losinskis mit dem Unbekannten in San Pietro in Vincoli hatte Kessler in einen Zustand totaler Ratlosigkeit versetzt, und nicht einmal die Meditation, der er sich noch am selben Abend auf dem Betschemel seiner Zelle hingab (in Losinskis Zelle, stellte er im nachhinein fest, fehlte ein solches Einrichtungsstück), vermochte ihn in seinen Mutmaßungen weiterzubringen. Doch wenn er bisher aus mancherlei Gründen noch an der Schlechtigkeit des Polen gezweifelt hatte, so war er sich nach Beobachtung des Tauschgeschäftes in dem Beichtstuhl sicher, daß Losinski in undurchsichtige, schmutzige Geschäfte verwickelt sein mußte.

Ob es sich dabei um das Geheimprojekt der Gregoriana handelte oder um eine ganz andere Angelegenheit, wagte Kessler nicht zu entscheiden; er wagte auch nicht, Losinski zur Rede zu stellen, weil dieser gewiß alles abgestritten hätte und ihm fortan mit soviel Mißtrauen begegnet wäre, daß Kessler die Hintergründe nie mehr hätte durchleuchten können. Aber das wollte er.

Je länger er darüber nachdachte, desto mehr wuchs bei Kessler die Überzeugung, daß unter allen Mitbrüdern *Societatis Jesu* das Mißtrauen zu Hause war, und der Gedanke, er könnte in seiner Ahnungslosigkeit mißbraucht worden sein, kränkte ihn heftig. So heftig, daß er beschloß, der Sache auf den Grund zu gehen.

Siebentes Kapitel

UNVERHOFFTE BEGEGNUNG
Einsamkeit

1

Seit jener unheimlichen Erscheinung mied Anne von Seydlitz ihr eigenes Haus. Sie hatte sich fest vorgenommen, bis zur Klärung der Angelegenheit keine Nacht mehr in diesem Haus zu verbringen. Für die zwei Tage, die sie sich in München aufhielt und die sie in der Hauptsache damit verbrachte, ihre Wäsche zu wechseln und geschäftliche Dinge zu regeln, nahm sie ein Zimmer in dem Hotel, in dem auch Kleiber gewohnt hatte.

Die Sache mit Adrian tat ihr leid, aber in gewisser Weise war sie auch froh, daß es so gekommen war, denn sie hatte den Eindruck, daß Kleiber sich viel mehr für sie als für ihre Probleme interessierte. Und wenn sie in dieser Situation etwas nicht brauchte, dann waren das die Nachstellungen eines Mannes. Gewiß, sie würde ihm, falls er käme, die Hand reichen, und dabei kamen ihr die Worte ihrer Pflegemutter in den Sinn, die mit strenger Stimme gelehrt hatte, man dürfe nie eine dargereichte Hand zurückweisen, nicht einmal die eines Feindes, aber vorerst konnte sie sicher sein, daß es zu dieser Begegnung nicht kommen würde. Für den Augenblick drängten sich in Annes Kopf so viele Gedanken, daß einfach kein Platz blieb für einen Mann.

Es ist der Stolz, der eine betrogene Frau zu unvorstellbaren Leistungen anspornt. Unvorstellbar wäre es früher für Anne von Seydlitz gewesen, allein auf sich gestellt eine Spur aufzunehmen, die sie um die halbe Welt führte, verbunden mit Risiken und Gefahren, nur um Klarheit in eine Affäre zu bringen, die ihr – so sie diese überhaupt jemals aufzuklären vermochte – nicht den geringsten Vorteil einbrachte. Aber zwischen ihr und dem Unbekannten, dem Geheimnisvollen und Mysteriösen hatte sich eine, wie es schien, magische Bindung entwickelt; jedenfalls fühlte sich Anne außerstande, davon abzulassen.

War dies die oft beschriebene Magie des Bösen, die sie gefangenhielt, die sich all ihrer Gedanken bemächtigte und sie nicht mehr losließ? Warum tat sie das alles?

Gedanken wie diese nahmen in ihrem Leben jedoch nur unbedeutenden Raum ein. In der gegenwärtigen Situation war das auch gut so; denn sonst hätte Anne von Seydlitz bemerkt, wie sehr sie sich bereits verändert hatte.

Noch nie in ihrem Leben war sie von einer Idee besessen gewesen, und sie hatte Leute, die selbstverachtend ein Ziel verfolgten, eher mit Unbehagen betrachtet als mit Bewunderung. Nun, besessen von einer Idee, kannte sie sich selbst nicht mehr, stellte sie alles hintan, Liebe, Leben, Geschäft, aber sie merkte es nicht. Es gibt Dinge, denen man nicht entfliehen kann.

Die Nachforschungen in Kalifornien hatten Anne in ihrer Überzeugung bestärkt, daß ihr Mann Guido in ein weltweites Komplott verstrickt gewesen sein mußte – mit oder ohne sein Wissen, das vermochte sie zum gegenwärtigen Zeitpunkt nicht zu sagen. Die Entdeckung eines neuen biblischen Textes allein konnte es wohl nicht sein, was Wissenschaftler zu Jägern werden ließ und andere zu Gejagten.

Mrs. Vossius, die Frau des Professors, nahm in ihren Überlegungen eine zwielichtige Rolle ein. Anne zweifelte an ihrer Ehrlichkeit, ja, nach einigen Tagen Abstand stellte sie sich sogar die Frage, ob Aurelia Vossius nicht ein falsches Spiel spielte. Die wichtigste Fährte war zweifellos Brandons Hinweis auf den Orphiker-Orden, irgendwo im Norden Griechenlands. Anne hatte keine Ahnung, was sie dort erwarten könnte, ob sie überhaupt Zugang finden würde zu dem mysteriösen Orden, aber ihr Entschluß stand fest.

Sie mußte nach Leibethra.

2

Dank der präzisen Beschreibung Gary Brandons flog Anne von Seydlitz nach Athen, weiter nach Thessaloniki, das dort Saloniki genannt wird, der Kürze wegen, und quartierte sich im Makedonia Palace, Leoforos Megalou Alexandrou, ein, in der malerischen Altstadt.

Guido, von Berufs wegen als Reisender erfahren, hatte ihr einmal den Tip gegeben: Wenn du in einer Stadt keine Freunde hast, dann gebe dem Hotelportier ein fürstliches Trinkgeld.

Der junge Mann an der Rezeption hieß Nikolaos wie jeder Zweite in der Gegend, sprach blendend englisch, und der große Schein, den Anne ihm zuschob, setzte bei ihm ungeahnte Fähigkeiten frei. Anne traf sich mit ihm nach Dienstschluß in einem Straßencafé nahe dem Weißen Turm, von wo man das Meer sieht, und sie begann ohne Umschweife zu erzählen, daß ihr verstorbener Mann in ein sonderbares Komplott verwickelt sei, dessen Hintermänner möglicherweise in Leibethra zu suchen seien. Nähere Angaben machte Anne nicht.

Nikolaos, nicht älter als fünfundzwanzig, mit schwarzem Kraushaar und flinken, dunklen Augen, fühlte sich von der Offenheit und dem Vertrauen der Fremden geschmeichelt und versprach, ihr behilflich zu sein. Zunächst, meinte er ehrlich, müsse er jedoch eingestehen, daß er von dem Orden in Leibethra zwar gehört habe, aber niemand in Saloniki wisse Näheres über diese Leute. Die meisten, so auch er, glaubten vom Hörensagen, es handle sich um einen frommen Orden, der in Leibethra eine Irrenanstalt betreibe. Allerdings handele es sich bei den Behinderten keineswegs um Griechen oder Leute aus der Gegend, sondern um Ausländer, die dorthin gebracht würden.

Vermutlich, erklärte Anne, werde die Anstalt nur zur Tarnung unterhalten, in Wirklichkeit verberge sich hinter Leibethra etwas ganz anderes.

Es traf sich, daß Nikolaos' Schwager Vasileos in Katerini, eine Autostunde südlich von Saloniki, ein Hotel betrieb mit Namen »Alkyone«, und Nikolaos glaubte sich zu erinnern, sein Schwager habe ihm schon einmal von dem unheimlichen Felsenkloster an den Hängen des Olymp berichtet, aber weil er sich nicht sonderlich dafür interessiert habe, könne er sich an Einzelheiten nicht erinnern.

Am folgenden Tag brachte Nikolaos Anna von Seydlitz mit seinem Wagen nach Katerini zu Schwager Vasileos, der, obwohl Anne in seinem Hotel und nicht im benachbarten »Olympion« abstieg und obwohl sie von Nikolaos mit freundlichen Worten empfohlen wurde, der Fremden mit großem Mißtrauen begegnete. Überhaupt erwies sich Vasileos als das genaue Gegenteil von Nikolaos: träge und finster dreinblickend und verschlossen, vor allem seinen Gästen gegenüber. Hinzu kam, daß man sich mit ihm nur mit Hilfe eines Kauderwelsch aus seltsamerweise rheinisch gefärbtem Deutsch und mühsam angelerntem Englisch mit trokkenem nordgriechischem Akzent verständlich machen konnte.

Die meisten Leute in der Gegend seien hier so, entschuldigte Nikolaos sein mürrisches Verhalten, und er unterhielt sich mit Vasileos in lautem und ernstem Tonfall. Zwar verstand Anne kein Wort, aber den Gesten und Reaktionen der beiden konnte sie entnehmen, daß Nikolaos seinem Schwager Vorhaltungen machte, er solle seine Gäste gefälligst besser behandeln und die Kiria aus Deutschland sei sehr großzügig. Dann steckte er Anne seine Telefonnummer in Saloniki zu, für den Fall, daß sie seine Hilfe brauchte, und reiste ab.

Katerini ist äußerst malerisch, sogar an trüben, kalten Tagen, ein Landstädtchen, abseits der einzigen Autobahn des Landes. Nach Katerini reist man nicht, man kommt zufällig vorbei. Auch in Vasileos' Hotel – es nannte sich zwar so, verdiente aber eher den Namen Herberge – blieb selten einer länger als eine Nacht. Insofern war Anne von Seydlitz eine Besonderheit, und am zweiten Tag, nachdem sie die Gassen des Städtchens und den malerischen Marktplatz erkundet hatte und noch immer nicht abgereist war, begannen die alten Männer, die auf geflochtenen Stühlen vor den Haustüren saßen, zu tuscheln, wer die Fremde wohl sei und was sie hier zu suchen habe. Es war merkwürdig, aber in dem fremden Land, unter fremden Menschen fühlte Anne von Seydlitz sich sicherer als zu Hause, wo sie sich überwacht und beobachtet glaubte.

Ziemlich viele Männer, und nicht nur alte, hockten vor den Türen ihrer Häuser, Männer mit kantigen Gesichtern und buschigen Brauen, ausgemergelt und hart vom Widerstand gegen das Leben, das hier kein Honiglecken ist. Einer lebt vom anderen, der Krämer vom Maurer, der Maurer vom Baumeister, der Baumeister vom Sägewerksbesitzer, der Sägewerksbesitzer vom Krämer – nicht wie die im Süden, die allein von der Geschichte leben konnten, sogar vom Unrat, den diese irgendwo hinterlassen hatte. Armut schürt Mißtrauen, und die Leute von Katerini waren sehr mißtrauisch – untereinander, vor allem aber gegenüber Fremden, und eine alleinreisende Frau machte sich noch mehr verdächtig, so daß sie der Kiria tunlichst aus dem Wege gingen.

3

Nur Georgios Spiliados, der fliegende Bäcker, dessen Geschäft auf drei Rädern durch die Gassen rollte (der rückwärtige Teil bestand aus einem alten Fahrrad samt Pedalantrieb, der vordere hingegen aus einer zweirädrigen Holzkiste, der Verpackung einer Waschmaschine, die der Elektriker des Ortes vor zehn Jahren in Katerini verkauft hatte und in die Georgios Glasfenster geschnitten hatte, damit jeder auf der Straße seine knusprig gelbbraunen Baklawa und Kataifi bewundern konnte), nur der Bäcker Spiliados begann mit Anne ein Gespräch, als sie ihm ein Gebäck abkaufte, das Georgios in ein braunes Papier wickelte, aus hygienischen Gründen. Dabei stellte sich heraus, daß Spiliados früher, es sei lange her, in Deutschland gearbeitet hatte und nun als Selbständiger sein Auskommen suchte. Im Ort kenne man zwar seinen griechischen Namen – und er zeigte auf den Namenszug an seinem Wagen –, aber für die meisten sei er immer »der Deutsche« geblieben.

Ob sie hier Urlaub mache, wollte Spiliados wissen, dann habe sie die falsche Jahreszeit gewählt – im April sei Katerini am schönsten, mild und von blühendem Duft. Anne verneinte lachend und erkundigte sich im Gegenzug, ob Georgios etwas über Leibethra wisse. Da trat der Bäcker heftig in die Pedale, um schnell zu verschwinden; aber noch ehe ihm das gelang, hatte ihn Anne am Ärmel gepackt und hielt ihn zurück.

Ihre Frage, warum er sich aus dem Staub machen wolle, beantwortete Georgios Spiliados mit einer Gegenfrage: Ob sie dazugehöre zu denen – so drückte er sich aus. Erst als Anne beteuerte, nein, um Himmels willen, sie interessiere sich aus anderen Gründen für die Leute, blieb er stehen.

Georgios Spiliados, ansonsten ein Schlitzohr im Umgang mit Menschen, wischte sich mit der Hand die Stirn und sprach nur noch leise. Falls sie eine Journalistin sei, wolle er sie daran erinnern, daß ein Reporter vom »Daily Telegraph«, der sich zwei Wochen in der Gegend herumgetrieben und Informationen über die Leute von Leibethra gesammelt habe – er habe sogar dafür Geld bezahlt –, eines Tages mit eingeschlagenem Schädel gefunden worden sei. Offiziell habe es geheißen, er sei auf dem Olymp von einem Felsen gestürzt, aber Joannis, der ihn gefunden habe und ein Freund von ihm sei, habe beteuert, an der Fundstelle habe es weit und breit keinen Felsen gegeben. Es sei wohl das beste, wenn sie umgehend abreise.

Für Anne war Georgios Spiliados der einzige Mann, der ihr helfen konnte. Deshalb steckte sie dem Bäcker einen Schein zu, den dieser zunächst empört zurückwies. Es dauerte jedoch nicht lange, bis seine Empörung verflachte, und Georgios schob das Geld in den Innenrand seiner schwarzen Mütze. Anne beschwor Spiliados, mit niemandem über ihr Interesse an Leibethra zu reden. Georgios versprach es.

Für den Nachmittag verabredeten sich beide in seinem Laden zwei Straßen weiter. Falls er sich verspäte, werde er Vanna, seiner Frau, Bescheid geben. Es fiele auf, wenn sie sich hier in aller Öffentlichkeit länger unterhielten.

Als Anne später den Laden betrat, steckte Vanna den Kopf durch eine Art Vorhang aus bunten Plastikstreifen an der Rückseite des gefliesten Lädchens. Der Verkaufsraum bestand nur aus einem schmalen, länglichen Tisch und einem rohgezimmerten Holzregal an der Wand, in dem nur noch ein paar Fladenbrote zum Verkauf standen. Mit ihrem dunklen Bart auf der Oberlippe und dem faltigen Gesicht hätte man Vanna eher für Georgios' Mutter halten können.

Der rückwärtige Raum, in den sie die Fremde bat, war nicht weniger karg ausgestattet: in der Mitte ein quadratischer, blanker Holztisch mit vier Stühlen, ein hoher Schrank ohne Türen mit buntem Geschirr, daneben ein weißes Waschbecken, gegenüber ein Bord, von breiten Eisenwinkeln an der Wand gehalten. Vanna brachte Raki und sagte »bitte«, das einzige deutsche Wort, das sie konnte.

Kurz darauf erschien Georgios. Anne versuchte dem Mann zu erklären, warum sie nach Katerini gekommen war. Sie erzählte von Guidos mysteriösem Unfall und den bisherigen Nachforschungen, die sie hierher geführt hätten, und erntete so bei Georgios ehrliches Mitgefühl. Georgios hörte sich ihre Erzählung an, dann trank er ein Glas verwässerten Rakis auf einen Zug aus, sperrte die Ladentür ab, kam zurück und setzte sich wieder an den quadratischen Tisch. Mit den Fingern trommelte er auf der Tischplatte; Spiliados tat das immer, wenn er angestrengt nachdachte.

Blasses Licht von einer nackten Glühbirne an der gekalkten Decke füllte den Raum. Annes Augen wanderten abwechselnd vom Gesicht zu den nervösen Händen und wieder zurück zum Gesicht ihres Gegenübers. Georgios blickte vor sich hin, er schwieg, und je länger er stumm blieb, desto mehr sank Annes Hoffnung, er würde ihr helfen.

»Unglaubliche Geschichte ist das«, sagte er endlich, »unglaubliche Geschichte, wirklich.«

»Glauben Sie mir etwa nicht?«

»Doch, doch«, meinte Georgios beschwichtigend. »Mir scheint, diese Leute sind wirklich gefährlich. Wir alle hier wissen kaum etwas über sie. Was man sich im Ort über sie erzählt, sind mehr oder weniger Gerüchte. Einer berichtet es dem anderen hinter vorgehaltener Hand. Alexia, die Frau des Schmieds, will gesehen haben, daß sie Menschen auf Scheiterhaufen verbrennen und dazu tanzen. Und Sostis, dem der Steinbruch am Osthang gehört, sagt, es seien Verrückte, die sich gegenseitig umbrächten. Daß es Neunmalgescheite sein sollen, höre ich zum ersten Mal. Ich kann mir das einfach nicht vorstellen. Wie, sagten Sie, nennen sie sich?«

»Orphiker, Jünger des Orpheus.«

»Verrückt. Wirklich verrückt.«

»Ich glaube«, erklärte Anne dem Griechen, »sie setzen derartige Gerüchte ganz bewußt in die Welt, um von ihrem eigentlichen Tun abzulenken.«

»Offiziell«, berichtete Georgios, »ist Leibethra ein Pflegeheim für geistig Behinderte; aber was wirklich hinter dem Zaun vor sich geht, der den Zugang zu dem Tal versperrt, weiß niemand. Sie versorgen sich selbst wie die Mönche am Berg Athos, sie haben ihre eigenen Fahrzeuge, mit denen sie in Saloniki ihre Großeinkäufe erledigen, und der Postmeister von Katerini sagt, sie würden sogar ihre Post nur mit dem Hauptpostamt in Saloniki abwickeln.«

»Und sie verfügen über ein unvorstellbares Vermögen«, fügte Anne hinzu.

Georgios schüttelte ungläubig den Kopf.

»Und wie soll ich Ihnen behilflich sein?« fragte der Grieche schließlich.

»Ich möchte, daß Sie mich nach Leibethra bringen!« sagte Anne von Seydlitz mit entschlossener Stimme.

Georgios fuhr sich mit den Fingern durch die krausen Haare.

»Sie sind verrückt«, sagte er aufgeregt. »Das mache ich nicht.«

»Ich bezahle Sie gut!« wandte Anne ein. »Sagen wir – zweihundert Dollar.«

»Zweihundert Dollar? Sie sind wirklich verrückt!«

»Hundert sofort, und hundert an Ort und Stelle.«

Die kühle Beharrlichkeit, mit der Anne von Seydlitz verhandelte, brachte Georgios aus der Fassung. Er sprang auf und ging unruhig in dem kahlen Raum auf und ab. Anne beobachtete ihn genau. Zweihundert Dollar waren eine Menge Geld für einen Bäcker in Katerini. Heilige Mutter, zweihundert Dollar!

Anne zog eine Hundert-Dollar-Note aus der Tasche und breitete sie in der Mitte des Tisches aus. Da verschwand Georgios wortlos durch die Tür nach hinten. Anne hörte seine Schritte auf der ächzenden Holztreppe nach oben. Sie wunderte sich selbst über ihren Mut, aber sie war jetzt zu allem entschlossen. Wenn es eine Chance gab, Licht in das Dunkel dieser Affäre zu bringen, dann mußte sie nach Leibethra.

Genaugenommen wußte sie überhaupt nicht, was sie dort erwarten würde. Aber wie ein geheimnisvoller Zwang Mörder und Opfer zusammenführt, so spürte Anne den Drang, das Felsenkloster an den Hängen des Olymp zu erkunden, als lägen dort alle Geheimnisse verborgen. Den Kopf in beide Hände gestützt, den Blick auf die Dollarnote gerichtet, wartete Anne auf Georgios' Rückkehr.

Dieser kam mit einer alten, aufgefalteten Landkarte. Er sagte kein Wort, nahm den Geldschein und legte an seine Stelle die Faltkarte. »Da«, knurrte er und pochte mit dem Mittelfinger seiner Rechten auf einen bestimmten Punkt auf der Karte: »Leibethra.«

Der Ort war mit einem Symbol markiert, ein Kreis, darüber ein Kreuz. Das wies auf ein Kloster hin. Die Ortsbezeichnung fehlte. Stumm fuhr er mit dem Finger die Straße von Katerini nach Elasson entlang, zeigte auf eine dünne, verschlungene Linie, die wohl einen unbefestigten Saumpfad markierte und sich irgendwo an den Hängen des Olymp verlor, und deutete mit ein paar fahrigen Bewegungen an, daß der Weg hier irgendwo weiterführe. »Wenn überhaupt«, murmelte er unwillig vor sich hin, »muß man es in den frühen Abendstunden versuchen. Bei Tag sehen sie einen schon von weitem kommen.«

»Einverstanden!« erwiderte Anne, als wäre das die selbstverständlichste Angelegenheit der Welt, und mutig fügte sie hinzu: »Wann?«

Spiliados erhob sich umständlich, knipste das elektrische Licht aus und blickte aus dem Fenster zum Himmel. »Die Zeit ist günstig«, meinte er, »wir haben Halbmond. Wenn Sie wollen – morgen.«

Nachdem Georgios das Licht wieder eingeschaltet hatte, setzte er sich zu Anne an den Tisch. Über die Landkarte gebeugt, faßten beide den Plan für den folgenden Tag. Der Grieche hatte ein Motorrad, eine Horex, die nicht weiter auffallen würde auf der Straße nach Elasson. Mit dem Motorrad würde Spiliados um vier hinter der Schmiede auf sie warten. Er wollte kein Aufsehen erregen, und Anne stimmte dem Plan sofort zu. Die Leute von Katerini sollten keine Gelegenheit zu Redereien haben.

4

Der erste Tag sollte nur zur Erkundung der Lage dienen. Anne ging es in erster Linie darum, in Erfahrung zu bringen, ob es überhaupt eine Möglichkeit gab, unbemerkt in den Ordenskomplex der Orphiker einzudringen. Sie wußte natürlich, daß das gefährlich war, und Georgios bezeichnete ihr Vorhaben als glatten Selbstmord. Aber es gab da eine Überlegung, die ihre Selbstsicherheit stützte: Irgendein Grund mußte vorhanden sein, warum sie die Orphiker bisher verschont hatten.

Die Nacht war kühl, aber nicht kalt, als Anne zu ihrem Hotel zurückging. Seit sie ihre Hotelrechnung für eine Woche im voraus bezahlt hatte, zeigte sich Vasileos ihr gegenüber unerwartet freundlich, was sich bei einem von Natur aus mürrischen Menschen wie ihm auf die Worte beschränkte: »*Kali mera*, wie geht's« oder »*kali spera*, Frau Seydlitz«; aber da Vasileos allen Leuten zumeist stumm begegnete, mußte Anne auch nicht befürchten, daß er ihr Vorhaben ausplaudern würde.

Ihr Zimmer lag zur Straße hin, und in dieser Nacht kreisten ihre Gedanken um das bevorstehende Abenteuer. Lange nach Mitternacht kläfften Hunde; einer antwortete dem Gebell des anderen, und ihr Heulen hallte durch die leeren gepflasterten Gassen. Aus einem Kaphinion um die Ecke, das, wie die meisten Häuser in Katerini, eher einer Garage als einem Wohnhaus glich, dudelte endlos Bouzoukimusik, und der Abzugsventilator in Vasileos' Restaurant, das das Erdgeschoß des Hotels »Alyone« einnahm, blies brabbelnd und brummend scharfen Essensgeruch ins Freie. Späte Bummler unterhielten sich rufend über die Straße und traten auch nach einer guten halben Stunde offener Konversation nicht näher aufeinander zu, was die Möglichkeit geboten hätte, ihren Stimmaufwand zu reduzieren. Zum vierten oder fünften Mal stakte eine Frau mit hellklingenden hohen Absätzen zielstrebig die Straße entlang, um nach wenigen Minuten ebenso zielstrebig zurückzukehren. Im übrigen wurde die Nacht nur von dröhnenden Automobilen unterbrochen, deren Fahrer den leeren, glatten Asphalt des Marktplatzes als Rennbahn für ihre Fahrzeuge benutzten.

Sie hatte geglaubt, Kleibers Abwesenheit würde ihr angst machen und sie verunsichern, aber allein und auf sich gestellt, kam sie zu der Erkenntnis, das genaue Gegenteil war der Fall. So ließ Anne ihren ursprünglichen Plan, ihr Vorhaben auf der Polizeistation von Katerini zu melden, wieder fallen, nur Georgios sollte, für den Fall, daß es nach einer Woche noch immer kein Lebenszeichen von ihr gebe, Anzeige erstatten. Woher sie den Mut nahm, wußte sie selbst nicht zu erklären.

Gegen Morgen, es war noch finster, mußte Anne dann doch noch eingeschlafen sein, denn sie träumte, ein Erdbeben habe den Olymp erschüttert, und über die zerklüfteten Hänge floß glühende rote Lava in zahllosen Rinnsalen wie reißende Bäche ins Tal, und Männer und Frauen in metallisch glänzenden Booten steuerten ihre sausenden Kähne mit langen Stangen und schlugen aufeinander ein, wenn einer dem anderen den Weg nahm. Die, von denen die Boote gesteuert wurden, trugen bunte Masken vor dem Gesicht; sie waren in weite, wallende Mäntel gehüllt, und ihre Hände steckten in weißen Handschuhen, aber aus ihren Bewegungen konnte man erkennen, daß es Männer und Frauen waren. Viele der Boote, die in rasender Fahrt ins Tal schossen, zerschellten an den Felsklippen, die die Lavaströme zerteilten, und verschwanden zischend in der brodelnden Glut.

Am Fuße des Berges vereinigten sich die einzelnen Rinnsale zu einem Strom, der breit anschwoll und Dörfer und Städte unter sich begrub. Menschen, die das Unheil kommen sahen, standen wie gelähmt und unfähig zu fliehen – auch Anne. Doch als der rote Fluß sie erreichte und zischend und fauchend ihre Zehen verbrannte, da erwachte Anne mit zitternden Gliedern, und sie schüttelte den Alptraum aus ihrem Körper wie verflogene Asche.

Zum vereinbarten Zeitpunkt traf sie sich mit Georgios hinter der Schmiede an der Straße, die nach Elasson führt. Anne hatte sich weite, lange Hosen beschafft, wie sie die Frauen in der Gegend trugen, und der Grieche blickte verwundert an ihr herab, weil sie aussah, wie alle Frauen aussehen, und weil er ihr das nicht zugetraut hatte. Als wollte sie sich für ihre ungewohnte Verkleidung entschuldigen, hob Anne die Schultern. Sie lachte. Sie war noch nie in ihrem Leben mit einem Motorrad gefahren, was der Grieche wiederum überhaupt nicht begreifen konnte, weil, wie er zu verstehen gab, jeder Autofahrer erst einmal auf einem Motorrad gesessen haben müsse.

5

Die Straße führte westwärts und wurde einsamer, je weiter sie sich von Katerini entfernten. Nur hin und wieder begegnete ihnen ein Lastauto, dann kam noch eine Kreuzung mit weiß-schwarzen Wegschildern, und schließlich schlängelte sich die Straße durch menschenleeres, karges Land. Annes Augen tränten, sie war die zugige Luft auf dem Motorrad nicht gewohnt.

Nach einer halben Stunde Weges verlangsamte Georgios die Fahrt und suchte mit den Augen die linke Straßenseite ab. Zwei Zypressen markierten eine unbefestigte Abzweigung. Es gab keinen Wegweiser, und der Weg bestand nur aus zwei mit Geröll gefüllten Fahrrinnen. Georgios hielt an.

»Das ist der Weg nach Leibethra«, sagte er, und als koste es ihn große Überwindung, bog er schließlich auf die Fahrspur ein.

Es war nicht einfach, die schwere Maschine in der schmalen Fahrrinne zu lenken; Georgios vollführte wahre Kunststücke im Balancieren. »Festhalten!« rief er immer, wenn er, weil er dort den besseren Weg sah, von der einen in die andere Fahrspur wechselte.

Vor einem mit Zypressen bewachsenen Hügel ging es steil

bergan. An dieser Stelle war das Geröll auf dem Fahrweg so brüchig, daß das Hinterrad durchdrehte und Schottersteine wie Geschosse nach hinten flogen. Georgios bat Anne, den Berg zu Fuß zu erklimmen; er selbst steuerte sein Motorrad unter Zuhilfenahme beider Beine den steilen Weg nach oben.

Es dämmerte, als sie auf dem Scheitel der Kuppe, den eine breite, von unten nicht sichtbare Felsnase markierte, ankamen. Georgios stellte den Motor ab und kippte sein Fahrzeug zur Seite. Er blinzelte in die Landschaft und machte mit ausgestrecktem Arm eine Bewegung nach Westen. Der Weg schlängelte sich abwärts und stieg nach etwa einem Kilometer – soweit man das erkennen konnte – wiederum steil bergan, um dort hinter schwarzen Nadelbäumen zu verschwinden.

»Dort«, sagte er, »ist der Zugang zu der Schlucht, die nach Leibethra führt.«

Anne holte tief Luft. Sie hatte sich den Weg einfacher vorgestellt. Die Stille, die sie umgab, wirkte bedrückend, die Landschaft feindselig. Dazu kam eine feuchte Kühle, die unter die Kleider drang.

»Wir fahren bis zu dem nächsten Berganstieg«, sagte Georgios, »das letzte Stück müssen wir zu Fuß zurücklegen. Man könnte den Motorradlärm hören.«

Anne nickte. Daß dort oben hinter den schwarzen Bäumen eine menschliche Ansiedlung anzutreffen sei, war für sie nur schwer vorstellbar.

Als sie an der bezeichneten Stelle angelangt waren, schob Georgios das Motorrad in das angrenzende Gestrüpp. Aus der Ferne hörte man ein Rauschen wie von einem Sturzbach. Es kam aus der Richtung, in die der Weg führte. Dieser wand sich nun, von unten nicht sichtbar, weil er durch dichten Nadelwald führte, steil bergan. Anne keuchte.

»Sie sind verrückt!« bemerkte der Grieche zum wiederholten Male, ohne Anne anzusehen.

Die antwortete nicht. Der Grieche hatte recht; aber verrückt war alles, was sie in den letzten Monaten erlebt hatte. Und dieser gottverdammte, düstere, steile, steinige Weg war der einzige, der sie einer Lösung näher brachte. Für einen Außenstehenden war das schwer zu begreifen.

Je höher sie stiegen in der grauen Dunkelheit, desto lauter wurde das Rauschen. Im Gehen vermittelte es den Eindruck von vielstimmigem Flüstern. Vom Tal her kam leichter Wind auf und fauchte leise durch das Nadelgeäst. Aus dem moorigen Boden zu beiden Seiten des Weges stieg dumpfer Geruch auf.

Dann, ganz unvermittelt, trat der Weg aus dem Wald heraus und eröffnete den Blick in eine Mulde, deren gegenüberliegender Rand einen keilförmigen Einschnitt aufwies, flankiert von zwei knorrigen Felsnasen.

»Das muß er sein«, murmelte Georgios, »der Eingang zur Felsenschlucht.«

Er lag keine dreihundert Meter entfernt, und im Näherkommen machte Anne vor dem rechten der beiden Felsen eine kleine hölzerne Hütte aus, mit einem quadratischen, ins Tal gerichteten Fenster.

»O Gott!« stöhnte Anne und faßte den Griechen am Arm.

»Vermutlich ein Wächterhaus vor dem Eingang der Schlucht«, meinte Spiliados.

»Und was machen wir jetzt?« Ratlos starrte Anne in die eine Richtung.

Der Grieche wußte keine Antwort und ging wortlos weiter. Er wollte den Auftrag hinter sich bringen. Schließlich wurde er nicht schlecht bezahlt. »Gegen einen bewaffneten Wächter haben wir doch keine Chance«, knurrte er unwillig.

Das Wächterhaus lag im Dunkeln. In Rufweite bezogen Anne und Spiliados Deckung hinter einem Gestrüpp, ein paar Schritte abseits des Weges. Dann hob der Grieche einen Stein auf und schleuderte ihn in Richtung auf das Holzhaus. Das Wurfgeschoß klatschte laut gegen die Wand und kullerte auf den Weg. Stille.

»Die Herrschaften scheinen ausgeflogen zu sein«, flüsterte Georgios.

Anne nickte. Behutsam näherten sie sich der Hütte. Sie vermittelte den Eindruck, als hätte sich hier schon längere Zeit niemand aufgehalten. Anne zog ihre Taschenlampe hervor und leuchtete durch das Fenster: Ein Kasten, ein einfacher Holztisch und zwei Stühle waren das gesamte Mobiliar. An der Wand hing ein altes Feldtelefon, der erste Hinweis, daß irgendwo in dieser Einsamkeit Menschen hausten. Die Tür war verschlossen.

»Die Leute von Leibethra müssen sich verdammt sicher fühlen«, bemerkte Anne, »wenn sie schon ihre Wachposten nicht mehr besetzen.«

»Wer weiß«, erwiderte Spiliados, »vielleicht werden wir längst beobachtet und tappen gerade in eine Falle.«

»Sie haben Angst, Spiliados!« zischte Anne von Seydlitz wutentbrannt. »Gut, Sie haben Ihren Teil erfüllt. Ich danke Ihnen.« Anne streckte dem Griechen die Hand entgegen. »Hier sind Ihre hundert Dollar!«

Es schien wirklich, als hätte Georgios Angst, aber die abfällige Bemerkung der Kiria hatte zur Folge, daß er trotzig entgegnete: »Behalten Sie Ihr Geld! Ich will es erst, wenn Sie wieder heil zurück sind. Ich werde Sie so weit begleiten, bis ich sicher sein kann, daß Sie am Ziel sind.«

Nichts anderes hatte Anne mit ihrer Provokation erreichen wollen; denn sie ahnte, daß das gefährlichste Stück Weges noch vor ihnen lag. Der unbefestigte Weg teilte die Sohle der Schlucht mit einem reißenden Bach, der an Stellen, wo sich beide um einen Felsvorsprung wanden, die Fahrspur aushöhlte, so daß man, wollte man nicht durch das gurgelnde Wasser waten, von einem Stein zum anderen springen mußte – ein waghalsiges Unternehmen in dem fahlen Mondlicht.

Spiliados' Gedanke, sie könnten längst beobachtet werden, schien Anne keineswegs so absurd, wie sie gegenüber ihrem Begleiter zugeben wollte. Hier in der Enge der Schlucht ließ sie der Gedanke nicht los, irgendwo könnte eine Schleuse geöffnet werden. Dann hätten sie keine Chance zu entkommen. Aber das dachte sie nur, und sie schwieg.

Die Kälte, die der Bach mit sich führte, kroch an Beinen und Armen empor und ließ sie frösteln. Vielleicht war es aber auch der Gedanke, daß es aus dieser Schlucht kein Entrinnen gab. Ihr Atem ging schwer, und die kalte Luft schmerzte in den Lungen wie ein schartiges Messer; aber Anne stapfte weiter, immer bergan. Wo der Weg über die freie Landschaft geführt hatte, war es hell gewesen; doch zwischen die hohen Felswände fiel nur selten ein Lichtschein. Georgios ging voran.

Plötzlich – Anne wußte nicht, wie lange sie schweigend hinter Georgios hergetrottet war – blieb der Grieche stehen. Jetzt sah es auch Anne: Keine hundert Meter entfernt beleuchtete ein elektrischer Scheinwerfer ein Wächterhaus, das zwischen Bach und Fahrweg lag, der sich an dieser Stelle verbreitete.

Georgios drehte sich um. »Wie wollen Sie da vorbeikommen«, sagte er und blickte in die Höhe zum Kamm der Schlucht, der hier deutlich niedriger war als auf dem bisherigen Weg; aber fünf bis zehn Meter Fels mochten es noch immer sein, unüberwindbarer Fels.

»Erst mal sehen, ob der Wachposten besetzt ist«, meinte Anne leise, aber noch während sie redete, wurde die Tür des Holzhauses geöffnet und heraus trat ein Mann. Er ging gelangweilt ein paar Schritte auf und ab. Dabei konnte man sehen, daß er ein Gewehr umhängen hatte. Schließlich verschwand er wieder in seinem Holzhaus.

Behutsam schlichen Anne und Georgios näher an die Wachstation heran. Sie glich genau jenem Holzhaus, das sie weiter abwärts inspiziert hatten. Eine lange Weile blickten sie auf die Sperre; dann sagte Georgios: »Ich glaube, wir haben beide dieselbe Lösung im Auge.«

»Ja, die einzige Möglichkeit, da unbemerkt vorbeizukommen, ist der Bach.«

»Und der ist verdammt kalt.«

»Ja«, sagte Anne. Aber während Georgios zweifelte, ob die Kiria das Risiko und die Strapaze auf sich nehmen würde, hatte Anne sich längst entschieden. »Danke, Georgios«, sagte sie und schüttelte dem Griechen die Hand. Dann reichte sie dem Griechen das Geld und begann Schuhe und Strümpfe auszuziehen. Während sie ihre Hosen hochkrempelte, sagte sie ruhig: »Sollten Sie innerhalb einer Woche nichts von mir hören, dann benachrichtigen Sie die Polizei.«

»Ich befürchte nur, das wird nichts nützen. Hierher hat sich, seit die Erde besteht, noch keine Polizeiuniform verirrt.«

Anne machte eine beschwichtigende Handbewegung: schon gut, und ging los.

6

Wenige Meter vor der Hütte, wo der Lichtschein einen hellen Kreis über den Weg warf, stieg sie in den Bach und watete, vorsichtig einen Fuß vor den anderen setzend, durch das eiskalte Wasser. Sie hielt ihre Tasche und Schuhe vor die Brust gepreßt. Zum Glück reichte das Wasser nur bis zu den Knien. So gelangte Anne leichter, als sie es erwartet hatte, auf die andere Seite der Wachstation.

Im Schutze der Dunkelheit schlüpfte sie in ihre Schuhe und stieg weiter bergan. Der Weg war jetzt zur Rechten in den Fels geschlagen, während auf der linken Seite der Berg steil abfiel und die Sicht freigab in ein finsteres, steiniges Tal.

Als Anne um einen Felsvorsprung bog, blieb sie wie angewurzelt stehen: Vor ihr erhob sich in der Einsamkeit des Gebirges eine hellerleuchtete kleine Stadt. Häuser und schmale Gassen schienen wie aus dem Boden gewachsen. Als wollte sie einen Traum aus ihrem Gedächtnis wischen, fuhr Anne mit der flachen Hand über ihr Gesicht. Dabei wanderte ihr Blick nach oben, und dieser Anblick raubte ihr beinahe den Atem. Auf den Felsen in schwindelnder Höhe klebten weitere Häuser, aber sie lagen, anders als die Unterstadt, in Dunkel gehüllt, als hätten sie ein düsteres Geheimnis zu verbergen.

Die Traumstadt war menschenleer. Man konnte nicht einmal das Bellen eines Hundes vernehmen. Das machte die Erscheinung noch unwirklicher. Vor allem das grelle Licht, in das die Häuser der Unterstadt getaucht waren, wirkte geisterhaft, metaphysisch, als hätte ein Blitzstrahl alles Leben ausgelöscht. War das Leibethra?

Im Näherkommen bemerkte Anne, daß diese Stadt, die taghell

erstrahlte, gar keine Straßenlaternen hatte; dennoch leuchteten die Häuser auf unerklärliche Weise. Obwohl der Ort uneinnehmbar wie eine Festung an dem Berghang klebte, umgab ihn zur Talseite ein hoher Drahtzaun. Der steinige Weg mündete in einem breiten Einfahrtstor. Es stand weit offen. Dahinter war die Straße mit dunklen Quadersteinen gepflastert und sauber gefegt wie ein Bühnenbild vor der Premiere, und irgendwie erinnerte sie diese menschenleere Geisterstadt an die Kulissen eines Theaters. Zum Aussehen einer wirklichen Stadt fehlten der Straßenstaub, das Papier, das für gewöhnlich auf den Straßen herumliegt, und die Gerippe herbstlicher Bäume, vor allem aber fehlten die Geräusche, die auch eine Stadt im Schlaf verursacht.

Während Anne den Anblick von Leibethra in sich aufsog wie eine überirdische Erscheinung und überlegte, wie sie sich nun verhalten sollte, da geschah das ganz und gar Unerwartete, sie vernahm eine monotone menschliche Stimme, die sich, durch die Straßen hallend, aus dem Hintergrund näherte, allmählich lauter werdend. Anne dachte zuerst an einen mittelalterlichen Nachtwächter, so jedenfalls klang das laute Rufen, doch im Näherkommen erkannte Anne den lateinischen Text eines gregorianischen Chorals.

Hastig schlüpfte sie durch das Einfahrtstor und verbarg sich im Eingang des nächsten Hauses, von wo sie, durch eine steinerne Säule geschützt, einen Blick auf die gesamte Hauptstraße hatte. Es dauerte nicht lange, und aus einer der Seitengassen tauchte die ausgemergelte Gestalt eines Mannes auf. Sein Kopf war kahlgeschoren, und er trug ein helles, langes Gewand, eine Art Mönchskutte, die in großen Falten an seinem mageren Körper herabfiel. Inbrünstig wie ein Beter in der Kirche sang er seinen frommen Choral.

Anne erschrak. Hatte er sie entdeckt? Der Mann kam, während er mit fester Stimme weiter deklamierte, geradewegs auf sie zu. Ängstlich suchte sie Schutz hinter der Säule. Da blieb der Kahlköpfige stehen, breitete die Arme aus und rief in die Nacht, daß es von den Wänden der Häuser hallte: »*Qui amat animam suam, perdet eam; et qui odit animam suam in hoc mundo, in vitam ae-*

ternam custodit eam.« Dann drehte er sich in die entgegengesetzte Richtung und verkündete: »*Ego sum via, veritas et vita. Nemo venit ad Patrem, nisi per me.*«

Der weißgekleidete Mann machte einen verwirrten Eindruck. Er ließ langsam die Arme sinken und blickte zum Himmel. So stand er regungslos starr wie eine Statue. Anne hätte erwartet, daß sich irgend jemand von dem einsamen Rufer gestört fühlte, daß irgendwo ein Fenster sich öffnete oder jemand auf die Straße trat. Aber nichts dergleichen geschah. Man hätte meinen können, der Kahlkopf sei der einzige Bewohner von Leibethra.

Sollte sie ihn anreden? Noch bevor sie sich zu einer Entscheidung durchgerungen hatte, trat Anne hinter der Säule hervor, daß der andere sie sehen mußte. Der jedoch blieb in seiner ekstatischen Haltung und ließ sich auch durch ein heftiges Räuspern, von dem Anne annehmen mußte, daß er es vernommen hatte, nicht aus der Ruhe bringen.

»Hallo!« rief Anne und trat noch einen Schritt näher auf den Kahlkopf zu. »Hallo!«

Da neigte dieser seinen Kopf in ihre Richtung und öffnete mit unendlicher Langsamkeit seine Augen. Er wirkte keineswegs überrascht, ja es schien beinahe, als habe er sie erwartet, denn er lächelte Anne gütig zu und streckte ihr eine Hand entgegen. Das Erstaunlichste war jedoch, er begann zu reden und sagte: »Wer seid Ihr, Fremde?«

»Sie verstehen meine Sprache?« entgegnete Anne verblüfft.

»Ich verstehe jede Sprache«, antwortete der Kahlkopf indigniert, so als ob es die größte Selbstverständlichkeit wäre. »Ihr habt meine Frage nicht beantwortet.«

»Ich heiße Selma Döblin«, log Anne. Weil ihr gerade nichts anderes einfiel, gebrauchte sie den Mädchennamen ihrer Mutter.

Der Kahlkopf nickte: »Meinen Namen kann ich Euch nicht verraten. Ich darf es nicht. Es würde Euch erschrecken. Ich bin die Zwietracht in Person. Nennt mich Zwietracht.«

»Merkwürdiger Name für einen frommen Mönch«, erwiderte Anne.

»Dann nennt mich Hoffart, wenn Euch das besser gefällt«, entgegnete der Mann, »oder Hybris, aber nennt mich nicht fromm, zum Teufel.«

Anne zuckte zusammen, weil die eben noch gutmütigen Augen des Kahlkopfes von einem Augenblick zum anderen einen stechenden Blick angenommen hatten, der einem Angst einflößte. Zwietracht oder Hoffart oder Hybris oder wie auch immer der Mann heißen wollte, hielt den Blick starr, beinahe hypnotisch auf Anne gerichtet. Anne sah in das Angesicht eines Menschen, in dem sich die Stupidität eines Irren und die Schlauheit eines Philosophen auf wundersame Weise vermischten, und sie begriff jäh, daß der kahlköpfige Mann vor ihr zu jenem menschlichen Schutzschild gehörte, mit dem die Orphiker sich umgaben, um sicher zu sein vor unwillkommenen Eindringlingen. Sie erkannte aber auch, daß dieser Mann ihr behilflich sein konnte, wenn sie es nur richtig anstellte.

»Ihr habt das Gesetz übertreten«, sagte der Kahlkopf mit eisiger Stimme. »Kein Bewohner von Leibethra verläßt nachts ungestraft sein Haus. Das müßt Ihr wissen, auch wenn Ihr neu seid. Ich werde Meldung machen von dem Vorfall.« Dabei deutete er mit erhobenem Zeigefinger himmelwärts, wo sich die Oberstadt im Dunkeln erhob. »Und jetzt kommt!«

Der ausgemergelte Mönch packte Anne kraftvoll am Arm und schob sie neben sich her wie eine Diebin auf dem Weg zum Verhör. Sie hätte fliehen können, doch für den Fall stellte sich die Frage wohin? Also ließ sie es geschehen und ging neben Bruder Zwietracht her die Hauptstraße entlang bis zu einer Kreuzung. Das Eckhaus zur Rechten besaß zwei Stockwerke wie alle anderen Häuser auch, aber es war breiter und hatte viele kleine Fenster. Ein kahler Gang führte zu einem Treppenhaus mit steinernen Stufen und einem kantigen, eisernen Geländer. Es wirkte wie ein riesiger Käfig, weil zwischen den einzelnen Stockwerken Maschendraht gezogen war. Wie die Straßen war auch das Treppenhaus grell erleuchtet.

Anne versuchte, nicht daran zu denken, was auf sie zukommen könnte. Du hast es so gewollt, sagte sie bei sich. Ohne seinen Griff zu lockern, führte der Kahle Anne in die erste Etage des Hauses, durch eine offenstehende Tür in einen großen Raum. Hier herrschte Dämmerlicht, und Anne erkannte etwa zwanzig Feldbetten, auf denen Menschen schliefen. Der Schlafsaal machte einen durchaus sauberen Eindruck, aber die Vorstellung, einer der Schlafenden könnte plötzlich aufspringen, hatte etwas Bedrohliches.

Zwietracht zeigte auf ein leeres Feldbett in der Nähe des Fensters und verschwand, ohne ein Wort zu sagen. Anne verstaute ihre Tasche unter dem Feldbett, dann setzte sie sich. Bis zum Morgen, dessen war sie sich klar, mußte sie von hier verschwinden. Zwietracht würde sie verraten, und wer weiß, was sie mit ihr anfangen würden.

7

Während sie dasaß, den Kopf in die Hände gestützt, und nachdachte, hatte sie das Empfinden, als träte jemand von hinten an sie heran, sie glaubte sogar, eine Hand in ihrem Haar zu spüren. Mit einem Ruck drehte sie sich um, bereit, auf einen Angreifer loszugehen, da blickte sie in das verschreckte Gesicht eines Mädchens, beinahe noch ein Kind, mit zarten, weichen Zügen. Das Mädchen hielt die Hände schützend vors Gesicht, als fürchte es Schläge. Anne hielt inne. Als das Mädchen merkte, daß die Fremde sie nicht schlagen wollte, kam es näher, faßte vorsichtig in Annes Haar und streichelte es wie eine Kostbarkeit. Anne begriff: Das Haar des Mädchens war kurz geschoren. Alle Köpfe in diesem Raum waren kurz geschoren.

»Hab keine Angst«, flüsterte Anne, aber das scheue Mädchen schreckte zurück und versteckte sich unter der Decke seines Bettes.

»Sie versteht Euch nicht«, kam eine Stimme aus der hinteren Ecke, »sie ist taubstumm, außerdem leidet sie an Infantilismus, wenn Ihr wißt, was das ist.« Die Frau war alt, derbe Falten zerfurchten ihr Gesicht, und ihre hängenden Augenlider vermittelten den Eindruck unendlicher Traurigkeit. Dabei wirkte sie in gewisser Weise durchaus intelligent. Darüber konnten auch ihre kurz geschorenen Haare, die alle zu Anstaltsinsassen degradierten, nicht hinwegtäuschen.

Anne musterte die alte Frau. Die legte eine Hand auf ihre Brust und sagte beinahe stolz: »Hebephrene Schizophrenie, Ihr versteht!« Und nach einer Weile, während der sie Annes Staunen auskostete: »Und Ihr?«

Anne wußte nicht, was sie antworten sollte. Offenbar interessierte sich die Alte für den Grund ihrer Einlieferung. »Ihr könnt offen mit mir reden«, meinte sie schließlich, »ich bin Ärztin.« Die Alte sprach ziemlich laut, und Anne befürchtete, die anderen in dem Schlafraum könnten erwachen. Als Anne nicht antwortete, stieg die Alte aus ihrem Bett. Sie trug ein langes Nachthemd, unter dem ungewöhnlich große, weiße Füße hervorragten, und kam auf sie zu.

»Keine Angst«, sagte sie, jetzt in etwas leiserem Tonfall, »ich bin hier die einzig Normale. Dr. Sargent. Laßt mich raten, warum Ihr hier seid.« Bei diesen Worten trat sie vor Anne hin, drückte mit beiden Daumen gegen ihre Backenknochen und zog ihr rechtes Augenlid nach oben. »Ich würde sagen, perniziöse Katatonie, wenn Ihr wißt, was das ist.«

»Nein«, erwiderte Anne.

»Nun, Katatonie, also Spannungsirresein, wird bestimmt durch Bewegungsstörungen, Unruhezustände und psychische Erregungen. In gewissen Fällen geht sie mit einer zentral bedingten Erhöhung der Körpertemperatur einher. Dann sprechen wir von perniziöser Katatonie. Nicht ungefährlich, mein Kind.«

Das Wissen und die Klarheit, mit der die Alte sprach, machten Anne staunen. Was sollte sie von dieser rätselhaften Dr. Sargent halten? Sie mußte zugeben, ihr Puls raste, die unerwartete Situation beunruhigte sie zutiefst, und es mochte sein, daß ihre Bewegungen unkontrolliert erschienen; wie in aller Welt hatte die Alte das so schnell erkannt?

»Was hat er Euch gesagt?« fragte Dr. Sargent unvermittelt.

»Wer?«

»Johannes!«

»Er wollte mir seinen Namen nicht nennen. Ich heiße übrigens Selma, Selma Döblin.«

Die Alte nickte: »Nennt mich einfach Doktor. Alle hier nennen mich Doktor.«

»Also gut, Doktor. Warum gebrauchen Sie hier diese merkwürdige Anrede, warum sagen Sie ›Ihr‹?«

Dr. Sargent hob die Hände: »Von oben verordnet. Alles, was hier geschieht, ist von oben verordnet. Ich würde Euch raten, sich dem nicht zu widersetzen. Sie haben harte Strafen. – Hat Euch Johannes zum christlichen Glauben bekehrt?«

»Er rezitierte irgend etwas in lateinischer Sprache.«

»Armer Kerl. Er ist noch nicht lange hier. Ein ehemaliger Priester, der den Verstand verloren hat, und nun glaubt er, der Evangelist Johannes zu sein; er singt Tag und Nacht aus den Evangelien und will alle bekehren. Typischer Fall von Paranoia. Wäre interessant zu wissen, wodurch sie ausgelöst wurde. Es gibt Augenblicke, da flucht er wie ein Steinschleifer. Im übrigen ist er harmlos.«

»Er sagte, niemand dürfe nachts auf die Straße, das sei gegen das Gesetz.«

»Stimmt«, antwortete Dr. Sargent. »Es halten sich auch alle daran, außer Johannes. Er genießt eine Art Sonderstellung. Warum weiß niemand.«

Es lag Anne auf der Zunge zu fragen: Warum sind *Sie* eigentlich hier, Doktor? Sie machen doch einen leidlich normalen Eindruck? Ja, es drängten sich noch viele Fragen auf: Warum machen Sie sich keine Gedanken, woher ich eigentlich komme, mitten in der Nacht? Warum unterhalten Sie sich mit mir, als hätten Sie mich seit langem erwartet? Warum interessieren Sie sich nicht näher für *meinen* geistigen Zustand? Aber all das fragte Anne von Seydlitz nicht. Sie wagte es nicht.

»Sie stellen Euch eine Diagnose«, begann Dr. Sargent von neuem, »und es empfiehlt sich, das Krankheitsbild dieser Diagnose zu erfüllen.« Anne kam es so vor, als würde diese Frau ihre Gedanken erraten. »Tut ihnen den Gefallen«, zischte sie laut, »dann geht es Euch nicht schlecht hier. Andernfalls...«

»Andernfalls?«

»Hier ist noch keiner ohne Zustimmung von oben herausgekommen! Ich habe jedenfalls noch von keinem Fall gehört.«

Nach diesen Worten entstand eine lange Pause, in der jeder über den anderen nachdachte. Schließlich faßte Anne sich ein Herz und sagte fragend: »Sie sind schon lange hier, Doktor?«

Dr. Sargent ließ die Augen sinken, und Anne befürchtete, sie hätte mit ihrer Frage einen wunden Punkt berührt, der geeignet sei, Dr. Sargents psychischen Zustand ins Gegenteil zu lenken; aber nach einer Weile antwortete die Frau resigniert, aber gefaßt: »In Leibethra lebe ich seit zwölf Jahren. Hier allerdings« – und dabei klopfte sie mit dem Zeigefinger auf ihre Bettkante – »bin ich erst seit einem Jahr. Schizophrenie, behaupten sie. Hört Ihr, Schizophrenie! In Wirklichkeit paßten meine Forschungen nicht mehr in ihr Konzept.«

Plötzlich legte Dr. Sargent ihren Finger auf den Mund. Auf dem Flur hörte man Schritte. »Kontrollgang«, sagte der Doktor, »schnell unter die Decke!« Und ehe sie sich versah, hatte Dr. Sargent sie auf ihr Bett gedrückt und beiden ihre Wolldecke über den Kopf gezogen.

Im selben Augenblick traten zwei uniformierte Wächter in den Raum und ließen ihre Blicke über die Schlafenden schweifen. Sie trugen lederne Helme und Koppelzeug, an dem Schlagstock und Pistolentasche befestigt waren.

Als sie den Raum verlassen hatten, zog Dr. Sargent die Decke zurück und sagte: »Jetzt haben wir Ruhe bis morgen früh. Es empfiehlt sich nicht, sich mit diesen Kerlen anzulegen. Brutale Menschen sind das, glaubt mir, richtige Bluthunde.«

Anne erhob sich. Die kurze Zeit mit Dr. Sargent unter der Decke hatte ihr tiefes Unbehagen bereitet. Sie ging zu ihrem Feldbett und legte sich nieder. Nun auf einmal machte sich die Anstrengung bemerkbar, die der Weg hierher gefordert hatte, und ihre Glieder wurden schwer. Steif und stumpf lag sie da und lauschte, Anne lauschte in die Nacht, weil sie nicht glauben konnte, daß sie in einer Stadt ohne Geräusche lebte.

So dämmerte sie vor sich hin, nur halb dem Schlaf ergeben, weil ein Teil ihres Gehirns nicht aufhören konnte sich vorzustellen, wie der kommende Tag verlaufen würde, nicht aufhören konnte zu sinnieren, ob sie nicht besser davonliefe und sich versteckte. Aber dazu war sie viel zu müde. Die Schwere in ihrem Körper drückte sie auf das harte Feldbett, und Anne hatte ein Gefühl wie im Traum, wenn man fortlaufen will und nicht kann, weil die Glieder ihren Dienst versagen.

So lag sie zwei, drei Stunden zwischen Qual und Erholung, als von draußen eine Stimme näher kam, weinerlich klagend; die Stimme eines Mannes wiederholte ein und dasselbe Wort. In der eisigen Stille empfand Anne das nicht enden wollende Rufen ungewöhnlich genug, aber mit einem Mal war ihr, als rufe jemand ihren Namen.

Anne fuhr auf. Sie lauschte mit offenem Mund, und jetzt hörte sie es deutlich. »Anne – Anne.« Behutsam, um ja keinen Lärm zu machen, stand Anne auf und schlich zum nahen Fenster.

In der Mitte der hellerleuchteten Straße, keine fünfzig Meter entfernt, stand ein schwarzgekleideter Mann mit auffallend weißem Gesicht. Guido. Anne schluckte. Sie riß die Augen auf. Mit der rechten preßte sie ihre linke Hand, daß es schmerzte, denn sie wollte sicher sein, daß sie nicht träumte. Anne wollte schreien. Es ging nicht. Als wüßte der schwarzgekleidete Mann, daß sie hinter diesem Fenster stand, wandte er ihr sein Gesicht zu: Er war es.

Auf Zehenspitzen ging Anne zu Dr. Sargent. Die aber schlief, und Anne mußte sie erst wachrütteln, und selbst als sie wach war, ließ sie sich nur schwer dazu bewegen, einen Blick aus dem Fenster zu werfen. »Hören Sie nicht den Rufer?« flüsterte Anne eindringlich.

»Das ist unser Evangelist Johannes«, knurrte Dr. Sargent unwillig.

»Nein!« entgegnete Anne. »Werfen Sie doch einmal einen Blick aus dem Fenster!«

»Dann ist es Mauro, der Ballettänzer. Der muß manchmal nachts eingefangen werden. Er behauptet, früher beim Bolschoi getanzt zu haben.«

Anne faßte Dr. Sargent am Arm. »Bitte kommen Sie. Ich will nur, daß Sie mir bestätigen, was ich sehe.«

Dr. Sargent setzte sich auf. »Bestätigen? Warum soll ich das bestätigen?«

Anne antwortete stockend: »Der Mann auf der Straße – ich glaube – ich bin sicher – der Mann auf der Straße ist mein Mann.«

»Er ist hier?«

Nach einer langen Weile: »Er ist vor drei Monaten bei einem Verkehrsunfall gestorben.«

Die unerwartete Behauptung rüttelte Dr. Sargent wach. Sie blickte Anne ins Gesicht und erhob sich unwillig, als wollte sie sagen: Wenn es sein muß. Jedenfalls schlurfte sie in dicken Socken, die sie auch nachts nicht auszuziehen pflegte, zu dem kleinen Fenster und blickte nach draußen. Anne hörte noch immer das klagende Rufen: »Anne – Anne – Anne.«

Verärgert bewegte Dr. Sargent den Kopf hin und her, stellte sich, um besser sehen zu können, auf die Zehenspitzen, dann drehte sie sich um und brummte, während sie zu ihrem Feldbett zurückging: »Ich sehe niemanden auf der Straße!«

»Aber hören Sie doch, die Rufe!«

»Ich höre nichts und ich sehe nichts«, erwiderte Dr. Sargent barsch. »Halluzinose in Verbindung mit Akoasmen, organische Erkrankung des Schläfenlappens im Gehirn.« Dann zog sie ihre Wolldecke über den Kopf und kehrte Anne den Rücken.

Anne verstand ihre Worte nicht, aber sie vernahm noch immer das Rufen und preßte ihre Stirn gegen die Fensterscheibe: Guido war verschwunden. Doch in ihrem Kopf hallte das böse Echo: Anne – Anne. Ihre Augen bohrten sich in das Pflaster, aus dem das Rufen schallte, aber das Pflaster lag einsam und hell. Es *konnte* nicht sein, es *durfte* nicht sein. Näherte sie sich dem Wahnsinn? Anne fühlte, ihr ganzer Körper war zum Zerreißen gespannt. Sie begann sich Gedanken zu machen, ob sie nicht in einer Traumwelt lebte, ob sie Guidos Tod und seine fatalen Folgen nur geträumt hatte, ob sie nicht zu einer hilflosen Figur geworden war in ihrem eigenen Delirium.

Die Scheibe kühlte ihre heiße Stirn, und Anne preßte sie mit aller Kraft dagegen. Sie war nicht in der Verfassung, daran zu denken, daß Glas eine spröde Festigkeit besitzt, die mit einem Schlag nachgibt. Sie zitterte und starrte auf die leere Straße, und in ihren Augen sammelten sich Tränen. Da sprang das Glas mit schrillem Knall. Anne spürte, wie ein warmer Strahl über ihr Gesicht rann, dann war ihr, als stürzte sie endlos in die Tiefe, sie fühlte die Kälte eines schwarzen Abgrundes, der näher und näher kam, bevor sie hart aufschlug und das Bewußtsein verlor.

8

Als sie erwachte, war es noch immer (oder schon wieder?) Nacht, und in dem kahlen Schlafraum hatte sich nichts verändert. Mit den Händen tastete Anne nach ihrem Kopf. Sie trug einen Verband um die Stirn, am meisten aber erschrak sie darüber, daß ihre Haare kurz geschoren waren wie die der übrigen Bewohner auf Leibethra.

Hier kannst du nicht bleiben, war ihr erster Gedanke. Aber noch bevor sie einen Plan faßte, was zu tun sei, kam ihr zu Bewußtsein, daß sie so, mit ihren geschorenen Haaren, in Leibethra aufgenommen war: Sie gehörte dazu, und es würde sich nie eine bessere Chance bieten, das Geheimnis dieses Ortes zu erforschen. Dabei hatte sie Angst, Angst vor Guido, der sich zu solchem Schauspiel hinreißen ließ, oder – wenn er es nicht war – Angst vor denen, die sie und ihre Angst in ihre Machenschaften eingeplant hatten.

»Na, seid Ihr wieder klar?«

Anne blickte nach hinten. Es war Dr. Sargent, die, auf einen Unterarm gestützt, interessiert Annes Bewegungen verfolgte.

»Was haben Sie mit mir gemacht?« erkundigte sie sich besorgt und zupfte nervös an ihrem Kopfverband.

»Ihr solltet lieber fragen, was Ihr gemacht habt!« geiferte Dr. Sargent zurück. »Ihr wart im Delirium und wolltet mit dem Kopf durch die Glasscheibe. Ihr hättet Euch den Hals abgeschnitten, wenn ich Euch nicht im letzten Augenblick weggezogen hätte. Dazu habt Ihr andauernd von einem Guido gefaselt.«

Der abfällige Tonfall in ihrer Stimme machte Anne wütend:

»Soll ich Ihnen danken, weil Sie mir das Leben gerettet haben?« fragte sie herausfordernd.

»Ich bin Dr. Sargent«, antwortete die Alte kühl, »es ist meine Pflicht, Leben zu retten.«

»Danke«, sagte Anne.

»Schon gut.«

Das Licht in dem Raum war gedämpft, aber doch so hell, daß man alles erkennen konnte. Anne blickte zum Fenster. »Dr. Sargent«, rief sie leise, »das Fenster!«

»Was ist mit dem Fenster?« fragte Dr. Sargent gelangweilt.

»Ich dachte, ich hätte mit dem Kopf die Glasscheibe zertrümmert?«

»Habt Ihr auch!«

»Aber die Glasscheibe ist doch ganz? Wollen Sie sagen, daß die Scheibe schon wieder repariert ist?«

»Ja, das will ich sagen. Schließlich habt Ihr vier Tage geschlafen!«

»Wie bitte?«

»Zwei Tage und zwei Nächte. Doktor Normann ist da nicht zimperlich. Niemand hier ist zimperlich, wenn es darum geht, einen Insassen der Anstalt ruhigzustellen. Valium wird hier kanisterweise verbraucht.«

Anne streifte die Ärmel des langen weißen Hemdes zurück, das man ihr übergestülpt hatte. Beide Armbeugen wiesen Einstiche auf.

»Ihr wundert Euch?« fragte Dr. Sargent. »Habt Ihr geglaubt, die Leute hier seien von Natur aus so friedlich? Seht Euch doch einmal um. Schaut Euch jeden einzelnen genau an, jeden einzelnen.«

Wie unter Zwang erhob Anne sich von ihrem Feldbett und ging mit langsamen Schritten durch den Schlafsaal. Da lagen Frauen mit Akromegalie, mit großen roten Köpfen und überproportionierten, derben Gesichtszügen, als wären sie aus rohem Holz geschnitzt; Mißgeburten sah Anne, mit verdrehten Gliedern und blödem Grinsen und andere von einer Statur, die Zweifel aufkommen ließ, ob sie sich überhaupt selbst fortbewegen konnten. Annes Herz klopfte wild, und das Blut hämmerte in ihrem Schädel. Sie war verwirrt.

An Dr. Sargents Bett angelangt, kniete sie nieder und flüsterte: »Das ist ja furchtbar. Wie lange haltet Ihr das schon aus?«

»Man kann sich an alles gewöhnen«, bemerkte Dr. Sargent knapp.

Im Vergleich zu den anderen Frauen in diesem Saal machte Dr. Sargent einen ziemlich normalen Eindruck. Anne konnte nicht anders, sie mußte die Frage loswerden: »Sagen Sie, Doktor, warum sind *Sie* überhaupt hier?«

Da begannen die Augen der Frau wild und zornig zu funkeln. Sie wollte zu einer Erklärung ansetzen, aber man sah, daß sie ein schlimmer Gedanke daran hinderte, und schließlich antwortete sie nur kurz: »Da müßt Ihr die da oben fragen.«

Es würde nicht einfach sein, das Vertrauen dieser Frau zu gewinnen. Dessen war Anne sich sicher. Deshalb versuchte sie es auf andere Weise, indem sie die Vermutung äußerte, Dr. Sargent sei hier keineswegs als Patientin, sondern ihr obliege die Bewachung dieses Saales. Davon aber wollte Dr. Sargent nichts wissen; sie meinte vielmehr, hier bewache jeder jeden, das sei ein Grundprinzip in Leibethra.

Anne mißtraute dieser Erklärung, und ihre Vermutung, Dr. Sargent könnte zu der Kaste der Orphiker gehören und nicht zu den Geisteskranken der Anstalt, wurde noch verstärkt, als Anne die Bitte äußerte, sie möge ihr mehr über diesen seltsamen Bruder Johannes berichten, über seine Vergangenheit und wo er sich aufhalte. Sie hatte das ungewisse Gefühl, daß dieser beklagenswerte Mann in irgendeinem Zusammenhang mit ihrem Fall stehen könnte.

Doch da gab ihr Dr. Sargent unmißverständlich zu verstehen, daß derlei Nachforschungen unerwünscht seien, vor allem von ihr als Patientin. Dr. Sargent ließ auch keinen Zweifel, daß sie sie als Pflegefall betrachtete, nach jener angeblichen Erscheinung auf der Straße, an die sie einfach nicht glauben wollte. Zu der Abteilung, in der Johannes sich aufhalte, habe sie ohnehin keinen Zutritt, und daran möge sie sich halten.

Anne war es nicht entgangen, daß das taubstumme Mädchen während der gesamten Unterhaltung ihren Mund beobachtet hatte, als wolle es jedes Wort von ihren Lippen ablesen. Am Nachmittag, den die Frauen in kleinen Gruppen im Freien verbrachten, wobei Anne zum ersten Mal die gewaltige Ausdehnung der Felsenstadt hoch über ihren Köpfen erkennen konnte, steckte ihr das taubstumme Mädchen unbemerkt von den beiden Wärtern und von Dr. Sargent einen kleinen, gefalteten Zettel zu. Das Papier enthielt eine Zeichnung, aus der Anne bei näherer Betrachtung einen Plan erkennen konnte mit zunächst unverständlichen Markierungen und Pfeilen, an deren Anfang sie ihre Unterkunft erkennen konnte, während am Ende das Wort »Johannes« zu lesen war, zweimal unterstrichen.

Obwohl Anne während des Tages nach Johannes Ausschau hielt, bekam sie den beklagenswerten Evangelisten nicht zu Gesicht, so daß sie sich abends, trotz Verbots, heimlich auf die Suche machte. Dabei leistete ihr die Zeichnung des Mädchens wertvolle Dienste; denn Leibethra war eine verwinkelte Ansammlung von Häusern und Gäßchen und glich einem Labyrinth wie dem des Minotaurus auf Kreta; und niemand wunderte sich mehr darüber als Anne selber, daß sie keine Furcht verspürte, als sie sich mutterseelenallein auf den Weg machte.

Ihr einziges Bedenken galt der Möglichkeit, in einer der hellerleuchteten Gassen Guido zu begegnen. In diesem Fall, wenn Guido plötzlich vor ihr gestanden hätte, wußte sie nicht, wie sie reagieren solle. Fortlaufen? Oder auf ihn zugehen und mit der Hand ins Gesicht schlagen? Oder eine hämische Bemerkung machen über einen schlechten Schauspieler?

Die Häuser von Leibethra trugen keine Nummern, sondern Buchstaben oder Codewörter, und das machte die Orientierung für einen Unbefugten beinahe unmöglich. Doch die Zeichnung des taubstummen Mädchens erwies sich als so exakt, daß Anne sogar von der vorgeschriebenen Route abwich und einem fremdartigen Geräusch nachging, das sich wie das Winseln einer Katze oder eines Hundes oder von beiden anhörte.

Wie alle Gebäude war auch dieses nicht verschlossen; man

brauchte nur den eisernen Riegel an dem einflügeligen Holztor zurückzuschieben und fand Zugang zu einem Innenhof, in dem sich über drei Stockwerke, verbunden durch steile Holztreppen, vergitterte Käfige von unterschiedlicher Größe türmten. Obwohl nicht einmal die Hälfte der Käfige belegt war, herrschte in dem Innenhof große Unruhe, so daß Annes Eintreten nicht einmal bemerkt wurde.

Das laute Winseln kam aus einem Käfig im Erdgeschoß, und als sie vor die unruhigen Tiere hintrat, erkannte sie zwei furchterregende Fabelwesen, Windhunde mit einem Katzenkopf und einem unbehaarten Schwanz. Man hätte sie von weitem für Hunde halten können, wären da nicht ihre katzenhaften Bewegungen gewesen, mit denen sie sich unter Zuhilfenahme scharfer Krallen an einem Baumstumpf emporzogen.

Anne erschrak über diese verunstalteten Katzenwesen, aber unwillkürlich forschte sie in den übrigen Käfigen nach weiteren Schöpfungen der verantwortungslosen Tierzüchter. Da gab es Ziegenschafe mit buschigen Hundeschwänzen und ein Schwein mit Hörnern wie ein Geisbock und doppelt so lang wie ein normales Tier, daß der Bauch auf dem Boden schleifte.

Der größte Käfig war einem schwarzbraunen Ungeheuer vorbehalten, das einem Orang-Utan glich, aber nur vom Nabel abwärts. Der Oberkörper des Ungeheuers hingegen – und das war das Erschreckendste – zeigte eine rosige, nackte Haut wie ein Mensch. Unnatürlich lang hingen die Arme herab, die Hände, jedoch vor allem die Fingernägel, waren die eines Menschen. Der kahle, stark gerötete Kopf mit winzigen Ohren glich dem eines Catchers, und die Augen unter den wulstigen Brauen blickten Anne mit solcher Klarheit an, daß es sie nicht gewundert hätte, wenn das Ungeheuer zu sprechen begonnen und sie durch das Gitter gefragt hätte, was sie hier zu suchen habe.

Diese Vorstellung versetzte Anne in Unruhe, und sie verließ die schauervolle Zuchtstation überstürzt und nahm die Fährte wieder auf, die ihr das taubstumme Mädchen aufgezeichnet hatte. Diese führte aus einer engen Häuserreihe heraus über einen Platz, an dessen gegenüberliegender Seite drei hohe, offene Tore den

Blick in eine gewaltige Felsenhöhle freigaben, aus der das monotone Summen von Generatoren und Aggregaten drang. Auf dem Platz herrschte geschäftiges Treiben, so daß Anne kaum auffiel, als sie die Einfahrt in das Gewölbe in Augenschein nahm, von wo mehrere Aufzüge in die Oberstadt führten.

Die Menschen, die hier ein und aus gingen und nach oben schwebten, unterschieden sich auffallend von den übrigen Einwohnern von Leibethra. Nur wenige trugen kurzgeschorene Haare, und ihre meist dunkle Kleidung wirkte vornehm und klerikal. Keiner redete mit einem anderen, und die, die sich begegneten, würdigten sich keines Blickes.

Offenbar gab es keine Wachen, die irgend jemanden daran hinderten, in die Oberstadt von Leibethra zu gelangen. Das verblüffte Anne, wie sie überhaupt erstaunt war über die nachlässigen Sicherheitsmaßnahmen an diesem Ort. Zwar bekam sie martialisch aussehende, bewaffnete Wärter zu Gesicht, doch diese zeigten sich nur selten, und ihr Erscheinen erregte auch keine Furcht. Ruhe und Disziplin, die überall herrschten, wirkten auf Anne in gewisser Weise rätselhaft; schließlich handelte es sich um eine geschlossene Anstalt von gewaltigem Ausmaß.

Mit dem Plan des taubstummen Mädchens in der Hand suchte Anne weiter den Weg zu Johannes, dem verwirrten Evangelisten, von dem sie sich neue Informationen erhoffte.

9

Sie fand das Haus hinter einer Biegung der beschriebenen Gasse, kenntlich, wie aus dem Zettel hervorging, an einem eisernen Brunnenrohr, das wie ein Kanonenlauf aus der Hauswand ragte. Aus dem Rohr plätscherte ein dünnes Rinnsal auf das Pflaster.

Erwartet hatte Anne von Seydlitz eine Krankenstation ähnlich jener, in der sie untergebracht war; zu ihrer Verwunderung jedoch verbarg sich in dem Haus eine Bibliothek oder wie immer man die Ansammlung von Büchern und Folianten in den düsterverstaubten Räumen nennen mochte. Beim Eintreten durch die unverschlossene Tür und nach Durchquerung eines Vorraumes, der zu einer schmalen schwarzen Eichentreppe führte, wurde Anne Zeuge einer Unterhaltung, die in einem Nebenraum stattfand, aus welchem ein heller Lichtschein fiel.

Zunächst verstand Anne nur zusammenhanglose Wörter, weil die beiden Stimmen in höchster Erregung sprachen, aber allmählich wurde ihr der Inhalt der Diskussion klar. Vor allem glaubte sie sicher zu sein, in einer der beiden Stimmen den Evangelisten Johannes zu erkennen, der mit erregter Stimme gegen den anderen wetterte. Das versetzte Anne insofern in Erstaunen, als Johannes, den sie als einen verwirrten Menschen kennengelernt hatte, von seinem Gegner durchaus ernst genommen wurde; auch gaben seine Worte keinen Anlaß, an seinem Verstand zu zweifeln.

Das Thema, um das es ging, war der erste Johannesbrief, in dem dieser seine Leser in Kleinasien vor Irrlehrern warnt, die vor allem dann in besonderer Zahl aufträten, wenn das Ende der Welt nahe. Über diese Worte machte sich der Unbekannte lustig, und er verwies auf Matthäus 24, daß selbst Jesus vor Falschpropheten und falschen Messiassen gewarnt habe, was zwar nicht grundlos geschehen, aber ohne Nutzen geblieben sei.

Anne vermochte der fachlichen Diskussion nur oberflächlich zu folgen, sie sah sich neugierig in dem düsteren Vorraum um. Zimmer, in denen Bücher einen großen Teil der Möblierung darstellen, strahlen für gewöhnlich Ruhe und Harmonie aus; doch in diesem Raum wirkten die unzähligen Bücher wie Bausteine eines gewaltigen Chaos. In der Hauptsache rührte das daher, weil viele Bücher nicht ihre kaschierten Rücken zeigten, sondern die nackte, weiße Vorderseite oder die ebensolche Oberseite (was daher rührte, daß sie entweder verkehrt, also mit dem Rücken zur Wand, oder auf dem Rücken, also mit der Unterseite zur Wand aufgestellt waren). Hinzu kam, daß aus nahezu jedem zweiten Buch einzeln oder stapelweise Papiere quollen, und der Staub, der sie einhüllte, ließ vermuten, daß sie ihre einstige Bedeutung und ihren Inhalt längst überlebt hatten. Einrichtung gab es keine, wenn man von dem hohen, quadratischen Holztisch und einem Stuhl in der Mitte des Raumes absah.

Die Diskussion der beiden Männer endete abrupt, und Anne versteckte sich hinter einem Mauervorsprung an der Rückseite. Zuerst erschien Johannes in der Tür; er schüttelte verärgert den Kopf, murmelte ein paar unverständliche Worte und stieg die schmale Holztreppe empor in das obere Stockwerk, wo er eine Tür mit lautem Knall zuschlug.

Wenig später folgte der andere mit einem Bündel Akten unter dem Arm. Anne erkannte ihn sofort, aber die unerwartete Begegnung ließ sie verstummen, als sie aus dem Schatten auf den Mann zutrat. Natürlich hatte sie auch diese Stimme schon einmal gehört; sie erinnerte sich:

Guthmann.

Der erkannte sie nicht gleich, weil Anne noch immer ein schwarzes Tuch um die Stirn trug, wie ein Turban verschlungen, um ihren Verband zu verstecken.

»Ich bin Menas«, trat Guthmann auf Anne zu und neigte den Kopf zum Gruß.

»Menas? Sie sind Professor Werner Guthmann!« erwiderte Anne, die ihre Haltung wiedergefunden hatte. »Und Sie schulden mir noch eine Antwort.«

Guthmann trat näher und stammelte verlegen: »Ich verstehe nicht...«

»Ich bin Anne Seydlitz.«

»Sie?« Guthmann erschrak. Anne konnte sehen, wie der Mann zusammenfuhr und wie seine Finger sich in die Akten krallten. »Aber das ist doch nicht möglich!« rief er aus.

Anne gab sich unerwartet selbstbewußt; sie trat einen Schritt auf Guthmann zu und bemerkte in spitzem Tonfall: »In diesen Mauern ist alles möglich. Oder meinen Sie nicht?«

Guthmann nickte zustimmend. Wie er sich hilflos an seinen Akten festhielt, konnte man erkennen, daß ihm die Begegnung nicht nur peinlich, sondern äußerst unangenehm war. Anne hätte sich nicht gewundert, wenn der verwirrt wirkende Mann plötzlich fortgelaufen wäre.

»Sie schulden mir noch eine Antwort«, wiederholte Anne eindringlich. »Ich habe Ihnen eine Pergamentkopie überlassen mit einem koptischen Text, aber statt ihn zu übersetzen, sind Sie einfach verschwunden.«

»Ich habe Sie gewarnt«, entgegnete Guthmann, ohne auf Annes Worte einzugehen. »Hat man Sie hierher verschleppt?«

»Verschleppt?« Anne lachte gekünstelt. »Ich bin freiwillig hierher gekommen. Ich will wissen, was hier gespielt wird.«

Guthmann blickte ungläubig, beinahe hilflos, und in weinerlichem Tonfall meinte er: »Kein vernünftiger Mensch kommt freiwillig nach Leibethra.«

»Warum sind Sie dann hier?« fragte Anne.

»Nun ja, ich bin auch freiwillig hier, wenn man so will«, gab der Professor zu. »Unter dem Zwang der Versuchung – es war eine gut ausgelegte Schlinge, und jetzt steckt mein Hals drin.«

»Und was machen Sie hier?«

Guthmann nickte, als habe er die Frage erwartet, und er erwiderte: »Sie brauchen mein Wissen und meine Arbeit...«

»...weil Vossius tot ist und weil er der einzige war, der von dem Geheimnis um Barabbas Bescheid wußte!«

»Mein Gott, woher wissen Sie?«

»Herr Professor Guthmann«, begann Anne förmlich, »ich hetze seit Monaten einem Phantom hinterher, das an den verschiedensten Orten der Welt Spuren hinterlassen hat. Der Name dieses Phantoms ist Barabbas. Und wie es den Anschein hat, hat es sich in ein Evangelium eingeschlichen, das die Bibelwissenschaft bisher nicht kannte. Es ist sozusagen das fünfte Evangelium.«

»Sie wissen zuviel!« rief Guthmann entsetzt. »Warum lassen Sie die Sache nicht auf sich beruhen?«

»Ich weiß noch immer zu wenig. Vor allem will ich die Wahrheit über das Doppelleben meines Mannes erfahren. Kennen Sie Guido von Seydlitz?«

»Nein«, beteuerte Guthmann.

»Eigentlich müßte ich sagen: Kannten Sie Guido von Seydlitz; denn eigentlich kam er bei einem Autounfall ums Leben, und ich habe für seine Beerdigung zweieinhalbtausend Mark bezahlt. Aber vor drei Tagen stand er hier nachts auf der Straße und rief meinen Namen, und er saß auch schon nachts zu Hause in unserer

Bibliothek. Ich weiß nicht mehr, was ich glauben soll. Jedenfalls gebe ich nicht auf, bis ich nicht völlige Klarheit habe.«

Eine Weile sagte Guthmann kein Wort, er blickte vor sich auf den Boden, dann erkundigte er sich bei Anne: »Und warum kommen Sie hierher?«

»Ganz einfach«, antwortete sie, »der Mann, den sie den Evangelisten nennen, war der erste, dem ich hier begegnet bin. Man sagt, er sei verwirrt, und tatsächlich macht er bisweilen auch den Eindruck; aber als ich vorhin Zeuge Ihrer Diskussion wurde ... jedenfalls habe ich den Eindruck, daß er irgend etwas weiß. Wer ist dieser Mann?«

»Sein Name ist Giovanni Foscolo, aber das ist ohne Bedeutung. Er ist ein italienischer Jesuit und ein Genie auf seinem Gebiet. Er ist Neutestamentler und kann nicht nur die vier Evangelien und die Apostelgeschichte auswendig, er zitiert auch alle Briefe des Apostels Paulus an die Römer, Korinther, Galater, Epheser, Philipper, Kolosser, Thessaloniker, an Timotheus, Titus und Philemon sowie die Offenbarung des Johannes aus dem Gedächtnis. Vor allem aber kennt er alle Querverbindungen, also von Matthäus 16, 13–20 zu Markus 8, 27–30 oder Lukas 9, 18–21. Wirklich ein Genie.«

»Deshalb die vielen alten Bücher und Folianten!« bemerkte Anne und sah sich in dem düsteren Raum um. »Aber warum sagen alle, er sei verrückt, wenn er ein Genie ist?«

Guthmann hob die Schultern, aber Anne von Seydlitz hatte den Eindruck, daß er etwas verschweigen wollte.

»Könnte es vielleicht sein«, frage Anne umständlich, »daß der Jesuit auf einen Hinweis gestoßen ist, der seine Welt zum Einsturz brachte?«

Da sah sie der Professor erschreckt an: »Was wollen Sie damit sagen?«

»Nun, wenn die Orphiker soviel Energie aufwenden, um hinter das Geheimnis des fünften Evangeliums zu kommen, und wenn Giovanni Foscolo ein so genialer Forscher war, dann wäre es doch denkbar, daß er das Phantom Barabbas enttarnt hat – und daß er darüber verrückt geworden ist.«

Die Worte versetzten Guthmann in Unruhe, er begann seine Akten zu sortieren, und seine Stimme klang unsicher wie zu Beginn der Begegnung. »Ich habe schon zuviel ausgeplaudert«, meinte er verlegen. »Außerdem werde ich erwartet. Wenn Sie mich entschuldigen wollen.«

»Nein, Professor Guthmann!« protestierte Anne. »Sie können hier nicht einfach verschwinden! Sie haben mich schon einmal im Stich gelassen.«

Guthmann beschwichtigte Anne mit ausholenden Handbewegungen. »Leise. In Leibethra haben alle Wände Ohren. Es wäre jedem von uns von Schaden, wenn man uns zusammen entdecken würde. Ich schlage vor, wir treffen uns morgen hier um die gleiche Zeit.« Und noch bevor Anne dem Vorschlag zustimmen konnte, hatte sich Guthmann umgedreht und war verschwunden.

10

Anne war wieder allein inmitten stummer Wissenschaft, auf der sich, bei näherem Hinsehen, der Staub festgesetzt hatte wie Schnee in einer Winterlandschaft. Und wie in einer Winterlandschaft hatte Giovanni Foscolo Spuren hinterlassen, wo er Bücher aus ihrer Reihe genommen und wieder an ihren Ort zurückgestellt hatte. Manche dieser Spuren hatten die Frische dieses oder des Vortages, andere wiederum verbargen ihr Alter unter neuem Staub, und es würde nicht lange dauern, bis sie ganz verschwunden sein würden.

Buchtitel in allen Sprachen auf den breiten Rücken tanzten vor den Augen der heimlichen Besucherin: *Mithras – Mysterien und Urchristentum, The Damascus-Fragments and the Origins of the Jewish-Christian Sect, Theologische Studien und Kritiken: Wann ist Matthäus 16, 17–19 eingeschoben?, Die Apokryphen Schriften zum Neuen Testament, Liber di Veritate Evangeliorum.*

Wie die Kleidung den Menschen verrät, so wiesen die Bücherrücken auf Herkunft und Alter hin; aber es fiel auf, daß manche Bücher gekennzeichnet zu sein schienen, indem ein O oder P mit schwarzem Stift oder schwarzer Tinte ausgemalt war. Und je mehr Titel Anne von den Bücherwänden ablas, desto mehr kam sie zu der Überzeugung: Fromme und erbauliche Bücher waren dies nicht, die hier aufbewahrt wurden, im Gegenteil, aus den Regalen sprang dem Betrachter eine gewisse Bedrohlichkeit entgegen. So hatte Anne beinahe Hemmungen, eines der gekennzeichneten Bücher aus dem Fach zu nehmen. Es trug den Titel »Die apokryphen Schriften zum Neuen Testament«, wobei der Anfangsbuchstabe D schwarz ausgemalt war, vermittelte aber beim flüchtigen Durchblättern keine aufregenden Erkenntnisse, so daß Anne es an seinen Ort zurückstellte.

Gerade in dem Augenblick, als Anne sich anschickte, über die steile Treppe nach oben zu steigen, um mit Giovanni Foscolo zu sprechen, vernahm sie Schritte, die sich dem Haus näherten, und es schien ihr ratsam, sich hinter einem der hohen Bücherregale zu verstecken. Zwei Männer in Wächteruniform, wie sie sie schon bei ihrer Ankunft in Leibethra gesehen hatte, traten durch die Tür und suchten zielstrebig den Weg in das obere Stockwerk. Anne vernahm einen kurzen, heftigen Wortwechsel, und aus ihrem sicheren Versteck, abgeschirmt durch eine Wand von Büchern, konnte sie beobachten, wie der geistesgestörte Jesuit abgeführt wurde.

Anne folgte den Männern in gebührendem Abstand. Sie verstand, was Foscolo mit lauter Stimme in die Nacht rief: »Selig, wer die prophetischen Worte liest und hört und sich an das hält, was darin geschrieben steht. Denn die Zeit ist nahe«, aber sie konnte nichts damit anfangen. Foscolo schien den Weg zu kennen, denn er ging den Wächtern durch die menschenleeren Straßen voraus bis zu einem großen, hellerleuchteten Gebäude mit weißen, undurchsichtigen Fenstern und einem Portal aus gläsernen Türen, das das Erscheinungsbild einer Klinik vermittelte.

In diesem Gebäude verschwanden Foscolo und seine Wächter, und obwohl niemand am Eingang den Zugang verwehrte, vermied es Anne, das Haus zu betreten. Sie ertappte sich bei dem Gedanken, Guido könnte, falls er wirklich noch am Leben war, sich hinter diesen Mauern aufhalten.

Die einzigen Menschen, die ihr in dieser Situation weiterhelfen konnten, waren Dr. Sargent und Professor Guthmann. Der Ärztin mißtraute Anne; auch Guthmanns Rolle gab zu Bedenken Anlaß, aber seine Zurückhaltung schien nur ein Beweis dafür zu sein, daß er viel mehr wußte, als er eingestand.

Am Tag darauf um die Abendstunde erschien Anne zu der Verabredung mit dem Professor. Es wunderte sie nicht, daß die Bibliothek, in der sie am Vorabend Guthmann und Foscolo angetroffen hatte, offenstand und hell erleuchtet war, obwohl niemand sich darin aufhielt. Das gehörte zu den Eigenheiten von Leibethra. Kein Mensch sollte sich allein und unbeobachtet fühlen, niemand. Neugierde trieb sie zu der Treppe, die in das obere Stockwerk führte, und obwohl Anne mit großer Behutsamkeit die hölzernen Stufen hinaufstieg, verursachte sie knarrende Geräusche, die, hätte sich jemand in dem Hause aufgehalten, ihre Ankunft verraten hätten.

Auf dem Treppenabsatz blieb Anne stehen. Sie lauschte, und da sich nichts rührte, tat sie drei Schritte vor in Richtung auf eine geschlossene Tür. Anne verwarf den Gedanken anzuklopfen, wie es sich für einen Fremden gehörte – aber was gehörte sich schon an diesem Ort –, und sie öffnete die Tür. Zu ihrer Überraschung lag der Raum, der sich vor ihr auftat, im Dunkeln. Anne berührte den Lichtschalter, eine helle Deckenleuchte flammte auf und beleuchtete eine einfach möblierte Studierstube. Auf einem breiten Holztisch zwischen den beiden Fenstern zur Straße stapelten sich Akten, Karten und mit Schnüren gebündeltes Papier. Die Wand zur Linken war mit Blättern beklebt, die ein unregelmäßiges Mosaik ergaben und mit Schriftzeichen versehen waren, die Anne nicht kannte, die jedoch jenen auf ihrem Pergament ähnelten. An der rechten Wand stand ein altes Sofa mit rötlichbraunem, geometrischem Muster, wie man es in Griechenland häufig sehen kann.

Als Anne die Tür hinter sich schloß, erschrak sie, denn an einem Haken baumelte eine jener langen Kutten, in denen Foscolo aufzutreten pflegte. Zweifellos war dies Foscolos Studierstube, und Anne fragte sich, ob so das Arbeitszimmer eines Verrückten aussehe. Das vermeintliche Chaos an Papier, das sich von den

Wänden über den Tisch bis auf den Fußboden fortsetzte, wo weitere Akten gestapelt lagen, ließ durchaus ein System erkennen.

Ein dicker Einband erregte Annes besonderes Interesse. Er lag auf einem Stapel obenauf, war mit Schreibmaschine geschrieben und trug die Aufschrift: *Marc Vossius. Das namenlose Grab von Minia in Mittelägypten und seine Bedeutung für das Neue Testament.* Diese Entdeckung führte Anne von Seydlitz zu zwei wesentlichen Schlüssen: Vossius war in der Tat die Schlüsselfigur in dem Fall gewesen, und eine bisher unbekannte Spur führte möglicherweise nach Ägypten.

Während sie aufgeregt in dem dickleibigen Manuskript blätterte, dessen Inhalt für Anne zum großen Teil unleserlich und unverständlich war, überkam sie mit einem Mal das Gefühl, daß jemand hinter ihr stand. Sie wollte sich umdrehen, aber Angst lähmte ihre Bewegung. In diesem Augenblick der Starrheit legte sich von hinten ein Arm um ihren Hals, und noch bevor sie sich wehren konnte, wurde ihr ein Tuch gegen Mund und Nase gepreßt, und Anne verlor das Bewußtsein.

11

Sie erwachte im Halbschlaf; jedenfalls fand sie später die Erinnerung an das folgende Geschehen. Ob sie das alles geträumt oder ob es sich in Wirklichkeit so zugetragen hatte, vermochte sie nicht mehr zu sagen. Sie wußte auch nicht, wo das folgende stattgefunden hatte, sie sah nur eine Frau, die aus dem Dunkeln auf sie zutrat und ihr, die sie mit schweren Gliedern dalag, ein Pendel vor die Augen hielt, das mit zappelnden Bewegungen hin- und herschwang.

Da begann die Unbekannte zu sprechen, sie redete mit leisen, eindringlichen Worten auf Anne ein, und obwohl ihr Gesicht im Dunkeln blieb, erkannte sie Dr. Sargent an ihrer Stimme. Sie klang dumpf und anders, als sie sie gesprächsweise kennengelernt hatte, und der Atem der Frau ging schwer, als habe sie eine anstrengende Arbeit zu verrichten.

Der Tonfall, mit dem Dr. Sargent auf sie einredete, wirkte auf Anne so abstoßend wie die ganze Erscheinung der Frau, und obwohl sie nicht in der Lage war, sich zu bewegen, wehrte sie sich mit aller Kraft gegen sie.

»Ihr hört meine Stimme?«

»Ja«, erwiderte Anne schwach und merkte, daß ihr das Sprechen schwerfiel.

»Ihr seht das Pendel vor Euren Augen?«

»Ja. Ich sehe es.« Anne sah es in der Tat, obwohl sie nicht wußte, ob sie ihre Augen offen oder geschlossen hielt.

»Konzentriert Euch auf meine Stimme und nur auf meine Stimme. Alles andere ist von nun an für Euch ohne Bedeutung. Habt Ihr mich verstanden?«

»Ja«, antwortete Anne beinahe mechanisch. Es widerstrebte ihr zu antworten, doch sie konnte nicht anders.

»Ihr werdet jetzt auf alle meine Fragen antworten, und wenn Ihr erwacht, werdet Ihr Euch an nichts mehr erinnern.«

Anne sträubte sich, sie stemmte sich mit aller Kraft gegen den eigenen Willen, aber eine unbezwingbare Macht preßte aus ihr die Antwort heraus: »Ich werde antworten und mich später an nichts mehr erinnern.«

Sie ärgerte sich über sich selbst, und am liebsten wäre sie aufgesprungen und fortgelaufen, doch sobald sie den Gedanken zu Ende dachte, überkam sie wieder die bleierne Schwere, und sie blieb regungslos.

»Was sucht Ihr in Leibethra?« drang die abstoßende Stimme auf sie ein.

»Die Wahrheit!« antwortete Anne spontan. »Ich suche die Wahrheit!«

»Die Wahrheit? – Hier werdet Ihr die Wahrheit nicht finden!«

Anne wollte fragen: Wo dann, wenn nicht hier? Aber sie fühlte, daß sie die Fähigkeit verloren hatte, Fragen zu stellen. Ihre Stimme gehorchte nicht. Unruhig wartete sie deshalb auf die nächste Frage Dr. Sargents.

»Wo habt Ihr das Pergament versteckt?« fragte die Stimme laut und eindringlich.

»Ich weiß nicht, wovon Sie reden«, erwiderte Anne, ohne nachzudenken.

»Ich spreche von dem Pergament mit dem Namen des Barabbas!«

»Kenne ich nicht.«

»Ihr habt das Pergament!«

»Nein.«

Gebannt wartete Anne auf die nächste Frage; aber Dr. Sargents Stimme schwieg. Anne wußte nicht, wo sie war, und so sehr sie sich auch mühte, irgendein Geräusch zu identifizieren, das einen Hinweis auf ihren Aufenthaltsort hätte geben können, sie hörte nichts und lag da wie taub. Ihr Versuch, die Augen zu öffnen, mißlang, wie überhaupt alles, was sie mit ihrem Willen durchzusetzen versuchte, an der Schwere in ihren Gliedern scheiterte, und sie begriff, daß Dr. Sargent bemüht war, sie mit Hilfe von Hypnose gefügig zu machen.

Die Worte der Ärztin schallten wie ein böses Echo in ihrem Kopf: *Wo habt Ihr das Pergament versteckt... versteckt... versteckt...*

Anne hatte den Gedanken hundertmal gedacht, und deshalb blieb er ihr auch in dieser Situation gegenwärtig: Wenn du das Pergament verrätst, ist dein Leben keinen Pfifferling mehr wert. Sie werden dir nichts tun, solange sie nicht im Besitz des Pergaments sind.

Wie lange sie in dieser lähmenden Starre dalag, Anne vermochte es nicht zu sagen; sie hielt sich nur an den einen Gedanken, nichts zu verraten. Und auf einmal nahm sie, obwohl sie die Augen geschlossen hielt, über sich einen Schatten wahr, und Dr. Sargents Stimme tönte erneut: »Ihr werdet jetzt auf alle meine Fragen antworten und nichts von dem verschweigen, was in Eurem Gedächtnis ist.«

Anne spürte die Finger der Ärztin auf ihrer Stirn, eine unangenehme Berührung, aber sie brachte es nicht fertig, ihr auszuweichen und sich zu wehren.

»Kennt Ihr den Inhalt des Pergaments?« fragte die Stimme drängend.

Anne antwortete: »Nein, ich kenne ihn nicht.«
»Aber Ihr habt eine Kopie!«
»Niemand kann sie entschlüsseln.«
»Und das Original?«
»Ich weiß es nicht.«
»Ihr wißt es genau!« Dr. Sargent stürzte auf Anne zu. Anne fühlte, wie sie von der Frau an den Armen gefaßt und geschüttelt wurde. Sie hörte die Drohungen ihrer kalten, geifernden Stimme: »Wir werden sie mit Injektionen zum Reden bringen.«

An mehr konnte sie sich nicht mehr erinnern.

12

Als sie erwachte, lag Anne in einem abgedunkelten Raum in unnatürlicher Stille. Sie streckte sich und versuchte so, die Schwere aus ihren Gliedern zu pressen. Die Situation war durchaus angetan, Todesangst zu vermitteln, aber Anne empfand nicht die geringste Furcht. Alles, was sie an Angst hatte, hatte sich in den vergangenen Wochen aufgebraucht. Im Gegenteil, in Situationen wie dieser entwickelte sie nie gekannten Mut. Sie stand auf, tappte im Dunkeln auf einen winzigen Lichtschein zu, der einen diffusen Strich in den Raum zeichnete, und stieß gegen ein Fenster. Sie ertastete einen Griff, öffnete es und stieß auf einen hölzernen Fensterladen, den sie, nach Entriegelung eines Schlosses, einen Spalt aufstieß.

Die Helligkeit schmerzte in ihren Augen, und es dauerte lange, bis Anne sich daran gewöhnt hatte. Zuerst sah sie nur Himmel; doch als sie ihren Blick senkte, sah sie tief unter sich gebirgiges Land, und ihr wurde klar, daß sie sich in der Oberstadt befand. Sie war entdeckt, und sie mußte erkennen, daß sie sich keineswegs heimlich in Leibethra eingeschlichen, sondern von Anfang an unter Beobachtung gestanden hatte.

Für Anne gab es keinen Grund, den Laden geschlossen zu halten, also ließ sie das helle Tageslicht in das Zimmer, und sie erkannte einen karg möblierten Raum mit nackten Bodenbrettern und ein weißgestrichenes Eisenbett von ausgeprägter Scheußlichkeit. Die Tür hatte wie alle Türen in Leibethra kein Schloß, war also unversperrt, und ein Blick nach draußen ließ einen unendlich langen, mit vielen Türen versehenen Gang erkennen.

Es erschien ihr nicht angebracht, die Umgebung zu erkunden. Allein die Tatsache, daß man sie auch hier nicht eingesperrt hatte, ließ erkennen, wie sicher die Orphiker sich fühlten. Offenbar gab es keine Chance zur Flucht. In der gegenwärtigen Situation war Anne dazu auch viel zu müde. Ihr Kopf schmerzte, und sie kämpfte, nachdem sie sich auf dem Eisenbett niedergelassen und den Kopf in den Händen vergraben hatte, mit dem Schlaf, und zu alldem war ihr hundeübel. Und während Anne vor sich hin in das seltsame Zimmer starrte, fiel ihr Blick auf einen Stuhl, über den sauber gebügelte Kleider gelegt waren, und erst jetzt bemerkte Anne, daß sie ein langes, steifes Nachthemd trug wie in psychiatrischen Anstalten üblich, und sie erschrak vor ihrer eigenen Erscheinung.

Aber je länger sie den Blick auf die Kleider gerichtet hielt – dabei wischte sich Anne die Augen mit den Händen aus, denn sie glaubte zu träumen –, desto heftiger ging ihr Atem, ihr Herz schlug bis zum Hals, das Blut pochte in ihren Schläfen. Die Kleidungsstücke vor ihr auf dem Stuhl gehörten Guido.

Anne erhob sich und ging vorsichtig, als könnten die Kleider plötzlich zum Leben erwachen und sie angreifen, auf den Stuhl zu. Über der Lehne hing das Sakko, die Hose lag auf der Sitzfläche, von der die Hosenbeine herabhingen.

Anne verspürte zunächst Hemmungen, die Kleidungsstücke zu berühren, aber dann gab sie sich einen Stoß, und sie erkundete die Innenseite des Sakkos, in der sie das Etikett eines Münchner Schneiders wußte. In der Tat – es war Guidos Anzug.

Anne ließ das Kleidungsstück fallen, als hätte sie sich die Finger verbrannt. Drohend stand auf einmal das Bild Guidos vor ihr. Anne fühlte, wie Panik in ihr hochkroch. Was war das für ein grausames, makabres Spiel, das Guido, das die Orphiker oder wer auch immer sich hinter all dem verbergen mochte, mit ihr trieben?

Eben wollte sie das kalte Zimmer verlassen, da hörte Anne auf dem Gang die langsamen und schweren Schritte eines Mannes. *Guido!*

Sie zitterte am ganzen Körper; sie fühlte, wie ihre Knie nachgaben. Hilflos klammerte sie sich an das eiserne Bett, und mit weit aufgerissenen Augen starrte sie auf die Tür.

Die Schritte kamen näher, und je mehr sie sich näherten, desto bedrohlicher empfand Anne das Geräusch, das sie verursachten. Schließlich, vor der Tür, blieben sie stehen. Es klopfte.

Annes Kehle war wie zugeschnürt. Selbst wenn sie gewollt hätte, sie hätte es nicht fertiggebracht zu antworten. Sie rang nach Luft, und dabei sah sie, wie langsam die Klinke niedergedrückt und die Tür geöffnet wurde. Anne wollte schreien, aber sie konnte nicht, sie konnte nur zusehen, wie ihr die Tür entgegenkam.

Für Sekunden standen sie sich wortlos gegenüber: Anne und – Thales. Es war der Rotbäckige, und er fand zuerst die Sprache: »Ihr habt mich wohl nicht erwartet?« meinte er mit jenem unverschämten Grinsen, das sie schon kannte, und das sein breites rosiges Gesicht noch röter erscheinen ließ.

Anne, noch immer nicht fähig zu sprechen, schüttelte heftig den Kopf. Sie hatte geglaubt, auf den Schock vorbereitet zu sein, den ihr die Begegnung mit Guido bereitet hätte. Aber nun, da ihr dieses Zusammentreffen erspart geblieben war, mußte sie erkennen, daß sie der Situation in keiner Weise gewachsen war, und sie wünschte nur das eine, daß Guido tot war, tot, tot, tot!

»Seit unserer letzten Begegnung in Berlin«, begann der Rotbäckige grinsend, »habt Ihr uns mit Eurem Verhalten nur Schwierigkeiten bereitet, und ich will Euch nicht verheimlichen, daß Ihr ein gefährliches Spiel treibt, ein sehr gefährliches Spiel sogar.«

»Wo – ist – Guido?« stotterte Anne, als hätte sie Thales' Worte überhaupt nicht gehört, und dabei deutete sie auf die Kleidungsstücke auf dem Stuhl. Die Abneigung, die sie von Anfang an gegen diesen Mann verspürt hatte, war nun zu Haß geworden. Annes Haß hätte gereicht, ihn zu töten.

»Wo befindet sich das Pergament?« fragte Thales ungerührt und ohne auf ihre Frage einzugehen und fügte kühl hinzu: »Ich meine natürlich das Original«, wobei er mit der ihm eigenen ungewöhnlichen Heftigkeit Luft durch die Nase preßte.

Als er merkte, daß Anne nicht gewillt war, zuerst auf *seine* Fragen zu antworten, besann er sich und sagte mit jener abstoßenden Art von Selbstbeherrschung, die ihn auszeichnete: »Ihr wart mit Guido von Seydlitz verheiratet? Sagtet Ihr nicht, er sei bei einem Verkehrsunfall ums Leben gekommen?«

Die Eiseskälte, mit der Thales ihr begegnete und sie der Lächerlichkeit preisgab, ließ Anne verzweifeln. »Ja«, erwiderte sie, »bei einem Verkehrsunfall.«

»Ich wiederhole meine Frage: Wo ist das Pergament? Wenn Ihr wollt, können wir über jede Summe verhandeln. Also?«

»Ich weiß es nicht«, log Anne, und sie mühte sich, die gleiche Selbstbeherrschung an den Tag zu legen wie ihr Gegenüber. Jedenfalls klang es äußerst provozierend, als sie kühl hinzufügte: »Und wenn ich es wüßte, bin ich nicht sicher, ob ich es Ihnen verraten würde.«

»Nicht für eine Million?«

Anne hob die Schultern. »Was ist schon eine Million im Vergleich zu jener Lebensversicherung, der das Wissen um das Pergament gleichkommt. Glauben Sie ernsthaft, es wäre mir verborgen geblieben, daß alle, die über das Pergament Bescheid wußten, elend umgekommen sind? Da bleibt für die Tatsache, daß ich noch am Leben bin, doch nur eine einzige Erklärung.«

Thales machte nicht den Eindruck, als würde er über Annes Worte lange nachdenken. Er schüttelte unwillig den Kopf, und der Geste konnte man entnehmen, daß er nicht geneigt war, auf Vorhaltungen zu antworten. Der Mann war jedoch viel zu intelligent, um nicht umgehend seine Strategie zu ändern: Anne von Seydlitz hatte recht, sie verfügte über die besseren Karten – jedenfalls mußte Thales das glauben, und mit Drohungen würde er bei dieser Frau überhaupt nichts ausrichten.

Deshalb wechselte er den Tonfall und begann mit aufgesetzter Freundlichkeit zu berichten, daß sie seit ihrer Ankunft in Thessaloniki von den Orphikern beobachtet worden sei, und als er den Zweifel in ihrem Gesicht erkannte, bemerkte Thales mit einem

Lächeln: »Ich glaube, Ihr unterschätzt mich ein wenig. Meint Ihr wirklich, es sei Euch gelungen, Euch heimlich in Leibethra einzuschleichen?«

»Ja«, erwiderte Anne mit herausfordernder Offenheit, »jedenfalls gab es niemanden, der mich entdeckt und am Betreten von Leibethra gehindert hätte.«

Wütend wie ein gereizter Stier blies Thales die Luft durch die Nase: »Wenn Ihr Leibethra betreten habt, dann entsprach das *meinem* Wunsch«, fauchte er; aber schon im nächsten Augenblick setzte er wieder sein abstoßendes Lächeln auf: »Georgios Spiliados, der Bäcker aus Katerini, der Euch hierher gebracht hat, ist einer von uns. Das nur nebenbei.«

»Aber das ist doch nicht möglich!« rief Anne von Seydlitz entsetzt.

»Ich sage doch, Ihr habt mich unterschätzt. Hier in Leibethra ist nichts dem Zufall überlassen. Was hier geschieht, geschieht, weil wir es wollen. Habt Ihr geglaubt, Euch hier unbemerkt einschleichen zu können? Dieser Gedanke ist ebenso absurd wie die Idee, man könnte aus Leibethra fliehen. Versucht es, es wird Euch nicht gelingen. Nur ein Narr würde einen solchen Entschluß fassen. Ihr seht ja, in Leibethra gibt es keine verschlossenen Türen. Wozu auch?«

Mit dem Gedanken, daß Georgios zu den Orphikern gehörte, konnte sich Anne nicht abfinden. »Georgios hat nicht nur Gutes über Sie gesprochen«, sagte sie nachdenklich, »und ich mußte ihn mühsam überreden, mich hierher zu bringen. Ich habe ihn gut bezahlt.«

Thales hob grinsend die Schultern und bog die Handflächen nach außen: »Um ans Ziel zu gelangen, ist uns jedes Mittel recht, versteht Ihr das?«

Dem konnte Anne nur beipflichten, aber sie schwieg. Zu viele Dinge gingen ihr durch den Kopf. Schließlich stellte sie Thales die Frage: »Was haben Sie mit Guido gemacht, mit Vossius und Guthmann? Ich will eine Antwort!«

Da verfinsterte sich Thales' Gesichtsausdruck, und er sagte: »An eines müßt Ihr Euch gewöhnen: In Leibethra stellt man keine

Fragen, man gehorcht. In dieser Beziehung sind wir ein ganz normaler christlicher Orden. Aber nur in dieser Beziehung.«

»Ich hatte ein Gespräch mit Professor Guthmann«, begann Anne.

»Mit Bruder Menas«, verbesserte Thales und fügte hinzu: »Ich weiß.«

»Er klang nicht sehr zuversichtlich.«

»Sollte er das?«

»Ich habe den Eindruck, Guthmann hat Angst.«

»Menas ist ein Hasenfuß.«

»Aber ein bedeutender Wissenschaftler.«

»Wie man's nimmt.«

»Und Sie brauchen seine Erfahrung.«

»So ist es.«

»Finden Sie nicht, daß es Zeit wird, mir die Wahrheit zu sagen?«

»Ihr stellt schon wieder eine Frage«, entgegnete Thales. »Im übrigen kennt Ihr die Wahrheit. Ihr wißt, worum es geht: In einem Grab wurde ein koptisches Pergament gefunden, und in diesem Pergament ist ein fünftes Evangelium aufgezeichnet. Leider wurde die Bedeutung dieser Schrift erst viel später erkannt, als ihre Einzelteile bereits in alle Welt verstreut waren.« Thales ging zum Fenster und verschränkte die Hände auf dem Rücken. Den Blick nach draußen gewandt, fuhr er fort: »Dieses Papier ist geeignet, die Macht der katholischen Kirche zu brechen. Mit diesem Pergament werden wir die Kirche vernichten!«

Thales' Stimme klang laut und dröhnend, wie sie sie noch nie vernommen hatte. »Ich bin auch kein Anhänger der Kirche«, bemerkte Anne, »aber aus Ihren Worten spricht abgrundtiefer Haß.«

»Haß?« antwortete Thales. »Es ist mehr als Haß, es ist Verachtung. Der Mensch ist ein göttliches Wesen. Aber jene, die sich anmaßen, im Namen Gottes zu sprechen, verneinen alles Göttliche. Zweitausend Jahre Kirchengeschichte sind nichts weiter als zweitausend Jahre Demütigung, Ausbeutung und Kampf gegen den Fortschritt. Die Pfaffen haben Jahrhunderte riesige Dome gebaut, zur Ehre Gottes, wie sie sagten; in Wirklichkeit steckte die Idee dahinter, den Christenmenschen zu unterdrücken, ihm seine Kleinheit und Bedeutungslosigkeit vor Augen zu führen. Bedeutungslosigkeit hindert am Denken, und Denken ist Gift für die Kirche. Die Kirche wird von Befehlen am Leben erhalten. Ihre Lehre heißt schlicht befehlen und gehorchen. Und alles unter dem Motto: Glauben. Glauben ist leichter als Denken. Wer in Glaubenssachen den Verstand befragt, erhält unchristliche Antworten. Und das ist der Grund, warum die Kirche sich seit ihrem Bestehen dem Fortschritt und Wissen entgegenstemmt. Wissen ist das Ende des Glaubens. Alle Unsinnigkeiten, die die Kirche verbreitet, wurden bisher mit dem einen Zauberwort vom Tisch gewischt: *Glauben*. Wer immer gegen die Kirche auftrat, dem wurde bescheinigt, es fehle ihm an Glauben. Und gegen den Glauben gibt es keine Beweise, nur gegen den Unglauben.« Thales wandte sich Anne zu: »Dieses Pergament ist für die Kirche der Sprengstoff, der ihre Macht von einem Tag auf den anderen auslöscht, versteht Ihr?«

Anne verstand, aber sie begriff nicht, warum gerade jenes eine Pergamentblatt, das sie besaß, von so großer Wichtigkeit sein sollte. Sie wagte aber auch nicht zu fragen, weil sie damit indirekt zugegeben hätte, im Besitz des Pergamentes zu sein. Welche Bedeutung verbarg sich hinter dem Namen Barabbas im Zusammenhang mit der Kirche?

»Ich biete Euch eine Million!« hörte sie Thales sagen. »Überlegt es Euch gut. Früher oder später gelangen wir ohnehin in den Besitz des Blattes. Aber dann werdet Ihr nichts mehr davon haben.« Dann verließ Thales das Zimmer, und seine Schritte hallten in dem langen Gang.

Wenn es stimmte, was Thales sagte, daß das Pergament Sprengstoff war, dann war dieses Dokument für die römische Kirche von noch weit höherem Wert als für die Orphiker. Anne erschrak, daß sie mit diesem Gedanken spielte.

13

Zwar wußte sie nun, worum es den Orphikern ging, über Guido hatte sie jedoch nichts erfahren. Aber da lagen seine Kleider, seine Hose und sein Jackett, und während sie ängstlich darauf starrte, als warte sie darauf, daß sie lebendig würden, kam ihr die Idee, mangels eigener Kleidungsstücke diese anzuziehen und die Oberstadt von Leibethra auf eigene Faust zu erkunden.

Die Idee war so unverfroren und kam ihr so plötzlich, daß Anne daran Gefallen fand, ja, sie schmunzelte bei dem Gedanken, daß Guido solange nicht mehr auftauchen konnte, solange sie seine Kleider trug. Es gibt eine Theorie, Angst könne nur durch das Objekt der Angst besiegt werden, die Angst vor Schlangen zum Beispiel durch Berühren einer Schlange, die Angst vorm Fliegen durch eine Fliegerausbildung – in Guidos Kleidern empfand sie mit einem Mal keine Angst mehr vor Guidos Erscheinung, ja, sie nahm sich vor, diesem makabren Spiel endlich auf den Grund zu gehen.

Der lange Korridor vor ihrem Zimmer wurde an beiden Enden von undurchsichtigen Glastüren verschlossen, doch auch diese Türen waren nicht abgesperrt. Alles erinnerte an eine Krankenstation. In der Mitte befand sich eine Art Ärzte- oder Schwesternzimmer mit Schiebefenstern zum Flur. Das Zimmer war leer. Neugierig lauschte Anne an den Türen, aber sie vernahm keinen Laut. Die Einsamkeit vermittelte ein beklemmendes Gefühl, und Anne begann eine Tür nach der anderen zu öffnen; dabei wurde ihre Vermutung bestätigt: Es handelte sich um eine Krankenstation ohne Patienten.

Die Leere, die ihr überall entgegenstarrte, war geeignet, einen normalen Menschen verrückt zu machen, und gewiß, dachte Anne, steckte sogar System dahinter. Jedenfalls begann sie zuerst bedächtig, dann immer schneller, eine Tür nach der anderen auf dem endlosen Korridor aufzureißen und wieder zu schließen, nachdem sie festgestellt hatte, daß sich niemand darin aufhielt.

Im letzten Zimmer auf der ihrem Zimmer entgegengesetzten Seite des Korridors hielt Anne inne. Sie erschrak, weil sie dreißig oder vierzig leere Krankenzimmer gesehen hatte, doch in diesem lag ein Patient. Anne trat näher.

»Adrian!«

Der Patient war Adrian Kleiber.

Es gibt Situationen, die treffen einen mit solcher Wucht, daß man zu keinem klaren Gedanken fähig ist, und der Verstand weigert sich, die Realität zu verarbeiten. In einer solchen Situation befand Anne sich in diesem Augenblick: das einzige, was sie hervorbrachte, war: »Adrian!« Und noch mal: »Adrian!«

Kleiber machte einen apathischen Eindruck, er wirkte jedenfalls weit weniger bestürzt als sie und lächelte freundlich. Es konnte kein Zweifel bestehen, er stand unter Drogen.

»Erkennst du mich, Adrian?« fragte Anne.

Kleiber nickte, und nach einer Weile sagte er: »Natürlich.«

In Anbetracht ihrer Verkleidung und der kurzgeschorenen Haare war dies keineswegs selbstverständlich. »Was haben sie mit dir gemacht?« fragte Anne wütend.

Da schob Kleiber den linken Ärmel seines Pyjamas zurück und blickte auf seinen Unterarm. Der war von Nadeleinstichen übersät. »Sie kommen zweimal am Tag«, sagte er müde.

»Wer?« rief Anne erregt, und über ihren Augen bildete sich eine senkrechte Falte.

»Mit Namen hat sich noch keiner vorgestellt.« Er rang sich ein Lächeln ab.

In der Zwischenzeit hatte Anne die ganze Tragweite der Situation begriffen, nun bestürmte sie Kleiber mit tausend Fragen. Kleiber antwortete mühsam, aber klar, und so erfuhr Anne von Seydlitz, daß Adrian von einem Kommando der Orphiker entführt und auf abenteuerlichen Wegen über Marseille nach Saloniki gebracht worden war.

»Aber das ist doch Wahnsinn!« tobte Anne, »Interpol wird dich suchen. Du kannst doch nicht von einem Tag auf den anderen verschwinden, du nicht!«

Kleiber machte eine abweisende Handbewegung: »Diese Leute sind eiskalte Gangster. Sie müssen mich tagelang beobachtet und ausgeforscht haben. Jedenfalls wußten sie, daß ich im Besitz eines

Flugtickets nach Abidjan war. Sie kannten das Abflugdatum und die Flugnummer, und als ich in Le Bourget ankam, zerrten sie mich in ein Auto. Dann verlor ich das Bewußtsein. Als ich zu mir kam, befand ich mich mit drei Männern, die wie Priester gekleidet waren, in einer Limousine auf dem Weg nach Südfrankreich. Kein Mensch wird mich suchen. Offiziell bin ich an die Elfenbeinküste geflogen.«

»Und wie lange bist du schon hier?«

»Ich weiß es nicht. Fünf, sechs Tage, vielleicht zwei Wochen. Ich habe jeden Begriff für Zeit verloren. Diese gottverdammten Injektionen.«

»Und die Verhöre? Haben sie dich ausgequetscht?«

Kleiber rang nach Luft; man sah, wie er sich mühte, irgendeine Erinnerung zu finden, wie er versuchte, keine Schwäche zu zeigen. Schließlich schüttelte er den Kopf: »Nein, es gab keine Verhöre, jedenfalls kann ich mich nicht daran erinnern, befragt oder belästigt worden zu sein. Ich müßte mich doch erinnern.«

Anne bemerkte mit einer gewissen Bitterkeit: »Die Leute hier verstehen etwas von Drogen, und es gibt Mittel, die für eine begrenzte Zeit jede Erinnerung ausschließen. Allerdings lähmen sie auch das Gedächtnis, so daß diesen Leuten damit nicht gedient wäre. Nein, ich glaube, sie wollen dich ganz allmählich gefügig machen, und irgendwann werden sie damit beginnen, dich auszuquetschen.«

Adrian faßte Annes Hand. Der Freund, der sonst jeder Situation gewachsen und nie um eine Idee verlegen war, machte einen beklagenswert hilflosen Eindruck. »Was sie nur von mir wollen«, stammelte er weinerlich. In diesem Augenblick der Hilflosigkeit des Mannes empfand Anne auf einmal tiefe Zuneigung zu Kleiber: Ja, sie glaubte zu erkennen, daß die Augen des weltgewandten Journalisten Adrian Kleiber sie um Hilfe anflehten. Und während sie seine Rechte zwischen ihre beiden Hände nahm, sagte Anne leise: »Es tut mir leid wegen damals in San Diego.«

Adrian nickte, als wollte er sagen: Das Bedauern liegt auf meiner Seite. Sie sahen sich an und verstanden sich, sie verstanden sich besser als je zuvor.

Es bedarf ungewöhnlicher Situationen, um zueinanderzufinden, und sie dachten nun wohl beide dasselbe: an die Nacht in dem Münchner Hotel, als sie – für beide unerwartet – miteinander geschlafen hatten, in einem Anflug von Wahnsinn, ausgelöst durch Guidos nächtliches Erscheinen in seinem Arbeitszimmer. Ja, sie hatten wirklich beide denselben Gedanken, denn Adrian begriff sofort, was sie meinte, als Anne unvermittelt sagte: » Er ist hier. Ich habe ihn zweimal gesehen.«

»Und du glaubst, er ist es?« fragte Kleiber und betrachtete ihren Männeranzug.

»Ich weiß selbst nicht mehr, was ich glauben soll, und es ist mir auch ganz egal; möglich ist alles. Die Tatsache, daß du hier bist und wir uns unterhalten, ist nicht weniger verrückt. Als ich dich sah, habe ich im ersten Augenblick ebenso an meinem Verstand gezweifelt wie damals, als ich Guido begegnete.«

»Anne«, sagte Kleiber und drückte ihre Hand noch fester, »was haben diese Leute mit uns vor?«

Der Tonfall seiner Stimme verriet Angst. Dies war nicht der Adrian, den sie kannte, dies war ein menschliches Wrack, von tausend Ängsten gepeinigt. Obwohl selbst nicht frei von Angst, befand Anne von Seydlitz sich in weit besserer Verfassung. Ihre Gefühle hatten jene hohe Grenze überschritten, an der Angst in Wut umschlägt, Wut gegen die Verursacher der Angst.

»Du mußt dich nicht fürchten«, sagte sie. »Solange du nichts ausplauderst, werden sie dir nichts tun. Sie haben dich nicht hierhergebracht, um dich umzubringen, das hätten sie auch in Paris tun können. Denk nur an Vossius. Nein, sie haben dich hierhergeholt, weil sie von dir den Verbleib des Pergaments erfahren wollen. Und solange sie den nicht kennen und glauben, du könntest ihnen in dieser Sache einen entscheidenden Hinweis geben, solange mußt du dich nicht fürchten, hörst du!«

»Aber was können wir tun? Früher oder später werden sie alles Wissen aus uns herauspressen. Sie scheuen vor nichts zurück. Was sollen wir tun?« Verzweiflung stand in Kleibers Gesicht geschrieben.

»Vor allem dürfen wir uns nicht unserem Schicksal ergeben!«

erwiderte Anne ermunternd. »Wir müssen versuchen, hier herauszukommen.«

»Unmöglich«, bemerkte Kleiber, »sie fühlen sich so sicher, daß sie es nicht einmal für nötig erachten, ihre Gefängnistüren abzuschließen.«

»Das ist unsere Chance, und es ist die einzige.«

14

Anne rückte näher an Kleiber heran, und die folgende Unterhaltung fand nur im Flüsterton statt. »Seit Tagen beobachte ich von meinem Fenster aus eine kleine Materialseilbahn. Sie verkehrt unregelmäßig, und zur Bergstation hat man ungehinderten Zugang.«

»Du meinst...« Kleiber sah Anne an.

»Adrian, es ist unsere einzige Chance! Nicht ganz ungefährlich, aber ich habe gesehen, daß in der hölzernen Gondel sogar Ölfässer transportiert werden. Ein Faß Öl wiegt soviel wie du und ich zusammen. Ich glaube, das Risiko, hier umzukommen, ist größer als das Risiko der Flucht.«

Kleiber nickte apathisch, und nach einer Weile des Nachdenkens, das ihm deutlich Kraft abverlangte, sagte er mit trauriger Stimme: »Ich würde sofort mitmachen, aber es geht nicht. Ich schaffe das nicht. Diese Injektionen lähmen jeden Unternehmungsgeist. Versuche es allein. Vielleicht gelingt es dir später, mich auf andere Weise hier herauszuholen.«

In den langen Korridoren näherten sich Schritte.

»Die Ärztin mit meiner nächsten Spritze«, bemerkte Kleiber entmutigt.

Der Hinweis versetzte Anne in Aufregung. Man durfte sie hier unter keinen Umständen antreffen, dann wäre alles aus.

Was in dem nächsten Augenblick geschah, war Anne später selbst ein Rätsel. Sie hatte das nicht geplant, und wenn sie darüber nachdachte, kam sie nicht umhin, sich selbst Respekt zu zollen. Andererseits bestätigte ihr Verhalten nur die alte Erfahrung, daß Menschen, die in die Enge getrieben werden oder in aussichtslose

Situationen, zu unglaublichen Taten fähig sind. So auch Anne von Seydlitz: Sie trat ohne Bedenken hinter die Tür und wartete, bis diese geöffnet wurde.

Auch von hinten erkannte sie Anne sofort: Es war die kleine, schwerfällige Ärztin aus dem Schlafsaal. Offensichtlich hatte sie den Auftrag gehabt, ihr Vertrauen zu erschleichen. Dr. Sargent trug eine Injektionsnadel in der Hand. Ohne nachzudenken, griff Anne nach dem Handtuch, das an einem Haken hinter der Tür hing, warf es der kleinen Frau über den Kopf und zog an beiden Enden zu. Die Frau stieß einen unterdrückten Schrei aus, ihre Spritze fiel auf den Boden, ohne zu zerbrechen. Mit aller Kraft, die sie aufbringen konnte, schnürte Anne der Ärztin die Luft ab. Diese war so geschockt, daß sie dem Angriff keine Gegenwehr entgegensetzte und nach kurzer Zeit steif wie ein Brett zu Boden sank.

Adrian hatte die unerwartete Szene mit weit aufgerissenen Augen verfolgt. Doch nun, da er die Ärztin am Boden liegen sah, sprang er aus seinem Bett und kam Anne zu Hilfe. Die aber wehrte seine Hilfe ab und zischte leise: »Dieses Ungeheuer wird dir nichts mehr tun!«

Erst als Adrian Kleiber besorgt ausrief: »Hör auf, du bringst sie ja um«, kam Anne wieder zu Verstand und lockerte das Handtuch um den Hals der Ärztin. Die röchelte schwer und schnappte nach Luft wie ein Fisch auf dem Land. Anne wollte die Frau nicht töten, aber ihre Wut, Ausdruck ihres Selbsterhaltungstriebes, war noch immer nicht verflogen. Anne hob die Spritze auf und jagte sie der Frau in den Oberschenkel.

Kleiber musterte Anne bewundernd, als wollte er sagen: Das hätte ich dir nie zugetraut. Schließlich meinte er ängstlich: »Und was soll nun werden?«

Die Frau auf dem Fußboden stöhnte leise. Anne kniete an ihrer Seite, Adrian kauerte neben ihrem Kopf.

»Wie ist das nach so einer Injektion?« fragte Anne.

Adrian holte tief Luft. Er antwortete schwerfällig: »Die ersten zwei, drei Stunden schwebst du wie auf einer Wolke. Du nimmst alles aus der Ferne wahr, aber du bist nicht in der Lage zu reagieren. Dein Wille gehorcht dir nicht. Du willst zum Beispiel etwas sagen, aber du kannst nicht, du willst aufstehen, aber deine Beine gehorchen nicht. Es ist ein Zustand totaler Apathie.«

Anne reagierte eiskalt: »Gut«, stellte sie nüchtern fest, »dann haben wir von ihr nichts zu befürchten, jedenfalls nicht in den nächsten zwei Stunden.«

Kleiber nickte.

»Wie fühlst du dich?«

»Ganz gut«, log Kleiber.

Anne faßte Adrian an den Armen: »Wir müssen es schaffen. Wenn sie uns erwischen, schlagen sie uns tot! Uns bleibt keine andere Wahl, verstehst du!«

Adrians Puls beschleunigte sich. Er begriff, daß er jetzt hellwach sein und die letzten Kräfte mobilisieren mußte. Für Überlegungen war keine Zeit. Er vertraute Anne. Mit ihr zusammen würde die Flucht gelingen; davon war er überzeugt.

»Komm, pack an!« kommandierte Anne und faßte die kleine, untersetzte Frau an den Beinen. Adrian ergriff die Oberarme, auf diese Weise wuchteten sie die Bewußtlose auf das Bett. Sie deckten sie zu, so daß man bei einem flüchtigen Blick durch die Tür annehmen konnte, es handele sich um Kleiber. Der schlüpfte hastig in seine Kleider; das Taschentuch, das dabei zu Boden fiel, steckte Anne ein; dann verließen sie das Zimmer, und Anne nahm Adrian bei der Hand: »Komm!«

15

Bei ihren Erkundungszügen durch das Labyrinth der Oberstadt hatte Anne von Seydlitz schon am ersten Tag den kleinen, hölzernen Vorbau entdeckt, in dem die Gondel der Materialseilbahn hing, und schon am ersten Tag hatte sie in Erwägung gezogen, dieses Transportmittel zur Flucht zu benützen. Wie alle Türen in Leibethra war auch der Zugang zu der Bergstation nicht bewacht. Leere Fässer, Kisten und Säcke stapelten sich bis zur Decke des engen Raumes und warteten auf den Transport ins Tal. Was lag näher, als sich einen der Säcke über den Kopf zu ziehen und derart getarnt talwärts zu schweben?

Aufgeregt inspizierte Kleiber die elektrische Anlage, die sich im Vergleich zu der übrigen technischen Ausstattung von Leibethra eher primitiv ausnahm: Ein wuchtiger Handschalter mit altmodischem Porzellangriff steuerte den elektrischen Antrieb, zwei Pfeile markierten Berg- und Talfahrt, und die einzige Schwierigkeit, stellte Adrian fest, würde darin bestehen, den Handschalter umzulegen und auf die anfahrende Gondel, eine an vier Ketten aufgehängte Kiste ohne Deckel, aufzuspringen; dann, meinte Kleiber, müßten sie in ihren Säcken verschwinden und stillhalten, denn die offene Gondel sei von der Bergstadt aus einzusehen. Ob ihr die Talstation bekannt sei?

Anne lächelte verschmitzt: »Der Mann, der mich hierhergeführt hat, gehört, was ich nicht wußte, zu den Orphikern. Er war von Anfang an auf mich angesetzt. Das habe ich erst hier erfahren. Aber er hat einen Fehler gemacht, er hat mir auf dem Weg hierher die Talstation gezeigt. Sie liegt abseits hinter der Wachstation am Eingang der Unterstadt.«

Da fuchtelte Adrian aufgeregt in der Luft herum: »Eine Falle, das ist eine Falle!«

»Glaube ich nicht«, erwiderte Anne ruhig, »obwohl – diesen Leuten muß man alles zutrauen. Hast du Angst?«

Statt zu antworten, fiel Kleiber Anne in die Arme. Sie fühlte, daß Adrian sich fürchtete, und wenn sie ehrlich war, mußte sie zugeben, daß auch sie Angst verspürte. Was würde geschehen, wenn ihre Flucht auf halbem Weg entdeckt würde? Sie beide hilflos zwischen Himmel und Erde? Anne mochte nicht daran denken.

Wie sie Adrian in den Armen hielt, stürmten wieder jene aufgestauten Gefühle auf sie ein, die sie in den letzten Wochen erfolgreich verdrängt hatte. Sie liebte diesen Mann – auch wenn sie nicht den Mut aufbrachte, ihm ihre Liebe einzugestehen. Schon gar nicht in dieser Situation. Draußen begann es zu regnen. Dicke Tropfen klatschten auf das Blechdach, und vom Tal krochen Nebelschwaden bergwärts. Anne verzog das Gesicht und blickte skeptisch ins Tal. »Verdammt!« sagte sie leise, »auch das noch.«

»Warum?« wehrte Kleiber ab. »Etwas Besseres konnte uns gar nicht passieren.« Er zog eine grüne Plane unter den Säcken hervor. »Auf diese Weise können wir uns unter einer Plane verstekken, ohne daß irgend jemand Verdacht schöpft.«

»Du hast recht«, erwiderte Anne, während Kleiber, der zusehends an Rührigkeit gewann, sich an dem elektrischen Schalter zu schaffen machte.

»Da ist ein Problem«, murmelte Adrian nachdenklich.

»Und welches?« Anne trat näher.

»Wenn ich diesen Schalter umlege, fährt die Gondel los – ohne mich.«

»Hm.« Anne machte ein nachdenkliches Gesicht. »Und nun?«

»Ich habe da eine Idee«, meinte Kleiber und sah sich in dem engen Raum um.

»Und die wäre?«

»Ich brauche ein Stück Draht oder eine starke Schnur.«

»Hier!« rief Anne und zeigte auf ein Seil, das dazu diente, die Planen zu verschnüren.

Kleiber nahm das Seil und machte sich daran, das eine Ende an dem Griff des Handschalters zu verknoten. Dann führte er es senkrecht nach unten, durch die Klinke eines Werkzeugschrankes und geradewegs zu der Gondel. Anne staunte: »Das ist ja genial. Ja, so muß es funktionieren. Einfach genial!«

Kleiber lachte: »Das wird sich herausstellen. Ich sehe jedenfalls keine andere Möglichkeit.«

Wind war aufgekommen. Er heulte durch die Ritzen der Bergstation, und Anne blinzelte besorgt nach draußen. Adrian lud leere Säcke in die Gondel, darüber breitete er die Plane aus und warf Anne einen Blick zu. Einsteigen! »Angst?« fragte er mit einem aufmunternden Lächeln.

Ohne zu antworten, kletterte Anne in die Gondel und schlüpfte unter die Plane. Adrian gab ihr das Seil, das zum Schalter führte, in die Hand, dann schwang er sich selbst in das schaukelnde Gefährt und machte es sich bequem, so gut es ging. Für Augenblicke schwiegen beide, den Blick zu Tal gerichtet, wo sich ein Unwetter zusammenbraute.

Um sich selbst Mut zu machen, sagte Anne: »In zehn Minuten ist alles vorbei«, und ironisch fügte Kleiber hinzu: »Da unten steht sicher schon das Empfangskomitee bereit.« Dann zog er an der Leine.

Mit einem quietschenden Geräusch fuhr der Handgriff des Schalters nach unten, gleichzeitig setzte sich die hölzerne Gondel zuckend und ruckend in Bewegung. Anne und Adrian zogen die Plane über ihre Köpfe und ließen nur einen Spalt frei, durch den sie talwärts blicken konnten. Der Regen wurde heftiger, er prasselte lautstark auf die Plane. Heftige Windböen brachten die Gondel zum Schwanken, und in ihrer Angst drückte Anne Kleibers Hand. War es die anhaltende Wirkung der Drogen, oder hatte Adrian seinen Mut wiedergefunden, jedenfalls zeigte er kaum noch Furcht; er schien zu allem entschlossen, denn schlimmer konnte es wohl auch nicht kommen.

Sie hatten in ihrem schaukelnden Kasten noch keine fünfzig Meter zurückgelegt, als Anne heftig zu zittern begann. »Nur nicht nach unten«, sagte sie leise, und sie hielt die Augen geschlossen. Je weiter die Gondel sich von der Bergstation entfernte, desto heftiger schaukelte sie in alle Richtungen, seitwärts und auf und nieder. Ein Blick zurück auf die von Regenwänden verhangene Felsenstadt zeigte Kleiber die gewaltige Ausdehnung von Leibethra mit seinen Türmen und bizarren Aufbauten, die bei diesem Wetter eher der verlassenen Burg Frankensteins glichen als einem Kloster.

Inzwischen hatte die Gondel jene Stelle erreicht, von der aus weder die Berg- noch die Talstation gesehen werden konnte, so daß Kleiber kaum feststellen konnte, ob sich ihr Fahrzeug überhaupt noch nach unten bewegte. Das heftige Schaukeln tat dazu ein übriges.

»Wir stehen!« rief Anne, nachdem sie für einen Moment die Augen geöffnet hatte. »Sie haben abgeschaltet!«

Kleiber preßte seine Hand vor Annes Mund. »Das sieht nur so aus! Bleib ruhig, in ein paar Minuten ist alles vorbei.« Dann legte er seinen Arm um ihre Schultern. Anne atmete hastig, sie verspürte Übelkeit. Unfähig, einen klaren Gedanken zu fassen, dachte sie nur: Hoffentlich hat diese Horrorfahrt bald ein Ende. Selbst wenn sie ihre Flucht entdeckt hatten und die Gondel zurückholten – Hauptsache festen Boden unter den Füßen!

Was Adrian Kleiber betraf, so war er von Berufs wegen an außergewöhnliche Situationen gewöhnt, und Mut zum Risiko gehörte zu seinen hervorragenden Eigenschaften. Vor allem aber konnte er sich in dieser Situation Anne beweisen. Er hatte längst beobachtet, daß sich die Räder auf dem Drahtseil, an denen die Gondel hing, weiter talwärts drehten. Doch die Sicherheit, in der sich Kleiber wiegte, wurde jäh unterbrochen.

Vor ihnen tauchte aus dem Nebel ein Trägermast auf, und ehe sie sich versahen, krachte die hölzerne Gondel gegen eine Eisenstrebe. Die dem Mast zugewandte Seitenwand, an der Kleiber saß, splitterte und schrammte Adrian gegen den rechten Oberschenkel, daß er laut aufschrie. Instinktiv hatte er Anne, als er das Unheil kommen sah, an sich gerissen, um so zu verhindern, daß sie aus der offenen Gondel geschleudert würde. Das hatte ihm möglicherweise das Leben gerettet, denn dabei hatte er sich von der Außenwand weg zur Seite gedreht. Sein Oberschenkel schmerzte, und als er die Hand vors Gesicht hielt, war sie rot gefärbt von Blut.

»Du bist verletzt!« rief Anne hysterisch.

»Nicht der Rede wert«, erwiderte Kleiber mit gespielter Ruhe. Er wußte nicht, wie die Verletzung an seinem Oberschenkel aussah; er spürte nur einen stechenden Schmerz. Als er Anne ansah, erkannte er, daß sie mit geschlossenen Augen weinte. Kleiber hielt es nicht für angebracht, in dieser Situation irgend etwas zu sagen. Er sehnte nur den Augenblick herbei, in dem sie die Talstation erreichten.

Unwirklich wie eine wundersame Erscheinung tauchte vor ihnen auf einmal ein Holzschuppen auf, ein primitiver Bretterbau mit einer großen, dunklen Öffnung. Weder Anne noch Adrian hatte die geringste Ahnung, wie sie die Gondel zum Stehen bringen sollten.

»Abspringen«, rief Adrian, »wir müssen abspringen«, und er riß die Plane beiseite; aber Anne stemmte sich mit weit aufgerissenem Mund gegen die Vorderwand, unfähig, sich zu erheben. Der

Abstand zum Boden betrug nur noch zwei oder drei Meter, so daß es durchaus möglich gewesen wäre, aus dieser Höhe abzuspringen, aber Anne konnte nicht. Und während Adrian sie an den Schultern faßte und versuchte, sie über den Gondelrand zu zerren, während er immer wieder ausrief: »Komm, du schaffst es, du schaffst es bestimmt!«, tat das wankende Gefährt auf einmal einen mächtigen Ruck. Vom Tragseil her spürte man ein Zittern, dann war es still. Nur der Regen trommelte auf das Blechdach.

Allmählich löste sich Annes Verkrampfung, und Adrian sah sich in dem Schuppen um, in dem sie gelandet waren. Der Raum ähnelte der Bergstation; auch hier standen Kisten und Säcke gestapelt und Kartons mit Vorräten. Ihre Flucht schien wirklich nicht bemerkt worden zu sein; jedenfalls gab es niemanden, der sie erwartete.

Adrian und Anne blickten sich in die Augen. Sie lachten – ein befreiendes, glückliches Lachen nach Augenblicken größter Anspannung.

»Noch haben wir es nicht geschafft«, gab Anne zu bedenken, während sie durch ein kleines Seitenfenster nach draußen blickte. Keine fünfzig Meter entfernt lagen das Wachhaus und der Bach, kaum zu erkennen im dichten Regen.

»Wo sind wir?« erkundigte sich Kleiber unsicher.

»Keine Sorge, ich kenne mich aus. Wenn es uns gelingt, unbemerkt an dem Wärterhaus vorbeizukommen, haben wir das Schlimmste hinter uns. Glaub mir!«

Anne war bestrebt, Kleiber Mut zu machen; sie selbst wollte nicht so recht glauben, daß es wirklich so einfach gewesen sein sollte, aus Leibethra zu entkommen. Vor allem, wenn sie daran dachte, wie sie hierher gelangt war, kamen ihr Zweifel. Jedenfalls hätte sie sich nicht gewundert, wenn aus dem Wärterhaus ein Mann getreten wäre und mit vorgehaltener Waffe gesagt hätte: »Wir haben Sie schon erwartet. Kommen Sie.« Aber nichts geschah.

16

Der Regen wirkte nicht gerade wie eine Aufforderung, die schützende Hütte zu verlassen, dennoch waren sich die beiden einig, daß sie hier keine Minute länger verweilen dürften. Kleiber legte Anne einen leeren Sack um die Schultern, ein bescheidener Schutz vor Regen und Kälte; er selbst rollte die Plane zu einem Bündel, dann öffnete er das Tor, von dem ein Weg geradewegs zu dem Wärterhaus führte, einen Spalt und sagte im Flüsterton: »Warum in aller Welt verschwinden wir nicht in entgegengesetzter Richtung? Warum müssen wir unbedingt an dem Haus vorbei?«

Anne stieß das Tor etwas weiter auf, so daß Adrian die nächste Umgebung erkennen konnte. »Deshalb«, sagte sie kühl, und Kleiber erkannte, daß hinter der Talstation steiler Fels zu dem Bach abfiel, und mit einem Fingerzeig fügte Anne hinzu: »Glaube mir, das ist der einzige Weg, der ins Tal führt.«

Da packte Kleiber mit der einen Hand sein Bündel, mit der anderen faßte er Anne bei der Hand, dann rannten beide los, auf die Hütte zu.

Kalter Regen prasselte ihnen ins Gesicht, der Boden war aufgeweicht und matschig. Ihren Blick starr auf das Wärterhaus gerichtet, hetzten sie in diese Richtung. Dort angekommen, schlichen sie in geduckter Haltung vorbei, dann rannten sie den steinigen Weg talwärts, immer talwärts, bis Anne, von einem Stechen in der Seite gepeinigt, keuchend innehielt.

In den Bäumen um sie herum rauschte der Regen. Reifenspuren auf dem Fahrweg verrieten, daß vor nicht allzu langer Zeit ein Auto die Stelle passiert haben mußte; aber außer dem Regen war kein Geräusch zu vernehmen. Adrian entrollte die Plane, zog sie über seinen Kopf und forderte Anne auf, ebenfalls unter dem Regendach Schutz zu suchen.

So trotteten sie in enger Umarmung talwärts. Sie hatten keine Zeit zu verlieren, nicht nur, weil ihre Flucht bald bemerkt werden würde – die Dämmerung brach herein, und in der Dunkelheit war an ein Weiterkommen nicht zu denken. Sie redeten kaum, während sie entkräftet talwärts stolperten; ab und zu nur hielten sie inne und lauschten nach verdächtigen Geräuschen, dann setzten sie ihren Weg fort.

Anne hatte Mühe, den Weg wiederzuerkennen. Regen verändert die Landschaft. Aber sie wußte, daß es nur den einen Weg ins Tal gab. Ihre Füße schmerzten, weil sie immer wieder ausglitt und das Gleichgewicht verlor. Dazu kam die Kälte, die ihr mehr und mehr zu schaffen machte und ihr das Ende ihrer Kräfte signalisierte.

Sie hatten gerade ein Zehntel der Strecke bis zur Einmündung des Feldweges in die Hauptstraße zurückgelegt, und als Anne Adrian davon in Kenntnis setzte, meinte dieser, sie müßten irgendwo abseits einen Unterschlupf suchen, wo sie die Nacht verbringen konnten. Anne erinnerte sich an einen Heustadel oder Schafstall am Ende des steilen Teiles des Weges, aber bis dorthin, gab sie zu bedenken, seien es gewiß noch zwei Stunden, und dann sei es dunkel.

Aus diesem Grund verließen sie den Fahrweg und stiegen ein Stück bergwärts auf eine Böschung zum Fuße eines Felsenkamins, dessen steinerne Nadeln wie zwei Schwurfinger in den dunklen Himmel ragten. Wind und Wetter hatten das Gestein brüchig gemacht und die Fundamente mehrfach gesprengt, so daß dort, wo der Fels in das steinige Erdreich überging, natürliche Aushöhlungen entstanden waren, als Schuz für die Nacht gut geeignet.

»Nicht komfortabel«, bemerkte Kleiber, »aber trocken, und vor der Kälte schützt die Höhle auch.«

Anne nickte zustimmend. Nicht einmal als Kind hatte sie je im Freien übernachtet, aber jetzt war ihr alles gleichgültig. Sie war todmüde und wollte nur etwas schlafen. Kleiber erging es nicht anders. Zwar versuchte er den Eindruck zu erwecken, daß er noch Herr der Lage war, in Wirklichkeit fühlte er sich völlig ausgepumpt und dem Zusammenbruch nahe.

An die Rückwand der Felsenhöhle gelehnt, versuchten beide, es sich ein wenig bequem zu machen. Adrian zog die Plane über sie als Schutz gegen die Kälte. So dösten sie vor sich hin in der Hoffnung, Schlaf zu finden.

»An was denkst du?« fragte Anne nach zwei oder drei Stunden

in die Dunkelheit. Der Regen hatte nachgelassen, von den Bäumen jedoch klatschten die Tropfen weiter auf die Erde.

Kleiber antwortete: »Ich überlege, wie wir am besten von hier wegkommen.« Durch die nassen Kleider spürte Adrian die Wärme, die von Annes Körper ausging.

»Da haben wir beide denselben Gedanken«, bemerkte sie mit einer gewissen Ironie in der Stimme. »Und – warst du erfolgreich in deinen Überlegungen?«

Kleiber hob die Schultern. Die Nacht war so finster, daß sie ihre Gesichter nur ahnen konnten. »Sie werden uns jagen, wie sie Vossius und Guthmann und alle anderen gejagt haben«, brummte er vor sich hin. »Und alles wegen eines alten, vergilbten Fetzens Papier. Es ist absurd.«

»Du weißt, daß es kein gewöhnlicher Fetzen Papier ist«, entgegnete Anne verärgert, »auch wenn wir seinen Inhalt nicht kennen, seine Bedeutung ist epochal, sonst würden sich die Orphiker nicht mit solchem Aufwand darum bemühen.«

»Nun gut, da gibt es ein fünftes Evangelium. Mag sein, daß das Neue Testament deshalb ergänzt oder in Einzelheiten geändert werden muß. Das rechtfertigt doch nicht die Aufregung, die es ausgelöst hat; vor allem rechtfertigt es nicht, daß Menschen umgebracht werden, nur weil sie um irgendwelche Zusammenhänge Bescheid wissen.«

»Nein, natürlich nicht«, rief Anne, daß Adrian ihr den Mund zuhielt und zur Besonnenheit mahnte, bevor sie mit gedämpfter Stimme fortfuhr: »Der Schlüssel zu dem Geheimnis liegt in dem Namen Barabbas. Solange wir nicht wissen, was es damit auf sich hat, werden wir ewig im dunkeln tappen.«

»Das werden wir nie erfahren«, sagte Kleiber, und nach einer langen Pause: »Ich weiß auch nicht, ob es überhaupt klug ist, sich darum zu kümmern. Du siehst ja, in welche Lage uns unsere Neugierde gebracht hat. Es hätte nicht viel gefehlt...«

»Du nennst es Neugierde«, unterbrach Anne, »ich glaube, Notwehr ist das bessere Wort. Ich bin nun mal in diese Sache hineingeraten, und ich werde keine Ruhe finden, solange die Hintergründe nicht aufgeklärt sind. Versteh das doch, bitte.«

Da drückte Kleiber Anne noch fester an sich, als wollte er sich für seinen Einwand entschuldigen. Eng aneinandergeschmiegt redeten sie die ganze endlose Nacht; und wenn der eine vor Erschöpfung endete, begann der andere von neuem. Sie redeten über alles, was sie bedrückte.

»Ich muß dir ein Geständnis machen«, sagte Adrian.

»Ich muß dir auch etwas gestehen«, fiel ihm Anne ins Wort. »Ich liebe dich.«

Diese Erklärung traf Kleiber völlig unerwartet. Er schwieg. Und so begann eine seltsame Liebesnacht unter einem Felsvorsprung, der sonst nur Tieren als Unterschlupf diente.

Gegen Morgen, als das erste Tageslicht durch die naßtriefenden Äste der Bäume schimmerte, schreckten sie hoch. Vom Berg her näherte sich Motorengedröhn.

»Sie haben unsere Flucht entdeckt!« flüsterte Anne. »Sie werden die Hunde auf uns hetzen, ihre gräßlichen Mißgeburten, die sie da oben züchten.«

Kleiber versuchte sie zu beruhigen: »Keine Angst, mein Liebling, der Regen ist auf unserer Seite, er hat alle Spuren verwischt.«

Das Fahrzeug kam näher. Dicht unter ihnen erkannten sie die Scheinwerfer eines Geländewagens, der sich mit heulendem Motor den Weg ins Tal bahnte. Die Insassen waren nicht zu erkennen. Schnell, wie er gekommen war, verschwand er wie ein Spuk in der Morgendämmerung; nur das Motorengeräusch konnten sie noch kilometerweit hören. Anne atmete auf.

In der Nacht hatten sie sich einen Plan zurechtgelegt: Sie mußten davon ausgehen, daß die Orphiker den Flughafen von Saloniki überwachten; deshalb wollten sie sich in den Süden des Landes durchschlagen. Vor allem wollten sie Katerini meiden, den Ort, der, wie es schien, von den Orphikern unterwandert war. Über Elasson planten sie nach Larissa zu gelangen; dort sollten sich ihre Wege trennen.

Kleiber schlug vor, Anne sollte die Heimreise von Korfu aus antreten. Er selbst wollte sich nach Patras durchschlagen. In beiden Orten gab es Konsulate, die ihnen weiterhelfen würden. Kleibers Idee lag der Gedanke zugrunde, daß die Orphiker alle Hebel in

Bewegung setzen würden, um ihrer habhaft zu werden. Getrennte Wege verdoppelten ihre Chance. Vor allem war die anonyme Reise mit einem Fährschiff sicherer als eine Flugpassage. Als Treffpunkt vereinbarte Adrian mit ihr das Hotel »Castello« in Bari.

Drei Tage später kam Anne von Seydlitz in Bari an; aber das von Kleiber genannte Hotel »Castello« existierte nicht. Es gab auch kein Hotel ähnlichen Namens, und von Adrian fehlte jede Spur.

Achtes Kapitel

DAS ATTENTAT
dunkle Hintermänner

1

Jedesmal wenn sie sich begegneten, und dies geschah zwangsläufig mehrmals am Tag, schlug Kessler die Augen nieder – er schämte sich. Er schämte sich mit der Scham eines reuigen Christenmenschen, weil er diesen Stepan Losinski, dem er auf wissenschaftlichem Gebiet soviel Hochachtung entgegenbrachte, seit Wochen mit Argwohn verfolgte wie einen Verbrecher, obwohl sie beide das Band ihres Ordens und die geheime Aufgabe in der päpstlichen Universität Gregoriana verband. Doch gerade dieser geheime Auftrag war es, der zunehmend Zwietracht säte unter den Jesuiten und der den Leitspruch über dem Saal, in dem sie, abgeschirmt von der Außenwelt, der Entschlüsselung jenes Pergaments nachgingen – *Omnia ad maiorem Dei gloriam* –, zur Farce machte wie ein Rorate-Amt zu Pfingsten.

Nun ist Zwietracht an sich nichts Schlechtes, schon gar nicht verwerflich, weil gegenteilige Meinungen einer Sache mehr dienen als stupide Harmonie; in Glaubensfragen der römischen Kirche aber gilt dieser Grundsatz nicht, weil schon der Evangelist Matthäus seinem Herrn und Meister die Worte in den Mund legte: Es werden falsche Messiasse aufstehen und falsche Propheten; und sie werden große Zeichen und Wunder tun, um, wenn möglich, sogar die Auserwählten zu verführen.

Dies war die prophezeite Stunde, jedenfalls glaubten das jene unter den Jesuiten, die für Professor Manzoni sprachen, denn an jedem Tag, der neue Textstellen des Pergaments bekanntmachte, wuchs der Verdacht, daß alles ganz anders gewesen sein könnte mit unserem Herrn Jesus. Jedenfalls hatten sich in dem Saal zwei Parteien gebildet, jene der Eintracht unter Manzoni, der sich mit frommen Worten den neuen Erkenntnissen entgegenstemmte wie Joseph dem Weibe Potiphars, und jene der Zwietracht, die in Losinski ihren Anführer sah. Zu ihr gehörte auch Kessler.

Dr. Kessler hatte nicht geringen Anteil an den Übersetzungen des koptischen Pergamentes; er wußte um den bisher bekannten Inhalt genau Bescheid und hegte keinen Zweifel, daß es sich dabei um das Ur-Evangelium handelte, und für ihn und Losinski war es nur noch eine Frage von Wochen, wann die Kurie ihre Arbeit zur Geheimsache erklären und alle damit befaßten Jesuiten von der Außenwelt abschotten würde wie das Kardinalskollegium im Konklave.

Losinski, der verschlagene Pole, begab sich noch immer zweimal in der Woche abends in Richtung des Campo dei Fiori, wo er in die dunkle Seitenstraße einbog und nach hundert Metern in dem sechsstöckigen Haus verschwand. Mindestens siebenmal war ihm Kessler gefolgt, unbemerkt und in der Hoffnung, irgendeine Auffälligkeit zu beobachten oder nur einen Hinweis zu erhaschen auf den Grund seiner nächtlichen Streifzüge. Aber er hatte sich nur die Beine in den Bauch gestanden und die Aufmerksamkeit zweier Polizeistreifen erregt, die, zufällig oder nicht, des Weges kamen, worauf es Kessler ratsam erschien, das Weite zu suchen.

Frömmigkeit und Verbrechen gehen nirgends so Hand in Hand wie in Rom, und Kleriker, in üble Machenschaften verwickelt, sind keine Seltenheit. Der Teufel trägt auch Talar. Jedenfalls glaubte Kessler Losinski in dunkle Geschäfte verstrickt, vielleicht aber auch in sexuelle Ausschweifungen niedrigster Art, denen er zweimal in der Woche nachging. So dachte er.

Aber nichts ist so absurd wie die Wirklichkeit, und die Wirklichkeit offenbarte sich Kessler auf unerwartete Weise am Tag nach Epiphanie, besser: am Abend dieses Tages, der kalt war und grau wie die meisten Tage um diese Jahreszeit. Er hatte Losinski wieder einmal verfolgt bis zu jenem rätselhaften Haus, diesmal jedoch mit dem festen Vorsatz, seine Nachforschungen einzustellen für den Fall, daß er wieder erfolglos bliebe. Aus diesem Grund ging Kessler ein größeres Risiko ein als die Male zuvor, indem er dem Polen direkt auf den Fersen blieb und ihm sogar in das düstere

Treppenhaus folgte, wo Losinski hinter einer weißgestrichenen Tür im dritten Stock verschwand. Auf dem Namensschild stand zu lesen: Rafshani, ein arabischer, eher persischer Name, der ihm nichts sagte, der höchstens seine Phantasie beflügelte wie der Fund zierlicher Damenschuhe in der Zelle des Mitbruders.

Und während Kessler mit dem einen Ohr an der Wohnungstür lauschte, während das andere die Vorgänge im Treppenhaus überwachte, geschah das Unerwartete: Die Tür wurde von innen geöffnet, und plötzlich stand Losinski vor ihm, klein und geierhaft mit seiner Höckernase und tiefliegenden Augen.

Die beiden sahen sich stumm an, aber beider Blicke sagten dasselbe: Ha, ich habe dich ertappt. Losinski, der schneller seine Fassung wiederfand als der andere, trat ganz nahe an Kessler heran, verzog sein Gesicht zu einem Grinsen, wobei er – bei ihm ein Zeichen drohender Angriffslust – den Kopf leicht schräg stellte wie ein Geier, und zischte leise: »Sie spionieren mir nach, Bruder in Christo? Von Ihnen hätte ich das zuletzt erwartet. *Veritatem dies aperit*...«

In der Tat fühlte sich Kessler ertappt wie ein Ministrant bei sündhaftem Treiben, deshalb fand er auch keine Antwort, obwohl ihm seine innere Stimme sagte, daß es doch eigentlich Losinski war, der sich ertappt fühlen mußte. Der aber zog die Tür hinter sich zu, faßte den Mitbruder am Arm und drängte ihn zur Treppe nach unten: »Ich glaube, wir müssen uns unterhalten. Meinen Sie nicht auch?«

Kessler nickte heftig. Fürs erste schien die Spannung zwischen den beiden gelöst. Kessler empfand es jedenfalls so, und nachdem sie schweigend das düstere Haus verlassen hatten, nahm Losinski das Gespräch wieder auf. Er wirkte in keiner Weise verunsichert und erkundigte sich freundlich, ob er, Kessler, Näheres über ihn, Losinski, in Erfahrung gebracht habe. Kessler verneinte und gestand, daß ihm zunächst nur seine regelmäßige Abwesenheit im Kloster San Ignazio aufgefallen sei; aber erst im Zusammenhang mit seinen scharfen Angriffen auf Manzoni sei er nachdenklich geworden und schließlich neugierig. Losinski nickte lächelnd.

2

Auf dem Campo dei Fiori suchten sie eine Trattoria auf, und der Pole bestellte Lambrusco. Warum Kleriker mit Vorliebe Lambrusco trinken, soll hier nicht weiter erörtert werden, es ist auch für den Fortgang der Geschichte nur insofern erwähnenswert, als Lambrusco schneller die Zunge löst als andere süße Weine, und man kann annehmen, daß Losinski durchaus eine Absicht damit verband.

Lange Zeit tappte Kessler im dunkeln, worauf der Mitbruder hinauswollte, ja, er wunderte sich, warum Losinski ihm keine Vorhaltungen machte; aber nichts dergleichen geschah. Im Gegenteil, der Pole lobte Kesslers Intelligenz und Einsicht, die jener der meisten Mitbrüder überlegen und deshalb durchaus geeignet sei, größere Aufgaben zu bewältigen als die Übersetzung eines koptischen Pergaments nach den Vorgaben der römischen Kurie, und er fügte hinzu: »Wenn Sie verstehen, was ich meine.«

Einen Augenblick dachte Kessler nach, erfolglos, dann erwiderte er mit einem Kopfschütteln: »Kein Wort, Bruder Losinski, tut mir leid.«

Losinski strich sich mit der flachen Hand über den glattrasierten Schädel, ein gewohnter Hinweis, daß er angestrengt nachdachte, dann goß er sich und Kessler ein weiteres Glas Lambrusco ein und begann umständlich: »Unsere Arbeit ist genaugenommen eine Farce, weil Manzoni unsere Übersetzungen des Pergaments verfälscht.«

»Verfälscht?«

»Ja, verfälscht. Und zwar im Auftrag der Kurie. Die Kongregation für Glaubensfragen hat allergrößte Schwierigkeiten, mit dem Inhalt des fünften Evangeliums – das, wie wir beide wissen, eigentlich das erste ist – fertig zu werden. Die Herren Purpurträger fürchten um ihre Pfründe, und deshalb lautet die Order aus dem Heiligen Offizium, das fünfte Evangelium den bekannten in Wort und Inhalt anzugleichen, damit keine Diskussion um die Glaubhaftigkeit der anderen losgetreten werde; es gebe schon genug Häretiker, die die Glaubenskongregation beschäftigen.«

»Aber das ist doch nicht möglich, Bruder in Christo!« Kessler schlug mit der Hand auf den Tisch.

»Es *ist* möglich!« beteuerte Losinski und ließ von seinem unbehaarten Schädel ab. »Das Offizium wird sich sogar alle Mühe geben, die Veröffentlichung des Pergaments zu verhindern.«

»Obwohl es doch zweifelsfrei echt ist...«

»Obwohl es zweifelsfrei echt ist. Ihr kennt doch die trefflichste aller christlichen Tugenden!«

»Demut!«

»O nein, Bruder in Christo: Schweigen. Denken Sie an die *Causa Galilei*. Bis heute hat kein Papst ein gutes Wort für den beklagenswerten Galileo Galilei gefunden, obwohl jedes Kind in der Schule erfährt, daß Urban VIII. Galileo zu Unrecht verurteilte. Die Kirche gedenkt dieses Irrtums nicht in Demut, sondern mit Schweigen.«

Kessler starrte in sein Glas und nickte.

»Warum«, fuhr Losinski mit Heftigkeit fort, »sind wir Jesuiten die ungeliebten Ordensbrüder des Papstes? Warum wurde unser Orden mehr als einmal verboten? Weil wir nicht schweigen können. Gott sei Dank können wir nicht schweigen.«

»Gott sei Dank können wir nicht schweigen«, wiederholte Kessler, den Blick fest auf seinen Lambrusco gerichtet, mit verwaschener Stimme. Der moussierende Wein war nicht ohne Wirkung geblieben. »Gott sei Dank«, wiederholte er, »können wir nicht schweigen. Aber was hat das damit zu tun, daß Sie, Bruder Losinski, zweimal in der Woche ein finsteres Haus aufsuchen und dort Ihre Nächte verbringen?« Kessler erschrak, kaum hatte er den Satz ausgesprochen. Aber da er sich nun schon einmal so weit vorgewagt und nichts mehr zu verlieren hatte, und weil er ahnte, was in diesem Haus vorging, verstieg er sich zu der Bemerkung: »Der Zölibat macht uns alle kaputt!«

Losinski verstand nicht. Er sah Kessler fragend an, als habe der soeben behauptet, daß die Sonne sich doch um die Erde drehe, aber allmählich dämmerte es ihm, und er begann laut zu lachen, und sein Lachen übertönte den gewöhnlichen Lärm in der Trattoria. »Jetzt verstehe ich, Bruder in Christo«, rief er und drehte die Augen zum Himmel wie der heilige Antonius von Padua in Verzükkung. »Aber Sie sind auf dem Holzweg. Dies ist ein sehr ehrenwertes Haus – jedenfalls was das sechste Gebot betrifft. Wenn Sie es wünschen, kann ich Ihnen da eine diskrete Adresse nennen, wo nur unseresgleichen verkehrt.«

»O nein, so war das nicht gemeint!« wehrte Kessler ab, und er spürte, daß ihm die Röte in den Kopf schoß. »Ich bitte Sie um Vergebung für meine schmutzigen Gedanken.«

»Ach was«, knurrte Losinski mit einer heftigen Handbewegung, die besagen sollte: nicht der Rede wert!, und er rückte näher an den Mitbruder heran: »Ich halte Sie für ebenso klug wie kritisch.«

»Das ist ein Grundsatz unseres Ordens. Sonst würde ich wohl nicht der *Societas Jesu* angehören.«

»Nun gut.« Losinski machte eine Pause. Er fuhr sich mit der Hand über den Kopf, und man sah ihm an, wie angestrengt er nach den richtigen Worten suchte. Schließlich stellte er die Frage: »Wie steht es um Ihren Glauben, Bruder, verstehen Sie mich recht, nicht um den Glauben an den Allerhöchsten, ich meine, wie stehen Sie zur Autorität der Mutter Kirche, zu den Dogmen *de fide divina et catholica*, dem *Privilegium Paulinum* oder dem Zölibat?«

Die Frage überraschte Kessler, und er wußte nicht recht, wie er antworten sollte. Losinski war ein verschlagener Kerl, man dürfte ihm jede Gemeinheit zutrauen. Also antwortete er vorsichtig und beinahe dogmatisch: »Die Lehren der heiligen Mutter Kirche unterliegen unterschiedlichen dogmatischen Gewißheitsgraden. *De fide divina* ist von Gott geoffenbarte Wahrheit und über jeden Zweifel erhaben, der Gewißheitsgrad *de fide divina et catholica* sieht vor, daß der Offenbarungscharakter einer Wahrheit sicher feststeht, und daß dieser auch vorbehaltlos gelehrt wird, *de fide definita* hingegen ist der schwächste, vom Papst *ex cathedra* verkündete Gewißheitsgrad. Wenn Sie darauf ansprechen, so beruht das Dogma von der päpstlichen Unfehlbarkeit auf der dogmatischen Tatsache, daß das Erste Vatikanische Konzil rechtmäßig war. Was das *Privilegium Paulinum* betrifft, so machen Sie mir die Antwort leicht. Ich verweise auf Paulus' ersten Brief an die Korinther. Daraus leitet die Kirche die Rechtsvorschrift ab, daß eine zwischen Nichtgetauften gültig geschlossene Ehe geschieden werden kann, wenn ein Ehepartner sich katholisch taufen läßt und eine neue Ehe mit einem Katholiken eingeht. Aus demselben Korintherbrief bezieht der Zölibat seine biblische Grundlage. Paulus spricht, der Ehelose sorge für die Sache des Herrn, der Verheiratete dagegen sei geteilt.«

Als bereite ihm die Antwort Schmerz, verzog Losinski sein Gesicht zu einer Grimasse. Eine Weile sagte er kein Wort, so daß Kessler nachdachte, was er Falsches gesagt habe; dann aber schimpfte der Pole los, er benötige keine Nachhilfe in Sachen Lehrmeinung der Kirche. Die habe er schon heruntergebetet zu einer Zeit, da er, Kessler, noch in die Windeln geschissen habe – bei der heiligen Dreieinigkeit, so drückte er sich aus.

Trotz der unverkennbaren Wut beglich Losinski die Rechnung für beide, aber an diesem Abend fand er kein freundliches Wort mehr für Kessler. Schweigend gingen beide den Weg zum Kloster San Ignazio.

Was hatte er nur falsch gemacht? So sehr Kessler auch nachdachte, er fand keine Erklärung für Losinskis Verhalten.

3

Am nächsten Tag, nach getaner Arbeit im Institut, stellte der Junge den Älteren zur Rede: Er solle sagen, ob und womit er ihn beleidigt habe, er bitte im voraus um Vergebung.

Beleidigt? Dies, meinte Losinski, sei wohl nicht das richtige Wort. Er sei eher enttäuscht. Schließlich habe er sich bei ihm nicht nach der Lehrmeinung der Kirche erkundigt, sondern nach seiner persönlichen Ansicht. Sollte diese jedoch mit jener übereinstimmen, so sei jede Unterhaltung zwischen ihnen vergeudete Zeit und Manzoni sicher ein dankbarerer Gesprächspartner.

Das also war der Grund für Losinskis unverständliches Schweigen. Nun gut, wenn *er* sich offenbarte, brauchte Kessler sich nicht länger zu verstecken, und er antwortete, es könne doch überhaupt keine Frage sein, welcher Partei er zuneige, er achte Manzoni in seinem Amt als Profeß, aber er, Losinski, sei dem anderen an Kritik und Verstand überlegen, und daher müsse er für jeden Ordensbruder ein Vorbild sein, auch in seiner ablehnenden Haltung der Amtskirche gegenüber.

Die Worte Kesslers brachten Losinskis Augen zum Funkeln. Er hatte sich aufs angenehmste in diesem Kessler getäuscht. Kessler verstand es vorzüglich – und dadurch unterschied er sich grundlegend von ihm selbst –, seine eigene Meinung für sich zu behalten, eine Eigenschaft, die wahrhaft kluge Menschen auszeichnet. Wenn es einen Mitbruder gab, der für ihre Bewegung von Nutzen sein konnte, dann war es Kessler.

Einen Mann wie Kessler davon zu überzeugen, daß sein ganzes bisheriges Leben von einem Irrtum bestimmt worden war, bedurfte nicht großer Worte, sondern unumstößlicher Fakten, und deshalb entschloß sich Losinski, den deutschen Ordensbruder auf denselben Pfad der Erkenntnis zu führen, der ihn, Stepan Losinski, vom Paulus zum Saulus gemacht hatte.

Zuerst ging er mit Kessler auf das alte römische Forum, und er war nicht bereit, auch nur eine Andeutung zu machen, in welchem Zusammenhang dieser Ort mit dem fünften Evangelium stehe. Die Sonne stand tief und wärmte die Kühle des Nachmittags. Auf dem höchsten Punkt der Via Sacra, dort, wo ein Triumphbogen von den Ruhmestaten des Kaisers Titus kündet, hielt Losinski inne und sprach: »Ich weiß nicht, wie es um Ihr Wissen um die römische Geschichte steht, Bruder, aber sollte ich Dinge vorbringen, die Sie ohnehin kennen, so fallen Sie mir ins Wort.«

Kessler nickte.

»Dieser Bogen«, fuhr Losinski fort, »wurde im Jahre 81 nach Christus von Kaiser Domitian zum Andenken an seinen Bruder Titus errichtet. Nach der vorherrschenden Lehrmeinung verherrlicht dieses Bauwerk den Sieg des Kaisers Titus über die Juden im Jahre 70. Aber das ist nur die halbe Wahrheit.«

»Die halbe Wahrheit?«

»Die Reliefs im Durchgang des Bogens zeigen den Kaiser mit einem Viergespann und eine Siegesgöttin, die einen Kranz über seinem Kopf hält. Auf der gegenüberliegenden Seite römische Legionäre, die Beutestücke aus dem Tempel in Jerusalem mit sich schleppen, den siebenarmigen Leuchter und die silbernen Trompeten. Die Reliefs zeigen nicht nur den Sieg der Römer über die Juden, sie verherrlichen auch den Sieg der römischen über die jüdische Religion. Ich glaube, da erzähle ich Ihnen nichts Neues.«

»Nein«, erwiderte Kessler. »Wenn ich nur wüßte, worauf Sie hinauswollen!«

Losinski grinste. Er genoß die unruhige Neugierde des Mitbruders, schließlich faßte er ihn am Arm und führte ihn um den Triumphbogen herum. Auf der dem Colosseum zugewandten Seite deutete er auf ein weiteres Relief: »Ebenfalls Szenen aus dem Triumphzug des Titus. Doch jetzt passen Sie auf, Bruder in Christo.« Losinski drängte Kessler auf die gegenüberliegende Seite: »Was sehen Sie?«

»Nichts. Verwittertes Gestein. Man könnte sogar zweifeln, ob die Steine nicht erst später an dieser Stelle eingefügt wurden.«

»Gut beobachtet«, rief Losinski und klatschte gegen das Mauerwerk. »Sie sind es in der Tat.«

»Schön und gut«, erwiderte Kessler, »ich verstehe nur nicht, in welchem Zusammenhang das mit unserem Problem stehen soll.«

Losinski nahm Kessler beiseite und hieß ihn, keinen Steinwurf entfernt, auf den Stufen des Tempels des Jupiter Stator Platz zu nehmen, dann zog er eine Fotografie aus der Tasche, und auf einmal erinnerte sich Kessler, daß er bei seinem verbotenen Eindringen in das Zimmer des Polen viele Ansichten des Titus-Bogens gesehen hatte. Die Fotografie zeigte ein Relief, nicht unähnlich jenem im Durchgang des Triumphbogens. Es stellt römische Legionäre dar, die allerlei Beutestücke nach Rom bringen. »Ich verstehe nicht«, sagte Kessler und wollte Losinski die Fotografie zurückgeben.

Doch der wies sie zurück und begann zu erklären: »Zu Beginn meiner Arbeit an dem Pergament suchte ich vergleichendes Material der apokryphen Schriften, und Manzoni verschaffte mir die Erlaubnis, mich im vatikanischen Geheimarchiv umzusehen und Pergamenttexte aus derselben Zeit abzulichten. Der Aufwand war im übrigen wenig hilfreich; vor allem forderte er viel Zeit, weil nicht einmal die Scrittori, die Hüter dieser Geheimnisse, über ihre Geheimnisse Bescheid wissen. Tage und Nächte habe ich in dem Archiv zugebracht, und ich habe Dinge zu Gesicht bekommen, an die ein frommer Christenmensch nicht einmal zu denken wagt. Das Leben eines einzelnen Menschen ist zu kurz, alles zu sichten, geschweige zu lesen, was dort aufbewahrt wird, und mir kam der Gedanke, ob eine Kirche, die soviel zu verheimlichen hat, die Kirche der Wahrheit sein kann, als die sie sich immer ausgibt.«

»Ein beängstigender Gedanke!« pflichtete ihm Kessler bei.

»Jedenfalls sah ich mich im Geheimarchiv des Vatikans weit mehr um, als es für meine eigentliche Arbeit erforderlich gewesen wäre, und dabei stieß ich auf dieses Dokument.« Losinski klopfte mit dem Zeigefinger auf die Fotografie in der Hand Kesslers.

»Auf dieses Relief?«

»Bei der heiligen Dreieinigkeit, ja. Ich stellte mir natürlich dieselbe Frage, die Sie sich jetzt stellen, Bruder in Christo, und – Ihnen zum Trost sei es gesagt – ich fand ebenfalls keine Antwort. Damals wußte ich noch nicht einmal, daß dieses Relief vom Triumphbogen des Kaisers Titus stammt. Ich fand es nur äußerst merkwürdig, daß diese Darstellung von der Kirche als »streng geheim« eingestuft und hinter gepanzerten Eisentüren, die nur von wenigen Auserwählten durchschritten werden dürfen, aufbewahrt wird. Offiziell dürfte ich das Relief nicht einmal gesehen haben, denn ich mußte vor meinen Recherchen geloben, daß ich mich in der geschlossenen Abteilung nur mit den mir aufgetragenen Dingen beschäftigen würde. Aber in einem unbewachten Augenblick, von denen es während meiner zweimonatigen Arbeit überhaupt nur zwei gab, fotografierte ich den Stein.«

Kessler schwenkte das Bild: »Und das ist die Aufnahme?« Als Losinski bejahte, hielt Kessler die Fotografie direkt vor die Augen, als könnte er ihr auf diese Weise ihr Geheimnis entlocken. Dann fragte er: »Wie in aller Welt gelangte dieses Relief in das vatikanische Geheimarchiv? Vor allem aber – warum?«

Losinski schmunzelte wissend: »Zu Ihrer ersten Frage: Es ist in Vergessenheit geraten, daß das Forum im Mittelalter unter meterhohen Schuttmassen begraben war, und darauf weideten die Kühe. Andere Ruinen dienten als Grund- oder Festungsmauern. So auch der Titus-Bogen. Er war in die Festung der Frangipanie einbezogen, und von seinen Reliefs an der Außenseite war jahrhundertelang nichts zu sehen. Die Festung wurde geschleift, und als Papst Pius VII. 1822 den Wunsch äußerte, den Titus-Bogen zu restaurieren, da entdeckte sein Restaurator Valadier an der Außenseite diese Darstellung römischer Legionäre. Pius, der, wie wir wissen, unserem Orden wohlgesonnen war, zeigte sich zuerst hocherfreut über die Entdeckung aus dem 1. Jahrhundert, aber eines Morgens kam er in Begleitung seines Kardinalstaatssekretärs Bartolomeo Pacca und forderte von dem Restaurator, das Relief müsse sofort herausgebrochen und in den Vatikan gebracht werden. Valadier entgegnete seiner Heiligkeit, das sei nicht möglich, ohne das Risiko in Kauf zu nehmen, daß der Titus-Bogen einstürze. Da befahl Pius, den Triumphbogen Stein für Stein abzutragen und an derselben Stelle wieder aufzubauen. Anstelle des Reliefs mit den Legionären ließ Pius Travertinsteine einbauen, um auf diese Weise den Eindruck zu erwecken, das Relief sei dem Zahn der Zeit zum Opfer gefallen. Das Original aber wird seit dieser Zeit im Geheimarchiv des Vatikans aufbewahrt. Nun zu Ihrer zweiten Frage, Bruder Kessler.«

Ohne den Blick von der Fotografie zu lassen, sagte Kessler: »Das klingt phantastisch. Es muß doch einen Grund geben, warum frommen Christenmenschen der Anblick dieser Darstellung verboten wurde. Ich selbst erkenne nur Soldaten mit ihrer Beute, mit Gerätschaften und Tieren, die sie nach Hause bringen, ich sehe keine nackte Frauensperson und kein Fluchwort gegen die eine heilige katholische Kirche. Aber irgend etwas muß Seine Heiligkeit doch in Unruhe versetzt haben! Ich platze, wenn Sie mich nicht sofort in das Geheimnis einweihen.«

»Die Wahrheit wird Sie nicht glücklicher machen«, wandte Losinski ein, »ich muß Sie warnen!«

»Mag sein«, erwiderte Kessler, »aber Unwissenheit macht mich krank. Also reden Sie schon!«

4

Die beiden Männer erhoben sich. Im Gehen fiel Losinski das Reden leichter. Vor allem mußte er sich nicht vor unliebsamen Lauschern fürchten, und so gingen sie in Richtung der Kurie über die glatten Quadersteine der Heiligen Straße, und Losinski begann weit ausholend, indem er Kessler eine Frage stellte: »Bruder, erinnern Sie sich an einen Vorfall, der vor zwei Monaten durch die Zeitungen ging: Ein geistesverwirrter Professor spritzte im Louvre Säure über ein Madonnenbild von Leonardo.«

»Ja, ich erinnere mich dunkel«, antwortete Kessler, »wieder so ein Verrückter. Sie brachten ihn in die Irrenanstalt, wo er starb. Armer Irrer.«

»So, glauben Sie.« Losinski blieb stehen und sah Kessler prüfend an.

Der lachte abfällig und bemerkte: »Aus Liebe zur Kunst wird er es wohl nicht getan haben.«

»Nein«, antwortete Losinski, »aber vielleicht aus Liebe zur Wahrheit.« Und im selben Atemzug fügte er hinzu: »Sie müssen schweigen. Kein Wort von dem, was ich Ihnen jetzt sagen werde! Es ist in Ihrem eigenen Interesse.«

»Mein Wort, bei Gott und allen Heiligen!« Der geschichtsträchtige Ort, die zweitausend Jahre alten Säulen und Figuren schienen Kessler der geeignete Rahmen für eine bedeutungsvolle Eröffnung.

Losinski hatte diese Reaktion erwartet, aber er ließ sich nicht beirren und fuhr fort: »Seit beinahe zwei Jahrtausenden gibt es ein Geheimnis, in das nur wenige eingeweiht sind. Es wird von Generation zu Generation weitergegeben unter der Bedingung, es niemals in schriftlicher Form festzuhalten. Denn der erste Hüter dieses Geheimnisses sprach die Worte: Alle Schrift ist vom Teufel. Damit das Unerklärliche jedoch nicht verlorengeht, ist es den jeweiligen Geheimnisträgern gestattet, ihr furchtbares Wissen auf ihre Art zu verschlüsseln.«

»Ich verstehe«, unterbrach Kessler den Koadjutor, und seine Stimme klang aufgeregt. »Leonardo da Vinci war einer jener Geheimnisträger, und dieser Professor muß irgendeinen Hinweis auf sein Wissen gefunden haben.«

»Ja, so muß es gewesen sein. Denn der Professor schüttete die Säure zielgerecht auf eine Stelle des Bildes, wo etwas zum Vorschein kam, womit niemand rechnen konnte: Leonardos Madonna trug eine Halskette mit acht verschiedenen Edelsteinen. Als ich davon hörte, wurde mir sofort bewußt, womit wir es zu tun hatten. Es war die gleiche Entdeckung, die der Kardinalstaatssekretär von Pius VII. auf dem Relief des Titus-Bogens gemacht hatte.«

Kessler blieb erschreckt stehen. Er hüpfte unruhig von einem Fuß auf den anderen. »Wenn ich nicht wüßte, daß Sie ein ernsthafter Mensch sind, Bruder Losinski, würde ich glauben, Sie treiben Ihre Späße mit mir.«

Losinski blickte ernst, er nickte und fuhr fort: »Ich verstehe Ihre Bedenken, Kessler. All das ist wirklich schwer zu begreifen – vor allem, wenn man es von einem Augenblick auf den anderen erfährt. Ich selbst habe Jahre daran gearbeitet und die Wahrheit bruchstückweise erfahren, es war, als setzte ich ein Mosaik aus einzelnen Steinchen zusammen, so daß erst allmählich ein Gesamtbild erkannt werden konnte. Sie, Bruder, werden mit einem Mal mit dem Gesamtbild konfrontiert.«

»Zurück zu Leonardo!« forderte Kessler fieberhaft.

»Der deutsche Professor, der in Amerika das Fach Komparatistik lehrte, muß durch Literaturstudien auf einen Hinweis gestoßen sein, der ihn in der Erkenntnis bestärkte, daß Leonardo da Vinci in das Geheimnis eingeweiht war und es in einem seiner Werke verschlüsselt hat. In diesem Fall in einer Halskette, an der er jeden Edelstein präzise ausarbeitete, daß er für jeden Fachmann erkennbar ist.«

»Und als er die Kette auf seinem Gemälde vollendet hatte, hat er sie übermalt?«

»Ganz richtig. Es ist zu vermuten, daß er irgendeinen Hinweis auf dieses Geheimnis hinterlassen hat, einen Hinweis, auf den der Professor bei seinen Forschungen gestoßen ist, den jedoch offensichtlich kein Kunsthistoriker ernst genommen hat. Scheinbar wußte er keinen anderen Rat, als so seine Theorie zu beweisen.«

So sehr ihn die Erklärung faszinierte, so stand Kessler Losinski noch immer skeptisch gegenüber: »Nun gut, angenommen Sie haben recht und Leonardo war in der Tat Mitwisser eines Weltgeheimnisses, dann stellt sich natürlich die Frage, von wem wurde er eingeweiht und wem hat er sein Geheimnis weitergegeben?«

Losinski starrte vor sich auf den Boden. Er schwieg und wirkte durch die Frage verletzt. Dieser Kessler schien seiner Rede noch immer nicht mit dem gebührenden Ernst zu folgen. Schließlich antwortete er: »Das weiß ich nicht, *ich* weiß es nicht. Vielleicht wissen es andere. Es gibt viele große Geister, in deren Werk dunkle Hinweise vorhanden sind, die niemand zu deuten weiß. Vor Leonardo ist es Dante, nach ihm sind es Shakespeare und Voltaire, vor allem Voltaire, dessen Name, den er sich selber gab – er hieß eigentlich Arouet –, ein Anagramm ist, so wie Leonardos Kette und die Darstellung im Titus-Bogen versteckte Anagramme sind. Den beiden Darstellungen und Voltaires Namen ist gemeinsam, daß sie sich aus jeweils acht Buchstaben zusammensetzen. Ich bin ganz sicher, daß sich hinter dem Namen Voltaire der Hinweis auf seine Mitwisserschaft verbirgt. Ich habe den Namen in seine Buchstaben zerlegt und versucht, daraus französische Wörter zu bilden, die, aneinandergereiht, einen Sinn ergeben, ich habe ganze Nächte dabei verbracht – ohne Ergebnis.«

»Vielleicht irren Sie sich mit Ihrer These. Vielleicht steckt hinter dem Namen Voltaire nur ein einfaches Wortspiel.«

»Ja, ich weiß, irgendwelche Einfaltspinsel sehen in dem Namen Voltaire ein Anagramm aus AROVET L(e) J(eune), also Arouet der Jüngere. Aber diese holpernde Deutung ist eines Voltaires unwürdig. Ein Mann, der zu den größten Geistern der Weltgeschichte zählt, verbirgt sich nicht hinter einem so harmlosen Wortspiel. Voltaire glaubte zwar an Gott als Ursprung der moralischen Ordnung, aber für christliche Mysterien fehlte ihm der Sinn, vor allem für die heilige katholische Kirche. Der Mensch, behauptete er, bedürfe keiner göttlichen Erlösung, und an den Bibeltexten ließ er kein gutes Haar. All das ist höchst ungewöhnlich für einen Mann seiner Zeit, wird aber verständlich, wenn man zugrunde legt, daß er um das Weltgeheimnis wußte. Kessler, ich bin sicher, er wußte Bescheid, als er diesen seltsamen Namen Voltaire annahm!«

»Mit Verlaub«, wandte Kessler ein, »wenn ich Sie recht verstehe, dann steht Voltaire mit diesem Relief im Titus-Bogen in Zusammenhang?«

Losinski nahm dem Mitbruder die Fotografie aus der Hand und hielt sie ihm provozierend vors Gesicht: »Was sehen Sie auf diesem Foto, Kessler?«

»Römische Legionäre mit ihrer Beute.«

»Und worum handelt es sich bei dieser Beute?«

»Ich erkenne einen – vielleicht goldenen – Badescheffel, ein Lamm, einen Baumzweig, einen Elch, eine Kriegsfahne, ein Zweigespann, eine Ente und eine Ähre. Was ist daran ungewöhnlich?«

»An der Beute an sich – nichts, fast nichts. Aber es gibt da einen Hinweis, der den aufmerksamen Betrachter mißtrauisch machen muß.«

»Der Elch!«

»In der Tat. In dem Land, in dem Titus und seine Legionäre Beute machten, gibt es die wundersamsten Wüstentiere, aber keine Elche. Dieses Paradoxon wurde vom Schöpfer des Reliefs also mit Bewußtsein gewählt, um einen Hinweis zu geben, daß sich hinter der Darstellung eine geheime Botschaft verbirgt.«

»Aber Kaiser Titus muß doch den Entwurf begutachet und seinen Bildhauern gesagt haben: ›Ich erinnere mich nicht, einen Elch unter unserer Kriegsbeute gesehen zu haben!‹«

»Das hätte er zweifellos getan, Bruder, aber Titus hat seinen nach ihm benannten Triumphbogen nie gesehen. Der wurde erst nach seinem Tod von seinem Bruder und Nachfolger Domitian errichtet, und der junge Mann hatte solche Probleme, daß ihm Einzelheiten auf einem Denkmal mit Sicherheit so gleichgültig waren wie die Worte der römischen Philosophen. Und die Römer selbst waren ein dummes Volk. Sie kannten nur ihre Hauptstadt, und alles, was außerhalb ihrer Grenzen lag, betrachteten sie als exotisch. Ihnen wäre nicht einmal aufgefallen, wenn Pinguine in diesem Beutezug mitgeführt worden wären.«

5

Losinski und Kessler hatten sich inzwischen auf das entgegengesetzte Ende des Forums zubewegt, vorbei an der Kurie und dem Bogen des Septimius Severus, hinter dem die Via Consolazione einen Bogen um das Kapitol schlägt. Kessler sollte sich später schwere Vorwürfe machen, gerade diesen Weg für ihre Unterhaltung gewählt zu haben, dabei war es Losinskis Idee.

Von der Straße her drang Verkehrslärm, der Losinskis Erklärungen störte, aber ausschloß, daß sie ungewollte Zuhörer hatten. So nahm der Pole seine Rede wieder auf und sagte: »Im Troß des Kaisers Titus müssen sich Leute befunden haben, die im Osten mit der neuen Bewegung konfrontiert wurden, deren Mitglieder sich Christen nannten. Für die Römer waren diese *Christiani* nichts weiter als Anhänger einer der zahllosen Sekten, die aus dem Orient kamen; aber um den Mann, der diese Sekte populär gemacht hatte, rankten sich so viele Sagen und Legenden, daß der Sekte die Menschen scharenweise zuliefen. Der Mann behauptete allen Ernstes, Sohn eines unbekannten Gottes zu sein, und er lieferte Beweise, indem er Dinge tat, deren sich nicht einmal Magier zu rühmen wagten: Er zauberte aus fünf Broten und zwei Fischen Nahrung für fünftausend Männer – Frauen und Kinder nicht gerechnet –, er ließ Wasser zu Wein werden und erweckte Tote zum Leben. Als die Römer ihn wegen Gotteslästerung verurteilten, wurde er von den Juden getötet, und dann geschah etwas, was die Menschen jener Zeit vollends in Verwirrung stürzte. Von den Anhängern dieses Mannes wurde behauptet, sie hätten mit eigenen Augen gesehen, daß ihr Meister von den Toten auferstanden sei.«

»Halt, Bruder«, warf Kessler ein, »Sie reden wie ein Ketzer. Was Sie tun, ist nicht recht.«

Der Einwand machte Losinski wütend, er legte seine Stirn in Falten und entgegnete: »Vielleicht sollten Sie mich erst zu Ende hören, Bruder, danach ist Ihnen jede Meinungsäußerung freigestellt.«

Sie standen sich jetzt in kurzem Abstand gegenüber, beinahe wie Gegner, die bereit sind, ihre Kräfte zu messen, Losinski dem

Forum zugewandt, Kessler mit dem Blick zum Kapitol. Losinski blickte kalt und siegesgewiß, Kessler kritisch, aber durch das forsche Auftreten des Koadjutors verunsichert. In dieser Haltung begann Losinski aufs neue: »Vor allem durch den missionarischen Eifer eines Zeltmachers aus Tarsos namens Paulus, der seinem Meister nie begegnet ist, erhielt die Bewegung starken Zulauf, daß sie allmählich zu einer ernsthaften Bedrohung für die römischen Staatsgötter wurde. Im ganzen Reich bildeten sich nämlich Gemeinden mit Anhängern dieser Sekte; nicht nur in Palästina, in Kleinasien und Griechenland, sogar in Rom, wo die Götter zu Hause waren, hatten die Christen ihre Anhänger. Ja, diese Leute bemächtigten sich eines missionarischen Eifers, wie ihn noch keine Religion an den Tag gelegt hatte. Und weil sie sich von allen, die nicht ihres Glaubens waren, abkapselten und weil sie bei ihren geheimen Zusammenkünften fremdartige Riten praktizierten, kamen sie bald ins Gerede im ganzen Römischen Reich. In ihrem Fanatismus gingen diese Leute soweit, daß sie ihre vorgefaßte Meinung sogar gegen Leute verteidigten, die den wundertätigen Mann aus Nazareth von Angesicht gekannt hatten. Und als einer kam und behauptete, das mit dem Jesus damals, das war alles ganz anders, ich muß es wissen, besser als jeder andere, da drohten sie, diesen Mann zu steinigen, und dieser Mann entging dem Tod nur durch die Flucht. Er floh nach Ägypten und schrieb alles auf, was er erlebt hatte.«

»Mein Gott«, stammelte Kessler und blickte auf die Fotografie. Immer mehr Dinge ergaben mit einem Mal einen Sinn. Er war nicht so naiv zu glauben, daß Losinski sich all das aus den Fingern gesogen hätte. Wenn er je einen ernsthaften Menschen kennengelernt hatte, dann war es der Koadjutor aus Polen. Dieser Mann prüfte jeden Sachverhalt zweimal, bevor er ihn als Tatsache gelten ließ. Kessler ahnte, daß der im nächsten Augenblick einen Trumpf aus dem Ärmel ziehen würde, der ihn, Kessler, sprachlos machte. Er schwieg, aber sein Kopf war zum Zerreißen gespannt.

Mit einem Grinsen um die Mundwinkel, das einen Sadisten auszeichnet, genoß Losinski den Augenblick, bevor er endlich fortfuhr: »Was dieser Mann zu berichten wußte, nahmen andere mit Staunen auf; aber wo immer sie den Versuch unternahmen, dieses öffentlich zu verkünden, wurden sie von den Christen mundtot gemacht, sie wurden vertrieben oder getötet oder unter Drohungen eingeschüchtert. Deshalb bildeten sie eine Gegenbewegung gegen die Christen, an der sich bedeutsame Männer beteiligten. Sie erkannten, daß nichts den Zulauf zu einer Sekte brechen kann, die sich aufgrund jüngster Zeitumstände im Aufwind befindet – nicht die Lüge und nicht die Wahrheit. Deshalb verschlüsselten sie ihr Wissen für die Nachwelt auf unterschiedliche Weise. Der Künstler, der den Titus-Bogen mit Reliefs versah, war entweder selbst ein Mitglied dieser Gegenbewegung, oder er wurde bestochen, gerade diese Darstellung zu wählen, ohne deren Bedeutung zu kennen. Als Pius VII. die Wortfolge in dem Relief entdeckte, da muß seine Bestürzung groß gewesen sein; denn im Geheimarchiv des Vatikans ruht eine mit dem Siegel des jeweiligen Papstes versiegelte Kassette, von der es heißt, daß die von jedem Nachfolger auf dem Stuhle Petri nur einmal geöffnet und wieder verschlossen und versiegelt wird. Päpste, die diese Kassette geöffnet hätten, sollen ohnmächtig und wie vom Blitz getroffen zusammengebrochen sein, oder ihr Charakter habe sich von diesem Augenblick an auf seltsame Weise verändert...«

Wie gebannt hing Kessler an Losinskis Lippen. Er sah, wie sie plötzlich ihre Bewegung einstellten, wie sich sein Mund zu einer Fratze verzerrte und ein Schwall Blut auf der Zunge hervortrat, er sah, wie der Blutstrom über Losinskis Kinn schoß und sein Hemd dunkel färbte, er sah, wie er die Augen langsam zum Himmel drehte und, ohne einen Laut von sich zu geben, wie im Zeitlupenfilm einknickte. Gleichzeitig spürte Kessler einen peitschenden Schmerz im rechten Oberarm.

Erst jetzt drang der Lärm, den ein Maschinengewehr verursachte, an sein Ohr. Er kam von der höher gelegenen Via Consolazione, wo er im Taumeln ein mit zwei Männern besetztes Motorrad wahrnahm und ein grelles Mündungsfeuer. Dann verließ ihn das Bewußtsein.

6

Als Kessler sitzend an eine Mauer gelehnt zu sich kam, waren Sanitäter bemüht, einen Verband um seinen Oberarm zu legen. Der eine, ein junger Mann mit kurzgeschorenem Schädel, sagte, er könne von Glück reden, daß er überlebt habe, den da – und dabei deutete er auf Losinski, der reglos vor ihm auf dem Boden lag – habe es erwischt. Schuß in den Hinterkopf.

Erst Stunden später begriff Kessler, was an diesem Tag auf dem Forum Romanum eigentlich vorgefallen und daß Losinski Opfer eines Attentats geworden war, und er stellte sich immer wieder die eine Frage: War es Absicht oder Zufall, daß er überlebte?

Wie immer, wenn die italienische Polizei im dunkeln tappt, war ein Schuldiger schnell gefunden. Dahinter, so hieß es, stecke die Mafia, und Kessler mußte sich endlosen Verhören unterziehen, wobei ihm sein geistlicher Stand in keiner Weise zu Hilfe kam, weil, wie man weiß, die Soutane dem organisierten Verbrechen nicht selten als Tarnung dient. Als schließlich Kesslers geistliche Identität geklärt und Dr. Stepan Losinski auf dem Jesuitenfriedhof beerdigt war, begannen die Verhöre erneut, weil ein sprachen- und schreibkundiger Untersuchungsbeamter eine verdächtige Namensgleichheit zwischen Kessler und einem *Capo di tutti Capi*, also einem Boss der Bosse namens Bobby Cesslero, festgestellt hatte, der seit drei Jahren steckbrieflich gesucht wurde, ohne daß die Polizei ein Foto von ihm besaß. Cesslero, genannt »il Naso – die Nase«, zog von Italien über Frankreich bis nach Amerika eine Duftspur hinter sich her, indem er die teuersten Parfüms der Welt fälschte und waggonweise verkaufte; aber wie Cesslero aussah, wußte niemand.

Es dauerte deshalb gut zwei Wochen, bis dieser Verdacht aus dem Weg geräumt werden konnte und Kessler sich in der Lage sah, seine Arbeit wieder aufzunehmen. Aber Kessler war ein anderer geworden. Das Attentat, von dem nur eine vier Zentimeter lange Naht an seinem Oberarm zurückgeblieben war, hatte ihn, hatte sein Denken verändert. Er ertappte sich mehr als einmal, daß er dachte, wie Losinski gedacht haben mochte, daß er Zusammenhänge kombinierte, wie sie Losinski verknüpft haben könnte; ja, er bemerkte zu seinem Schrecken, daß er grinste wie Losinski, wenn Textstellen aus dem Pergament diskutiert wurden.

Natürlich machte sich Kessler Gedanken (eine schwache Formulierung für endlose schlaflose Nächte), wer ein Interesse gehabt haben konnte, Losinski oder ihn oder beide zu beseitigen, und dabei entdeckte er sich als Mitwisser, als einen, der für irgendwelche Leute zuviel wußte, obwohl er doch nur die halbe Wahrheit kannte. In einer dieser schlaflosen Nächte in seiner Klosterkammer zog er sein Sakko hervor, und zum wiederholten Male betrachtete er den gebräunten Fetzen am oberen rechten Ärmel, den der Einschuß gerissen hatte, und zum wiederholten Male kam ihm in den Sinn, daß es eine Fügung des Schicksals gewesen sein mußte, der er sein Überleben verdankte. Die Absicht der Attentäter, so dachte er, war es jedenfalls nicht, und daraus folgerte Kessler, daß er sich in acht nehmen mußte – ein zweiter Versuch würde *nicht* fehlschlagen.

Kessler mußte annehmen, daß jene, die ihm nach dem Leben trachteten, davon ausgingen, er sei von Losinski in das Geheimnis eingeweiht worden. Vielleicht hätte er in Kenntnis der ganzen Wahrheit keine ruhige Minute mehr zugebracht? Von Zweifeln geplagt wurde Kessler, was sich in dem geheimen Treff am Campo dei Fiori abgespielt haben mochte. Er glaubte jetzt fest daran, daß Losinski in dem alten Haus keineswegs eine Sünde wider das sechste Gebot begangen hatte, wie es ursprünglich seine Ahnung gewesen war, vielmehr mußten wohl seine nächtlichen Streifzüge in das wenig vornehme Viertel in Zusammenhang gestanden haben mit dieser Geschichte.

Und während er so überlegte und über den zerfetzten Ärmel seines Sakkos strich, da fühlte seine Hand etwas in der Innentasche des Kleidungsstücks – Losinskis Fotografie, geknickt und zusammengefaltet. Einer der Sanitäter mußte sie ihm wohl auf dem Forum, in der Meinung, sie gehöre ihm, in die Tasche geschoben haben. Zwar war das Bild zerknüllt wie eine Einkaufstüte, aber dennoch konnte man die Einzelheiten erkennen, und Kessler begann instinktiv, die Symbole der Kriegsbeute untereinander auf einen Zettel zu schreiben, zuerst in seiner Muttersprache, dann daneben auf lateinisch.

Das Ergebnis sah etwa so aus:

Badescheffel — *Balnea*
Lamm — *Agnus*
Baumzweig — *Ramus*
Elch — *Alces*
Kriegsfahne — *Bellicum*
Zweigespann — *Bigae*
Ente — *Anas*
Ähre — *Spica*

Dann las er die Anfangsbuchstaben der lateinischen Begriffe: BARABBAS:

»Großer Gott!« entfuhr es Kessler. Diesem Namen war er doch in einem Textfragment des fünften Evangeliums begegnet: Barabbas! Bei der Heiligen Dreieinigkeit, welches Mysterium verbarg sich hinter diesem Namen?

7

Am folgenden Tag war Kessler in der Gregoriana nur halb bei der Sache. Seit dem Attentat machte er einen fahrigen Eindruck; auch wenn er es nicht eingestehen wollte, er hatte Angst. Manzoni schien seit Losinskis Tod verändert. Gewiß, er hatte den Polen nie leiden gemocht, aber die christliche Moral hätte geboten, mit einem Gefühl des Mitleids über ihn zu sprechen; doch Manzoni sah in der Ermordung Losinskis eher ein organisatorisches Problem in bezug auf die Arbeit an dem koptischen Pergament.

Kessler schien es, als habe Manzoni ihm mit voller Absicht ein Fragment übertragen, das dem Bearbeiter aufgrund seines lückenhaften Zustandes kaum eine Chance ließ. Nicht größer als eine Handfläche, war es durchlöchert wie ein von Motten zerfressener Stoffetzen. Nicht ein Wort fügte sich an ein anderes – ein aussichtsloses Unternehmen.

Mehrmals am Tag begegneten sich die Blicke der beiden Männer, ohne daß einer ein Wort fand. Es hatte den Anschein, als würden sie stillschweigend ihre Gegnerschaft akzeptieren. Und während Kessler sich der Betrachtung seiner Hände hingab, überlegte er, wie er Manzoni beikommen konnte. Manzoni, der seine Hauptaufgabe darin sah, zwischen den Reihen der Übersetzer hindurchzugehen wie ein Schulmeister und hier und da über eine Textstelle zu diskutieren, hatte jedesmal, wenn er neben Kessler hintrat, eine gewisse Schadenfreude in seinem Blick, die dem anderen nicht entgehen konnte und die ihn reizte bis aufs Blut.

Und auf einmal – er hatte es gar nicht gewollt, aber es war wohl der Ausdruck seiner Wut – rief Kessler über zwei, drei Tischreihen hinweg Manzoni zu: »Sagen Sie, Professore, wer ist eigentlich dieser Barabbas?«

Im Saal wurde es totenstill. Alle Augen richteten sich auf Manzoni, der, als wollte er sich auf den vorlauten Rufer werfen, Kessler entgegeneilte mit dunkelgerötetem Kopf, sich niederbeugte und fassungslos auf das durchlöcherte Pergamentstück starrte. Die Frage hing im Raum wie ein gotteslästernder Satz von Karl Marx, dabei hatte Kessler doch nur eine Frage gestellt.

Erst musterte Manzoni das Pergament, dann prüfte er Kesslers Gesichtsausdruck, schließlich herrschte er ihn an: »Zeigen Sie mir die Stelle! Wo sind Sie auf Barabbas gestoßen?«

Kessler grinste, weil er merkte, daß er mit seiner Provokation Erfolg hatte, und deshalb ließ er sich mit seiner Antwort Zeit. Dabei wurde ihm bewußt, Manzoni mußte den vor ihm liegenden Text zumindest so gut kennen, daß ihn die Erwähnung des Namens überraschte. Kesslers Wut steigerte sich: Wozu mühte er sich dann überhaupt noch mit diesem Fragment ab?

»Ich habe Sie etwas gefragt, Bruder in Christo«, zischte Manzoni leise. Die Situation, vor allem, daß die übrigen Brüder mithörten, war ihm äußerst unangenehm. Deshalb kam er ganz nahe an Kessler heran, damit dieser möglichst leise sprach. Aber Kessler ließ sich nicht einschüchtern, und er antwortete lauter als nötig: »Monsignore, zuerst habe *ich* Ihnen eine Frage gestellt. Warum antworten Sie nicht?«

Mit soviel Unverfrorenheit aus dem Munde des jüngsten Jesuiten hatte der Profeß offensichtlich nicht gerechnet. Er hüstelte verlegen und blickte nervös um sich, dann zog er ein weißes Taschentuch hervor und wischte über seinen Hals (eine Geste, die eher dazu diente, Zeit zu gewinnen als den Schweiß abzutrocknen). »Barabbas?« meinte er schließlich mit gespielter Ruhe. »Ich verstehe Ihre Frage nicht, Barabbas ist der Urheber dieser Schrift. Das wissen Sie doch!«

Kessler ließ nicht locker: »Das ist nicht meine Frage, Monsignore. Was ich wissen will, ist: Wer verbirgt sich hinter diesem Namen?«

»Eine völlig unsinnige Frage«, erwiderte Professor Manzoni schnoddrig, »da könnten Sie ebenso die Frage stellen: Wer verbirgt sich hinter dem Namen Paulus!«

»Ein schlechter Vergleich!« rief Kessler. »Diese Frage brauche ich nicht zu stellen, weil sie bereits in zahllosen theologischen Abhandlungen beantwortet wurde.«

Da fand Manzoni endlich eine Erwiderung, um Kessler zum Schweigen zu bringen, er sagte: »Es wird unsere Aufgabe sein, das zu erforschen; warum übernehmen nicht Sie diesen Part, Bruder in Christo?« Manzoni lachte, und mit ihm jene Jesuiten, die er auf seiner Seite wußte.

»Nun aber zu *meiner* Frage«, sagte Manzoni, der nun die Fassung wiedergefunden hatte. »An welcher Stelle sind Sie auf den Namen Barabbas gestoßen?«

»Keinesfalls hier auf diesem von Mäusen zerfressenen Blatt«, sagte Kessler, »ich hatte nur so eine Ahnung...«

»Eine Ahnung? Was soll das heißen, Sie hatten so eine Ahnung?«

Kessler hob die Schultern und verzog sein Gesicht, aber er antwortete nicht, er sah Manzoni nur an und lächelte süffisant. Ja, er gab sich betont gleichgültig und unbeteiligt, und das mußte seinem Gegner Angst einjagen. Die Augen Manzonis irrten nervös durch den Saal, als suche er Hilfe bei einem anderen, aber die gaben sich mit besonderer Geschäftigkeit ihren Textstudien hin.

8

Von Stund an trennte Kessler und Manzoni ein Graben abgrundtiefen Mißtrauens, und Kessler hätte eigentlich erwarten müssen, daß der Profeß ihn nach Hause schickte, ihm unter einem fadenscheinigen Grund die Zusammenarbeit aufkündigte; doch er ahnte nicht, wie sehr Manzoni ihn fürchtete. Manzoni war der festen Überzeugung, daß Kessler, dank Losinski, mehr wußte, als er preisgab. Insofern wäre es töricht gewesen, den jungen Deutschen auszuschließen; im Gegenteil, Manzonis Plan war es, Kessler mit Sonderaufgaben zu betrauen, die verhindern sollten, daß er sein Wissen ausplauderte. Jeder Orden verfügt über zahlreiche solcher Sonderaufgaben, die geeignet sind, einen Kleriker für viele Jahre verschwinden zu lassen, wenn nicht für immer.

Kessler muß das geahnt haben – und bei nüchterner Betrachtung seiner Situation lag ein solches Vorhaben auf der Hand –, jedenfalls ließ er große Vorsicht walten und entwickelte ungewöhnliche Aktivitäten. Der erste Versuch, über Losinskis Nachlaß an weitere Informationen heranzukommen, scheiterte. Zwar gab ihm der Abt des Klosters San Ignazio, ein kleiner weißhaariger Römer namens Pio, die Erlaubnis, sich unter seiner Aufsicht in Losinskis Zimmer umzusehen (schließlich seien sie Freunde gewesen), aber die Klosterzelle war äußerst gründlich durchsucht worden – was der Abt mit Entrüstung zurückwies –, jedenfalls fehlten alle Dokumente und vor allem die Mappe, die Hinweise auf seine Forschungen gaben. Sogar der Sack mit dem Schuhwerk, an dem Losinski sich über die Maßen ergötzt hatte, war nicht mehr da.

Für Kessler gab es unter den Spuren, die Losinski gelegt hatte, nur noch eine, die Erfolg versprach: das Haus nahe dem Campo dei Fiori. Natürlich mußte er damit rechnen, daß er auf Schritt und Tritt beobachtet wurde. Deshalb legte er sich einen Plan zurecht, wie er mögliche Verfolger abschütteln konnte. Der Plan war ebenso einfach wie genial: Zu Fuß kundschaftete er einen umständlichen Weg von San Ignazio zum Campo dei Fiori aus, ohne sich seinem eigentlichen Ziel zu nähern, am Tag darauf bestieg er gegen Abend ein Fahrrad, das er vom Pförtner geliehen hatte. Damit kam er im dichten römischen Verkehr schneller voran als mit jedem anderen Fortbewegungsmittel.

Kessler verschwand mit seinem Fahrrad in dem finsteren, kalten Hauseingang. Und während er die breiten, ausgetretenen Treppen nach oben stieg zu der Wohnung, die Losinski so oft besucht hatte, machte er sich seine Gedanken, was ihn dort erwarten würde. Er wußte es nicht, er ging nur einem Gefühl nach, das ihm sagte, daß die häufigen Besuche in diesem Haus in irgendeinem Zusammenhang standen mit seiner Entdeckung. Er wußte nicht einmal, auf welche Weise er sich Zutritt verschaffen sollte außer mit dem Hinweis, er sei ein Freund Losinskis und er habe das Attentat auf wundersame Weise überlebt.

Gleichzeitig kam ihm ein Gespräch in den Sinn, das er vor langer Zeit mit Manzoni geführt hatte. Dabei war es um Losinski gegangen, und die Worte des Profeß klangen ihm noch im Ohr: Er solle vor Losinski auf der Hut sein, denn Losinski sei zwar ein hervorragender Wissenschaftler, aber im Grunde seines Herzens sei Losinski ein Ketzer, und Manzoni könne sich vorstellen, daß Losinski unseren Herrn Jesus für dreißig Silberlinge verrate wie Judas Ischariot.

Nach all dem, was Kessler von Losinski erfahren hatte, bekamen diese Worte ein anderes Gewicht. Es schien, als hätten sich Manzoni und Losinski weniger in ihrem Wissen unterschieden als in ihrer Bereitschaft, dieses Wissen zu verbreiten. An sich ist Schweigen keine Sünde, jedenfalls spricht sich keines der zehn Gebote gegen das Schweigen aus; doch der Kirche ist es gelungen, schweigend mehr zu sündigen als andere mit bösen Worten.

Ohne innezuhalten, drückte Kessler auf den Klingelknopf neben der weißen Tür im dritten Stock. Innen näherten sich Schritte, die Tür wurde einen schmalen Spalt geöffnet, und das breite Gesicht eines Mannes erschien in der Öffnung: »Was wollen Sie? Wer sind Sie?«

»Mein Name ist Kessler. Ich bin ein Freund Losinskis«, sagte Kessler kleinlaut. In diesem Augenblick hatte er alles andere vergessen.

»Losinski hatte keine Freunde«, entgegnete der Mann durch die Türöffnung und schickte sich an, die Tür zu schließen.

Da schob Kessler seine Hand dazwischen, und er rief heftig: »Ich bin der Mann, der mit ihm erschossen werden sollte!«

Einen langen Augenblick geschah nichts. Dann wurde langsam die Tür geöffnet, und es erschien die Gestalt eines untersetzten Mannes mit glattem Schädel. Der Mann machte eine einladende Handbewegung, und Kessler trat ein. In der Mitte des großen Vorraumes mit sechs Türen nach allen Richtungen blieb er stehen. Der untersetzte Mann trat auf ihn zu, und ehe er sich versah, riß er Kessler in seine Arme. Im selben Augenblick wurde eine der Türen geöffnet, und Kessler erkannte eine Frau im Rollstuhl.

Neuntes Kapitel

DIE VERLIESE DES INNOZENZ
wiederentdeckt

1

Die wöchentliche Pressekonferenz in der Sala d'Angeli im Vatikan ging langweilig zu Ende wie an den meisten Donnerstagen. Nicht einmal fünfzig Journalisten waren der Einladung von Padre Mikos Vilosevic, einem jugoslawischen Geistlichen, der das vatikanische Presseamt leitete, gefolgt. Die übrigen in Rom akkreditierten Pressevertreter wußten, daß Vilosevic nichts zu sagen hatte, weil alles, was hinter den Leoninischen Mauern ablief, ohnehin höchster Geheimhaltung unterlag.

So wäre auch diese Pressekonferenz, bei der es in der Hauptsache um die mögliche Seligsprechung einer südamerikanischen Nonne ging, die ihre Sozialarbeit in den Slums von Rio vor sieben Jahren mit dem Leben bezahlt hatte, in keiner Weise erwähnenswert gewesen, hätte nicht Desmond Brady, Leiter des Rom-Büros des US-Senders NBC und für gewöhnlich gut unterrichtet über alle Interna des Vatikans, abschließend die Frage gestellt: »Padre, was ist dran an den Gerüchten, daß seine Heiligkeit an einer neuen Enzyklika arbeite?«

Vilosevic' Antwort kam knapp und kühl: »Davon ist mir nichts bekannt. Ich bedauere.«

»Sie soll den Namen tragen ›*Fides Evangelii*‹.« Brady ließ nicht locker.

Der Hinweis versetzte die anwesenden Journalisten in Unruhe. Wieder einmal schien sich zu bewahrheiten, daß der Amerikaner aus Atlanta über allerbeste Kontakte im Vatikan verfügte, die, so wurde gemunkelt, bis ins Vorzimmer des Papstes reichten.

Vilosevic hatte gehofft, die Angelegenheit mit einer knappen Antwort aus der Welt zu schaffen, doch nun wurde er auch von den übrigen Journalisten bedrängt, und als Verteidiger seiner angeblichen Unwissenheit machte er nicht die beste Figur.

»Meine Herren«, sagte Vilosevic, »Sie alle kennen die Auffassung der Kirche, nach der alle die katholische Lehre betreffenden Angelegenheiten Sache der Kirche sind und nicht Sache der Öffentlichkeit.«

Das veranlaßte Cesare Bonato von der italienischen Nachrichtenagentur ANSA zu dem Zwischenruf »*Chiacchierone!*«, was soviel wie »Schwätzer« bedeutet und ihm, hätte Vilosevic die Bemerkung verstanden, eine ernsthafte Rüge eingebracht hätte; so aber fügte er dem Schimpfwort die Frage hinzu, ob er, Vilosevic, damit andeuten wolle, daß die Angelegenheit *päpstlicher Geheimhaltung* unterliege, was im Sprachgebrauch der Kurie die oberste Geheimhaltungsstufe darstellt.

Ungehalten und mit einem Anflug von Gekränktsein erwiderte der vatikanische Beamte: »Es gibt keine Enzyklika, und deshalb kann sie auch nicht *päpstlicher Geheimhaltung* unterliegen. Ich danke Ihnen für Ihre Aufmerksamkeit.«

Damit war eigentlich das Ritual der allwöchentlichen Pressekonferenz im Vatikan beendet, und Vilosevic und seine beiden Assistenten, zwei junge Kapläne, der eine aus Rom, der andere ein Veroneser, schickten sich an, das weißgedeckte Podium (in der katholischen Kirche geht nichts ohne Podium) zu verlassen, da rief Bonato laut, daß seine Stimme auch in der allgemeinen Aufbruchstimmung nicht zu überhören war: »Padre Vilosevic, die Tatsache, daß Sie eine Enzyklika seiner Heiligkeit in Abrede stellen, bedeutet aber wohl nicht, daß es dies nicht gibt?«

Bonatos verklausulierte Sprechweise reizte zum Schmunzeln, aber sie entsprach genau der Diktion, deren sich päpstliche Beamte mit Vorliebe bedienen. Vilosevic kannte Bonato, und er wußte um dessen Sachverstand in Kirchenfragen, der nur einem eigen ist, der selbst einmal kurz davor stand, Priester zu werden, bevor die Versuchung in Gestalt einer Frau an ihn herantrat. Deshalb eilte Vilosevic auf Bonato zu in der Hoffnung, das folgende Gespräch unter vier Augen abwickeln zu können; doch kaum standen sich die beiden gegenüber, da wurden sie von den übrigen Journalisten umringt wie Jesus und Philippus vor der wunderbaren Brotvermehrung.

»Was wollten Sie damit sagen?« fragte Vilosevic nervös.

»Nun ja«, erwiderte Bonato mit jener Freundlichkeit, die geeignet ist, den äußeren Anschein ins Gegenteil zu verkehren, »wir alle kennen die Politik der Geheimhaltung des Vatikans als besondere Lebensform, und diese macht unsere Arbeit nicht gerade einfach.«

»Sie hören von mir alles, was ich weiß!« beteuerte Vilosevic, aber in seinen unsicheren Augen war zu erkennen, daß er selbst nicht überzeugt war von seiner Rede.

»... was Ihnen zu sagen erlaubt ist!« korrigierte Desmond Brady den Padre. »Und das ist nicht viel hinter einer Mauer des Schweigens.«

In wenigen Augenblicken schlug die Stimmung um. Gereiztheit machte sich breit, und der Padre blickte hilfesuchend zu seinen Assistenten; doch die schienen nicht weniger ratlos, wie der Situation zu begegnen sei. Vor allem Brady versetzte sie in Angst, ein äußerst kritischer Journalist, der schon einmal in einem Bericht die vatikanische Geheimhaltungspolitik gegeißelt und behauptet hatte, weder Nazis noch Kommunisten sei es gelungen, sich mit einem so dichten Schleier von Geheimnissen zu umgeben wie die Kurie in Rom. Aber Geheimnisse lassen sich nicht aus der Welt reden, sie lassen sich nur aus der Welt schweigen, und so fand Bradys Behauptung innerhalb der leonischen Mauern keinen Widerhall, nicht einmal Worte der Anklage; jene verpuffte wie Weihrauch beim *Te deum*.

Vilosevic sah Brady herausfordernd an: »Was wollen Sie damit sagen?«

»Ich habe mich doch klar ausgedrückt – im Gegensatz zu Ihnen, Padre Vilosevic. Aber«, füge er betont freundlich hinzu, »mein Vorwurf richtet sich nicht gegen Sie persönlich, das wissen Sie, aber das Staatssekretariat und das Heilige Offizium sollten sich vielleicht einmal daran erinnern, in welcher Zeit wir leben.«

Cesare Bonato wollte es damit bewenden lassen, und er machte eine Bemerkung, die geeignet ist, jedem Papisten Schamröte ins

Gesicht zu treiben: »Es wäre nicht die erste Enzyklika, die, obwohl für die Gläubigen verfaßt, diese nie erreicht. Ich denke nur an Pius XI.«

Die Bemerkung traf Padre Vilosevic hart wie der Schlag eines Boxers. Vilosevic suchte mit den Augen den Ausgang, aber die Journalisten hatten ihn umringt; an ein Entkommen war nicht zu denken. Der Padre, Brady und die meisten anderen wußten, worauf Bonato anspielte: Pius XI. hatte 1938 eine Enzyklika *Humani Generis Unitas* vorbereitet, die nie veröffentlicht wurde. Die Umstände, warum sie nie herausgegeben wurde, blieben ungeklärt, klar ist nur, daß der päpstliche Erlaß mit dem Thema Rassismus und Antisemitismus für jene Zeit von großer Bedeutung gewesen wäre.

Auf diese Weise in die Enge getrieben, ging Vilosevic zum Angriff über, er attackierte Bonato: »Vielleicht sind Ihre Kontakte zur Kurie besser als die meinen. Was wissen Sie über die neue Enzyklika? Das würde mich interessieren.«

Vilosevic' ironisch gemeinte Bemerkung war dazu angetan, den Unwillen der übrigen Journalisten zu wecken, und es kam zu einem Durcheinander, in dessen Verlauf sich herausstellte, daß lange schon wilde Gerüchte im Umlauf waren über ein neu entdecktes Pergament aus der Zeit des Jesus von Nazareth, dessen Übersetzung vom Heiligen Offizium unter Verschluß gehalten werde wie die Weissagungen des Malachias, deren Inhalt bekannt ist, die jedoch noch kein gewöhnlicher Mensch zu Gesicht bekommen hat.

»Alles Gerüchte!« rief Vilosevic zornig, und im Zorn schwoll auf seiner Stirn eine senkrechte Ader von dunkler Farbe, die seinem Aussehen etwas Dämonisches verlieh. »Nennen Sie mir die Quelle Ihrer Informationen, dann will ich mich gerne für Sie einsetzen und eine offizielle Stellungnahme erwirken!«

Brady lachte hämisch. Kein Journalist der Welt nennt, so er über vertrauliche Informationen verfügt, seinen Informanten, denn das bedeutet das Ende dieser Nachrichtenquelle. Auch Bonato hatte für den Pressemann des Vatikans nur ein mitleidiges Lächeln übrig. Doch die so in Gang gekommene Diskussion machte deutlich, daß jeder der anwesenden Journalisten von der seltsamen Unruhe gehört hatte, die sich seit geraumer Zeit im Vatikan breitmachte. Allerdings wußte ein jeder vom Hörensagen einen anderen Grund. Ein spanischer Radiokorrespondent sprach von einer schweren unheilbaren Krankheit seiner Heiligkeit; der Kolumnist des »Messagero« wußte gar, daß sich das dritte Geheimnis der Prophezeiungen von Fatima auf furchtbare Weise erfüllt habe (ohne freilich den Grund der Furchtbarkeit zu kennen); der römische SPIEGEL-Korrespondent glaubte zu wissen, der Zölibat werde noch in diesem Jahr fallen; und Larry Stone von »Newsweek« wollte gar von einem Massenaustritt der südamerikanischen Bischöfe aus der Kirche wissen – eine Spekulation, die, trotz der Ernsthaftigkeit Stones, in heftigem Gelächter unterging.

Vilosevic nutzte die unverhoffte Heiterkeit, um sich aus der Sala d' Angeli zu drängen, er raffte seine Soutane, eine Haltung, die einen Padre äußerst unwürdig erscheinen läßt, aber sich trefflich eignet, seinen Schritten größere Weite und infolgedessen ihm eine höhere Geschwindigkeit zu verleihen. In dieser Haltung hastete Vilosevic den langen, steinernen Korridor entlang zu der Marmortreppe, die zum dritten Stock des Apostolischen Palastes führt, wo hinter hohen weißen Türen, die alle bis auf eine von innen verschlossen sind, der Kardinalstaatssekretär residierte.

2

Mit Felici, dem Kardinalstaatssekretär, einem gütigen alten Mann mit kurzen weißen Haaren und zitternden Händen – er führte sein Amt schon unter drei Päpsten –, pflegte Vilosevic ein vertrauensvolles Verhältnis, man kann auch sagen, Vilosevic war sein Gefolgsmann; aber diese Gefolgschaft machte ihn gleichzeitig zum Feind für Kardinal Berlinger, den Leiter des Heiligen Offiziums, der die andere Hausmacht innerhalb des Vatikans anführte. In Berlinger und Felice begegneten sich Erde und Feuer: Berlinger, der Konservative, unnachsichtig gegenüber jeder Neuerung oder Erneuerung, und Felici, ein liberaler, progressiver Kardinal, der schon vor dem letzten Konklave als *papabile* galt, dem aber, wie er selbst zu sagen pflegte, die Schuhe des Fischers eine Nummer zu groß erschienen.

Nachdem Vilosevic zwei hintereinanderliegende Vorzimmer mit Wandteppichen und spärlichem, dunklen Mobiliar durchquert hatte – als Vorzimmerdamen fungieren im Vatikan ausnahmslos schwarzgekleidete Padres –, trat er mit einer Verbeugung in den überheizten Raum, wo Felici hinter einem endlos breiten Schreibtisch mit Aktenstößen und Papier hervorlugte.

»Herr Kardinal!« rief Vilosevic von weitem (eine andere Anrede als diese duldete Felici nicht). »Herr Kardinal, Sie müssen etwas tun. Die Journalisten haben von irgend etwas Wind bekommen. Ich weiß nicht mehr, wie ich sie bändigen soll. Manche von ihnen wissen mehr als ich selbst – jedenfalls habe ich den Eindruck.«

Mit einer freundlichen Geste verwies der Kardinal den Presseamtsleiter auf einen rot bezogenen Stuhl mit hoher Lehne, der in gebührendem Abstand von seinem Schreibtisch einsam auf einem riesigen Teppich stand. »Immer der Reihe nach«, mahnte Felici, und dann gebrauchte er eine Redewendung, über die im Vatikan gespöttelt wurde, weil der Alte sie in keinem Gespräch ausließ: »– und mit Distanz!«

»Sie haben leicht reden, ›mit Distanz‹«, ereiferte sich Vilosevic, »mich haben fünfzig Presseleute bestürmt und mit den abenteuerlichsten Gerüchten konfrontiert, ausgehend von einer Enzyklika, die in Vorbereitung und von großer Bedeutung für die Kirche sei.«

Felici zeigte Gelassenheit: »Jede Enzyklika ist von fundamentaler Bedeutung für die heilige katholische Kirche. Warum nicht diese?«

»Also dürfen wir nun mit einer Enzyklika rechnen? Frage eins: Wann? Frage zwei: Welchen Inhalts?«

»Ich habe nicht gesagt, daß eine Enzyklika in Vorbereitung ist, Padre Vilosevic. Ich habe nur angedeutet, wenn eine Enzyklika in Vorbereitung wäre, so hätte sie dieselbe fundamentale Bedeutung wie alle, die bisher veröffentlicht wurden.«

»Herr Kardinal!« Vilosevic rutschte unruhig auf seinem Stuhl hin und her. »So kommen wir doch nicht weiter! Ich habe nun einmal, bei Gott und allen Heiligen, dieses Presseamt inne, ich bin das Sprachrohr des Stellvertreters, die Journalisten erwarten zu Recht von mir eine Erklärung. Die Spatzen pfeifen es von den Dächern, daß seit Monaten im Vatikan Unruhe um sich greift, aber keiner weiß warum, niemand redet darüber. Kein Wunder, wenn wilde Gerüchte im Umlauf sind! Eben wurde ich damit konfrontiert, die südamerikanischen Bischöfe planten einen Massenaustritt aus der Kirche.«

»Sie haben hoffentlich sofort dementiert, Vilosevic!«

»Nichts habe ich. Ich habe zu den absurden Behauptungen geschwiegen, und ich werde solange dazu schweigen, bis ich eine Erklärung von höherer Stelle erhalte. Wer weiß, vielleicht ist etwas dran an dieser Behauptung?«

»Lächerlich!« zischte Felici und erhob sich von seinem Schreibtisch. Er verschränkte die Hände auf dem Rücken, trat an eines der hohen Fenster und blickte auf den Petersplatz, der um diese Jahreszeit verlassen dalag; selbst die weißen Marmorfiguren auf den Kolonnaden des Bernini, die für gewöhnlich in den Himmel leuchteten wie Fackeln in der Nacht, verbreiteten Melancholie.

»Dem Herrn sei Dank«, begann Felici, ohne seinen Blick von dem Fenster zu wenden, »dem Herrn sei Dank, daß diese Angelegenheit nicht mir obliegt, sondern dem Leiter des Heiligen Offiziums, Kardinal Berlinger.«

Von der Seite konnte Vilosevic sehen, daß Felicis Gesicht einen Anflug von Schadenfreude zeigte, als er den Namen nannte. Schließlich kam der Kardinal auf Vilosevic zu. Der erhob sich, und als sich beide ganz nahe gegenüberstanden, sagte Felici bedächtig: »Ich möchte, da Sie mein Freund sind, Sie mit der Wahrheit konfrontieren, die die Ursache ist für die Unruhen innerhalb der Kurie. Aber, Bruder in Christo, geben Sie mir Ihr Wort, daß Sie Stillschweigen darüber bewahren werden – bis höhere Weisung kommt. Diese Wahrheit ist bitter für unsere Kirche, und manche, die sie kennen, vertreten die Ansicht, sie könnte diese Wahrheit nicht überleben – deshalb die Unruhe.«

»Bei Gott und allen Heiligen, worum geht es?«

»Wie es scheint, müssen wir uns damit abfinden, daß Matthäus, Markus, Lukas und Johannes nicht die einzigen Evangelisten sind. Wie es scheint, gibt es ein fünftes Evangelium, das Evangelium nach Barabbas. Man hat es in einem koptischen Grab entdeckt, und Jesuiten der Gregoriana sind gerade dabei, es zu übersetzen.«

»Ich verstehe nicht!« wandte Vilosevic ein. »Ein fünftes Evangelium bedeutete doch nur eine Stärkung für die Lehre der heiligen Mutter Kirche.«

»Ja, gewiß, aber nur, wenn es die Texte der vier anderen stützte.«

Vilosevic wurde kleinlaut: »Und das tut es nicht?«

Felicis Schweigen nahm die Antwort vorweg. »Im Gegenteil«, erwiderte der Kardinal, »es deckt die Schwächen der vier Evangelien auf, die in der Hauptsache darauf beruhen, daß Matthäus, Markus, Lukas und Johannes die Dinge, über die sie schrieben, nur vom Hörensagen kannten. Barabbas hingegen, der Urheber des fünften Evangeliums, war ein Zeitzeuge. Er schreibt, als habe er unseren Herrn Jesus gekannt, und bei ihm lesen sich große Teile der neutestamentarischen Überlieferung ganz anders.«

»Herr Jesus!« Vilosevic holte Luft. »Herr Jesus!« wiederholte er und fuhr fort: »Wer ist dieser Barabbas?«

»Das ist die Frage. Manzoni von der Päpstlichen Universität arbeitet fieberhaft daran. Er hat die besten Leute seines Ordens zusammengezogen, aber – so behauptet er – die entscheidenden Textstellen in bezug auf den Urheber des Evangeliums sind entweder zerstört, oder sie fehlen. Das Pergament wurde nämlich, bevor man seine Bedeutung erkannte, in Teilen verkauft, und es ist schwer, die einzelnen Fragmente wieder aufzufinden und zusammenzufügen.«

»Aber«, wandte Vilosevic verzweifelt ein, »es gibt doch eine ganze Reihe apokrypher Evangelien, die allesamt als Fälschungen entlarvt worden sind. Wer sagt, daß ausgerechnet dieses Evangelium echt ist?«

»Sowohl die Naturwissenschaftler als auch Bibelwissenschaftler und Koptologen kommen zu demselben Ergebnis: Der Text ist echt.«

»Und was ist der Inhalt?«

Der Kardinal ging zum Fenster zurück und blickte hinaus, aber er sah nicht den Petersplatz und nicht die Kolonnaden, er blickte ins Leere und antwortete: »Ich weiß es nicht, ich weiß nur, daß der Satz: ›Du bist Petrus, der Fels, und auf diesem Felsen will ich meine Kirche bauen‹, in dem ganzen fünften Evangelium nicht vorkommt. Wissen Sie, was das heißt, Vilosevic, wissen Sie es?«

Felici wurde laut, und seine Augen wurden feucht: »Das bedeutet, daß alles hier um uns herum unsinnig ist. Sie, ich und Seine Heiligkeit und eine Dreiviertelmilliarde Menschen haben ihren Glauben verloren!«

»Herr Kardinal!« Vilosevic trat auf Felici zu. »Herr Kardinal, mäßigen Sie sich, ich bitte Sie im Namen aller Heiligen.«

»Aller Heiligen!« entgegnete Felici bitter. »Auch die können Sie vergessen.«

Der Padre sank auf seinen Stuhl nieder und vergrub sein Gesicht in den Händen. Er konnte es einfach nicht fassen, was der Kardinal gerade berichtet hatte.

»Vielleicht verstehen Sie jetzt die Unruhe, Padre, von der die Kurie erschüttert wird«, bemerkte Felici.

Und Vilosevic antwortete entschuldigend: »Ich habe das alles nicht gewußt, Eminenza, ich hatte wirklich keine Ahnung.«

Da fuhr der Kardinal wütend dazwischen: »Ihre ›Eminenza‹ können Sie sich sparen! Hören Sie! Gerade jetzt...«

Der Padre nickte ergeben. Nach einer endlos scheinenden Pause, in der Felici unbewegt aus dem Fenster starrte, begann Vilosevic vorsichtig: »Wenn Sie die Frage gestatten, Herr Kardinal, wie viele Mitwisser hat diese Entdeckung?«

»Das ist nicht die Frage«, erwiderte der Kardinal. »Die Entdeckung an sich ist allgemein bekannt, jedenfalls was die Wissenschaft betrifft. Koptologen und Altphilologen wissen seit langem von einem Pergamentfund in der Nähe von Minia. Aber weil die Grabräuber, denen das Pergament in die Hände fiel, ihren Schatz des größeren Profits wegen in einzelnen Stücken verkauften, konnte kein wissenschaftliches Institut das Pergament einer textkritischen Analyse unterziehen. Insofern ist der Inhalt weitgehend unbekannt geblieben. Anfang der fünfziger Jahre jedoch muß irgendein Wissenschaftler Verdacht geschöpft haben; denn zu dieser Zeit zeigten mit einem Mal verschiedene Leute Interesse an dem Pergament und begannen, Fragmente aufzukaufen.«

»Wußte die Kurie davon?«

»Einer der Aufkäufer war Kardinal Berlinger, der dem Heiligen Offizium vorsteht. Er schickte Emissäre aus mit der Maßgabe, jedes Stück zu jedem Preis für die Vatikanischen Museen zu gewinnen. Die Leute wußten selbst nicht, worum es sich bei den Pergamenten handelte; sie hatten nur den Auftrag, sie um alles in der Welt herbeizuschaffen.«

»Und ist das Vorhaben geglückt?«

»Zu einem gewissen Teil, Padre.«

»Aber das bedeutet doch...«

»...daß Manzoni über einen beträchtlichen Teil des fünften Evangeliums verfügt.« Und nach einer Pause bemerkte der Kardinal: »Ich weiß, was Sie jetzt denken, Padre. Ich sehe es Ihnen an den Augen an, Sie denken, wenn sich das Pergament zu einem Teil im Besitz der Kirche befindet, dann könnte die Kirche dieses Pergament oder zumindest jene Passagen, die für sie eine Gefahr bedeuten, heimlich verschwinden lassen. Das denken Sie doch, Padre!«

Vilosevic nickte. Er schämte sich und murmelte: »Gott möge mir verzeihen!«

»Sie müssen sich nicht schämen«, entgegnete Felici, »ich selbst hatte den gleichen Gedanken, und ich bin nicht das einzige Mitglied der Kurie, das so dachte, als es davon erfuhr. Die Sache hat nur einen Haken, Padre.«

»Einen Haken?«

Felici nickte heftig: »Ausgerechnet die wichtigsten Teile des Pergamentes befinden sich nicht im Besitz Manzonis. Berlinger ist es nicht gelungen, jene Fragmente zu erwerben, in denen Barabbas über sein Verhältnis zu unserem Herrn Jesus berichtet oder in denen Jesus über die Zukunft seiner Jünger spricht.«

»Merkwürdig«, sagte Vilosevic nachdenklich. »Das kann doch kein Zufall sein!«

»Natürlich nicht«, antwortete Felici, »das ist mit Sicherheit kein Zufall.«

Vilosevic sprang auf. »Es gibt also noch andere Interessenten an dem fünften Evangelium.«

»Ihre Vermutung ist richtig, Padre.«

»Die Kirche soll erpreßt werden?« Vilosevic trat neben Felici ans Fenster. Er nahm dieselbe Haltung ein wie der Kardinal.

»Das ist denkbar, aber bisher gibt es keine Forderungen. Ich glaube auch nicht, daß irgend jemand aus dieser Sache Geld machen will, ich glaube vielmehr, daß unsere Heilige Mutter Kirche gedemütigt werden soll.«

»Mein Gott!« rief Vilosevic fassungslos, und in seiner Ratlosigkeit schlug er ein heftiges Kreuzzeichen. »Wer hat ein Interesse, sich an der Heiligen Mutter Kirche zu vergreifen?«

Der Kardinal hob die Schultern. »Die Leute Berlingers haben zwei Gruppen ausfindig gemacht. Beide bekriegen sich im Kampf um die Kirche bis aufs Blut, beide sind Fanatiker, wenn auch aus ganz unterschiedlichen Motiven, und beide scheinen nicht nur über Abschriften jener vier Fünftel zu verfügen, die Manzoni mit den Jesuiten erarbeitet; es gibt Anzeichen, daß sie sogar über die fehlenden Fragmente verfügen, daß sie also im Besitz der vollen Wahrheit sind.«

»Was sind das für Leute?«

»Die eine Gruppe ist ein gefährlicher Eliteorden, fern aller Glaubensinhalte und unter dem Kommando eines wahnsinnigen Hermaphroditen, der sich als Wiedergeburt des Sängers Orpheus sieht. In der anderen Gruppe haben sich islamische Fundamentalisten zum Ziel gesetzt, die Heilige Mutter Kirche zu unterwandern und in die Knie zu zwingen. Eine Clique ist so gefährlich wie die andere, denn beide gehen mit unvorstellbarem Fanatismus ans Werk, die Orphiker – so nennt sich der Orden – aus intellektuellem Standesdünkel, die Fundamentalisten aus religiösem Sendungsbewußtsein. Beide Parteien verfügen über ein Netz von über die Welt verstreuten Anhängern und Kommandozentralen, von denen niemand so recht weiß, wo sie sich überhaupt befinden. Angeblich beherrschen die Orphiker ein Kloster im Norden Griechenlands, während die islamischen Fundamentalisten aus dem persischen Ghum gesteuert werden. Geld spielt bei beiden keine Rolle; deshalb haben sie nicht nur alle verfügbaren Fragmente des Pergaments erworben – oft für aberwitzige Summen –, sie haben auch die bedeutsamsten Wissenschaftler aufgekauft und, wenn diese sich nicht freiwillig zur Mitarbeit bereit erklärten, Gewalt angewendet, sie entführt oder durch Todesdrohungen eingeschüchtert.«

»Und diese Leute sind in der Lage, das fünfte Evangelium so auszuwerten, daß es gegen die Kirche angewendet werden kann?«

»Padre, das ist keine Frage. Einige der namhaftesten Experten auf den Gebieten der Koptologie und Bibelwissenschaft, die es auf der Welt gibt, sind in den vergangenen Jahren von einem Tag auf den anderen verschwunden. Sie haben ihre Familien zurückgelassen und ihre Karriere. Das ist kein Zufall. Orphiker wie islamische Fundamentalisten träumen von der Weltherrschaft, und der Islam hat uns vorgemacht, daß ein Buch mit 114 Suren in der Lage ist, die Welt zu verändern. Ein Buch, das vom Umfang ziemlich genau dem des Neuen Testamentes entspricht und mit unterschiedlichsten Mitteln rekonstruiert wurde. Denn es ist ungewiß, ob der Koran bereits zu Lebzeiten des Propheten Mohammed aufgezeichnet wurde. Die Überlieferung sagt, die weitverstreuten Aufzeichnungen seien erst wenige Jahre nach Mohammeds Tod zusammengetragen worden. Bruchstücke des Textes wurden auf Lederstücken, Steintafeln, Palmrippen, Holzbrettchen, den Schulterblättern von Kamelen und auf Pergament gefunden und zu einem Ganzen zusammengefügt. Es wird diesen Leuten keine Schwierigkeit bereiten, das fünfte Evangelium zu rekonstruieren und für ihre Zwecke einzusetzen.«

Vilosevic ging zu seinem Stuhl zurück und schüttelte nur immer wieder den Kopf. Dann fragte er: »Und Sie kennen den Text dieses Barabbas-Evangeliums?«

»Nein«, antwortete der Kardinal, »keiner kennt den ganzen Wortlaut; zum einen, weil er nur in Bruchstücken existiert, zum anderen, weil Professor Manzoni selbst diese Bruchstücke unter Verschluß hält, damit keiner der Übersetzer Einblick in das Ganze erhält. Die Geschichte lehrt, daß einem Jesuiten immer mit Mißtrauen zu begegnen ist.«

Der Padre zeigte sich irritiert von den Worten des Kardinalstaatssekretärs, und bei anderer Gelegenheit hätte er sie kaum unwidersprochen gelassen, aber in dieser Situation war die Diskussion über die Kirchentreue des Jesuitenordens zweitrangig. »Warum dann die Furcht vor dem fünften Evangelium«, erkundigte er sich unsicher, »wenn noch niemand den Text gelesen hat?«

»Manzoni hat ihn gelesen«, erwiderte Felici, »er kennt einen großen Teil davon, Berlinger kennt Bruchstücke und ich ebenso.«

Der Kardinal, der bisher mit dem Blick zum Fenster gesprochen hatte, begann nun in dem großen Raum auf und ab zu gehen. Er war äußerst nervös, als er fortfuhr: »Dem gläubigen Christenmenschen nennen die vier Evangelisten acht Ereignisse als Grundlage seines Glaubens: Jesus ist empfangen vom Heiligen Geist – er ist geboren von der Jungfrau Maria – er hat gelitten unter Pontius Pilatus – er wurde gekreuzigt – er ist gestorben – er ist zu den Toten hinabgestiegen – er ist am dritten Tag auferstanden – er ist zum Himmel aufgefahren.«

»Herr Kardinal! Wozu diese Aufzählung?«

Felici ging auf den im Stuhl sitzenden Vilosevic zu. Er faßte ihn an den Oberarmen, schüttelte ihn wie einen Schlafenden, der endlich aufwachen soll, und rief mit erregter Stimme: »Weil dieser Barabbas alle diese Ereignisse in Abrede stellt! Wissen Sie, was das bedeutet, Padre? Wissen Sie es?«

Vilosevic nickte.

3

Aus dem Vorzimmer drang Stimmengewirr, und nach kurzer Zeit erschien der Sekretär in der Tür und kündigte das Erscheinen seiner Eminenz, des Leiters des Heiligen Offiziums, Kardinal Berlinger, an. Er hatte noch nicht ausgesprochen, als der rotgekleidete Berlinger, gefolgt von drei Monsignori in wallenden Soutanen, in den Raum stürmte und, noch bevor er das Wort an Felici richtete, den anwesenden Vilosevic mit abfälligem Blick musterte, als wollte er sagen: Verschwinden Sie, aber schnell. Vilosevic machte auch Anstalten, sich zu entfernen, aber der Kardinalstaatssekretär kam ihm zuvor und sagte: »Bleiben Sie ruhig hier, Padre«, und an Berlinger gewandt: »Er ist in alles eingeweiht. Eminenza, Sie müssen kein Blatt vor den Mund nehmen.«

Berlinger zog die Augenbrauen hoch, um anzuzeigen, daß er diese Entscheidung mißbilligte, doch für Diskussionen war nicht länger Zeit. Wenn Berlinger den weiten Weg zurücklegte von der außerhalb der Kolonnaden gelegenen Piazza del Sant' Uffizio, wo er in einem Gebäude herrschte, das eher einem Verteidigungsministerium glich als der kirchlichen Behörde für Glaubensfragen, dann mußte das einen triftigen Grund haben. Vor allem die Begleitung dreier Monsignori seiner Behörde, die Berlinger selbst stets nur als Congregatio zu bezeichnen pflegte, eine Kurzform für *Congregatio Romanae et Universalis Inquisitionis*, so wie sie unter Paul III. vor vierhundert Jahren zur Bekämpfung des Protestantismus ins Leben gerufen wurde, verlieh seinem Erscheinen noch größere Bedeutung.

Die Monsignori nahmen, ihre Soutanen sorgsam glättend wie drei modebewußte Damen, auf einer Stuhlreihe an der den Fenstern gegenüberliegenden Wand Platz. Ebenso Vilosevic. Dann ergriff Berlinger mit seiner unangenehm hohen Stimme das Wort: »Die Spreu macht nicht einmal vor den Leoninischen Mauern halt«, rief er voll Empörung. Wie stets bedurfte seine Redeweise der Interpretation; denn Berlinger hatte es sich zur Gewohnheit gemacht, in biblischen Worten und Gleichnissen zu sprechen, was den Vorsitzenden des Obersten Gerichtshofes der Apostolischen Signatur, Kardinal Agostini, zu der ironischen Bemerkung veranlaßte, das Neue Testament habe durchaus seine Qualitäten, aber sprachlich sei Berlinger besser.

Als Spreu bezeichnete Berlinger alle Menschen, die nicht dem rechten Glauben anhingen, wobei sich die Frage, was unter dem rechten Glauben zu verstehen sei, nicht stellte. Berlinger berichtete, die Schweizer Garde habe einen Hochstapler festgenommen, der sich als Priester verkleidet in das Geheimarchiv des Vatikans eingeschlichen und versucht habe, die *Riserva* zu betreten, die geschlossene Abteilung, deren Inhalt nur den Päpsten zur Kenntnis gelangen darf. Er habe sich in der Nacht einschließen lassen und während dieser Zeit versucht, das Schloß, das den geheiligten Zugang zu den Geheimnissen der Christenheit verschließt, zu erbrechen. Zwar habe das Schmiedewerk aus der Zeit Pius VII. dem Eindringling getrotzt, bis Gardisten, durch den verursachten Lärm aufgeschreckt, den falschen Priester festnahmen; nun aber stellte sich die Frage, wer dieser Mann war und welches Motiv ihn zu seinem Handeln bewog. Doch der Mann schwieg. Es scheine ein Deutscher zu sein.

»Ich befürchte...«, begann Felici.

»Ich glaube«, fiel Berlinger ihm ins Wort, »wir befürchten beide das Gleiche. Es scheint ein Zusammenhang zu bestehen zwischen dem Einbruch und – *horribile dictu* – dem fünften Evangelium.«

Felici nickte: »Das dachte ich. Wer ist dieser Mann, und wo befindet er sich jetzt?«

Berlinger blickte zur Seite, als schiene er gehemmt, weiterzusprechen. »Ich möchte Sie unter vier Augen sprechen«, sagte er leise.

Felici und Berlinger erhoben sich, sie gingen zum vorderen Fenster und steckten die Köpfe zusammen. Berlinger murmelte: »Sie kennen die Verliese Innozenz X. unter dem Cortile Ottagono?«

»Ich habe davon gehört. Es heißt, Innozenz habe sie unter dem Einfluß seiner Schwägerin Olimpia Maidalchini errichten lassen, um die Familie seines Vorgängers Moffeo Barberini mundtot zu machen.«

»Das ist vortrefflich ausgedrückt, Eminenza, wirklich vortrefflich.« Berlinger kicherte in sich hinein.

»Soviel ich weiß, sind die Verliese des Innozenz seit drei Jahrhunderten zugemauert!«

»Das schon«, antwortete Berlinger verlegen, »aber das bedeutet ja nicht, daß man diese Verliese nicht öffnen könnte, wenn Bedarf vorhanden ist.«

Felici trat einen Schritt zurück, er bekreuzigte sich flüchtig und rief, daß es alle hören konnten: »Berlinger, Sie wollen doch nicht etwa sagen, daß Sie das Verlies haben öffnen lassen, um...«

Da trat Berlinger dem Amtsbruder entgegen und preßte ihm die flache Hand auf den Mund: »Pssst!« sagte er. »*In nomine Domini*, schweigen Sie, Eminenza.«

»Sie sind wahnsinnig!« fauchte Felici nun leise. »Wollen Sie den Eindringling bei lebendigem Leib einmauern?«

»Es ist schon geschehen«, sagte Berlinger leise. »Oder wollen Sie ihn der römischen Polizei übergeben, damit er verhört wird und auspacken kann, warum er in das vatikanische Geheimarchiv eingedrungen ist. Wollen Sie die Verantwortung übernehmen?«

Felici faltete die Hände und blickte zu Boden, als wollte er beten, aber der Schock war zu groß, er bestürmte Berlinger: »Wer weiß von der Geschichte?«

»Drei in diesem Raum – außer uns.« Er warf den Monsignori einen Blick zu, den diese jedoch nicht erwiderten. Sie starrten betont teilnahmslos zu Boden. »Und Gianni, der die Maurerarbeit verrichtete«, fügte der Kardinal hinzu.

»Wer ist Gianni?«

»Unser Faktotum, ein frommer und gutmütiger Mensch, der jede Arbeit verrichtet, die man ihm aufträgt.«

»Aber er wird früher oder später auspacken und berichten, welche grauenvolle Arbeit man von ihm verlangt hat!«

Berlinger schüttelte den Kopf: »Das weiß Gott der Herr zu verhindern.«

»Wie meinen Sie das, Herr Kardinal?«

»Gianni ist stumm und taub.«

»Er wird sich auf andere Art verständlich machen!«

»Man wird ihm nicht glauben. Alle wissen, daß der Mann verrückt ist.«

Felici wankte zu seinem Schreibtisch. Er ließ sich in seinen Stuhl fallen und zog ein großes weißes Taschentuch aus seinem

Ärmel, dann wischte er über sein rotes Gesicht. Die anderen sahen, wie er ratlos den Kopf schüttelte, den Kopf schüttelte, als könne, als wolle er nicht begreifen, was er soeben gehört hatte. Schließlich sprang er auf, trat auf Berlinger zu, der noch immer am Fenster stand, und brüllte, wie man es noch nie von ihm gehört hatte: »Berlinger, schaffen Sie mir diesen Gianni herbei. Er soll sein Werkzeug mitbringen. Wir treffen uns in fünf Minuten vor den Verliesen des Innozenz!«

Berlinger war noch nie, nicht einmal auf dem Priesterseminar in Regensburg, so angebrüllt worden. Er erschrak zu Tode über die unerwartet laute Stimmgewalt Felicis; er wollte noch etwas sagen, aber der Kardinalstaatssekretär kam ihm zuvor und rief: »Und beten Sie zu Gott, daß der Delinquent noch am Leben ist.« Im Gehen, während er Berlinger vor sich herschob, als wäre dieser der Angeklagte, sagte er: »Ich dachte, die Inquisition hat im vorigen Jahrhundert ihre Tätigkeit eingestellt.«

4

Das Gesicht des Mannes, das in dem Mauerloch zum Vorschein kam, zeigte keine Regung. Mit zusammengekniffenen Augen starrte der Fremde in das grelle Licht der Handlampe, mit der Felici die Arbeit des taubstummen Gianni beleuchtete. Er hatte wohl mit dem Leben abgeschlossen, und die unverhoffte Rettungsaktion mußte ihm wie ein Traum erscheinen.

Vilosevic ging dem Taubstummen zur Hand. Berlinger und die drei Monsignori des Heiligen Offiziums standen abseits. Keiner sagte ein Wort. Als das Loch in der Mauer groß genug war, um hindurchsteigen zu können, trat Kardinal Felici vor und streckte dem Gefangenen die Hand entgegen. Erst jetzt erkannte er, daß der Mann an den Händen gefesselt war. Felici warf Berlinger einen Blick zu, aber der sah zur Seite.

Langsam schien der Gefangene zu begreifen, daß der Kardinal gekommen war, um ihn zu befreien. Über sein Gesicht huschte ein ungläubiges, beinahe verlegenes Lächeln, und während er sich durch das Mauerloch zwängte, stammelte er: »Ich... ich will alles erklären.«

»Auf einmal will er alles erklären!« rief Berlinger hämisch aus dem Hintergrund.

Felici machte eine unwillige Handbewegung und erwiderte: »Sie sollten besser schweigen, Herr Kardinal, denn für Ihr Verhalten gibt es keine Rechtfertigung.«

»Ich fordere ein Verhör *ex officio*!« geiferte Berlinger. »Er soll seine Hintermänner nennen, ich will Namen, ich fordere restlose Aufklärung!«

Der Gefangene wiederholte seine Beteuerung: »Ich will alles erklären!«

Dann nahm Felici dem Mann die Fesseln ab, und die drei Monsignori führten ihn über Treppen und Korridore, auf denen sie sicher sein konnten, daß ihnen niemand begegnete, zum Heiligen Offizium.

Das Verhör im zweiten Stock des Gebäudes an der Piazza del Sant' Uffizio geriet zur Inquisition wie jede heimliche Zusammenkunft von mehr als zwei Purpurträgern im Vatikan. Berlinger hatte ein halbes Dutzend Würdenträger, die mit dem fünften Evangelium befaßt waren, unter *päpstlicher Geheimhaltung* zusammengerufen (wie es stets bei besonders brisanten Fällen geschieht, etwa bei jenem Fall einer levitierenden Nonne aus der unmittelbaren Umgebung seiner Heiligkeit, die in religiöser Verzückung die Röcke raffte und frei über dem Boden zu schweben begann – ein Fall für den Exorzisten, weil, wie die Naturwissenschaften sagen, dies wider die Natur und somit von Dämonen herbeigeführt ist).

Hinter einem schmalen, langen Tisch saßen aufgereiht die drei Monsignori, Kardinalstaatssekretär Felici, der Vorsitzende des Obersten Gerichtshofes der Apostolischen Signatur Kardinal Agostini, der Leiter des päpstlichen Geheimarchivs Monsignore della Croce, der Leiter des Heiligen Offiziums Kardinal Berlinger, Monsignore Pasquale, der Privatsekretär seiner Heiligkeit, Professor Manzoni von der Päpstlichen Universität, Vilosevic, der Leiter des Vatikanischen Presseamtes, und ein Prälat als Protokollführer. Auf dem Tisch brannten zwei hohe, dünne Kerzen.

Davor hatte der Angeklagte Platz genommen. Wie in allen vatikanischen Amtsräumen roch es aus unerfindlichen Gründen nach Bohnerwachs.

Nach Anrufung des Heiligen Geistes, die jeder Handlung des Heiligen Offiziums vorausgeht, begann Berlinger mit hoher, schneidender Stimme: »Nennen Sie Ihren Namen!«

Der Gefragte erschien klein und unscheinbar, er setzte sich gerade aufrecht und antwortete laut, aber mit zitternder Stimme: »Mein Name ist Professor Dr. Werner Guthmann.«

»Deutscher?«

»Ja. Ich bin Professor für Koptologie.«

Murmeln unter den Purpurträgern.

»Ich habe das alles nicht freiwillig getan!« beteuerte Guthmann.

Berlinger streckte dem Angeklagten den Zeigefinger entgegen: »Sprechen Sie nur, wenn Sie gefragt sind! – Was haben Sie im päpstlichen Geheimarchiv gesucht?«

»Ein Beweisstück!«

»Ein Beweisstück wofür?«

»Ein Beweisstück dafür, daß der Kirche das Evangelium des Barabbas seit Jahrhunderten bekannt ist.«

Die Kardinäle, Monsignori und Padres zeigten deutliche Unruhe, sie rutschten auf ihren Stühlen umher wie Märtyrer auf glühendem Rost. Berlinger warf Felici einen verstohlenen Blick zu, als wollte er sagen: Habe ich es nicht geahnt? Wir sind nicht die einzigen, die von dem fünften Evangelium Kenntnis haben. Dann stellte er Guthmann die Frage: »Sie glauben also zu wissen, daß im päpstlichen Geheimarchiv ein fünftes Evangelium aufbewahrt wird, das die Kirche unter Verschluß hält.«

Guthmann hob die Schultern: »Das wird vermutet; als sicher gilt nur, daß ein Beweisstück im Geheimarchiv aufbewahrt wird.«

Neugierig beugte sich Monsignore della Croce, der Leiter des Geheimarchivs, über den Tisch und sagte fragend: »Man hat eine Kamera bei Ihnen gefunden, aber der Film war leer.«

»Ja«, erwiderte Guthmann, »meinen Auftraggebern hätte es genügt, eine Fotografie des Beweisstückes zu erhalten.«

»Und worum handelt es sich bei dem Beweisstück?«

»Um ein Relief aus dem Titusbogen, das, als man seine Bedeutung erkannte, von Papst Pius VII. beseitigt wurde.«

Manzoni beugte sich zu Berlinger hinüber und flüsterte ihm etwas zu, das die übrigen nicht verstanden. Dann fuhr er fort: »Nennen Sie Ihre Hintermänner. Und wagen Sie nicht zu lügen!«

»Ich habe das alles nicht freiwillig getan«, wiederholte Guthmann. »Sie haben mich mit Drogen gefügig gemacht. Eine Frau – Helena – war ihr Werkzeug, ohne es zu wollen. Sie haben angekündigt, mich zu töten, wenn ich nur ein Wort über meine Auftraggeber verliere.« Guthmann sprang auf: »Ich will die ganze Wahrheit berichten, aber ich bitte Sie, schützen Sie mich. Der Vatikan ist der einzige Ort auf der Welt, an dem sich jemand sicher fühlen kann, der in den Augen der Orphiker versagt hat.«

»Orphiker, sagten Sie?« erkundigte sich Felici.

Da nickte Guthmann heftig. »Die Orphiker sind ein Geheimorden, der sich die Weltherrschaft zum Ziel gesetzt hat, und sein erstes Ziel ist die Beseitigung der Kirche...«

»Danke, danke, Professor«, bremste Felici den Angeklagten, »wir wissen Bescheid.«

Guthmann blickte den Kardinal fragend an, aber Berlinger kam Felici mit seiner Antwort zuvor: »Sie dachten wohl, Sie hätten es im Vatikan mit Armen im Geiste zu tun?«

Die übrigen schmunzelten wissend und stolz. Nur Manzoni blieb ernst, er war totenblaß.

»Ich ahnte es schon lange«, bemerkte er in das lange Schweigen, »wir hatten mit Losinski eine Laus im Pelz.« Und an Guthmann gewandt: »Sie haben doch Padre Losinski gekannt, den polnischen Jesuiten?«

»Losinski?« Guthmann dachte nach: »Ich kenne keinen Losinski, und einen Jesuiten schon gar nicht; aber das hat nicht viel zu sagen. Ich lebte erst kurze Zeit bei den Orphikern.«

»Das ist«, entgegnete Berlinger, während er die Augen zusammenkniff, daß nur noch ein Strich übrig blieb, »eine erstaunliche Feststellung, wenn man bedenkt, mit welch verantwortungsvoller Aufgabe Sie betraut wurden.«

»Ich weiß. Ich war auch nur ein Lückenbüßer, wenn Sie so wollen, denn der Mann, der ursprünglich mit dieser Aufgabe betraut war, hat dem Orden den Rücken gekehrt, und das ist in den Augen der Orphiker todeswürdig. Ich habe gehört, er sei in einem Pariser Irrenhaus an Herzversagen gestorben. Aber daran will ich nicht glauben. Ich weiß, daß die Männer mit den mythologischen Namen über Leichen gehen, und gewiß stehe auch ich schon auf ihrer Todesliste.«

Felici schaltete sich ein: »Wie hieß der Mann?«

»Vossius. Er war Professor für Komparatistik und ist auf dem Umweg über Michelangelos Tagebücher auf das Barabbas-Geheimnis gestoßen.«

»Und gibt es noch andere Mitglieder dieses Ordens, die sich mit dem fünften Evangelium befassen?«

»Wie soll ich das wissen!« erwiderte Guthmann. »Es gehört zu den Praktiken der Orphiker, daß keiner von der Arbeit des anderen Kenntnis hat. Das fördert den Ansporn, glauben sie. Ein jeder soll sich von jedem kontrolliert fühlen – ein teuflisches System teuflischer Menschen.«

»Mir ist nur eines nicht klar«, wandte Felici ein. »Wenn die Orphiker das Ziel verfolgen, unsere Heilige Mutter Kirche zu zerschlagen, und wenn sie das fünfte Evangelium besser kennen als wir, die Männer der Kurie, warum haben sie dann bisher noch keinen Gebrauch davon gemacht?«

»Das will ich Ihnen sagen, Herr Kardinal. Dafür gibt es einen triftigen Grund.«

Berlinger wurde ungeduldig: »So reden Sie schon, in Gottes Namen!«

»In dem Pergament, dessen Teile über die ganze Welt verstreut waren, gibt es eine einzige Stelle, in der der Evangelist Barabbas seine Identität preisgibt. Und eben dieses Fragment befindet sich *nicht* im Besitz der Orphiker.«

»*Deo gratias!*« sagte Monsignore della Croce leise vor sich hin, eine unpassende Bemerkung – wie Berlinger fand –, die zeigte, daß der Leiter des päpstlichen Geheimarchivs von dem Fall keine Ahnung hatte. Berlinger zog die dünnen Augenbrauen hoch, warf dem Monsignore einen verächtlichen Blick zu und zischte: »*Si tacuisses!*« – eine nicht seltene Redensart in der Kurie, obwohl heidnischen Ursprungs. Dann sagte er an Guthmann gewandt: »Aber die Orphiker kennen natürlich den Aufenthaltsort dieses Dokuments und haben nichts unversucht gelassen, um seiner habhaft zu werden.«

»So ist es, Herr Kardinal«, antwortete Guthmann.

»Und mit Erfolg?«

Guthmann blickte zu Boden. Er fühlte gleichsam die Augen der Kardinäle und Monsignori auf sich gerichtet. In dem großen, kahlen Raum herrschte atemlose Stille, als er antwortete: »Es tut mir leid, aber das vermag ich nicht zu sagen. Das Original befand sich im Besitz einer Deutschen, die wohl versucht hat, möglichst viel Geld daraus zu machen. Sie kannte nicht einmal den Inhalt des Pergaments; aber je mehr Leute Interesse daran bekundeten, desto eigensinniger wurde sie. Zuletzt begegnete ich ihr in der Ordensburg der Orphiker, wo sie vorgab, über alles Bescheid zu wissen – über das fünfte Evangelium, über Barabbas, alles.«

»Halten Sie das für möglich?« fragte Berlinger unruhig.

»Ich kann es mir nicht vorstellen. Woher sollte sie diese Informationen gehabt haben?«

»Ihr Name?«

»Anne von Seydlitz.«

5

Guthmann wurde in einen entfernt liegenden Raum, eine Art Archiv, gebracht, in dem Tausende Buste in Sachen wider die kirchliche Lehre gestapelt waren: Verfahren wegen Übertretung und Mißachtung kirchlicher Gesetze, Irrlehren, Blasphemie und unerlaubte Reformationsversuche, die mit Bann oder Exkommunikation verfolgt worden waren wie die Bewegungen der Katharer und Waldenser. Guthmann wurde von zwei Gardisten bewacht; dabei dachte der Professor nicht im Traum daran zu fliehen.

Die Kongregation des Heiligen Offiziums indes beriet, was

nach der neuen Sachlage geschehen solle, und dabei vertraten die Herren Kardinäle und Monsignori die unterschiedlichsten Auffassungen, die, wie überhaupt die ganze Anhörung, *ex officio* protokolliert wurde, und ein jeder redete nach seiner Eigenart.

Für Felici, den Alten, war die Endzeit der Kirche gekommen, hoffnungslos. Er verglich Rom mit der Hure Babylon und zitierte aus der Offenbarung des Johannes, wo der Engel mit mächtiger Stimme ruft: »Sie ist gefallen, sie ist gefallen, die große Stadt. Sie wurde zur Behausung für Dämonen, zum Schlupfwinkel für jeglichen unreinen Geist und zum Schlupfwinkel für jegliches unreine und verabscheuungswürdige Federvieh.« Eine Chance für die heilige Mutter Kirche erkannte er nicht mehr.

Dem wollte sich Kardinal Agostini, der oberste Richter der Kurie, keinesfalls anschließen. Die Kirche, argumentierte er einsichtig, habe größere Krisen als diese überstanden. Sie habe die Reformation des Doktor Luther mit einer Gegenreformation beantwortet, und sie habe Zeiten überstanden, in denen zwei Päpste an verschiedenen Orten um die Vorherrschaft kämpften und jeder den anderen als Teufel bezichtigte. Warum sollte sie nicht diese Krise überstehen.

Kardinal Berlinger stimmte dem mit der Maßgabe zu, die Kurie dürfe nicht den Dingen freien Lauf lassen und warten, was auf sie zukomme. Sie müsse vielmehr selbst die Initiative ergreifen und um ihren Fortbestand kämpfen, das heißt, sie müsse mit allen Mitteln versuchen, selbst in den Besitz des ketzerischen Pergamentfragments zu gelangen.

Dem gegenüber gab der Leiter des Geheimarchivs, Monsignore della Croce, zu bedenken, ob der Text des in Umlauf befindlichen fünften Evangeliums nicht schon vernichtend genug sei für die Lehre der heiligen Mutter Kirche, so daß alle Bemühungen von vornherein zum Scheitern verurteilt sein müßten.

Nur einer behielt seine Meinung für sich und schwieg beharrlich: Professor Manzoni von der Gregoriana. Er hielt den Blick auf den blankpolierten Tisch gerichtet, und es schien, als wäre er mit seinen Gedanken weit fort.

Auf Berlingers Frage, ob Seine Heiligkeit in vollem Umfang

informiert sei und wie er dem Problem gegenüberstehe, gab Monsignore Pasquale zu verstehen, daß Seine Heiligkeit die Informationen aus dem Munde des Herrn Kardinalstaatssekretärs mit großer Bestürzung und ebensolcher Demut entgegengenommen habe, was bei seinem angegriffenen Gesundheitszustand äußerst bedenklich sei. Seine Heiligkeit verweigere seit geraumer Zeit jede Nahrungsaufnahme, und der Leibarzt sei zu künstlicher Ernährung mittels Infusionen übergegangen. Er spreche nur noch selten und wenn, dann ganz leise, wie sich die Herren in den letzten Tagen hätten selbst überzeugen können. Sein psychischer Zustand müsse als depressiv bezeichnet werden. In dieser depressiven Haltung habe seine Heiligkeit den Entschluß gefaßt, ein Konzil einzuberufen...

Vilosevic hüstelte nervös.

Berlinger sprang auf. Er starrte Pasquale an, als habe dieser soeben eine furchtbare Eröffnung gemacht, dann wandte er sich dem Kardinalstaatssekretär zu und fragte leise: »Eminenza, haben Sie das gewußt?«

Felici nickte stumm und blickte verlegen zur Seite.

Da polterte Berlinger los, und seine unangenehme Stimme hallte gellend durch den Raum: »Vermutlich wissen bereits alle davon, die Wächter in den Vatikanischen Museen, die Küster von San Pietro und die Volontäre beim ›Osservatore Romano‹, nur dem Leiter des Heiligen Offiziums ist davon nichts bekannt.«

»Es ist noch keineswegs offiziell«, versuchte Felici den Kardinal zu beschwichtigen, »ich selbst habe es auch nur in einem vertraulichen Gespräch mit Seiner Heiligkeit erfahren.«

6

Berlinger lümmelte auf seinem Stuhl, stützte den rechten Ellenbogen auf dem Tisch auf und preßte die geballte Faust gegen die Stirn. In seinem Hirn ging alles durcheinander, doch das vorherrschende Gefühl war Wut. Er hätte erwartet, daß er in einer Situation wie dieser, die unmittelbar in seinem Einflußbereich lag, als erster von dem Vorhaben des Papstes informiert worden wäre, er und nicht der Kardinalstaatssekretär.

Minutenlang flackerten seine Gedanken um dieses Problem, und auch die anderen Anwesenden wagten nicht, den schmerzhaften Zorn Berlingers zu stören. Endlich unterbrach dieser die lähmende Stille, nachdem er sich die Augen mit dem Ballen seiner rechten Hand ausgewischt hatte: »Und was ist das Ziel dieses Konzils?« Er sah Felici herausfordernd an, als wollte er sagen: Du kennst doch sicher die Antwort, mit dir hat Seine Heiligkeit gewiß darüber gesprochen.

Felici blickte unsicher in die Runde, ob ihm niemand die Antwort abnehmen könne, aber von den anderen zeigte keiner eine Reaktion, so daß der Kardinal antwortete: »Darüber wurde nicht gesprochen; aber wenn Seine Heiligkeit angesichts der Lage ein Konzil einberuft, dann...« Er stockte.

»Dann?« hakte Berlinger nach. Alle Augen richteten sich auf Felici.

»Dann kann es sich nur um ein Konzil handeln, das die Auflösung der heiligen Mutter Kirche zum Ziel hat.«

»*Miserere nobis.*«

»*Luzifer!*«

»*Penitentiam agite!*«

»*Fuge*, Idiot!«

»Ketzer!«

»Gott sei uns armen Sündern gnädig!«

Wie ein Käfig voller Narren brüllten Kardinäle und Monsignori durcheinander, erkannten, angesichts des drohenden Endes, weder Freund noch Feind, schrien nur und beschimpften sich gegenseitig auf unflätigste Weise, ohne erkennbaren Grund.

Der Grund lag in ihren Seelen verborgen und in ihrem Verstand, der dieser Eröffnung und den zu erwartenden Folgen einfach nicht gewachsen war. Ihre Welt, in der sie hervorragende Plätze einnahmen, drohte zu zerbrechen. Nicht einmal ein Heiliger war einer solchen Situation gewachsen, geschweige denn ein Monsignore.

Allmählich verebbte das Geschrei, das eher einer Kneipe in Trastevere angemessen gewesen wäre als dem Heiligen Offizium, und einer nach dem anderen fand den Verstand wieder. Sie schämten sich wohl voreinander, und keiner wagte, das Gespräch wieder aufzunehmen, obwohl es viel zu sagen gegeben hätte im Angesicht der Niederlage. Aber wenn die Zeiten schlecht waren für die Kirche, gab es im Vatikan immer mehr Feinde als Diener Gottes.

»Vielleicht«, begann einer der Monsignori aus der Begleitung Berlingers, »vielleicht hat uns der Herr diese Prüfung auferlegt, vielleicht hat er es so gewollt, wie er verraten werden wollte in Gethsemane. Vielleicht will er uns strafen für unsere Hoffart.«

Der Kardinal fiel ihm ins Wort: »Ach was, Hoffart! Dummes Gerede. Ich kenne keine Hoffart und Felici nicht und nicht Agostini.«

Der Monsignore schüttelte den Kopf. »Ich meine nicht die Hoffart des einzelnen, ich denke an die Hoffart der Institution. Unsere Heilige Mutter Kirche spricht seit jeher mit einer Omnipotenz, die einem frommen Christenmenschen Angst einflößt. Hat uns der Herr nicht Demut gelehrt? Das Wort Macht kam kein einziges Mal über seine Lippen.«

Bei den anderen verursachten die einfachen Worte des Monsignore Nachdenken. Nur Berlinger, der soeben noch resigniert über den dunklen Tisch gehangen hatte wie ein Betrunkener, richtete sich auf und nahm eine drohende Haltung ein: »Sie wissen, Bruder in Christo«, fistelte er in verächtlichem Tonfall, »eine Bemerkung wie diese ist dazu angetan, Ihren Fall vor der Congregatio zu behandeln.«

Da wurde der Monsignore laut, und der aufgeregte Redeschwall, in der er seine Erwiderung vorbrachte, ließ vermuten, daß er noch nie im Leben mit einem Kardinal in diesem Ton gesprochen hatte. »Herr Kardinal«, sagte er, »Sie scheinen noch immer nicht begriffen zu haben, daß die Zeit vorbei ist, in der Andersdenkende auf dem Scheiterhaufen verbrannt wurden. Sie werden es sich in Zukunft wohl gefallen lassen müssen, eine andere Meinung als die Ihre zur Kenntnis zu nehmen.«

Die beiden anderen Monsignori ließen blitzschnell ihre Hände in den weiten Ärmeln ihrer Obergewänder verschwinden, ein

Vorgang, der auf kuriose Art dem Verschwinden der Küken unter den Federn der Glucke ähnelt, und sie suchten wohl auch Schutz in dieser Haltung, weil sie das Strafgericht des Kardinals fürchteten; aber zu ihrer Verwunderung geschah nichts. Berlinger wirkte geschockt, daß sich ein Monsignore überhaupt erkühnte, dem Leiter des Heiligen Offiziums auf diese provokante Weise zu begegnen.

Agostini, von Amts wegen mit der Schlichtung von intellektuellen Streitfällen befaßt, versuchte die Wogen zu glätten, indem er in die Debatte warf: »Meine Herren, mit Einzelgefechten ist hier niemandem gedient. Wir werden jede einzelne Seele brauchen im Kampf gegen unsere Feinde – wenn es überhaupt noch eine Chance gibt.«

»Chance?« Der Kardinalstaatssekretär lachte bitter, es klang kauzig aus dem Mund des Achtzigjährigen.

Agostini wandte sich Felici zu: »Eminenza, Sie glauben nicht mehr an unsere Chance?«

Der Gefragte verdrehte die Augen, als machte er sich lustig über diese Frage: »Wenn bereits die Posaunen erschallen, die das Jüngste Gericht ankündigen, dann wird es auch Ihnen nicht mehr gelingen, den Termin zu verschieben, Bruder in Christo!«

Während der Diskussion war einer auffallend still geblieben, der Jesuit Professor Manzoni. Das widersprach seiner sonstigen Art; aber seine Zurückhaltung war weniger auf Ergriffen- oder Betroffenheit zurückzuführen als auf die Tatsache, daß er die Situation besser kannte als alle anderen und daß der Jesuit bereits einen teuflischen Entschluß gefaßt hatte. Jedenfalls verfolgte er die Diskussion mit einer gewissen Gleichgültigkeit, wie sie für gewöhnlich Philosophen eigen ist. Wären die Kardinäle und Monsignori nicht so erregt gewesen und in jener Endzeitstimmung, dann hätte ihnen auffallen müssen, daß Manzoni das Geschrei seiner Mitbrüder insgeheim belächelte.

Manzoni lächelte auch, als Kardinal Berlinger in rührender Einfalt zu bedenken gab, ob sie nicht angesichts der ernsten Lage den wundertätigen Kapuziner Padre Pio aus dem fernen Apulien herbeizitieren sollten, einen Mann mit thaumaturgischen Kräften und der Gabe der Bilokation. Padre Pio trage seit über vierzig Jahren die Wundmale unseres Herrn, stehe also in nichts dem heiligen Franz von Assisi nach; im Gegenteil, während Franz den Umgang mit Tieren pflegte und ihre Sprache verstand, kämpfe Pio des Nachts mit dem größten Untier, dem Teufel, und er werde stets am Morgen schreiend und blutüberströmt in seiner Zelle aufgefunden wie ein Krieger nach grausamer Schlacht.

Hinter Barabbas, dem Urheber jenes fünften Evangeliums, könne sich doch nur *einer* verbergen, Luzifer. Vielleicht sei es dem apulischen Padre gegeben, diesen Luzifer und sein gottverdammtes fünftes Evangelium zu besiegen – so sagte der Kardinal.

»Mein Gott!« kommentierte Felici diesen gedanklichen Alleingang seines Amtsbruders. Mehr sagte er nicht.

Darauf entgegnete Berlinger wütend: »Herr Kardinal, wenn Sie der Realität des Übernatürlichen skeptisch gegenüberstehen, dann leugnen Sie wohl auch die Existenz des Teufels, und wenn Sie Luzifer leugnen, dann – gestatten Sie mir den Hinweis – stehen Sie außerhalb dieser unserer heiligen Mutter Kirche.«

Da sprang der alte Felici auf, er wollte sich über Kardinal Agostini hinweg auf Berlinger stürzen, aber bevor es dazu kam, erhob sich Agostini, ein Hüne von Mann, und drückte die Kampfhähne zur Seite. Während Felici ein Kreuzzeichen schlug und die Hände faltete, verwendete Berlinger unendlich viel Zeit, um zwei Knöpfe seiner Soutane, die in der Erregung aufgesprungen waren, zuzuknöpfen.

Manzoni erhob sich umständlich und sagte: »So, meine Brüder, kommen wir nicht weiter. Aber geben Sie mir vier oder fünf Tage Zeit. Vielleicht löst sich das Problem ganz von selbst.«

Zehntes Kapitel

Via Baullari 33
zwielichtig

1

Mit den ersten wärmenden Strahlen der Februarsonne werden vor dem Café George V. auf den Champs-Élysées Tische und Stühle auf die Straße gestellt, und die Menschen sitzen in Mänteln und lassen das bunte Treiben von Paris Revue passieren. Es *war* Februar, aber es waren nicht ganz so viele Gäste wie gewöhnlich; Männer, die versuchten, irgend etwas darzustellen, was sie nicht waren, und Mädchen, die versuchten, das, was sie waren, zu vertuschen. Sie rauchten Zigaretten und schlürften Kaffee, und bisweilen nötigte eine dem anderen einen Blick ab, oder einer versuchte sich zu einem verkrampften Lächeln.

Am Tag zuvor war Anne von Seydlitz in Paris eingetroffen, um Kleiber zu suchen. Am Telefon hatte er sich nicht gemeldet; obwohl sie es mehrmals versucht hatte, hatte immer nur ein Mann in einer unbekannten Sprache geantwortet, die sie nicht verstand. Nun saß sie im Café George V. und beobachtete den Ober in einer langen weißen Schürze, der mit Hingabe die große Glasscheibe putzte, welche den Straßenlärm von den Gästen abhalten soll.

Sie hatte sich gleich nach ihrer Ankunft zu Kleibers Wohnung an der Avenue de Verdun zwischen Canal Saint Martin und Gare de l'Este begeben, dort jedoch drei Männer angetroffen, ziemlich finstere Typen, die nur Arabisch oder Persisch sprachen und sie gestenreich aufforderten einzutreten, eine Aufforderung, der sie dann aber, nachdem sie bei Nennung des Namens Kleiber nur verständnislos die Schultern hoben, lieber nicht nachkommen wollte.

Ihre Gedanken irrten hin und her, und obwohl ihr zunehmend klar wurde, daß irgend etwas nicht stimmte an dieser Situation, war sie zwar rat- aber nicht mutlos. Dazu hatte sie zuviel erlebt in letzter Zeit. Annes Argwohn war schon in Bari gewachsen, wo es das von Kleiber genannte Hotel »Castello« nicht gab. Zuletzt hatten sie sich in Elasson gesehen, wo sich ihre Wege trennten. Mein Gott, ihm mochte doch nichts zugestoßen sein! Sie liebte ihn doch, diesen Kleiber!

Aus ihrer Handtasche zog Anne von Seydlitz zwei Münzen hervor, legte sie auf die runde Glasplatte des Tischchens und ging. Sie hatte eine Telefonzelle im Auge und suchte in ihrer Manteltasche nach Kleingeld. Das Telefonbuch in der Zelle war, wie überall, zerfleddert, aber sie fand sofort die Nummer, die sie suchte: Redaktion »Paris Match«, Rue Pierre-Charon 51. Noch bevor die Verbindung zustande kam, hielt Anne inne. Sie verließ die Telefonzelle und winkte ein Taxi herbei. »Rue Pierre-Charon!« sagte sie dem Fahrer durch das Fenster und nahm im Fond Platz.

Der freundliche Pförtner im Verlagshaus, ein Franzose mit Schnauzbart und lustigen Äuglein, meinte auf ihre Bitte, sie wolle Monsieur Adrian Kleiber sprechen, der Monsieur sei schon seit drei Jahren nicht mehr bei »Paris Match«, es könnten auch vier sein. Anne ließ sich nicht entmutigen. Die vergangenen Monate hatten sie vieles gelehrt, vor allem eine gewisse Hartnäckigkeit. Also bat sie, der Pförtner möge sie beim Chefredakteur des Blattes – wie war doch gleich der Name? – Déruchette – melden. Sie sei eine Freundin von Kleiber aus Deutschland.

Nach einem längeren Telefongespräch, während dem sie der Pförtner prüfend musterte, wies er ihr den Weg zum Aufzug und nannte die Zimmernummer 504. Die Vorzimmerdame empfing Anne mit dem gleichen abschätzenden Gesichtsausdruck wie der Portier; höflich, aber ziemlich kühl bat sie die Besucherin in das Zimmer des Chefredakteurs.

Déruchette zeichnete sich zuallererst dadurch aus, daß in seinem linken Mundwinkel eine Zigarette hing, die er nur im äußersten Notfall aus demselben entfernte. Ein solcher Notfall schien die Begrüßung der rätselhaften Dame aus Deutschland zu sein, jedenfalls angelte er den halblangen Stummel mit Daumen und Zeigefinger seiner Linken aus dem Mund, streckte Anne die Rechte entgegen und bot ihr einen Platz an auf dem schwarzen Ledersofa.

»Es ist wegen Kleiber«, sagte Anne von Seydlitz; »wir sind befreundet, Jugendfreunde, verstehen Sie, wir haben uns vor sieben Tagen zuletzt gesehen. Es wird Sie überraschen, wenn ich Ihnen sage, daß das in Griechenland war, denn Sie glauben sicher, daß sich Adrian Kleiber irgendwo anders aufhält. Aber Kleiber ist entführt worden, und wir konnten fliehen. Wir wollten uns in Bari treffen, aber Kleiber kam nicht. Jetzt mache ich mir Sorgen. In seiner Wohnung wohnen wildfremde Menschen. Haben Sie ein Lebenszeichen von Kleiber? Wissen Sie, wo er sich aufhält?«

Der Chefredakteur, der Annes Worten mit großer Aufmerksamkeit gefolgt war, begann nervös an seinem Zigarettenstummel zu ziehen; dabei stieß er den Qualm durch die Nase aus.

»Ich weiß«, setzte Anne von neuem an, »das klingt alles etwas wirr, und ich bin auch bereit, Ihnen alle Einzelheiten unserer Odyssee zu erzählen, aber bitte sagen Sie mir: Wo ist Kleiber?«

Déruchette antwortete noch immer nicht. Er begann umständlich, eine neue Zigarette an dem brennenden Stummel zu entzünden, und als er den Vorgang beendet hatte, sah er auf und fragte zurück: »Wann, sagen Sie, Madame, haben Sie Kleiber zuletzt gesehen?«

»Heute vor einer Woche, in einem Städtchen im Norden Griechenlands mit Namen Elasson. Seitdem fehlt von ihm jede Spur. Ich fürchte, seine Entführer haben ihn ein zweites Mal entführt.«

»Sind Sie sicher?«

Am liebsten hätte Anne dem unsympathischen Menschen ins Gesicht geschlagen. Sie hatte den Eindruck, daß er kein Wort von dem glaubte, was sie sagte, und die Auskunft sadistisch lange hinauszögerte. Sie hätte losheulen können vor Wut, aber dann gab sie sich einen Ruck und entgegnete freundlich: »Ich bin sogar absolut sicher. Warum fragen Sie?«

Déruchette fingerte die Zigarette aus dem Mundwinkel, und Anne sah darin ein untrügliches Vorzeichen für eine bedeutungsvolle Antwort. Schließlich sagte er: »Weil Adrian Kleiber seit fünf Jahren tot ist.«

Es gibt Augenblicke, da weigert sich der Verstand, die Realität zu begreifen, und er reagiert unvereinbar mit den Gegebenheiten.

In Annes Hirn ging alles durcheinander. Erinnerungsfetzen und Gedanken kreuzten sich, vermengten sich blitzschnell zu absurden Theorien, wuchsen ins Unverständliche und platzten wie Seifenblasen, den Schaum tiefer Ratlosigkeit zurücklassend. Und so begann Anne von Seydlitz laut schallend zu lachen; ein Lachkrampf schüttelte ihren Körper; sie sprang auf, kreischte und kicherte und verfolgte mit den Augen Déruchette, der zu einem Wandregal ging, in dem alte Ausgaben von »Paris Match« gestapelt lagen.

Déruchette zog eine Illustrierte hervor, schlug sie auf und hielt sie Anne, die sich noch immer nicht beruhigt hatte, vors Gesicht: »Wir reden doch von diesem Adrian Kleiber?« erkundigte er sich, durch die Reaktion der Besucherin verunsichert.

Anne starrte auf ein großformatiges Portrait Adrians. Darunter auf einer halben Seite eine entsetzlich zugerichtete Leiche, deren linke Hand eine zerschossene Kamera umklammert, und zwischen beiden Fotos die Bildzeile: »*Paris-Match*«-*Reporter Adrian Kleiber – im Algerienkrieg getötet.*

Mit einem Aufschrei ließ Anne sich auf die Couch sinken, sie preßte die geballten Fäuste vor den Mund und starrte auf den Boden. Déruchette, der die Begegnung bisher weniger ernst genommen hatte, zeigte nun Anteilnahme, er drückte seine Zigarette aus, nahm neben Anne von Seydlitz Platz und sagte: »Sie haben das wirklich nicht gewußt, Madame?«

Anne schüttelte den Kopf: »Bis vor einer Minute hätte ich schwören können, daß wir uns noch vor einer Woche gesehen haben. Wir waren zusammen in Amerika, ich habe ihn aus dem Gefängnis seiner Entführer in Griechenland befreit. Wer, um Himmels willen, war dieser Mann?«

»Ein Hochstapler, Madame. Es gibt keine andere Erklärung.«

Dann – aber das sagte sie nicht, sie dachte es nur – dann habe ich also mit einem Hochstapler geschlafen. Wer war dieser Mann?

Déruchette zeigte aufrichtiges Interesse. Vielleicht witterte er auch eine ungewöhnliche Story, jedenfalls bot er Anne seine Hilfe an bei der Aufklärung des Sachverhaltes und sagte: »Ich nehme an, Madame, Sie befinden sich in einer unangenehmen persönlichen Lage. Vielleicht haben Sie einen schweren Schicksalsschlag erlitten und haben dadurch den Boden unter den Füßen verloren. Solche Situationen werden von Hochstaplern mit Vorliebe genutzt; denn ein Mensch im Ausnahmezustand verliert die Kritikfähigkeit. Ich will sagen, es wäre durchaus denkbar, daß Sie in einer solchen Ausnahmesituation einen Mann, der auf Sie zukam und behauptete, er sei Kleiber, als diesen erkannt haben.«

»Wir hatten uns siebzehn Jahre nicht gesehen«, sagte Anne entschuldigend. »Aber er hat genauso ausgesehen wie Kleiber. Es *war* Kleiber!«

»Er *kann* es nicht gewesen sein, Madame!« entgegnete Déruchette heftig und legte die Hand auf die aufgeschlagene Seite der Illustrierten. »Sie müssen sich mit dem Gedanken abfinden!«

Anne sah dem Chefredakteur ins Gesicht. Der Mann, dem sie noch vor wenigen Augenblicken eine Ohrfeige geben wollte, gewann zunehmend an Sympathie. »Sie haben sicher geglaubt, hier kommt eine Verrückte, und vermutlich sind Sie noch immer dieser Ansicht, Monsieur!«

»Aber keineswegs!« erwiderte Déruchette. »Das Leben besteht aus Verrücktheiten. Davon lebt unsere Illustrierte. Ich habe gelernt, damit umzugehen, und ich habe die Erfahrung gemacht, daß diese Verrücktheiten, geht man ihnen erst einmal auf den Grund, oft gar nicht so verrückt sind, wie es zunächst den Anschein hat, daß sie vielmehr nur das Ergebnis einer logischen Entwicklung sind.«

Die Worte des Chefredakteurs machten Anne von Seydlitz nachdenklich. Am liebsten hätte sie dem Mann ihre ganze Geschichte erzählt; aber dann kam ihr in den Sinn, daß Déruchette für sie ein wildfremder Mensch war und daß sie in ihrer Vertrauensseligkeit daran ging, den gleichen Fehler zu wiederholen, den sie mit Kleiber begangen hatte. Deshalb ließ sie den Mann in dem Glauben, es handle sich um eine Liebesaffäre, nichts weiter, und seine folgende Frage bestätigte auch, daß Déruchette nichts anderes vermutete:

»Sie müssen sich jetzt klarwerden, Madame, wen Sie geliebt haben, Kleiber oder die Person des Unbekannten. Die Frage, ob man einen Menschen in der Person eines anderen lieben kann, ist von vielen Dichtern aufgegriffen und negativ beschieden worden; aber das soll Ihrer Entscheidung keinesfalls vorgreifen.«

Im Augenblick vermochte Anne von Seydlitz selbst nicht zu sagen, wem ihre Zuneigung galt. Liebte sie Kleiber, oder liebte sie den Mann, den sie für Kleiber hielt? Aber diese Frage schien ihr auch weniger wichtig als die unerwartete Situation, die dadurch entstanden war, daß Kleiber nicht Kleiber war.

Für wen arbeitete der falsche Kleiber? Hatte er ihr seine Entführung nur vorgespielt, und stand er in Wirklichkeit in den Diensten der Orphiker? Sein spurloses Verschwinden deutete darauf hin. Fest stand, daß dieser falsche Kleiber sie um das Pergament und alle ihre Kopien gebracht hatte. Anne wußte nicht einmal, in welches Schließfach er die Dokumente gebracht hatte. Sie hatte ihm ja vertraut.

Gewiß, manchmal hatte sie sich gewundert, wenn »Kleiber« auf ihre Fragen merkwürdige Antworten gegeben hatte, aber dann hatte sie sich gesagt, siebzehn Jahre sind eine lange Zeit, und in diesem Zeitraum gerät vieles in Vergessenheit.

»Und Sie haben keine Ahnung, wo der falsche Kleiber sich aufhalten könnte, Madame?«

»Er hatte eine Wohnung an der Avenue de Verdun. Aber dort wohnen jetzt irgendwelche Araber.«

»Kleiber in der Avenue de Verdun!« Déruchette lachte. »Nie im Leben hätte Kleiber am Canal Saint Martin gewohnt! Kleiber war ein Mann, der Maßhemden von Yves St. Laurent trug und Koffer von Louis Vuitton benutzte; er wohnte in einem Appartement am Boulevard Haussmann, einer der ersten Adressen in Paris. – Was wollen Sie jetzt tun?«

Anne von Seydlitz kramte in ihrer Handtasche und zog ein Streichholzheftchen hervor. Sie öffnete es und reichte es Déruchette. Auf der Innenseite stand, in flüchtiger Handschrift hingekritzelt, zu lesen: Via Baullari 33 (Campo dei Fiori). »Ich weiß nicht, ob das von Bedeutung ist«, bemerkte Anne, »aber in einer so aussichtslosen Situation klammert man sich auch an Kleinigkeiten. ›Kleiber‹ weiß nicht, daß ich dieses Streichholzheftchen besitze. Es fiel ihm mit seinem Taschentuch aus einer Tasche. Sagt *Ihnen* die Adresse etwas? Offensichtlich italienisch. Aber Italien ist groß.«

Déruchette betrachtete die Schrift und gab Anne das Heftchen zurück: »Ich kenne nur *einen* Campo dei Fiori, und der ist in Rom. Hatte Kleiber – ich meine, der falsche Kleiber – Kontakte nach Italien?«

»Davon ist mir nichts bekannt«, erwiderte Anne, »aber ich halte das aus bestimmten Gründen für sehr gut möglich.« Zugleich mit dieser Antwort kam Anne zu Bewußtsein, daß sie zu Déruchette viel zuviel Zutrauen gewonnen hatte und daß, wollte sie nicht Gefahr laufen, sich zu verplaudern, es höchste Zeit war, sich zu verabschieden. »Monsieur«, sagte sie höflich, »ich hoffe, ich habe nicht allzuviel Ihrer kostbaren Zeit gestohlen. Ich danke Ihnen für Ihre Hilfe.«

»Aber ich bitte Sie, Madame!« Déruchette zeigte sich ernsthaft um gute Umgangsformen bemüht. »Wenn ich Ihnen noch auf irgendeine Weise behilflich sein kann, rufen Sie mich an. Im übrigen entspringt es meiner ganz persönlichen Neugierde, den Ausgang Ihrer Geschichte zu erfahren.«

Vor dem Verlagshaus Rue Pierre-Charon 51 atmete Anne von Seydlitz erst einmal tief durch. Sollte sie aufgeben? Nein, dachte sie, das würde alles nur noch schlimmer machen. In ihrer Ungewißheit würde sie nie mehr zur Ruhe kommen. Vor allem, dachte sie, war ihr Leben jetzt, da der falsche Kleiber mitsamt dem Pergament verschwunden war, keinen Pfifferling wert. Man würde sie in eine Falle locken und auf so hinterhältige Weise beseitigen wie Vossius und all die anderen Mitwisser.

2

Ihr Entschluß war schnell gefaßt. Am folgenden Tag reiste Anne von Seydlitz nach Rom, wo sie in einem kleinen Hotel an der Via Cavour nahe Stazione Termini abstieg. Dort wurde ihr auch bestätigt, daß es am Campo dei Fiori eine Via Baullari gab, aber, mahnte der Portier mit erhobenem Zeigefinger, für eine wirkliche Dame schicke es sich nicht, dort zu später Stunde gesehen zu werden, und dabei verdrehte er die Augen himmelwärts – was immer das zu bedeuten hatte. Bei Tag, meinte er, sei das jedoch eine Gegend wie alle anderen.

Diese Eröffnung nahm Anne von Seydlitz zum Anlaß, sich erst einmal auszuschlafen.

In Rom herrschte in diesen Tagen große Aufregung. Sie dauerte schon seit dem 25. Dezember, seit Kardinal Felici in der Vorhalle der Vatikanbasilika die Bulle »*Humanae salutis*« vorgelesen hatte, mit welcher der Papst ein Konzil einberief. Im Laufe des Tages war dieser Akt von Prälaten in den drei Hauptbasiliken Roms wiederholt worden. Über das Datum, vor allem aber über die Gründe des Konzils hatte sich die Kurie in Schweigen gehüllt und damit zu wilden Spekulationen Anlaß gegeben.

Wie bedeutungsvoll dieses Konzil von der Kurie erachtet wurde, ging aus Zeitungsmeldungen hervor, wonach 829 Personen mit der Vorbereitung betraut waren und sich zumindest zeitweise in Rom aufhielten, unter ihnen 60 Kardinäle, fünf orientalische Patriarchen, 120 Erzbischöfe, 219 Mitglieder des Weltklerus, 281 Ordensleute, darunter 18 Generalobere.

Vor wenigen Tagen, genau am Freitag, dem 2. Februar, hatte der Papst die Eröffnung des Konzils für den 11. Oktober verkündet. Er hatte dabei krank und zerfahren gewirkt, ohne das Lächeln, das ihn früher auszeichnete. Und als eine Woche später das Päpstliche Schreiben »*Sacrae laudis*« veröffentlicht wurde, das den Klerus aufforderte, das Brevier als Sühnegebet für das Konzil zu verrichten, da kamen die ersten Journalisten angereist, um aus erster Quelle zu erfahren, was von dem bevorstehenden Konzil zu erwarten sei. Doch die Kurie schwieg wie die Steine der Leoninischen Mauern.

Tags darauf, es war ein Donnerstag, gab Anne dem Portier die Adresse »Via Baullari« und bat, er möge, falls sie bis zum späten Abend nicht zurück sei, die Polizei verständigen. Mit dem Taxi fuhr sie auf der Via Nazionale zur Piazza Venezia, wo sich der Verkehr in ohrenbetäubendem Hupkonzert staute, weiter zum Corso

Vittorio Emanuele, von den Römern einfach Corso genannt, bis in Höhe des Palazzo Braschi. Dort, bedeutete der Fahrer, münde die Via Baullari in den Corso.

Nachdem Anne den Corso überquert hatte – jede Überquerung einer Hauptstraße kommt in Rom einem Abenteuer gleich –, bog sie in die Via Baullari ein und entdeckte sogleich das alte, sechsstöckige Haus Nummer 33. Wen oder was sie hier zu finden hoffte, wußte Anne von Seydlitz selbst nicht genau; aber sie dachte nicht daran aufzugeben. Vielleicht hegte sie die Hoffnung, Kleiber, den falschen Kleiber, hier zu treffen, denn sie war sich noch immer nicht im klaren, welches Gefühl in ihr stärker war, die Wut über ihn oder die Zuneigung zu diesem Menschen. Jedenfalls kam es ihr nicht darauf an, das Pergament zurückzuerobern, Anne wollte nur Klarheit.

Sie hätte nie geglaubt, daß sich mit dem Niederdrücken des Klingelknopfes an der Türe im dritten Stock des Hauses Via Baullari 33 die Ereignisse auf einmal überstürzen könnten, daß sich mit einem Male alle verworrenen und dunklen Erlebnisse der letzten Monate zu einer logischen Abfolge zusammenfügen würden. Vor allem hätte sie nie geglaubt, daß die Lösung der Dinge so klar und einfach sein würde.

Der Mann, der auf ihr Klingeln öffnete, war Donat.

»Sie?« sagte er mit langgedehntem Tonfall, ohne jedoch von Annes Erscheinen schockiert zu sein.

Anne von Seydlitz hingegen brachte zunächst keinen Laut hervor. Ihre Gedanken waren so auf Kleiber, den falschen Kleiber, fixiert, daß sie eine Weile brauchte, bevor sie ihre Sprache wiederfand: »Ich muß gestehen«, sagte sie dann, »*Sie* hätte ich hier nicht erwartet.«

Donat machte eine entschuldigende Handbewegung und erwiderte: »Ich habe es schon immer prophezeit, Sie würden eines Tages hier auftauchen, bei Ihrer Hartnäckigkeit. Ich wußte es!«

Anne sah Donat fragend an.

»Wissen Sie«, begann Donat erklärend, »wir haben Sie, um an unser Ziel zu gelangen, ständig beobachtet.«

»Wir? Wer ist wir?«

»Jedenfalls sind *wir* nicht die Leute, die Sie hinter all dem vermuten. Aber wollen Sie nicht hereinkommen?«

3

Anne von Seydlitz trat ein und wurde in einen hohen, düsteren Raum geführt mit einem langen Konferenztisch in der Mitte und einem Dutzend altmodischen Stühlen darum herum. Zwei hohe Fenster zeigten in einen Hinterhof, so daß ohnehin nicht viel Licht eindringen konnte; aber es waren auch noch die Jalousien heruntergelassen. Das uralte Parkett knarzte widerlich, und außer Tisch und Stühlen gab es keine Möblierung, so daß jedes Geräusch in dem halbleeren Raum von einem kleinen Echo begleitet wurde.

»Um es gleich vorwegzunehmen«, begann Donat, nachdem sie Platz genommen hatten, »das Pergament ist in unserem Besitz. Aber keine Angst, wir werden Sie angemessen entschädigen, mindestens ebensogut, wie es die Orphiker getan hätten.«

Das alles klang nüchtern, beinahe geschäftlich, und Donat redete mit einer Freundlichkeit, die nichts mehr gemein hatte mit der finsteren Wirrnis von früher. Als schien er ihre Gedanken zu erraten, sagte Donat plötzlich: »Wir standen unter einem ungeheuren Druck, und das Pergament ist für meine Freunde wirklich von fundamentaler Bedeutung. Es wird, dessen sind wir sicher, die Welt verändern, und deshalb mußten wir ungewöhnliche Methoden anwenden, um in seinen Besitz zu gelangen. Die anderen taten das auch.«

»Entschuldigen Sie«, unterbrach Anne, die Donats Rede mit Unruhe verfolgte, »ich verstehe kein Wort von dem, was Sie sagen. Wer ist eigentlich alles hinter dem Pergament her?«

Donat setzte ein überlegenes Lächeln auf und antwortete: »Nun, da sind einmal die Orphiker, mit denen Sie unliebsame Bekanntschaft gemacht haben. Über sie brauche ich vermutlich kein Wort zu verlieren. Dann gibt es eine zweite Gruppe, die unter großem Einsatz bemüht war, das Pergament an sich zu reißen. Das sind Jesuiten und Agenten des Vatikans. Und dann gibt es eine dritte Gruppe. Sie kämpft im Namen Allahs, des Allerhöchsten, gegen die Ungläubigen und Schriftbesitzer, wie es im Koran heißt. Der Tag wird kommen, da alle Ungläubigen wünschen, sie wären Muslims.«

Während Donat redete, fiel Annes Blick auf eine runde Scheibe mit arabischen Schriftzeichen an der gegenüberliegenden Wand. Sie musterte Donat kritisch, denn in ihrem Hirn wurde eine Ahnung wach. Obwohl alles in ihr vibrierte, bemühte sie sich um ein ausdrucksloses Gesicht. »Irgendwie«, sagte sie zurückhaltend, »kommt mir das alles doch ziemlich grotesk vor. Jede Partei gibt vor, im Namen des Allerhöchsten zu handeln, und dabei schrecken sie nicht vor Mord und Totschlag zurück.«

»Erlauben Sie«, wandte Donat ein, »da ist ein großer Unterschied. Der Gott der Orphiker ist das allmächtige Wissen. Der Gott der Christen ist ein Lakai der Kurie, das heißt, die wahren Götter der Kirche, das sind die Herren Prälaten, Monsignori und Kurienkardinäle. Es gibt nur einen wahren Gott, und der ist Allah, und Mohammed ist sein Prophet.«

»Aber auch der Islam verbietet das Töten!«

»Im Koran heißt es wörtlich: Tötet keinen Menschen, da Gott es verboten hat – *es sei denn im Namen der gerechten Sache*. Die Suche nach dem Pergament *war* eine gerechte Sache, vielleicht die gerechteste von allen. Schließlich sagt der Prophet: Kämpft gegen die Ungläubigen. Besiegen kann man diese nur mit ihren eigenen Waffen. Ihre gefährlichste Waffe ist die Schrift, und diese Schrift soll ihnen jetzt den Todesstoß versetzen.«

Der Haß und Fanatismus, mit dem Donat redete, veranlaßte Anne von Seydlitz zu der Frage: »Sie sind...?«

»Ja«, fiel ihr Donat ins Wort, »ich bin Muslim. Das wollten Sie doch fragen?«

»Das wollte ich fragen«, wiederholte Anne und fügte hinzu: »Aber da ist noch etwas, was mich in diesem Zusammenhang interessiert: Woher rührt Ihr tiefer Haß gegen die Institution der Kirche?«

Donat trug ein legeres, ausgebeultes Sakko. Aus der Innentasche zog er eine Brieftasche. Diese öffnete er mit einer gewissen

Andacht, wie man ein kostbares Buch aufschlägt, und entnahm ihr eine Fotografie. Er legte sie vor Anne auf den Tisch. Das Bild zeigte einen Mönch in Benediktiner- oder Franziskanerkutte: Donat. Donat schwieg.

Das also war der Grund. Von Anfang an, seit sie diesem Mann zum ersten Mal begegnet war, war ihr aufgefallen, er hatte etwas Klerikales an sich. Die Kutte verändert nicht nur den Habitus, sie verändert auch ein Gesicht. Aber was hatte Donat dazu gebracht, die Kutte an den Nagel zu hängen?

»Der Grund war eine Frau«, begann Donat ganz von selbst zu berichten, »der Grund war Hanna Luise, meine spätere Frau.«

Mit einem Mal stand alles wieder vor ihr, aufgereiht wie eine Reihe lebender Bilder; Guidos Unfall, die rätselhafte Frau in seinem Wagen. Was in aller Welt hatte sie mit Guido zu tun?

»Ich konnte Ihnen damals nicht die volle Wahrheit sagen«, fuhr Donat fort, »Sie hätten sie mir ohnehin nicht geglaubt, und die halbe Wahrheit hätte Sie nur noch mißtrauischer gemacht. Für mich aber gab es nur ein Ziel, das Pergament, verstehen Sie?«

Anne verstand überhaupt nichts, und wenn sie auch den Eindruck hatte, daß Donat sich ehrlich mühte, ihr alles zu erklären, so blieben ihr die Zusammenhänge dennoch verborgen. »Wer war die Frau im Unfallauto meines Mannes?« fragte sie drängend, und unsicher fügte sie hinzu: »Ist Guido noch am Leben?«

»Ihr Mann ist tot, Frau von Seydlitz. Was im Zusammenhang mit Ihrem verstorbenen Mann an Schabernack passiert ist, geht auf das Konto der Orphiker. Die wollten Sie nervlich fertigmachen, sie hofften damit leichter an das Pergament zu kommen. Und was die Frau im Auto Ihres Mannes betrifft, so hatte sie zwar die Ausweispapiere meiner Frau bei sich, aber die Frau in dem Auto war nicht meine Frau.«

»Wer dann?«

»Ich weiß es nicht. Ich weiß nur, daß es eine Agentin der Orphiker gewesen sein muß; denn die Orphiker befanden sich im Besitz der Personalpapiere meiner Frau.«

In Annes Kopf ging alles durcheinander. »Gestatten Sie mir die Frage«, sagte sie entschuldigend, »Ihre Frau ist doch an den Rollstuhl gefesselt? Was, um alles in der Welt, hat Ihre Frau mit den Orphikern zu tun?«

Donat überlegte kurz, dann erhob er sich und sagte: »Es ist am besten, wenn Hanna Ihnen das selbst erzählt. Kommen Sie!«

4

Durch den Flur mit vielen Türen nach allen Seiten führte Donat die Besucherin zu einem zweiten, schmalen Treppenhaus, von dem, ein Stockwerk tiefer, ein niedriger, spärlich beleuchteter Gang zu einem Hinterhaus führte mit vielen kleinen Fenstern und ebenso vielen Räumen. Hier herrschte eine eigenartige Büroatmosphäre. Anne hörte Schreibmaschinengeklapper und einen Fernschreiber.

»Offiziell«, bemerkte Donat, »ist das ein islamisches Kulturzentrum, aber in Wirklichkeit haben wir uns hier seit drei Jahren mit nichts anderem beschäftigt als dem fünften Evangelium.« Am Ende des Ganges öffnete Donat eine Tür und machte eine einladende Handbewegung.

Der Raum war hell erleuchtet. Vor einem Tisch, der an allen vier Wänden entlangführte, saß Hanna Luise Donat in ihrem Rollstuhl. Auch die Frau schien weniger erstaunt, als Annes unerwartetes Erscheinen hätte vermuten lassen. Sie zeigte sich außergewöhnlich freundlich, und Anne bemerkte, daß vor ihr auf den Tischen Kopien des vollständigen Pergaments aufgeklebt waren, fünfzig oder sechzig aneinandergereihte Fragmente. Sie deutete mit dem Kinn auf eines der zerfledderten Teilstücke: »Und dieses Fragment, das letzte in der Reihe, kommt Ihnen vielleicht bekannt vor. Nein, es ist nicht das Original, nur eine Arbeitskopie. Das Original ist in einem Safe, und wir werden es an einen Ort bringen, wo es wirklich sicher ist.«

Natürlich erkannte Anne von Seydlitz ihr Fragment wieder. Sie war geneigt zu sagen: Und deshalb die ganze Aufregung? Aber sie hielt sich zurück.

Donat erklärte seiner Frau, er habe die Besucherin bereits eingeweiht, sie wisse, worum es ihnen ginge, aber vor allem sei Frau von Seydlitz an der Frage interessiert, welche Frau bei dem Unfall im Auto ihres Mannes gesessen habe und auf welche Weise sie in den Besitz ihrer Personalpapiere gekommen sei.

Die Frau im Rollstuhl wandte den Blick und sah Anne an. »Sie müssen wissen, ich bin von Beruf Altphilologin und Archäologin und habe für das *Comité international de Papyrologie* in Brüssel gearbeitet. Bei einem Kongreß in Brüssel sind wir uns zum ersten Mal begegnet, der Benediktiner Donat und ich. Und irgendwie ist es dann passiert – wir verliebten uns ineinander. Unsere Kongreßbesuche häuften sich, denn sie waren für uns zunächst die einzige Möglichkeit, uns zu treffen. Wir hofften anfangs beide, die Verliebtheit würde vorübergehen, aber das Gegenteil war der Fall, aus der Verliebtheit wurde Liebe. Die Situation stürzte uns beide in große Gewissenskonflikte. Donat ersuchte die Kurie um Dispens. Zuerst antwortete die Kurie überhaupt nicht, nach über einem Jahr kam der Bescheid, er dürfe, wenn es sich nicht umgehen ließe, sündigen, aber vom Zölibat könne ihm keine Dispens erteilt werden. Mit anderen Worten: Die Kirche duldete, daß ein Mönch ein heimliches Verhältnis hatte, aber öffentlich sich dazu bekennen und eine Frau ehelichen durfte er nicht. Ich sah damals nur einen Ausweg, ich mußte von einem Tag auf den anderen aus Donats Leben verschwinden. Es traf sich gut, daß auf einem Kongreß in München ein gutgekleideter Herr an mich herantrat. Er nannte sich Thales.«

»Thales?« Anne schreckte auf. Sie ahnte Zusammenhänge.

»Thales erklärte, er leite ein Institut in Griechenland und suche einen Experten für Pergament- und Papyruskunde und bot ein unverschämt gutes Gehalt. Ich sah darin eine Möglichkeit, unterzutauchen und Donat zu vergessen. Natürlich ahnte ich nicht, daß ich mich mit meiner Unterschrift dem Geheimorden der Orphiker verschrieben hatte, und als ich die Zusammenhänge erkannte, war es zu spät. Orphiker ist man auf Lebenszeit...«

Die Stimme der Frau im Rollstuhl wurde unsicher, sie begann zu zittern, und ihre Mundwinkel zuckten, als sie weiterredete: »Ich wollte aufhören, wollte zurück in meinen alten Beruf, aber sie hielten mich fest. Ich verweigerte die Arbeit, später sogar die Nahrung, da entschied Orpheus, der auch ihr oberster Richter ist, ein Gottesurteil zu statuieren. Sie stürzen Orphiker, die sich nicht an ihre Gesetze halten, über den Phrygischen Felsen. Wer den Sturz überlebt, den lassen sie laufen. Kein Mensch wollte mir sagen, ob jemals jemand den Sturz überlebt hatte. Ich überlebte, aber ich konnte meine Beine nicht mehr bewegen. Zwei Irre aus der Unterstadt transportierten mich bis zur Straße nach Katerini und warfen mich in einen Graben. Wenig später entdeckte mich ein Lastwagenfahrer. Später hieß es, es sei ein Unfall mit Fahrerflucht gewesen.«

Man sah, wie sehr der Bericht Hanna Donat mitnahm. Sie atmete in kurzen Stößen und blickte ins Leere. Donat ergriff ihre Hand und drückte sie.

Zu Anne gewandt sagte er: »Als ich davon erfuhr, zog ich meine Kutte aus und ging. Ich schickte damals einen Fluch zum Himmel und brüllte meinen Schmerz heraus. An diesem Tag reifte in mir der Entschluß, an der Kirche Rache zu nehmen, weil sie keine Kirche der Gnade ist, sondern ein Institut gnadenloser Beamter. ›Mögen sie sich auch noch so sehr mit ihren Gewändern verhüllen‹, spricht Mohammed, der Prophet, ›so kennt doch Allah ebenso das, was sie verbergen, wie das, was sie öffentlich zeigen; denn er kennt die geheimsten Winkel des menschlichen Herzens‹.«

Da nahm die Frau im Rollstuhl ihre Rede wieder auf und sagte: »Man hatte mir zwar die Fähigkeit genommen, mich fortzubewegen, aber die Kraft meiner Gedanken war ungebrochen. Ich wußte jetzt, worum es den Orphikern ging, und ich wußte von den Orphikern, daß sie Konkurrenten hatten, die sich mit aller Macht um das fünfte Evangelium bemühten: islamische Fundamentalisten. Allein auf mich gestellt hätte ich nie den Mut aufgebracht, gegen zwei Parteien zu kämpfen, gegen die Orphiker und gegen die Mafia der Kurie. Es fehlte mir auch die Zuversicht, daß Donat mich noch lieben könnte, mich, einen bewegungsunfähigen Krüppel.«

»Du sollst nicht so reden«, unterbrach Donat seine Frau. »Liebe ist nicht von der Bewegungsfähigkeit irgendwelcher Gliedmaßen abhängig. Als ich dich zum ersten Mal sah, liebte ich dich, nicht deinen Gang.«

Anne von Seydlitz staunte über die einfühlsamen Worte des Mannes. Dieser Donat war ein Mann mit zwei Seelen, einer zärtlichen, empfindsamen gegenüber seiner Frau und einer rücksichtslos radikalen gegenüber der Kirche. Schließlich wiederholte sie an Donat die Frage: »Wie kam die Frau im Wagen meines Mannes dazu, sich als Ihre Frau auszugeben?«

»Die Kunde, daß ein deutscher Kunsthändler, vermutlich ohne seine Bedeutung zu kennen, in den Besitz des letzten fehlenden und dabei wichtigsten Fragmentes des fünften Evangeliums gelangt war, verbreitete sich unter allen, die damit in Verbindung standen, wie ein Lauffeuer. Ein Verkaufstermin, den Thales mit Ihrem Mann in Berlin vereinbart hatte, erschien den Orphikern wohl mit einem Mal gefährlich spät, so daß sie eine – uns unbekannte – Agentin, ausgestattet mit den Personalpapieren, die meine Frau in Griechenland zurücklassen mußte, vorausschickten. Die genauen Umstände des Zusammentreffens Ihres Mannes mit dieser Frau sind schwer zu rekonstruieren.«

»Soviel mir bekannt ist, befand Guido sich auf dem Weg nach Berlin. Er muß zu diesem Zeitpunkt das Pergament jedoch schon an Professor Vossius verkauft haben, denn er führte es nicht mit sich, und später tauchte es bei Vossius in Paris auf. In diesem Zusammenhang stellt sich natürlich die Frage, welches Ziel verfolgte die Frau in Guidos Wagen?«

»Ich halte es durchaus für möglich«, unterbrach Donat, »daß die Orphiker, die offenbar glaubten, Ihr Mann habe das Pergament noch immer in seinem Besitz, einen Lockvogel ansetzten, eine Frau, die Ihrem Mann schöne Augen machen sollte, um so in den Besitz des Pergamentes zu gelangen, und wer weiß...« Donat unterbrach seinen Redefluß.

»Sie können ruhig aussprechen, was Sie vermuten«, nahm Anne seine Rede auf, »wer weiß, vielleicht suchte der Mann nur ein Abenteuer. Vielleicht. Aber dann passierte der verhängnisvolle Unfall.«

Donat nickte.

»Und Vossius?« erkundigte sich Anne, der nun auf einmal tausend Gedanken durch den Kopf gingen. »Wer hat Professor Vossius auf dem Gewissen?«

»Vossius war kein Einzelkämpfer. Er war einer von den Orphikern. Sollte er eines gewaltsamen Todes gestorben sein, so erübrigt sich die Frage nach seinen Mördern.«

»Ich verstehe«, erwiderte Anne nachdenklich, »nur eines begreife ich noch immer nicht. Islamisten, Orphiker und die Kurie beschäftigen sich seit Jahren mit der Übersetzung des fünften Evangeliums. Warum ist gerade dieses kleine Fragment von so großer Bedeutung, daß, um in den Besitz zu gelangen, Menschen getötet und ungeheure Mittel eingesetzt werden, warum?«

5

Hanna Donat gab ihrem Mann ein Zeichen, und er lenkte ihren Rollstuhl zu der Stelle, wo vor ihr auf dem Tisch die Fotokopie des kleinen Pergaments eingeklebt war. Beinahe andachtsvoll blickte sie auf die unleserlichen Schriftzeichen und sagte: »Ich glaube, Sie haben ein Recht zu erfahren, worum es hier geht. Schließlich sind Sie, auch wenn Sie nicht mehr darüber verfügen, immer noch die rechtmäßige Besitzerin.« Und dann holte sie weit aus und berichtete von den vier Evangelien, die im Abstand von fünfzig bis neunzig Jahren vom tatsächlichen Geschehen aufgezeichnet worden seien, von Menschen, die die Hauptfigur des Geschehens nie gekannt und voneinander abgeschrieben hätten wie freche Schuljungen. Daneben gebe es eine ganze Reihe von Apokryphen, Evangelien, deren historische Bedeutung noch weit geringer sei als die der eigentlichen Evangelien. Mit anderen Worten, die christliche Überlieferung des Neuen Testamentes stehe auf tönernen Füßen. Das fünfte Evangelium hingegen werde in seiner Echtheit sogar von Naturwissenschaftlern bestätigt. Die Thermolumineszenzmethode habe den Beweis erbracht, daß dieses Pergament exakt in der Zeit aufgezeichnet wurde, die sein Verfasser beschreibt, also auf jeden Fall vor den vier übrigen Evangelien, und dieses Evangelium stelle das Leben des Jesus von Nazareth in ein ganz anderes Licht.

Anne wandte ein, der Kirche werde es gewiß auch in diesem Fall gelingen, die Dinge zu ihrer Zufriedenheit zu interpretieren.

Da schüttelte die Frau im Rollstuhl den Kopf. »Das mag für die eine oder andere Stelle möglich sein, aber nicht für diese. Ich gebe sie im Wortlauf wieder: ›...ER, DER DIES NIEDERSCHREIBT – TRÄGT DEN NAMEN BARABBAS – UND WISSET, BARABBAS IST DER SOHN DES JESUS VON NAZARETH – SEINE MUTTER HEISST MARIA MAGDALENA – JESUS, MEIN VATER, WAR EIN PROPHET – ABER WEIL ER WASSER ZU WEIN UND LAHME GEHEN GEMACHT HAT WIE DIE ÄGYPTISCHEN MAGIER – HABEN MANCHE GERUFEN, ER SEI EIN GOTT – DOCH DAS GESCHAH GEGEN SEINEN WILLEN...‹«

6

Es dauerte eine Weile, bis Anne von Seydlitz die Tragweite dieser Worte begriff. Sie verharrte lange in Gedanken; sie war kein sehr gläubiger Mensch, schon gar kein frommer, aber der Inhalt des Gehörten versetzte sie doch in Aufregung, weil *ein* Gedanke alle anderen überlagerte: Das Wissen um diesen schlichten Text würde verheerende Konsequenzen nach sich ziehen, wenn er veröffentlicht werden sollte. Das fromme Leben von Milliarden Menschen seit zweitausend Jahren, die Institution der Kirche, der Vatikan – alles Schall und Rauch.

»Verstehen Sie jetzt«, wandte sich Donat an die Besucherin, »warum wir, die Orphiker und der Vatikan alles darangesetzt haben, um in den Besitz dieses Stückes Pergament zu gelangen?«

Anne nickte stumm.

»Ich bin im übrigen befugt, Ihnen als Entschädigung die Summe von einer Million Dollar anzubieten. Sind Sie damit einverstanden?«

Anne von Seydlitz nickte nur. Sie hatte sehr wohl begriffen, daß die Islamisten mit diesem Pergament die Macht in Händen hielten, die Welt zu verändern; und sie würden es auch tun, daran zweifelte sie keinen Augenblick.

Anne begriff jetzt vieles, was in den letzten Wochen und Monaten passiert war, und es erschien ihr beinahe lachhaft, wie ihr der Zufall die Schlüsselrolle in einem Stück Weltgeschichte zugespielt hatte. Immer wieder wanderten ihre Augen über die Schriftzeichen, die sie nicht lesen konnte und die von so großer Bedeutung waren, und mit einem Mal empfand sie Angst, die Angst um dieses Geheimnis, und sie stellte die Frage: »Das Original – wo befindet sich das Pergament jetzt?«

Die Frau im Rollstuhl sah Donat an, der wandte den Blick Anne zu und erwiderte: »Sie erwarten gewiß nicht, daß ich Ihnen darüber Auskunft gebe; aber das Pergament befindet sich an einem Ort, wo es vor dem Zugriff der anderen sicher ist.«

»Und Sie haben die einzigen Kopien, die es gibt?«

»Die Frage möchte ich eigentlich Ihnen stellen! Wenn auf dem Film aus Ihrem Besitz die einzigen Kopien sind, die je gemacht wurden, dann kann ich Ihre Frage mit ja beantworten. Im übrigen sind Kopien in diesem Fall als Beweismittel wertlos. Die Kurie würde sie verfälschen, wie sie schon andere Schriftfunde verfälscht hat. Um die Kirche zu sprengen, bedarf es eindeutiger Beweise.«

»Rauschenbach und Guthmann!« rief Anne unvermutet. »Den beiden habe ich Kopien des Pergamentes überlassen.«

Donat antwortete gelassen: »Das ist uns bekannt. Beide Kopien befinden sich im Besitz der Orphiker. Den armen Rauschenbach haben sie ermordet, weil sie glaubten, Sie hätten ihm das Original übergeben. Und Guthmann steht heute noch in ihren Diensten. Er treibt sich mit einem Killerkommando hier in Rom herum. Sie hatten einen Spitzel im Vatikan, einen schlauen Jesuiten namens Doktor Losinski. Sie wissen bis heute nicht, daß er ein Doppelspiel getrieben hat. Und es gab da einen Deutschen namens Doktor Kessler, ebenfalls ein Jesuit. Die beiden arbeiteten an demselben Projekt.« Dabei machte Donat eine Handbewegung und zeigte auf das über die Tische ausgebreitete Pergament. »Als die beiden Freundschaft schlossen, wurde den Orphikern der Boden zu heiß, denn sie glaubten – fälschlicherweise –, Kessler sei einer von uns Bei einem Attentat sollten beide sterben. Losinski fand auch den Tod, Kessler überlebte.«

»Mein Gott!« flüsterte Anne leise.

»Kessler ist jetzt auf unserer Seite«, fügte Donat hinzu. »Und da ist noch jemand, der sich schließlich unter unseren Schutz begeben hat. Aber dazu lassen wir Sie besser allein.«

7

Donat faßte den Rollstuhl seiner Frau und schob ihn hinaus, ohne ein weiteres Wort zu sagen. Anne blieb völlig verwirrt zurück, allein in dem fremden Haus. Ratlos wandte sie sich dem Tisch mit den vielen unverständlichen Bruchstücken des fünften Evangeliums zu, jenem gewaltigen Puzzle, in das ihr Fragment nun als letzter, entscheidender Stein eingefügt worden war, der das ganze Rätsel löste – ein Stein, der die gewaltige Lawine ins Rollen bringen konnte, welche Kirche, Papst und Glauben hinwegfegen würde. Ihr schauderte, als ihr plötzlich bewußt wurde, daß dieser lang vergessene Text, vor dem sie jetzt stand – oder zumindest dessen Original, an einem sicheren Ort verwahrt –, die Macht besaß, die gesamte Welt zu verändern. Und nichts mehr würde sein, wie es war.

Sie hörte, wie hinter ihr die Tür aufging, und wandte sich um. Vor ihr stand Kleiber – der falsche Kleiber –, in der Hand einen Strauß orange-blauer Paradiesvogelblumen.

Anne trat einen Schritt auf ihn zu, ohne zu wissen, was sie damit zum Ausdruck bringen wollte. Sie war zutiefst verunsichert. So standen sie sich gegenüber, und jeder wartete verlegen auf ein Wort des anderen.

»Ich weiß nicht«, begann ›Kleiber‹ schließlich stockend, »soll ich mich entschuldigen? Was soll ich tun?«

»Wonach ist dir zumute?« fragte Anne mit einem schnippischen Unterton.

»Ich weiß es wirklich nicht«, erwiderte Kleiber ausweichend.

»Mir ist natürlich bewußt, daß ich dich auf gemeine Weise betrogen habe.«

»Ach ja. Immerhin.«

»Aber ich habe dich nur mit meiner Identität betrogen, nicht mit meinen Gefühlen. Die waren echt. Von Anfang an.«

»Und du meinst, das kann man trennen?«

»Ich glaube ja.«

»Das mußt du mir erklären.«

»Ich will es versuchen. Also – ich heiße weder Adrian noch Kleiber, mein Name ist Stephan Oldenhoff. Aber wie Kleiber bin ich Journalist, freilich nicht so erfolgreich, einer, der mal hier mal dort eine Geschichte verkauft und froh ist, wenn er seine Miete bezahlen kann. Da nimmst du jeden Auftrag an, der Geld bringt. Eines Tages sprach mich ein Mann an und sagte, ich hätte verblüffende Ähnlichkeit mit einem anderen Journalisten, ob ich bereit sei, für eine große Summe in seine Rolle zu schlüpfen. Ich überlegte nicht lange und sagte, wenn es nichts Illegales sei, würde ich es tun – das Honorar war wirklich sehr anständig. Der Auftraggeber hieß Donat, und der Auftrag lautete, ich sollte mich in den Besitz des Pergaments bringen.

Dazu mußte sich Stephan Oldenhoff in Adrian Kleiber verwandeln. Äußerlich war das nicht allzu schwer, zumal wir ja wußten, daß deine letzte Begegnung mit Kleiber siebzehn Jahre zurücklag. Donat hatte gründlich recherchiert, wobei ihm seine Frau die wertvollsten Hinweise gab. Über Kleibers Gewohnheiten und Eigenheiten wußte niemand besser Bescheid als Hanna Luise Donat, seine Witwe. Er hatte sie nämlich geheiratet. Seither schickte er dir keine Blumen mehr zum Geburtstag.

Ich wußte genau Bescheid über deine Situation, und ich erhielt von den Fundamentalisten jede denkbare Unterstützung. Ich wußte aber auch, daß mir von den Orphikern große Gefahr drohte, vor allem von dem Augenblick an, in dem ich das Pergament in meinen Besitz gebracht hatte – oder genauer: von dem Augenblick an, da die Orphiker glaubten, ich hätte das Pergament in meinem Besitz. Deshalb kam mir die Idee, nach Amerika zu reisen, sehr gelegen. Dort fühlte ich mich sicher.«

Anne schüttelte den Kopf. Es fiel ihr schwer, Oldenhoffs Worten zu glauben. »Dann war«, meinte sie nach einer Zeit des Nachdenkens, »deine Entführung nach Leibethra auch nur gespielt!« »Wo denkst du hin!« rief Oldenhoff entrüstet. »Das war bitterer Ernst. Als die Orphiker herausgefunden hatten, daß sich das Pergament nicht mehr bei dir befand, sondern daß *ich* es versteckt halten mußte, da kidnappten sie mich nach der Art sizilianischer Mafiosi. Ich weiß wirklich nicht, wie sie mich nach Leibethra gebracht und was sie mit mir angestellt haben, um das Versteck des Pergaments aus mir herauszupressen. Tatsache ist, daß ich dir mein Leben verdanke; denn wenn sie erfahren hätten, daß das Pergament längst in den Händen der Fundamentalisten war, hätten sie mich vermutlich totgeschlagen.«

Anne von Seydlitz sah dem falschen Kleiber ins Gesicht. Sie haßte diesen Menschen; jedoch nicht wie man einen Feind haßt oder einen Widersacher, Anne haßte Oldenhoff einzig und allein, weil er Oldenhoff war und nicht Kleiber. Aber dies war eine jener Arten von Haß, die leicht in Liebe umschlagen, und dieser Punkt war näher, als sie dachte.

8

Seit jener Begegnung in einem Hinterhaus in der Via Baullari war genau eine Woche vergangen. Anne von Seydlitz hatte sich zu einem Erholungsurlaub nach Capri zurückgezogen, um nachzudenken. Sie bewohnte eine Suite im sündhaft teuren Hotel Quisisana – das konnte sie sich leisten. Donat hatte ihr einen Scheck über eine Million Dollar ausgehändigt; aber trotz des vielen Geldes war Anne nicht glücklich. Ihr kam es so vor, als hätte sie in den vergangenen Monaten das Leben eines fremden Menschen gelebt, und es dauerte lange, bis ihre Zweifel zu Staunen und das Staunen endlich zur Überzeugung wurde, daß sie nicht geträumt, daß sie das alles wirklich erlebt hatte.

In langen, wachen Nächten hämmerte ein böses Echo in ihrem Hirn: Barabbas, Barabbas, Barabbas. Es tat weh wie ein dumpfer

Kopfschmerz, und Anne war nahe daran zu verzweifeln. Sie ahnte, was kommen würde, sie war eine der wenigen, die das überhaupt ahnen konnte, aber sie konnte sich in keiner Weise vorstellen, wie diese Katastrophe – anders konnte man das Bevorstehende wohl nicht bezeichnen – vonstatten gehen würde. Einmal ertappte sie sich dabei, daß sie ein Stoßgebet zum Himmel schickte, es möge etwas ganz und gar Unerwartetes geschehen, etwas, das alles, was sich bisher ereignet hatte, auslöschte wie Regen, der ein Pflasterbild fortspült.

Natürlich war das unsinnig, denn man kann die Zukunft beeinflussen, nicht jedoch die Vergangenheit. Und so schmiedete Anne von Seydlitz Pläne, auf welche Weise sie an einem fernen Ort der drohenden Katastrophe entgehen könnte. Doch dann kam alles ganz anders.

Montag, 5. März 1962.

Flug ALITALIA 932 Rom – Amman. An Bord 76 Passagiere und acht Besatzungsmitglieder. In Reihe 8 auf den Plätzen A und B ein untersetzter Mann mit kahlem Schädel. Neben ihm seine gelähmte Frau. Eintrag in der Passagierliste: Donat, MR. und Donat, MRS. Die beiden waren durch einen Separatausgang vor den übrigen Passagieren an Bord gebracht worden. Mrs. Donat im Rollstuhl. Dem Steward war der Aktenkoffer aufgefallen, den die gelähmte Frau an ihr Handgelenk gekettet hatte.

In Reihe 6 auf Platz D ein dunkel gekleideter Herr mit kurzem grauen Haar. Das Revers seines Anzuges zierte ein fingernagelgroßes goldenes Kreuz. Eintrag in der Passagierliste: Manzoni, MR. Manzoni war erst in letzter Minute an Bord gekommen. Er hatte eine schwarze Reisetasche bei sich.

In kurzen Abständen drehte sich Manzoni während des Fluges um und blickte zu Donat und seiner gelähmten Frau. Die beiden sahen ihm provozierend ins Gesicht. Manzoni grinste unverschämt. Es schien, als fühlte sich jeder als Sieger über den anderen, die Donats über Manzoni, Manzoni über die Donats.

Nach 80 Minuten Flugzeit griff Manzoni in die schwarze Tasche. Er fingerte an irgend etwas herum. Donat sah noch, daß er die Hand aus der Tasche zog und lachend ein heftiges Kreuzzeichen schlug. Dann traf ihn ein greller Blitz. Eine Explosion. Das Flugzeug zerbarst in tausend Teile, 25 000 Fuß über Normalnull.

9

Natürlich gibt es keine Zeugen für diese letzte Szene. Aber so oder so ähnlich könnte sie sich abgespielt haben.

Die italienische Nachrichtenagentur ANSA meldete am 5. März 1962: *Rom:* – Auf dem Flug von Rom nach Amman ist am heutigen Montag eine Passagiermaschine der italienischen Fluggesellschaft ALITALIA explodiert und ins Meer gestürzt. An Bord befanden sich 76 Passagiere und acht Besatzungsmitglieder. Die Absturzstelle liegt 60 Seemeilen südlich von Zypern, 90 Seemeilen westlich von Beirut, in einer der tiefsten Stellen des Mittelmeeres. Besatzungsmitglieder eines Zerstörers der Sechsten amerikanischen Flotte wollen beobachtet haben, wie das Flugzeug in der Luft explodierte. Die Einzelteile stürzten brennend ins Meer. Es gilt als sicher, daß keiner der 84 Insassen die Katastrophe überlebt hat. Über die Unfallursache gibt es vorläufig nur Spekulationen. Ein Sprecher der ALITALIA erklärte in Rom, man könne nicht ausschließen, daß die Explosion der Maschine durch eine Bombe ausgelöst wurde.

NACHSATZ I

Am Donnerstag, dem 11. Oktober 1962, eröffnete Papst Johannes XXIII. in Rom das Zweite Vatikanische Konzil. Von 3044 geladenen Konzilsvätern waren 2540 anwesend, darunter 115 Mitglieder der Kurie. Von diesen 115 kannten nur etwa 30 den wahren Anlaß für diese erste globale Kirchenversammlung seit beinahe hundert Jahren.

Konzilien, das hat die Vergangenheit gezeigt, hatten immer einen wichtigen Grund und bedeutungsvolle Ergebnisse. Konzilien brachten die sogenannte Homousie hervor, die göttliche Wesensgleichheit des Sohnes mit dem Vater (Nicäa), sie beendeten die Kirchenspaltung (Konstanz) oder bescherten den Christenmenschen das Dogma der Erbsünde (Trient) oder der Unfehlbarkeit des Papstes (Vatikan I). Die Ergebnisse des Zweiten Vatikanischen Konzils erscheinen dagegen dürftig.

Dennoch wird das Zweite Vatikanische Konzil als Reformkonzil in die Geschichte eingehen, und natürlich wird das, wovon in diesem Buch die Rede ist, nie stattgefunden haben.

Nachsatz II

Anne von Seydlitz und Stephan Oldenhoff heirateten im Mai 1964 in Paris. Sieben Jahre später fand Anne bei einem mysteriösen Unfall den Tod. In der Station Pont-Neuf stürzte sie vor eine einfahrende Metro. Beerdigt wurde Anne auf dem Pariser Friedhof Cimetière du Père-Lachaise, einen Steinwurf entfernt von Dr. Guillotin, dem Erfinder der Guillotine.

Ihr außergewöhnlich beschrifteter Grabstein fällt nicht weiter auf in einem Meer einzigartiger Grabsteine. Die Inschrift lautet:

ANNE
1920–1971

Darunter finden sich die unverständlichen lateinischen Worte:

BARBARIA ATQUE RETICENTIA ADIUNCTUM
BARBATI BASIS ATRII SACRI

Bis vor wenigen Monaten, als dieses Buch zu Papier gebracht wurde, sah man beinahe täglich einen alten Mann den Friedhof von Père-Lachaise betreten, in der Hand eine orange-blaue Paradiesvogelblume.

Gefragt nach der Bedeutung der geheimnisvollen Inschrift*, beteuerte er, die Übersetzung nicht zu kennen, sie sei auch nicht wichtig. Wichtig seien nur die Initialien der einzelnen Wörter.

---

* Barbarei und Schweigen sind das charakteristische Markmal des römischen Papstes und das Fundament des Kirchenpalastes.

Marginalie

Hiermit entschuldige ich mich in aller Form bei Stephan Oldenhoff. Er war der Mann, dem ich im Cimetière du Père-Lachaise begegnet bin und der die Fährte zu diesem Buch gelegt hat. Ich weiß, ich habe sein Vertrauen mißbraucht und diese Geschichte entgegen seinem Wunsch nach eigenen Recherchen veröffentlicht. Der Grund für diesen Schritt wird weder ihn noch meine Leser überraschen. Ich bin der Überzeugung, das Thema ist zu bedeutungsvoll, als daß es nicht aufgeschrieben werden durfte.

Philipp Vandenberg

Im Bechtermünz Verlag ist außerdem erschienen

**Philipp Vandenberg
Die sixtinische Verschwörung**

256 Seiten, Format 12,5 x 18,7 cm
gebunden, Best.-Nr. 497 057
ISBN 3-8289-6665-9
16,90 DM

Eine merkwürdige Entdeckung bei der Restaurierung der Sixtinischen Kapelle beunruhigt die Gemüter: Einzelne Bildfelder sind mit Buchstaben versehen, deren Abfolge keinen Sinn ergibt. Auf der Suche nach einer Erklärung stößt Kardinal Jellinek, Präfekt der Glaubenskongregation, in den Geheimarchiven des Vatikans auf ein Dokument, das die Lehre der Kirche in ihren Grundfesten zu erschüttern droht. – Ist dies die späte Rache des Michelangelo an Gottes Stellvertreter?